Le sang des anges

MICHAEL MARSHALL

Né en 1965 à Knutsford, au Royaume-Uni, Michael Marshall s'impose comme l'un des auteurs majeurs de la littérature policière. Tout en étudiant la philosophie et les sciences politiques et sociales au King's College de Cambridge, il participe au théâtre amateur de son université et écrit des sketches pour la BBC.

Ses premières nouvelles, qui sont à classer au rayon Horreur, remportent trois fois le British Fantasy Award. Encouragé par cette réussite, il se lance dans l'écriture d'un premier roman policier en 1995 : *Avance rapide*, succès quasi-immédiat, reçoit le prix August Delerth. Apprécié à la fois par la critique et par le public, c'est tout naturellement qu'Hollywood lui ouvre ses portes en rachetant les droits de *Frères de chair* et de *La proie des rêves*.

Les Hommes de Paille, publié en 2001, est le premier roman d'une trilogie où se mêlent adroitement trame policière et scènes de terreur dans le cadre tortueux du Net. *Le sang des anges* en est l'épilogue.

Du même auteur,
aux Éditions J'ai lu

Les Hommes de Paille, *J'ai lu* 7407
Les morts solitaires, *J'ai lu* 7799

Michael Marshall

Le sang des anges

Traduit de l'anglais par Jean-Pascal Bernard

J'AI LU

Titre original :
BLOOD OF ANGELS

À Ralph Vicinanza

Avec quelle rapidité le temps effacera tout cela !
Et combien de choses n'a-t-il pas déjà effacées !

MARC AURÈLE, *Pensées pour moi-même*

Key West

Ils sont venus le chercher pendant son travail. Ils sont venus par un bel après-midi, très chaud, quand les affaires allaient bon train et que Jim se donnait encore une heure, maximum, avant de fermer boutique pour commencer la soirée tôt. Le quai était inondé de touristes, de toutes formes et de toutes tailles, voguant tel un banc de poissons bariolés sans destination précise. En mangeant. En mastiquant. En dévorant tout ce que les cafés et les marchands ambulants de Key West avaient à offrir, des hamburgers et burritos jusqu'aux crèmes glacées, sans oublier les churros nappés de sucre et brûlants d'huile de friture. Ceux qui avaient encore une main libre n'omettaient pas de boire, sirotant cafés frappés, thés glacés, ou des sodas si volumineux qu'on aurait pu y plonger des bébés nageurs. Il était à peine 15 heures. La nourriture engloutie ne pouvait tenir lieu de déjeuner tardif ni de dîner précoce. Jim se doutait que tous ces gens s'étaient restaurés à la mi-journée et qu'ils se poseraient à nouveau sur le coup de 19 heures, pour passer aux linguinis, à l'espadon grillé et aux burgers plus sophistiqués, descendus à grandes lampées de chardonnay glacé. Dans l'intervalle, elles broutaient, ces sauterelles géantes et affables, ces heureuses vaches dans un immense pâturage bon marché. Leur dévotion laissait rêveur. Avec un peu d'imagination, on pouvait voir dans ces corps de simples véhicules pour systèmes digestifs en goguette, surmontés de dents faucheuses. À se demander ce qu'il adviendrait si le stock de bouffe venait à s'épuiser ; à se demander si, passée la surprise, les têtes hébergeant ces gueules voraces n'allaient pas se mettre à scruter les gens alentour, à y voir leur nouveau gibier.

C'est une question que Jim se posait sans arrêt, malgré lui. Il était appuyé au garde-fou, du côté nord de Mallory Square, une large promenade en terrasse qui reliait à la mer les hôtels et restaurants de cette partie de l'île. Les paquebots y mouillaient la nuit, ces monstres multiniveaux qui tuaient l'hôtellerie et déversaient leurs troupeaux de ruminants à cartes bancaires. Dans le dos de Jim se levait, depuis les eaux peu profondes, une brise faible mais bienvenue. Il tenait un appareil photo dans sa main droite. Le sac à son épaule renfermait des pellicules Polaroïd et une boîte cartonnée contenant les pochettes de présentation qu'il avait fait réaliser.

Jim Westlake photographiait les touristes depuis plusieurs années maintenant. Il était censé détenir une licence officielle, mais il ne se l'était jamais procurée, et visiblement cela ne posait aucun problème. Il ne dérangeait pas les gens à table, ne remontait pas la promenade en criant ou en sautant au visage des badauds, toutes dents dehors. Il n'avait jamais eu l'âme commerçante et n'inspirait aucune méfiance. Il avait soixante et un ans ; ses joues s'affaissaient peut-être un peu, mais il demeurait grand et large d'épaules. Il était vêtu d'un pantalon bleu ciel et d'une chemisette blanche, qu'il détestait, mais qui correspondait au rôle. Ses cheveux étaient en majorité gris, plaqués en arrière, et il portait des lunettes noires pour contrer l'éblouissement du quai. Il passait ses journées à tourner dans Mallory ou à arpenter Duval Street et, lorsqu'il repérait le type de touristes idéal, il proposait simplement de les prendre en photo. Beaucoup secouaient la tête, contrariés à l'idée d'une dépense imprévue, d'autres allaient leur chemin comme s'il n'existait pas. Quelques-uns s'arrêtaient, réfléchissaient un instant, se disaient : allez quoi, c'est les vacances ! À ce stade, ils avaient déjà visité la maison d'Hemingway, foulé le point le plus au sud et admiré les récifs à bord d'un bateau à coque vitrée. Bref, ils passaient une chouette journée, et c'est à cela que servent les photos : à prouver aux autres comme à soi-même qu'on a pris du bon temps, quelques coups de soleil, et oublié le turbin quotidien.

Le plus souvent, ils avaient leur propre appareil autour du cou, parfois même un numérique, et Jim n'ignorait pas que sa profession était condamnée. Grâce à lui on pouvait toutefois se faire prendre ensemble sans solliciter d'autres promeneurs, et puis Jim n'avait pas son pareil pour arracher un sourire aux enfants. Le cliché était ensuite inséré dans une carte au grammage épais et à la police classieuse, dont le rabat indiquait : « On tombe la veste à Key West. » Le parfait cadeau à envoyer à sa maman : personnalisé, sans exiger le moindre effort. Les touristes pouvaient constater que le photographe se donnait du mal, lui : quand la première pose lui déplaisait, il recommençait sans facturer de supplément. Quinze dollars, ce n'était pas donné, mais Jim s'était aperçu qu'il obtenait plus de clients à ce tarif-là qu'à cinq dollars. Cinq billets, c'était juste un type qui prenait une photo. Quinze, c'était un véritable souvenir.

Cette activité ne l'enrichirait pas, mais Jim ne voulait pas être riche. Les gros chiffres n'avaient pas d'intérêt à ses yeux. Il s'en sortait pas mal, et par définition le « pas mal » est suffisant. C'est de cette façon qu'il envisageait de finir ses jours, en se débrouillant. Mais quand il vit les deux types remonter les planches sans la moindre barquette de frites à la main, son petit doigt lui dit qu'ils étaient là pour lui.

Le premier paraissait la quarantaine, à un ou deux ans près, le second une petite vingtaine d'années. Sveltes, en forme. Le plus jeune portait un tee-shirt noir et un treillis kaki, son visage affichait la certitude d'être une force avec laquelle il fallait compter. Le plus vieux arborait un costume anthracite sur une chemise blanche. Il semblait à l'aise malgré la chaleur et avait l'air de se foutre qu'on le prenne au sérieux ou non.

Le jeune s'approcha le premier. Jim sourit, brandit le Polaroïd.

— Une petite photo ?

Les habitants de Key West croisaient beaucoup de couples homos.

Le jeune se contenta de le toiser. Il mesurait dix ou douze centimètres de moins que Jim. Il y avait de l'évaluation dans l'air, mais la finalité de cet examen restait obscure.

Le gamin finit par lâcher :

— C'est vous, James Kyle ?

Jim secoua la tête.

— Tu t'es trompé de bonhomme, fiston. Moi, c'est Westlake. Désolé.

Le jeune ne cilla pas.

Jim la joua penaud :

— Vous êtes là pour la licence ? Je m'étais dit que ça n'avait plus trop d'importance, de nos jours.

D'un signe de tête, il montra le petit groupe de portraitistes agglutinés en bas de Duval, ceux qui promettaient aux clampins le physique de Brad Pitt ou de Dolly Parton.

— Des tas de gens s'installent et tentent leur chance. Mais si ça pose vraiment problème, dans ce cas, je serai ravi de...

Il se tut, laissant un blanc. Le blanc s'étira, sans que personne vienne le combler. Le jeune restait planté devant lui, avec son air indéchiffrable. Une vieille cicatrice d'environ deux centimètres soulignait sa pommette droite. Jim se demanda d'où elle provenait, tout en ayant une pensée reconnaissante pour son auteur.

— Écoute, fiston... Tu cherches quoi, au juste ?

Le jeune homme se détourna.

— J'en reviens pas que ce soit lui.

Jim comprit que ces mots s'adressaient à l'autre, qui venait de surgir à son côté. Pourquoi ne l'avait-il pas senti se rapprocher ? Comme Jim se trouvait vieux, d'un coup.

— C'est bien lui, répondit le type. Tu te souviens de moi, James ?

Jim pivota en prenant son temps. Oui, bien sûr qu'il se souvenait. Ça faisait un bail, et l'homme avait pris de l'âge, mais juste à l'extérieur. Tout était dans les yeux, des yeux qui semblaient normaux de prime abord, mais qui se révélaient dénués de chaleur, d'émotion, de vie. Jim lui aussi avait été un animal froid en son temps, aucun doute là-dessus, mais ce type l'était depuis toujours : comme s'il était sorti du ventre maternel la tête pleine de mauvaises pensées. Si Jim ignorait son nom, il savait qui c'était. Un homme que Jim avait espéré – et cru, à la longue – ne plus jamais revoir.

C'était le Garçon précoce.

— Oui, je me souviens. Qu'est-ce que tu veux ?

— J'ai du boulot pour toi.

— J'ai déjà ce qu'il faut.

— On a passé un accord, James.

— Ça remonte à loin. J'ai fait ce que tu voulais et tu ne m'as plus rien demandé. Je pensais que c'était fini.

— Faux. Tu savais que je reviendrais.

— On n'a qu'à dire que j'oublie tout. Que je m'en vais sans faire d'histoires.

— Dans ce cas, tu vas passer la nuit en taule, si t'es pas mort avant.

Jim regarda au loin, par-delà le quai. Des oiseaux marins tournoyaient dans le ciel. L'un des bateaux à coque vitrée klaxonnait dans le port, à une cinquantaine de mètres, les hublots embrasés de soleil. Des gens attendaient de pouvoir monter, d'autres de pouvoir descendre. Beaucoup léchaient une glace. Toujours la même rengaine, mais maintenant c'était différent. Malgré la sueur dans sa nuque, Jim était frigorifié.

Lorsqu'il leva le regard, le jeune le fixait toujours de ses yeux bleu clair, et il se produisait quelque chose à la commissure de ses lèvres. Ses muscles frémissaient, comme s'il réprimait un sourire.

— Qu'est-ce que vous attendez de moi ? demanda Jim d'une voix morne.

Le plus âgé plongea la main dans sa poche et en tira une enveloppe matelassée. Jim s'en empara.

— Tu as trois jours pour prendre ton poste. Tu recevras des instructions détaillées.

Jim rangea l'enveloppe dans son sac.

— Pourquoi moi ?

— Parce que tu nous es redevable, et parce que je sais que je peux compter sur toi. T'inquiète pas, ça va te plaire.

— Je ne fais plus ce genre de truc.

L'homme le regarda comme le dernier des imbéciles. Il avait raccroché ? Plus maintenant. Il était prêt à rempiler. Le gamin le dévisageait toujours. Avec ce petit rictus sur le point de lâcher.

Prenant ses ennemis de vitesse, Jim cala sa main gauche contre les lombaires du gamin et, d'un coup trop ramassé pour attirer l'attention des passants – quand bien même il eût placé son dos en paravent –, il lui planta son poing droit dans le ventre, tel un piston expulsé par une charge explosive. L'effet revenait à écraser le rein entre deux briques. L'expression du gamin valait le détour.

— Ravale ça, murmura Jim à l'oreille du gosse. Si t'es aussi fort que tu le crois, ça devrait pas être trop dur.

Il lui tapota l'épaule avant de reculer d'un pas, sans se presser, ravi de voir le gamin blêmir, les tendons de son cou se raidir comme des cordes d'amarrage. Ses lèvres ne seraient plus seules à frémir. Le garçon finit par émettre un son, celui d'un mourant cherchant son dernier souffle.

Jim se tourna vers l'autre type, qui affichait un air impavide, pour ne pas dire amusé.

— Je vais le faire, déclara Jim. Mais après c'est terminé.

Et sur ces mots, il s'en alla.

La maison de Jim se trouvait plus au nord, à quarante minutes à pied, dans les broussailles d'une petite île que personne ne remarquait en quittant Key West. Un petit pavillon sans piscine, qui n'offrait même pas de vue exceptionnelle, si ce n'est depuis tel point précis du porche où, en position assise, on devinait l'océan à travers les arbres – à certaines périodes de l'année.

Son fauteuil placé dans le bon axe, Jim se désaltérait d'un verre de thé glacé garni de feuilles de menthe. Sa voisine Carol fit une arrivée mouvementée avec ses filles ; elle le salua d'un geste, derrière les dix mètres qui séparaient leurs pelouses respectives, surprise de n'obtenir aucune réponse. Tout en restant réservé, M. Westlake était d'une politesse sans faille, jamais avare de sourires pour les deux petites chéries. Il les avait même photographiées, et Carol conservait l'adorable cliché sur sa table de chevet. Peut-être avait-il appris une mauvaise nouvelle, songea-t-elle ; il était âgé, après tout, et cette enveloppe dans ces mains… Elle se promit de venir lui faire coucou plus tard, sous un prétexte ou un autre, puis Amy et Britney commencèrent à se chamailler, et elle mit toute son énergie à les ramener à l'intérieur, là où les attendait un comique audiovisuel (la télévision, cet objet béni, l'infatigable providence des mères) qui lui permettrait de se concentrer sur sa tâche prioritaire par cette chaleur : retarder le moment du premier verre de vin.

La moustiquaire claqua derrière la petite famille, arrachant Jim à sa rêverie. Il considéra l'enveloppe entre ses mains, sans éprouver le besoin d'en réexaminer le contenu. Elle renfermait un téléphone portable, et un bout de papier où figuraient un nom de ville et deux lignes de consignes.

Malgré lui, une partie de son esprit entreprenait déjà le voyage. Il maudissait cet homme pour avoir su que ça se passerait comme ça, que Jim n'oserait pas jeter l'enveloppe et prendre la tangente. Si les autres nous connaissent mieux qu'on ne se connaît soi-même, que devient-on ? Il chercha l'océan dans le trou du feuillage, mais la vue n'était d'aucun secours. S'était-il vraiment mis à croire que c'était fini, qu'une décennie avait en quelque sorte dissous le passé, l'avait réduit à néant ? Si oui, Jim était un idiot.

Il avala le reste de thé et retourna dans la maison, où il lava le verre et le mit à sécher sur le bord de l'évier. Il possédait en tout et pour tout un verre, un jeu de couverts, un bol à soupe et une assiette. Il ne lui avait jamais fallu davantage. Le mobilier et la déco suffisaient juste à ne pas intriguer les rares visiteurs. Ce dépouillement datait de son arrivée dans les Keys, à l'époque où il risquait de devoir fuir à tout moment. Puis, au fil des huit années suivantes, à mesure que son âme s'apaisait et qu'il trouvait un équilibre, il s'était aperçu que ce mode de vie lui plaisait.

Pourquoi avoir quelque chose en double quand un seul exemplaire convient ?

Pourquoi posséder quelque chose quand ce n'est pas nécessaire ?

Il gravit l'escalier jusqu'à sa chambre, où une petite valise se tenait prête, contenant ses vêtements et son appareil. Restait un espace libre d'environ dix-huit centimètres sur vingt-cinq. Jim se rendit devant le placard vide, s'accroupit. Ses genoux lui dirent tout le mal qu'ils pensaient de ce mouvement, mais ils lui demeuraient fidèles. Comme le petit con en treillis l'avait découvert, le corps de Jim défiait le temps.

Il souleva le tapis du placard, puis la planche. On faisait moins bateau comme cachette, mais, s'il avait redouté quoi que ce soit, il n'aurait rien planqué à cet endroit. Le plancher abritait une boîte à chaussures. Il l'exhuma, avant de replacer lattes et tapis.

Il glissa la boîte dans sa valise, verrouilla le bagage et quitta la chambre sans se retourner. Il en avait envie, mais résista. James Kyle n'avait pas à voir cet endroit. Lequel appartenait à Jim Westlake.

En bas, il s'assura que les fenêtres étaient fermées, et la porte du fond verrouillée. Il descendit l'allée jusqu'à sa voiture blanche immaculée et cala sa valise à l'arrière.

Il resta prostré derrière le volant, les yeux rivés sur son petit pavillon. Et s'il demandait à Jim de l'attendre sagement à l'intérieur ? Il s'acquitterait de sa mission en tant que James, puis reprendrait le cours de sa vie. Ce maudit après-midi avait peut-être une seule et unique cause : un certain bien appartenant à James, un objet qu'il aurait dû bazarder de longue date. Une petite casserole cabossée. Pas grand-chose à première vue, mais…

Celui qui ne veut rien *être* ne doit rien *posséder*. Il le savait. Depuis longtemps. Et pourtant… il l'avait gardée. Incapable de s'en débarrasser.

Voilà pourquoi Jim était un si bon photographe.

Il connaissait le sens du mot souvenir.

Il se résolut à démarrer. S'engageant sur la route, il avisa la voisine à la fenêtre de sa cuisine. Il la salua du geste habituel.

Carol sourit et lui rendit la politesse, heureuse que le vieux bougre eût retrouvé son allant, loin d'imaginer que ce n'était pas Jim Westlake qu'elle regardait ainsi mais un inconnu du nom de James Kyle ; un homme en partance pour le passé, en route vers l'enfer.

PREMIÈRE PARTIE
LES RIENS

Il existe une allégeance entre les morts
et les êtres à naître, dont nous autres
vivants ne sommes que la ligature.

RICHARD POGUE HARRISON

CHAPITRE I

Je m'appelle Ward Hopkins, et une partie de cette histoire m'est arrivée. J'y étais, et les événements ont fendu l'air devant mon visage telle une volée d'oiseaux fuyant en ordre dispersé. Me serais-je conduit autrement, les choses auraient pu prendre un autre tour. Meilleur. Pire. Je n'en sais rien. Je décide de croire au libre arbitre, mais aussi à l'idée que nos mouvements ont un rayon d'action restreint : que des arcs prédéterminés nous guident dans le chaos de la vie, que des forces invisibles se dressent sur notre route. Tous, nous nous sauvons, nous nous cachons, nous traversons des nuits d'insomnie, nerveux et troublés, amoindris par les ombres qui hantent nos existences.

Le temps est un lac qui se creuse d'année en année, goutte après goutte. La tension superficielle, la présence électrique de nos actes saccadés nous permettent de courir en surface, à la manière de puces d'eau, insouciants des profondeurs qui nous portent. Nous sommes en sécurité, à flot dans le présent, puis nos battements cessent et nous sombrons lentement dans le passé. Là seulement, nous mesurons à quel point comptaient tous ces hier, comment ils portent au soleil chaque instant du présent ; et combien de personnes nous laissons derrière nous, gisant dans le temps tels des insectes desséchés. Toutefois, de loin en loin, une chose s'agitera dans les profondeurs du lac, une chose enfouie dans le passé et néanmoins toujours vivante.

Il arrive cependant que les créatures du dessous fusent de leur repaire pour crever la surface. Elles nous assaillent dans la nuit comme le sifflet strident d'un train fou, filant dans le noir des collines vers une destination qu'on ne verra jamais, même si le monde entier l'entend se crasher en gare.

Une partie de cette histoire m'est arrivée, mais une partie seulement.

Je vais vous dire ce que nous savons.

Le premier mail nous parvint dans les derniers jours de l'été. Nina et moi avions passé l'après-midi à Sheffer, la solution shopping la plus proche de la maison où nous vivions. Minuscule ville de la chaîne des Cascades, dans l'État de Washington, Sheffer possède une grand-rue bordée de façades en bois, croisée par cinq artères qui se dissolvent dans les sapins sans cérémonies ni regrets. On y trouve un marché, une brasserie qui sert une bonne carte, des livres et des CD d'occasion, des babioles. Il y a une pharmacie, un droguiste-caviste et un salon où les dames se font couper les cheveux comme au temps de Jimmy Carter. La ville propose en outre deux bed-and-breakfast haut de gamme et trois bars, ainsi qu'un motel judicieusement placé au bout de la grand-rue, au cas où l'on aurait perdu la notion du temps ou trop picolé pour reprendre le volant. En ce qui nous concerne, nous avions testé les deux. Il existe aussi un petit musée du Chemin de fer, un commissariat dirigé par un brave homme, et c'est à peu près tout. C'est un coin correct, et on y croise des gens sympas, guère plus qu'un gros nid-de-poule dans la chaussée.

Notre résidence provisoire était encore plus petite, un bungalow de rondins issu d'un village à l'ancienne sur la côte de l'Oregon. À la fin des années 1990, un couple de retraités de Portland acheta trois de ces baraques, les chargea sur des camions et les installa sur un terrain de seize hectares en bout de forêt, à une demi-heure au nord-est de Sheffer. Le mari était mort peu après, mais Patricia se maintenait. Parfois elle me rappelait ma mère, et si Beth Hopkins avait toujours été de ce monde, bien malin qui aurait su prédire l'issue de leur bras de fer. Patricia nous avait proposé l'un de ses bungalows après que nous l'eûmes tirée d'un mauvais pas. Après réflexion, nous avions pris quelques dispositions et accepté son offre.

Adossée à une réserve naturelle, la propriété de Patricia possédait un vaste étang. Quand le regard s'y perdait par un après-midi d'automne, on imaginait sans regret que l'humanité n'avait jamais existé. Notre bungalow se trouvait en périphérie, à un petit kilomètre de la route. Il se composait d'un séjour avec cheminée et coin cuisine, d'une salle de bains et d'une chambre. C'était largement assez grand. Ma vie s'était condensée au point que l'ensemble de mes biens tenait dans le coffre d'une voiture moyenne. Ça aussi, nous en avions une. Elle appartenait à la femme qui me fut d'abord présentée comme l'agent spécial Baynam.

Nina. Elle se trouvait présentement sous le porche, à l'avant du bungalow. L'air était froid sans être glacial, empreint d'une modération promettant que l'hiver allait attendre. Nina était censée admirer le coucher du soleil, mais je savais qu'elle n'en faisait rien. Il ne suffit pas de braquer les yeux dans la bonne direction. Le soleil lui savait sans doute gré de ce répit ; essayer de franchir l'horizon avec grâce sous le regard de Nina, c'est une grosse pression, même pour un corps céleste.

J'étais dans le coin cuisine, à confectionner une salade, et j'en faisais tout un plat au sens propre comme au figuré. Nina était mutique depuis le matin, mutique à la façon d'un rocher gisant à mi-flanc de coteau. Quand je lui demandais si ça allait, j'obtenais des oui peu convaincants mais non négociables. J'ignore pourquoi les femmes font ça, mais je sais qu'on ne peut rien en tirer tant qu'elles ne sont pas décidées à parler. Nous allions au-devant d'une conversation – une semaine que ça couvait – et je n'étais pas tellement pressé. En conséquence de quoi la salade prenait des proportions baroques. L'esthétique culinaire était loin derrière nous, et le but semblait désormais de débarrasser le comptoir en regroupant toutes les crudités dans un unique saladier. J'avais poussé l'effort jusqu'à faire bouillir des haricots verts, qui refroidissaient dans un bol d'eau glacée au milieu de l'évier.

Pour tuer le temps, je me suis aventuré au living et j'ai ouvert l'ordinateur portable de Nina. J'en avais un à moi, mais ce n'était pas vraiment le mien et il était caché dans les combles du bungalow. Son contenu avait été copié, crypté et stocké sur un serveur lointain. Mais la bécane contenait les toutes premières versions des fichiers, et mon esprit leur conférait une sorte de primauté. Étrange, cette façon dont le cerveau humain accorde statut et antériorité même à des données numériques, à des électrons qui peuvent être partout à la fois, autrement dit nulle part. Peut-être a-t-on besoin de croire que toute chose a un commencement. Comment pourraient-elles cesser, sinon ?

J'interrogeais ma messagerie une fois toutes les deux semaines, et encore. Je n'avais plus beaucoup de liens avec le monde extérieur. Le seul type qui m'écrivait régulièrement était mort. C'est son portable que je gardais planqué sous le toit. Les seuls mails que je recevais dorénavant me proposaient tour à tour de durcir ou de rallonger mon pénis, de souscrire des prêts étudiant ou de regarder quelque starlette se faire mousser dans des films amateurs à l'éclairage étonnamment professionnel. L'anonymat de ces invitations les rendait plus vides encore que le silence. Peut-être était-ce là mon attente : un regain de calme, un rab de bruit blanc – et à travers eux, la promesse que ce truc appelé la vie allait encore durer un temps.

Alors, quand j'ai vu que j'avais un message, et qu'il me semblait personnellement adressé, je me suis comme qui dirait figé.

L'objet indiquait juste : « WARD HOPKINS ? »

Je ne reconnaissais pas l'émetteur. Inscrit chez Hotmail, le repaire préféré des spammeurs – à défaut d'être le seul. C'était arrivé à l'une de mes vieilles adresses, qui n'avait pas servi depuis deux ou trois ans. Je doutais qu'un tel message puisse de près ou de loin concerner ma vie actuelle.

Je l'ouvris. Une seule et unique phrase :

Il faut que je vous parle.

Il ne faut rien du tout, pensai-je. Bye-bye.

Je fis glisser le message vers la corbeille, avant d'hésiter. Ne devais-je pas au moins enregistrer l'adresse d'expédition ? Effacement ne vaut pas négation, j'en savais quelque chose.

Un craquement dehors ; en me retournant, je vis Nina s'approcher de la porte. Elle portait un jean noir et un gros blouson marron que je lui avais acheté à Yakima deux mois plus tôt. Elle avait une allure certaine, mais ronchonne.

Je rabattis l'écran et regagnai la cuisine.

— J'ai maté ce foutu coucher de soleil aussi longtemps que je pouvais, Ward. Elle arrive, cette bouffe ?

— Y en a pour une seconde.

Je sortis les haricots de l'eau, les secouai vite fait et les répartis artistiquement sur les autres éléments du saladier. Nina observait en silence ; le résultat semblait lui inspirer une profonde perplexité.

— Voilà, lançai-je. La salade du siècle.

— Au moins. Et si on ajoutait quelques pommes de pin ? Un couple d'écureuils, pour un tableau vivant. Ou carrément un arbre entier. Je te ramène ce que tu veux. Tes désirs sont des ordres, maestro.

— Assez, assez. Je te jure, je ne fais pas ça pour les remerciements. La joie sur ton visage vaut toutes les récompenses.

Elle sourit, un peu.

— T'es grave.

— Peut-être. Allez, goûte quand même. T'as pas le choix, de toute façon. Y a rien d'autre. J'ai mis tout ce qu'il restait.

Elle se fendit d'un sourire plus franc. Versa une cuillerée de salade dans une assiette, puis une deuxième en gage de bonne volonté. M'embrassa sur la joue, avant de retrouver le porche avec son assiette et la bouteille de vin.

Je l'ai suivie.

Nous avons entamé nos assiettes.

L'air demeurait doux mais se chargeait de lames fraîches venues des sommets montagneux. Ce n'était pas une soirée à salade. Au bout d'une dizaine de minutes, Nina reposa sa fourchette selon un angle qui disait : « Ça suffira comme ça. » Elle n'avait presque rien avalé.

— Désolée, dit-elle en voyant mon regard. Tu t'es donné du mal.

— Beaucoup trop. Ça craint. C'est la Salade de la Honte. Je savais bien qu'il fallait juste prendre une grande boîte de poulet frit chez Izzy.

— Peut-être bien.

— C'est très clair. Tu devrais m'écouter pour ce genre de trucs. Je suis le grand maître de la malbouffe. C'est un don. N'importe quel jour de l'année, je sais prédire les meilleures cochonneries à grailler – non seulement pour moi, mais pour toute la tribu. En d'autres temps, j'aurais été le chaman du snack. J'aurais consulté des osselets, déchiffré des présages dans le ciel, avant de déclarer : « OK, les gars, tout à l'heure vous aurez des envies de tacos, alors tâchez de chopper un mammouth quand vous irez en ville. » Et j'aurais eu tout bon.

Nina m'observa.

— T'es encore en train de parler ?

— Ce devait être le vent.

Le lac revêtait son habit crépusculaire, noir et moiré. Nina le considéra un moment, puis enfin elle parla :

— Qu'est-ce qu'on va faire ?

Et voilà. Ce que j'appréhendais n'était pas une conversation, mais juste ça : une question. *La* question.

J'allumai une cigarette.

— Qu'est-ce que t'aimerais faire, toi ?

— Le problème n'est pas là et tu le sais bien. Le problème, c'est que… ça ne peut pas durer. Ce n'est pas une vie.

— Vraiment ?

— Pas dans ce sens-là. Tu m'as comprise. Les circonstances, le fait de ne pas avoir le choix…

Je lui pris la main. L'été nous avait souri, envers et contre tout. Nous avions à peine quitté la région de Sheffer. Fait connaissance avec quelques figures du cru, tout en gardant profil bas. L'un avec l'autre, aussi : Nina et moi étions ensemble depuis une petite semaine lorsque nous avions accepté le bungalow de Patricia – même si nos existences étaient déjà liées depuis six mois. Elles l'étaient, en gros, depuis que mes parents avaient trouvé la mort – assassinés, apprit-on par la suite. De mon passé, Nina savait l'essentiel. Moi aussi, je savais certaines choses à son sujet. Plus que quiconque, à mon avis, y compris un certain John Zandt, qui fut notre ami avant de tourner casaque.

Chacun de nous trois détenait des secrets qu'il eût mieux valu ne pas connaître. Voilà pourquoi nous vivions ainsi.

Nous faisions de longues, très longues promenades dans les bois, cuisions des aliments sains sur mon barbecue de pierres plates. Nina s'était marrée devant mon œuvre et son style « campagnard à deux balles ». Le système fonctionnait, pourtant. Entre la marche à pied et les travaux manuels auprès de Patricia et des autres, mon corps rajeunissait de plusieurs années. Ma blessure à l'épaule, contractée cinq mois plus tôt, ne me gênait plus. Si j'avais perdu quelques kilos, Nina en avait pris un ou deux et elle les portait bien. On s'était également offert quelques virées en voiture, vers l'est ou le sud, plus ou moins au hasard. Comme deux fugitifs. Nous avions rallié Los Angeles à deux reprises, dans des circonstances tendues, la seconde fois pour récupérer quelques affaires dans la maison de Nina, une construction précaire nichée sur le versant le moins prisé des collines de Malibu. Nina l'aurait bien mise en vente – à supposer qu'il y eût des candidats – mais nous ne pouvions nous attarder dans le secteur, alors nous l'avions bouclée et laissée en l'état.

Ce qui, d'une certaine façon, motivait la question de Nina. Au fond, tout était comme avant, en dépit de mes efforts pour affirmer le contraire. Nous avions barricadé nos fenêtres mais le monde continuait de tourner. Nina avait un boulot, pour commencer. Un boulot sérieux. Le congé qu'elle avait négocié grinçait à force de s'étirer : elle allait devoir démissionner, ou reprendre. Ma situation personnelle était plus abstraite. J'avais travaillé pour la CIA quelques années auparavant, comme spécialiste en surveillance média. Puis on m'avait laissé partir. En fait, ainsi qu'aimait à le rappeler mon ami Bobby, j'avais repris mes billes – juste avant de devoir passer au détecteur de mensonges.

Nous avons tourné autour du pot pendant un moment, mais nous sentions la parenthèse se refermer, ce qui nous déplaisait. Comme si un géant nous avait accueillis dans la chaleur de sa paume géante. À présent, nous sentions la main redescendre pour nous poser à terre.

— On prendra une décision, dis-je. Mais ce soir, la vie pourrait être plus moche. Je suis assis avec toi, et je n'ai pas l'impression de manquer de grand-chose.

— Normal, avec une merveille comme moi : belle, intelligente, facile à vivre… La compagne idéale à tous points de vue.

Je levai un sourcil.

— Je n'irais pas jusque-là.

— Ah bon ? Trouve-moi un seul défaut.

— Eh bien, t'as flingué ton dernier petit ami en date.

— C'était un accident.

— Ouais, c'est ce qu'on dit.

— Parce que c'est vrai. (Un clin d'œil.) Mais la prochaine fois, ce sera délibéré.

J'ai rigolé, et la question s'est provisoirement retranchée sous sa pierre. Nous sommes restés sur le porche, à bavarder en regardant le lac se fondre, puis le froid nous a repoussés à l'intérieur. Un peu plus tard, dans notre lit, j'ai écouté les arbres et la respiration régulière de Nina, jusqu'à ce que les sons se mélangent et que je sombre à mon tour.

Cinq mois, cela peut sembler court, mais cette relation était l'une des plus longues que j'aie jamais connues. Elle gardait comme un goût de miracle. Je n'ai rien dit à propos du mail, ni du suivant – même objet, même message –, qui me parvint le surlendemain. J'ai effacé le premier et enfoui le second au fin fond d'un dossier. La simplicité ne fut jamais le trait dominant de ma vie, pas plus que le sentiment d'avoir un chez-soi. Je tâchais de retenir l'un et l'autre par le seul moyen à ma disposition : en me planquant.

Pendant quelques jours, cela suffit. Ce fut uniquement lorsqu'une voiture monta vers le bungalow de Patricia que je me rendis à l'évidence : rien – ni sourire, ni pieux mensonge, ni salade hypertrophiée – n'empêcherait le monde de venir nous chercher.

CHAPITRE II

Nous avons reçu l'appel peu après 11 heures du matin. Je me trouvais au lac, à jouer avec de vieux morceaux de poutres récupérés un après-midi où j'avais aidé à retaper une grange. Je caressais l'idée de fabriquer une table rustique, pour nous éviter de descendre celle du porche quand nous voulions manger au bord de l'eau. Même si, en mon for intérieur, je doutais qu'il nous reste beaucoup d'occasions de dîner dehors, ou qu'un objet de ma fabrication puisse supporter de lourdes charges, par exemple un verre de vin. J'ai entendu au loin les trois petits bips du cellulaire de Nina, sans y prêter plus d'attention. Nous n'avions pas le téléphone au bungalow. Si le voisinage souhaitait nous joindre, il composait le numéro de Nina. Je poursuivis mon remue-ménage, cherchant à assembler mes bouts de bois, jusqu'à ce que j'aperçoive Nina sous le porche, livide.

— C'est Patricia ! cria-t-elle. On a de la visite !

Je lâchai mes outils et remontai d'un pas vif. L'esprit alerte, mais la poitrine froide.

— Combien ?

— Un seul véhicule. Pour l'instant.

Pendant que Nina filait à l'intérieur, je glissai le bras sous le porche pour sortir une chose longue et lourde, enveloppée d'un épais plastique. Je chargeai le fusil en vitesse, guettant le moindre bruit de l'autre côté du lac.

Je rentrai à mon tour. Nina avait posé nos deux flingues sur la table.

— Toujours rien ?

— Non, répondis-je en empochant mon pistolet.

J'embrassai Nina et m'éclipsai. Me figeant une seconde, je regardai derrière l'étang. Une voiture s'était arrêtée devant le bungalow de Patricia. Elle ne pouvait aller plus loin. Toute personne désireuse de nous rendre visite devait parcourir les deux cents derniers mètres à pied, et il n'y avait que deux itinéraires possibles : suivre le sentier qui contournait le lac ou couper à travers bois pour atteindre l'arrière du bungalow. Les deux parcours étaient placés sous ma responsabilité.

J'attrapai le fusil et fis le tour du bungalow pour gagner une étroite corniche camouflée par les arbres. Restant baissé, je longeai le lac, d'environ un quart de tour. J'avais repéré un point d'observation sur le chemin situé trente mètres plus bas, sans qu'on puisse me voir dans l'autre sens. Je m'accroupis derrière le tronc le plus large, pris mes appuis. Positionnai le fusil, le calai contre mon épaule. J'avais passé des heures à m'entraîner au fond de la propriété. À cette distance, j'étais sûr d'atteindre ma cible, et archisûr d'en avoir envie.

Une voiture. Quatre hommes, probablement. À supposer qu'il n'y eût pas de second véhicule posté en retrait. Ni d'autres hommes lancés à nos trousses dans la forêt. Auquel cas j'entendrais les tirs de Nina avant qu'elle n'entende les miens.

Au bout de six minutes, je perçus, en bas à gauche, des bruits dans l'air immaculé, un crépitement de semelles sur les feuilles sèches du sentier. J'attendis, enjoignant calme et silence à mon cœur, évitant d'imaginer les conséquences d'une fusillade. Où nous irions, ce que nous ferions. Ou de me demander si la question se poserait, si nous n'allions pas nous dissoudre sur place, dans ce sol vierge, rouges la première heure, bruns les quelques jours suivants, puis irrémédiablement mêlés aux autres boues et poussières. Cette dernière pensée fut la plus facile à chasser. Je n'ai aucune intention de mourir. Ni maintenant, ni jamais. Je n'en vois pas la nécessité. Et, tôt ou tard, le monde devra bien se ranger à mon point de vue.

Encore deux minutes, puis un mouvement furtif au pied de la pente. Juste assez pour voir qu'il y avait deux hommes, trois au maximum. Soit c'était bon signe, soit ils avaient des renforts quelque part. Me renversant en arrière, je scrutai la corniche sur ma gauche. Personne. Alors je repris ma position, leur donnant vingt secondes pour atteindre ma ligne de mire suivante. Ils en mirent plutôt quarante, ce qui me laissa songeur. Ils n'étaient guère pressés. Comment interpréter cette approche mesurée ? On ne traite pas de la même façon un ennemi prudent. Et puis je ne savais toujours pas combien ils étaient, car, au moment où ils traversèrent ma deuxième fenêtre d'observation, un rayon de soleil ricocha sur l'étang, qui me noya la rétine de blanc et de jaune.

Ils disparurent à nouveau. Il me restait une lucarne, la dernière. Deux ou trois types, cela revenait à peu près au même. Un tir surprise par-derrière pouvait m'offrir deux secondes de rab, sachant que l'écho de la forêt dissimulerait ma position.

Je posai un genou à terre et visai. Des vêtements sombres dansaient derrière le feuillage, cinq mètres avant le point d'impact. Trente secondes s'écoulèrent.

Puis j'entendis quelque chose.

Je me demandai quoi, avant de reconnaître le portable de Nina.

Je me pétrifiai. Grave erreur de la part de Patricia. Très grave erreur. Elle n'avait pas à venir aux nouvelles, on s'était bien mis d'accord. Si elle voyait quelqu'un, elle appelait Nina, et, en cas de coup de feu, elle appelait un ami à Sheffer. Pour le reste, elle se terrait chez elle et faisait mine d'être sortie, ou morte, ou les deux.

Les visiteurs eux aussi s'étaient figés. Ils avaient dû entendre la sonnerie. Hélas, je manquais de visibilité pour être sûr de ma première balle.

Quelques murmures. Les hommes décidèrent de poursuivre, comprenant peut-être que ce coup de téléphone ne faisait qu'aggraver notre cas.

Ils se remirent en marche, et apparurent enfin au grand jour. Deux hommes, de grande taille. En tenue sombre.

Distance : quarante mètres. Oublions la tête, visons la masse corporelle. Pas droit à l'erreur. Je pris une brève inspiration, bloquai mon souffle, projetai mon regard dans l'axe du canon. Pressai doucement la détente…

Un mouvement furtif : quelqu'un marchait d'un pas vif, de notre bungalow vers les deux hommes, dans un éclair marron – un marron riche, celui de…

Je redressai la tête, juste à temps pour entendre un cri de femme en contrebas. Le blouson de Nina – donc sa voix ?

Sans même réfléchir, je me retrouvai sur mes deux jambes, dévalant la pente avec maîtrise mais vitesse, le fusil en joue et l'index prêt à tirer, dépassé par les événements.

Je courus me planter vingt mètres derrière les intrus, atteignant le sentier au moment précis où, cent mètres plus loin, Nina déboulait du tournant, de sorte que les hommes se retrouvèrent pris en sandwich. Ils s'étaient arrêtés. L'un tenait un téléphone. L'autre se retourna vers moi et leva lentement les mains.

— Salut, Ward, dit-il. Pas de bêtise, hein ?

— Bordel de Dieu, Charles ! cria Nina au type avec le téléphone. T'es malade ou quoi ?

Ils étaient assis sous le porche. Nina et moi restions debout, un peu à l'écart. Ni elle ni moi n'étions assez sûrs de nos réactions pour oser nous rapprocher, même une fois le café servi, Patricia démobilisée et la sueur refroidie sur mon front.

— On aurait pu vous tuer, lâcha Nina pour la énième fois.

Les mains sur les hanches, elle ne décolérait pas.

— Je peux encore m'en charger, grommelai-je.

Ils avaient pris les chaises sur lesquelles nous dînions d'habitude. Le deuxième type, celui qui m'avait accueilli, ne décrochait pas un mot sauf pour refuser du sucre. Grand et sec, le cheveu court. C'était le lieutenant Doug Olbrich, de la Section spéciale n° 1 de la police de Los Angeles – la division Vols et Homicides, chargée du profilage des affaires de meurtre.

Le premier type, qu'on voyait boiter même de loin, était Charles Monroe, directeur régional du FBI de Los Angeles et patron de Nina. Nous nous étions rencontrés très brièvement, juste avant qu'il ne se fasse cribler de balles par un ennemi commun, cinq mois plus tôt, dans un petit restaurant de Fresno. Il avait de la chance d'être en vie, bien qu'il eût sans doute passé de nombreuses semaines à penser le contraire – et, vu les précautions qu'il devait prendre pour simplement s'asseoir, cette période n'était pas tout à fait révolue. L'homme qui l'avait blessé – en même temps que moi, à l'épaule – était mort. Nina l'avait abattu en forêt, à trois kilomètres d'ici, le jour où nous avions rencontré Patricia. Depuis, Nina n'avait revu son patron qu'à deux reprises, lors de nos deux passages éclairs à LA, lorsqu'on l'avait convoquée pour un débriefing, puis pour des auditions en vue du procès du tueur que nous avions capturé ce jour-là.

— Tu ne pouvais pas t'annoncer ? fulmina-t-elle. T'annoncer la veille, j'entends, pas quand tu as déjà longé la moitié du lac ! Te tuer est le dernier emmerdement dont on ait besoin… aussi séduisant soit-il !

Monroe posa son café sur la table.

— Vous seriez restés pour nous accueillir ?

— Bien sûr que oui.

Il n'en croyait pas un mot. Pendant ce temps, Olbrich contemplait les arbres, ravi de ne pas être mêlé à cette discussion. Mais je lisais une grosse tension sur son visage.

— Aurais-tu décroché ?

— Mais bon sang, Charles…

Nina se frotta le visage, puis saisit sa tasse posée sur la balustrade. J'intervins :

— Qu'attendez-vous au juste, Monroe ?

— De vous, rien du tout. Vous n'êtes pas membre du FBI, cette agence qui m'emploie et qui emploie Nina, si par bonheur elle s'en souvient. Vous n'êtes même pas flic, et ne l'avez jamais été. Je crois savoir que vous avez jadis travaillé pour une autre organisation, dans ce qu'on appelle communément le « renseignement ». Mais d'après la rumeur cela remonte à loin et vous n'êtes pas tellement regretté. En ce qui me concerne, vous pourriez disparaître dans cette forêt que ça ne me ferait ni chaud ni froid.

— Ward t'a sauvé la vie, objecta Nina.

— Vraiment ? La dernière chose que j'ai vue, c'est qu'il t'évacuait par l'arrière du restaurant alors que je pissais le sang dans un box. Le tireur vous a suivis. J'ai survécu par défaut.

— C'est une version très subjective, commentai-je, même si au fond j'étais de son avis.

C'est vrai, je m'étais davantage soucié de la vie de Nina, et de la mienne, que de celle de Monroe – surtout après ses blessures que je pensais mortelles. Pire, je m'étais rendu compte que je pouvais l'assumer.

— Allons, messieurs dames, lança Olbrich, tout ceci ne mène nulle part.

— Mais Nina et moi ne *comptons* aller nulle part, rétorquai-je. Elle a passé un accord qui interdisait à ce connard de révéler notre localisation, y compris à vous. Il vient d'enfreindre cette règle, et m'est avis que c'est juste un début. Vous n'êtes pas venu apporter le courrier de Nina, Monroe, alors vous voulez quoi, bordel ?

— Nina, répondit-il. Il est temps de rentrer, maintenant.

La question de Nina trouvait subitement sa réponse. Mais elle était écrite depuis le début. Je secouai la tête et m'éloignai de quelques pas.

— Je ne suis pas certaine de revenir, protesta-t-elle. Je me plais ici.

— C'est une démission ? Sérieusement ? Dans ce cas, prends un stylo et une feuille. Il me faut une trace écrite.

Nina me regarda. Je haussai les épaules : c'était son job, son choix, sa vie.

— Allons, Nina, fit Monroe, entre agacement et fausse douceur. Tu connais la musique. Je t'ai obtenu un congé car les circonstances étaient exceptionnelles.

— Et que j'ai environ deux millions d'heures de récup à prendre.

— Ça fait des semaines que tu t'es sauvée. Comme tu le sais.

— OK, soupira-t-elle. Peut-être bien que je vais raccrocher. Peut-être que j'ai fait le tour de ce boulot. De toute manière, pour ce que ça change, qu'on soit là ou pas…

— Tu ne peux pas dire ça, Nina. Ça fait dix ans que tu envoies des tueurs en taule.

— Enfermer quelqu'un alors qu'il a tué deux, quatre, six personnes, tu parles d'une victoire ! Moi, j'appelle ça éponger le lait renversé. Super, le sol redevient propre, momentanément. N'empêche que t'as toujours pas de lait. Les familles des victimes continuent de se réveiller avec un goût de mort dans la bouche. Le drame a quand même eu lieu, et on arrive après la bataille.

— À moins que tu ne trouves le moyen de remonter le temps, c'est le principe même de la police, devisa Olbrich.

Nina rougit. Elle n'avait pas développé un argument, mais un sentiment personnel. Seulement le flic ne l'avait pas compris, et du coup elle se sentait bête.

Monroe s'en rendit compte, qui ajouta aussitôt :

— Et puis il y a autre chose. J'ai besoin de toi.

— Arrête ton char, dit-elle. T'as plein d'autres femelles sous la main. Même des génies qui comprennent la notion de causalité, je parie.

— Écoute, Nina, j'ai fait beaucoup de chemin pour te voir et j'ai perdu assez de temps comme ça.

— Eh bien, reprends l'avion pour LA et fais bon voyage. La prochaine fois, tu nous préviendras et t'apporteras quelque chose : des fleurs, des muffins... On ne t'a pas appris les bonnes manières, visiblement.

— Je ne rentre pas en Californie. Le FBI a été appelé en renfort sur une histoire d'homicide en Virginie. C'est assez obscur, et on pense à un tueur en série. C'est l'avis des flics locaux, en tout cas. J'aimerais que tu m'accompagnes.

— Je ne...

— Il s'agit d'une femme.

Nina se tenait au bord du lac. Dix minutes déjà. À chaque nouvelle seconde, ses chances de départ augmentaient, je l'avais bien compris. Sa posture suggérait que tout ce qui l'entourait – les arbres, l'étang, les montagnes, moi-même sûrement –, tout cela cessait d'exister. J'étais resté au bungalow avec les autres. Aucun des deux types n'essaya d'engager la conversation. Olbrich surveillait l'heure de près.

— Expliquez-moi un peu, lançai-je à Monroe. Vous trouvez un cadavre dans l'est du pays, et c'est peut-être du ressort des fédés, ou peut-être bien que non. Ce qui m'échappe, c'est pourquoi vous avez ramené votre pote Olbrich. Je me fiche de savoir comment vous définissez la juridiction de Los Angeles, mais quand même, la Virginie, c'est pas la porte à côté.

Les deux hommes échangèrent un coup d'œil.

— Dis-lui, fit Monroe avant de se relever avec précaution et de descendre du porche. Ça le regarde, pour une fois. Et on n'a plus le temps d'attendre.

Il partit rejoindre Nina.

— Le fameux Henrikson, commença Olbrich quand son collègue fut assez loin. C'est votre frère, pas vrai ?

Il faisait référence au tueur que nous avions arrêté dans les bois, un homme qui serait bientôt jugé pour le meurtre d'une habitante de Los Angeles, Jessica Jones, et d'une autre de Seattle, Katelyn Wallace, dont on avait retrouvé le corps à soixante kilomètres d'ici. Le dossier était en béton armé. Viendrait ensuite un second procès, concernant la mort, cinq ans plus tôt, de cinq adolescentes de Los Angeles – les meurtres du Garçon de Courses, selon les titres de l'époque. Là, la partie s'annonçait plus délicate.

— Nous sommes jumeaux, confirmai-je. Mais on ne s'est jamais connus. Son vrai prénom est Paul, mais il se fait appeler l'Homme Debout – cette connerie de Garçon de Courses était une idée de Monroe, je vous le rappelle. Paul ne travaille pas seul, du reste. Mais vous savez tout ça. C'est dans le rapport de Nina.

— Ça n'y figure pas, avoua Olbrich en détournant la tête. On a estimé que vos allégations brouillaient le dossier.

— Je n'ai dit que la vérité. Nina le sait très bien. Paul travaillait pour une conspiration de tueurs, il leur fournissait des victimes sur commande. Il ne faisait pas que ça...

— C'est Monroe qui s'occupe de l'enquête, pas Nina.

— Monroe s'occupe surtout de sa carrière. Mais si vous en veniez au fait ?

— À sa sortie de l'hôpital, votre frère a été transféré à Pelican Bay. La prison supermax près de la frontière de l'Oregon.

— Je croyais qu'elle était réservée aux gangs de fous furieux, genre Confrérie aryenne, Jeunes Caïds, Guérilla noire...

— En temps normal. Mais Monroe tenait à placer notre homme en quartier de haute sécurité jusqu'à son procès - seul, en consigne maximum, dans une cellule sans fenêtre, avec des matons qui considèrent les pertes humaines comme de la paperasse. Vu ce qu'il avait fait à ces femmes, ça paraissait justifié. Monroe a donc obtenu gain de cause. Emporté le morceau. Les centres de Corcoran et de Tehachapi ne voulaient pas du prisonnier, alors on l'a envoyé dans le nord, au Pelican. En l'espace de trois mois, il a survécu à trois tentatives de meurtre, dont l'une venait d'un membre du personnel, qui se trouve toujours à l'hosto. Puis là-dessus...

Olbrich expira lourdement, et cela suffit à lui faire perdre la vedette. Surtout lorsque je vis Monroe soliloquer d'un air grave au bord de l'eau, et Nina relever brusquement la tête en me cherchant du regard. Elle reprit aussitôt le chemin du bungalow.

— Ne me dites pas ça... murmurai-je.

J'entendais le sang jaillir dans mes oreilles, le sentais hésiter dans mes veines.

— Il y a deux jours, il a quitté la prison pour être transféré à Los Angeles. On ignore ce qui s'est passé en route, mais, au bout de cent cinquante kilomètres, il s'est bel et bien passé quelque chose. On a retrouvé le fourgon blindé quasi entier, et les corps de deux gardes dans un rayon d'un kilomètre. Les deux autres ont disparu. L'hypothèse, c'est qu'ils sont morts eux aussi.

— Dites-vous plutôt qu'ils ont aidé Paul à s'évader.

— Monroe était persuadé que vous répondriez ça. Il m'a prévenu de vos penchants conspirationnistes. Un tueur sous chaque lit, etc.

— Vous savez parfaitement de quoi je parle. Vous avez aidé John Zandt. Il vous a transmis des infos. Il était sur la trace de Paul.

— J'ai aidé John parce que je le connaissais lorsqu'il bossait à la crime, et que c'était un flic brillant. Il ne l'est plus. Je vous signale qu'il a deux avis de recherche aux fesses.

— Ouais, il a tué un mec qui conduisait des fillettes à la mort, et un autre qui participait à leur enlèvement.

— Prudence, Ward. Si jamais Zandt refait surface, vous pourriez être obligé de répéter cette déclaration devant un tribunal.

— Je ne cautionne pas ce qu'a fait John. Mais quand j'aurai le temps et que je me sentirai en sécurité, j'irai danser sur les tombes de ces deux ordures.

— En sécurité vis-à-vis de qui ?

— À votre avis ? Des gens qui sont derrière tout ça. Je ne délire pas, Olbrich. Pourquoi croyez-vous qu'on s'est retranchés ici, avec Nina, sous des noms d'emprunt ? Parce qu'on serait dans un trip retour à la nature ? Ou par timidité ? Sans déconner !

— Je pensais que c'était lié à votre frère. Je sais que vous avez participé à sa capture.

— Non, rétorquai-je froidement. Ce n'est pas à cause de lui. Nous imaginions que le système pénal californien maîtrisait la situation.

— Ward ? lança Nina.

Monroe remontait lui aussi, avec quelques foulées de retard, les mains dans le dos. Il affichait l'air du type qui a bouclé sa mission, obtenu le résultat voulu, et pense déjà à la suite.

— T'es au courant ? demanda-t-elle.

— Eh oui. Félicitations, Charles. Vous venez juste de perdre l'un des types les plus dangereux au monde.

— On le trouvera, jura-t-il.

— Aucune chance. Si jamais quelqu'un doit trouver quelqu'un, c'est lui qui vous trouvera. Et là, je ne donne pas cher de votre peau.

— Je doute que ce soit moi qui l'intéresse.

— En effet. Mais dans ce cas, n'auriez-vous pas dû nous prévenir un peu plus tôt ? Il y a un jour et demi, par exemple ? Ou bien vous préfériez poster des agents à Sheffer et nous utiliser comme appâts ?

— Vous perdez la tête.

Je refusais de le croire, et cela signifiait que Sheffer n'était plus un lieu sûr. Paul ne viendrait pas nécessairement me chercher. Mais d'autres pouvaient s'en charger pour lui.

— Si je comprends bien, Olbrich veut me demander si je sais où Paul se cache ?

— C'est le cas ?

— Non. Mais en l'état actuel des choses, même si je le savais, je ne vous dirais rien.

Je fumai sous le porche pendant que Nina bouclait ses bagages. Monroe et le flic restaient plantés un peu plus loin, bouillant d'impatience. J'ai passé un moment à scruter la nuque de Monroe. Un tir propre et net ne suffisait plus. Je voulais le saisir à la gorge et le noyer dans le lac. En public, avec des billets bon marché et des sandwiches gratuits.

— J'ai fini, annonça Nina.

Je me retournai ; elle se tenait dans l'entrée, un sac à la main. Elle avait ressorti le vieux tailleur de fédé. Ce n'était plus la même. Elle avait un air sérieux, professionnel, un air… en fait, elle avait un air assez cool.

Je me levai.

— Agent Baynam, fidèle au poste.

— Ça m'emmerde autant que toi, dit-elle en se rapprochant. Tu me crois, au moins ?

— Oui, je te crois, répondis-je à mi-voix. Car je pense qu'une certaine personne a ignoré les coups de fil de Monroe depuis un petit moment. Je me trompe ?

— Pas sûr.

— Tu aurais dû me dire qu'il s'était manifesté.

— C'est vrai. Mea culpa. Et toi, qui te réclame ?

— Comment ça ?

— Le soir où tu as fait cette salade ridicule. Tu as refermé l'ordi sans quitter la messagerie.

Que pouvais-je ajouter ?

— Grillé.

— Alors, qui essaie de te joindre ?

— C'est parvenu à une vieille adresse. Ce pourrait être n'importe qui.

— J'en doute. T'es un chic type, quand on creuse bien, mais t'as pas non plus un succès fou. M'étonnerait qu'on te propose un bowling. Dehors, il y a un monde hostile qui nous veut du mal, Ward. Tu dois découvrir qui t'a écrit.

— C'est toi le boss.

— Exact. Ne le perds jamais de vue. (Elle se pencha pour m'embrasser.) À plus.

Elle marcha jusqu'au lac et suivit les deux hommes. Je la sentis disparaître bien avant que mes yeux ne la perdent.

J'ai consacré l'après-midi à fermer le bungalow. J'ai fait le ménage, coupé le chauffe-eau, tiré les volets. J'ai passé une bonne partie de ce temps à me demander où aller, sans grand résultat. Le mieux qui me soit venu à l'esprit était de rouler vers l'est. Je suis monté dans les combles pour récupérer la bécane de

Bobby. Je l'ai mise à recharger pendant que j'acheminais quelques affaires vers la voiture de Nina, garée après le lac derrière chez Patricia. J'ai expliqué à notre amie que Nina était partie et que je n'allais pas tarder moi-même. Je lui ai fait promettre d'être prudente, de se méfier des inconnus, et d'alerter le shérif au moindre signe suspect. Elle m'a offert un café qui n'a fait qu'alourdir mon sentiment de solitude.

De retour là-haut, j'interrogeai ma messagerie. Il n'y avait rien, ce qui, d'une certaine façon, me compliquait la tâche. Nina était bien gentille de réclamer l'identité de mon correspondant, mais le mail contenant l'adresse d'expédition se trouvait sur *son* ordinateur. Pour ma part, je restai sceptique quant à la nécessité de ce contact. Elle voyait peut-être la main de Paul, qui cherchait à me débusquer. Auquel cas elle raisonnait de travers : Paul était encore détenu à la date du mail.

J'allais éteindre la machine lorsque je vis qu'elle téléchargeait quelque chose. Une fenêtre d'avancement annonçait du courrier sur l'un des comptes de Bobby. J'avais maintenu ses adresses électroniques, par respect ou par superstition, me refusant à clore ce dernier vestige de sa vie.

Trois messages dans la boîte aux lettres. Tous avaient pour titre « APPELLE-MOI » et le dernier datait de trois semaines. J'aurais spontanément cru à des spams si leurs adresses Hotmail ne m'avaient paru familières.

J'ouvris le plus récent :

T'es là, Bobby ? Il y a de drôles de bruits qui courent et j'ai besoin de tes lumières. ***Vite.***

Toujours pas signé. L'émetteur devait penser que Bobby et moi reconnaîtrions son adresse. Je réfléchis quelques instants, puis recopiai celle-ci dans un nouveau mail, sur mon propre compte. Avec pour texte :

Ici Ward Hopkins. Bobby est mort. Qui êtes-vous et que voulez-vous ?

Je cliquai sur « envoyer » avant de me poser trop de questions.

La sagesse commandait de partir au plus vite, mais je trouvais cela difficile. Je jetai un dernier coup d'œil dans la maison, comme mon père me l'avait enseigné dans les locations de vacances, en vérifiant les pièces l'une après l'autre, en refermant chaque porte derrière soi. Je cherchai mon manteau partout, avant de conclure qu'il devait être accroché à la porte d'entrée, encore ouverte. Je ne me souvenais pas de l'avoir suspendu, mais la journée avait été si mouvementée...

En rabattant la porte, je découvris non pas un manteau, mais deux. Le blouson marron de Nina pendait juste à côté du mien.

Elle l'avait abandonné.

L'espace d'un instant, je retombai en adolescence, puis tâchai d'être philosophe. Trop gros pour son sac. Ne cadrait pas avec le look propret de fédé. T'as trente-neuf ans, Ward. Ressaisis-toi.

Puis de l'une des poches je vis dépasser un coin de feuille pliée. Un petit mot, écrit de la main de Nina.

Quelle gourde. Je vais attraper la mort.

La voilà, ma destination.

Je verrouillai le bungalow et pris la route de Yakima, qui possédait un aéroport. Je prévoyais d'y passer la nuit, avant de m'envoler pour la Virginie.

CHAPITRE III

Après coup, Lee John Hudek déclarerait avoir tout de suite flairé l'embrouille. Il ne savait dire à quel moment précis, mais l'impression était nette. Il s'en souvenait d'autant mieux qu'il ne croyait pas à ces conneries de prémonitions. Prémonitions, mon cul. C'était bon pour les charlatans de Venice Beach, pour ces soiffardes avec leurs stands de tarots pourris, ou pour Pete Voss à la rigueur – Pete le Dormeur semblait convaincu de capter des ondes vaudou du fait que sa mère avait un huitième de sang Blackfoot ou bouddhiste ou Dieu sait quelle merde. Il y croyait surtout lorsqu'il était défoncé, c'est-à-dire les trois quarts du temps, mais Hudek restait persuadé que tout ça c'était du flan – chez Pete en particulier comme dans l'univers en général. Hudek avait compris dès son plus jeune âge que le monde suivait des lignes fermes et droites, et que ces foutaises étaient faites pour les losers. Dormeur était une sorte de bourrin fini, c'était clair, mais il était sympa et loyal, c'était un revendeur lent mais régulier, et puis c'était un des anciens de l'équipe, alors peu importait.

Voici ce dont Hudek se souvenait :

Installés dans la caisse avec Pete à sa droite et Brad Metzger à l'arrière, garés après la sortie de Tujunga Canyon Drive, ils avaient ouvert le toit pour profiter du soleil pendant qu'ils patientaient. Et patientaient. La voiture appartenait à Hudek, réglée cash. Dans sa situation, la plupart auraient opté pour une vieille relique au moteur gonflé – comme lui, un temps – mais il considérait aujourd'hui qu'une Merco de businessman envoyait de meilleurs signaux. Et les flics vous donnaient moins de fil à retordre. Pas tout à fait vingt ans, et Lee Hudek possédait aussi sa propre maison. Elle n'avait rien d'une baraque de mac, juste une discrète villa de trois chambres à Summer Hills, mais avec piscine et double garage, et il fallait voir la taille du téléviseur. Pete et Brad habitaient à Simi Valley, au sud de Santa Barbara, chez leurs parents respectifs. Toutes leurs connaissances créchaient encore chez papa et maman, ayant accompli peu de chose depuis la fin du lycée, l'année précédente, sinon appris que le boulot ne tombe plus du ciel en Californie et qu'avoir été une demi-pointure dans l'équipe de foot valait que dalle à l'extérieur.

La voiture avait le capot pointé sur la route ; la paroi sèche et broussailleuse du sous-canyon se dressait côté passager. On crevait de chaud. Dormeur jouait avec sa console de poche, ping, ping, bip. Brad déblatérait sur la poule qu'il s'envoyait, se demandait s'il devait lui payer un nouveau nez. Ayant lui-même tringlé la poule en question, Hudek estimait que Brad se lasserait d'elle avant la fin de la période postopératoire, d'autant que, à court terme, les perspectives de pipes seraient sensiblement réduites. Mais il laisserait Brad le découvrir par lui-même. Si le keum comptait vraiment gâcher tout ce fric sur une gonzesse, c'est qu'il était trop payé.

Trop payé par Hudek, s'entend.

— Je l'ai tringlée, mec, lâcha-t-il spontanément. Y a un an de ça.

Brad se tut. Puis embraya sur une autre fille.

Quand Hudek consulta sa montre, il était 13 h 17. Les autres avaient plus d'une demi-heure de retard. Du jamais vu. C'était casse-couilles de traverser la Valley, mais on procédait toujours ainsi. Comme Hernandez s'était toujours montré réglo, Lee acceptait ses conditions sans broncher. Ce retard n'avait rien de réglo, par contre ça aggravait sensiblement le côté casse-couilles de la chose. Surtout maintenant. Maintenant que Lee avait le Plan, la fiabilité devenait le maître mot.

Il revérifia sa montre, pour rien. Toujours 13 h 17. L'espace d'un instant, il lui sembla que la grande aiguille ralentissait, comme si cette dix-septième minute enflait, menaçait d'exploser.

Ce fut peut-être là, le moment où il tiqua, où lui vint le curieux pressentiment que cette journée prenait la route d'un avenir absent des panneaux.

Il fut 13 h 18.

Un cliquetis de briquet dans son dos.

— Fume pas dans la caisse, Brad.

— Le toit est baissé, putain.

Hudek se retourna sur son siège et dévisagea son pote.

Brad secoua la tête, ouvrit sa portière, descendit. Il s'éloigna de quelques pas, jusqu'au mur du canyon. S'assit sur une pierre et grilla sa cigarette. Ce dont il avait vraiment envie – *besoin*, ouais –, c'était un joint. Mais si Lee soufflait le chaud et le froid à propos de la clope, il était intraitable sur la fumette au boulot. Vivement que cette mission se termine, se dit Brad. Ces opérations le faisaient toujours flipper. Il n'y avait jamais eu de pépin, mais les transactions de drogue restent des transactions de drogue – un truc éprouvant, même sans gueule de bois quatre étoiles comme celle qu'il se tapait en ce moment. Brad avait passé la soirée de la veille autour de la piscine avec les mômes Reynolds et leur bande de copains, à Santa Barbara, pendant qu'à Hollywood les parents Reynolds s'enfilaient cocktails, petits-fours et blagues sur le nouveau proc entre confrères et consœurs du barreau. Les gosses avaient leur propre menu de fête : vin, herbe et XBox. Brad avait fini dans les vapes, au lit avec une meuf. Pas celle qui voulait changer de nez, Karen – retenue par un dîner de famille méga-important –, mais une quelconque lycéenne de quinze ans, dont il ne sut pas le prénom mais qui à l'évidence raffolait de la cocaïne et qui, il l'espérait de toutes ses forces, aurait tout oublié le lendemain. À 7 heures du matin, M. Reynolds était entré dans la chambre pour ouvrir la penderie et choisir une cravate.

En ressortant il avait dit :

— Bonjour, Bradley.

— 'jour, m'sieur Reynolds, avait marmonné Brad en retour.

Aussi simple que ça. M. Reynolds avait paru préoccupé. Par une grosse affaire à plaider, peut-être. Et non par le fait que son fils et sa fille passaient la moitié de leur temps défoncés au Valium, Valium fourni par Hudek aux bons soins de Brad.

Assis sur sa pierre, Brad se demandait surtout si Hudek avait réellement baisé Karen Luchs. Possible. On ne savait jamais, avec lui. Ils avaient beau se connaître depuis toujours, avoir traîné dans les mêmes salles et dribblé les mêmes balles, Brad ne cernait pas tout à fait son ami. Certaines questions restaient sans réponse. Où il puisait son énergie, par exemple. D'où il tenait son savoir-faire. Ou pourquoi il était devenu le type pour qui on bosse, et non l'inverse. Peut-être avait-il tringlé Karen. Peut-être pas. La plupart d'entre eux avaient sauté la plupart d'entre elles à un moment ou à un autre. Au final, ça importait peu, sans doute.

Brad releva les yeux en entendant quelques mesures polyphoniques du générique des *Simpson*. Lee Hudek porta le Motorola à son oreille. La conversation dura à peu près une minute. Hudek n'éleva pas la voix, mais il le faisait rarement, donc ça ne prouvait rien. Pour finir, il referma l'appareil et convoqua Brad avec son index.

— C'est retardé, expliqua Hudek quand Brad regagna la voiture.

— Comment ça, retardé ?

Hudek se contenta de hausser les épaules.

— C'est quand même craignos, maugréa Brad, dont la migraine empirait au soleil. Y a plein de gens qui attendent.

— Je sais bien, répondit Hudek. On peut pas faire ça tout de suite, c'est tout. On reporte à ce soir. Rien de grave.

Mais si, c'était grave. Et d'une, ça ne leur était encore jamais arrivé, et de deux, on était samedi et des tas de clients attendaient leur shit et leur coke. Or qui dit livraison tardive dit distribution tardive, et donc bringue tardive. Hudek avait l'air assez furax comme ça, les yeux plantés dans le pare-brise, alors au lieu de protester Brad sortit le flingue de sa place stratégique – sous le siège passager, prêt à l'emploi –, fit le tour de la voiture et le rangea avec soin dans le coffre, enveloppé dans un drap de plage, en vue du retour à la maison. Brad respirait toujours mieux une fois l'arme enfermée.

Il s'assoupit lors de la traversée de la Valley par la route 118. Hudek maintint un petit 90, sans décrocher un mot. Dormeur joua avec sa console d'un bout à l'autre du trajet. Bip, bip, ping.

Le soleil écrasait le paysage de tout son poids.

Après avoir déposé les autres au centre commercial de Belle Isle, Lee Hudek roula sans but dans la Valley. Il échoua à la terrasse du Frisbee, devant un cheeseburger et des frites au piment, à regarder passer les bagnoles. Les badauds voyaient quant à eux un jeune homme blond, athlétique et légèrement bronzé, vêtu d'un jean baggy soigné et d'un tee-shirt de marque. Un unique tatouage barbelé autour du biceps gauche (le folklore gang n'était pas son truc) et un physique qui, sans être à tomber, pouvait passer pour satisfaisant d'un bout à l'autre du continent. Très faune locale, en somme : un jeune spécimen mâle de l'espèce peuplant cette plaine.

Son téléphone sonna à quelques reprises, et chaque fois il décrocha, répondit méthodiquement aux interrogations des gens étonnés de n'avoir pas reçu leurs friandises. Il connaissait toutes ces personnes de visu, et aucune ne prit la mouche. Tout baignait. Lee honorerait la commande. Comme toujours. Jusqu'à présent, en tout cas. Le seul à ne pas se manifester était le mec le plus indispensable, celui qui devait fixer le nouveau rendez-vous. La situation devenait, pour reprendre une expression paternelle, « très inhabituelle ».

Comme beaucoup de ses amis, Hudek s'entendait bien avec ses vieux. Mais, alors que la plupart toléraient leurs parents parce qu'ils ne faisaient pas d'histoires, se contentaient de flotter à l'arrière-plan de leur existence, de les conduire à droite et à gauche, de leur filer du fric pour les fringues, le psy ou la désintox, et de ne s'abstraire que sporadiquement de leurs carrières pour se demander à voix haute si leur fils ou leur fille avait, à terme, un quelconque projet en matière de boulot, Hudek vénérait son père. Quand ce dernier était dans les parages. Hudek senior travaillait dans l'immobilier et voyageait beaucoup. Il avait un carnet d'adresses volumineux et gagnait un fric fou, sans jamais l'étaler. Sa femme et lui possédaient des tas de trucs hors de prix qui ne sortaient jamais de la baraque et qu'ils planquaient lorsqu'ils recevaient. Il avait de l'humour, aussi. Pour Lee, la sonnerie de portable *Simpson* tenait du clin d'œil, en souvenir de ce jour lointain – il était encore gamin – où il avait vu son père se tordre de rire devant cette réplique d'Homer à ses gosses : « N'oubliez pas : pour les autres, on est une famille normale. » La devise de Ryan Hudek était du même acabit, bien qu'insolite en ce lieu et à cette époque : si tu sais ce que tu vaux, le monde entier n'a pas besoin d'être au courant.

Lee en avait pris bonne note, comme de la leçon véhiculée par le cinéma et démontrée toutes les semaines dans les reality-shows policiers : ce qui est voyant attire l'attention, et l'attention attire les ennuis. Pour l'heure, Lee incarnait le jeune qui ne sait pas quoi faire de son samedi après-midi. Et ça lui convenait parfaitement.

Au bout d'un moment, il se souvint que c'était l'anniversaire de sa mère. Il acheta une carte et un flacon de parfum, avant de se pointer chez ses vieux. Son père était sorti – une partie de golf, sans doute –, alors il passa par-derrière.

Lisa Hudek était à demi allongée sur un transat au bord de la piscine, oisive sous ses lunettes noires. Elle accepta le cadeau non emballé ainsi qu'un baiser, et sourit plus ou moins dans la direction de son fils.

Il lui tint compagnie pendant une heure, à regarder trembloter l'eau du bassin, pendant que sa mère vidait consciencieusement une grande bouteille givrée. Puis son portable sonna enfin ; c'était Hernandez.

Le nouveau rendez-vous était fixé à 19 h 30. Très tard, en effet, mais c'était comme ça. À lui de gérer. Le lieu serait précisé ultérieurement.

Au fait, pouvait-il se pointer seul, cette fois ?

— Ouais, d'accord, marmonna Hudek avant de rentrer dans la maison pour passer quelques coups de fil.

À 19 h 15, il s'arrêta en douceur, à mi-hauteur du pâté de maisons au croisement de Roscoe Boulevard et de Sennoa Avenue. Cinquante mètres après le carrefour se trouvait une station-service. En face, un bâtiment bas que Hudek avait croisé des centaines de fois sans même y jeter un œil. Lorsqu'il était enfant, ces murs avaient abrité une cafétéria, et il était sûr d'y avoir mangé en famille à deux ou trois reprises. Puis le restau avait mis la clé sous la porte, était devenu un magasin de moquettes, puis un centre de pièces détachées, puis avait abrité divers commerces avant d'atteindre l'invisibilité pure. L'un de ces endroits tantôt murés, tantôt ouverts, qui peu à peu échappent à nos radars mentaux.

— OK, dit-il en coupant son moteur.

— C'est très loin d'être OK, objecta Brad.

Ce coup-ci, Brad était assis à l'avant. Pete le Dormeur occupait l'autre voiture avec Steve Verkilen, le quatrième membre du groupe. Eux étaient garés à deux pas de la station-service. Brad n'apercevait que leur calandre, ce qui n'était pas très rassurant. Le pistolet reposait sous le siège de Brad, mais ça ne le consolait pas davantage. Son petit doigt lui disait qu'on risquait de l'utiliser, et ça craignait. Le flingue n'était pas censé servir. Il suffisait de le posséder, et que les autres le sachent. Une fois, une seule, ils avaient tiré sur la maison d'un gus, la nuit, en guise d'avertissement, après s'être assurés que la baraque était vide. Mais s'en servir pour de vrai, c'était un tout autre univers, où le pistolet perdait soudain sa vertu protectrice. Brad pouvait presque sentir l'arme refroidir le siège, s'étirer, s'assouplir, et siroter un café en demandant : « Sans déconner, gamin, tu me prenais pour qui ? »

La présence d'un second flingue sous le siège de Hudek ne faisait qu'aggraver la situation. Il côtoyait le sac de fric.

Brad alluma une cigarette, dans l'espoir qu'elle l'apaiserait.

— La façade est bouclée avec des chaînes et des planches. T'es supposé entrer comment ?

— La porte de derrière.

— Tu comptes sérieusement y aller ?

— Pas moi, répondit Hudek. *Nous* y allons.

— Attends, Lee. S'ils t'ont demandé de venir seul, comment ils vont réagir si on s'amène tous les deux ?

— C'est ce qu'on est venus découvrir.

Face au regard de Hudek, Brad ne put que se taire : il avait des dettes, et Hudek était sa seule source de revenus. Si Brad n'était pas content, il lui restait une solution : ouvrir la portière et se tailler, auquel cas le futur devenait une zone obscure, sans drogue ni fric ni statut social.

— J'aurais pu t'emmener comme d'hab, souligna Hudek. Sans te répéter ce qu'ils m'avaient demandé. Mais je t'ai mis au parfum.

— OK, fit Brad. OK.

Hudek adressa un coup de klaxon à Pete, qui accusa réception. On vit alors Dormeur et Steve s'extirper de leur caisse et traverser le carrefour pour disparaître dans l'autre rue. Lorsque la voie fut libre, Hudek et Brad quittèrent la Mercedes, sortirent les flingues et les coincèrent en vitesse à l'arrière de leurs jeans. Ils enfilèrent leurs blousons, Hudek prit le sac de fric dans sa main gauche et fit un signe de tête impérieux. En avant. Deux petits gars s'en allant en balade. On pouvait presque entendre démarrer la BO.

Mais ouais, se dit Brad, légèrement écœuré. *On est pas des blaireaux. Tout baigne, putain, qu'est-ce qui pourrait nous arriver ?*

Il traversa la chaussée sur les talons de Hudek, la tête droite, le pas ferme et régulier. Ils coupèrent par le petit parking pour atteindre la droite du bâtiment. Un étroit passage menait à l'arrière vers un second parking, plus grand et désert, en dehors d'une vieille bâche recroquevillée sur le bord. Tout au fond se dressait un petit mur de béton, que Hudek avait repéré deux heures plus tôt en passant en voiture. De l'autre côté, cachés derrière une benne rouillée, seraient postés Pete et Steve.

À mi-chemin du parking, Hudek s'arrêta. Il fallait admettre que le lieu était bien choisi : en plein jour, mais invisible depuis la route. On distinguait une porte dans le dos trapu du magasin, mais Hudek ne s'y rua pas, préférant scruter le parking. Écouter. Il prit son temps, parfait prédateur surveillant son territoire.

Brad admirait son calme. L'admirait à mort. En espérant vraiment, vraiment, que cela suffirait.

— On t'avait dit de venir seul.

Le cœur de Brad lui défonça le thorax. La voix venait de derrière.

— Retournez-vous. Lentement.

Hudek et Brad s'exécutèrent, pour découvrir trois hommes plantés à quatre mètres de distance. Minces, bruns, les yeux foncés. Ils avaient dû guetter leur arrivée sur le grand parking avant de les suivre dans l'allée. Seigneur.

Le seul visage connu était celui d'Hernandez, leur contact habituel. Une trentaine d'années, une gueule de vieille hache. Il secoua la tête à l'intention de Hudek.

— On t'avait dit de venir seul.

— J'ai compris, rétorqua Hudek. Et si tu me disais de te sucer la bite, je le ferais pas non plus.

Hernandez pinça les lèvres et remua faiblement la tête, comme s'il appréciait cette réponse, avec son allure de méchant de jeu vidéo.

Il se tourna vers son voisin de droite, hocha la tête de plus belle. Le voisin hocha la tête à son tour. Puis ils hochèrent la tête ensemble tout en considérant Hudek.

La scène dura un temps de trop aux yeux de Brad, et cette histoire commença à lui foutre les boules.

— Tu voulais que je vous retrouve à l'intérieur, rappela Hudek. Ça rime à quoi de nous chopper ici ? Ça rime à quoi de nous prendre par surprise ?

— C'est pour s'assurer que tu as suivi les instructions, répondit Hernandez.

— Tu croyais sérieusement que j'allais le faire ?

— On espérait.

— La vie est pleine de déceptions, mec. À toi de gérer. On peut passer à la suite, maintenant ? J'ai la moitié de West Valley qui attend son trip.

— On devrait peut-être trouver un autre gosse de riche pour écouler notre came. Un gentil garçon obéissant.

— Tu vois, y a un truc que t'as pas l'air de piger, répliqua Hudek. Je te jure, t'y es pas du tout, là. T'as l'air de croire qu'on va rester plantés là à gober vos salades. Mais ça va pas se passer comme ça.

— Ah non ?

Hernandez avait retrouvé le sourire. Or Brad n'aimait pas ce rictus. Il s'aperçut que l'un des types tenait un flingue, avec naturel, le long de sa cuisse. L'arme était sûrement là depuis le début, mais sous l'effet du stress il n'avait rien remarqué… *Gobe leurs salades, Lee*, pensa-t-il, fébrile. *Je t'en supplie, on gobe leurs salades et on s'arrache.*

— Pete ! lança Hudek un ton au-dessus. Si tu venais nous rejoindre ?

Un long silence. Pete le Dormeur n'émergea pas du cube métallique.

Scrutant Hudek d'un air piteux, Brad vit pour la première fois une nuance de confusion dans le regard de son pote.

Hudek rouvrit la bouche :

— Steve ?

Le même silence, que seul vint rompre un coup de klaxon là-bas sur le carrefour, c'est-à-dire au bout du monde.

Hernandez inclina la tête.

— Pete ? Steve ? De qui peut-il s'agir ? D'autres pique-assiettes ? D'autres rats de la Valley ?

Hudek se taisait, les yeux rivés sur la benne.

Hernandez interpella de nouveau son voisin de droite :

— Tu connais un Pete ou un Steve, toi ? T'as croisé un Pete ou un Steve ?

— Oui, répondit le gars. Je crois que oui.

Il se dirigea vers la grande bâche avachie au pied du mur latéral. En souleva un coin.

Brad écarquilla les yeux. Couchés sous la toile goudronnée, se trouvaient Pete et Steve. Bâillonnés avec du ruban adhésif argenté. Et sans doute ligotés, puisqu'ils étaient immobiles. Du moins était-ce une explication possible à leur immobilité.

Le type laissa retomber la bâche.

— Vous auriez pas dû faire ça, menaça Hudek d'une voix basse et monocorde. (Il glissa la main droite sous son blouson, puis dans son dos.) Vous auriez pas dû.

— Fallait venir seul.

— Détache-les.

— Va chier.

Hudek sortit sa main. Elle tenait le pistolet automatique.

— Maintenant tu les détaches, connard !

Ils remuèrent la question pendant un petit moment, mais Brad les entendait à peine. Des paroles tournaient à vide dans sa tête, recouvrant tout le reste. *J'ai vingt ans*, bégayaient-elles. *C'est trop tôt. J'ai pas eu mon compte. Je croyais être grand, mais je me trompais. Ça m'intéresse plus, la baise, la drogue et la bière. Ça m'intéresse plus d'être ici. Je veux rentrer à la maison, regarder de vieux épisodes de* X Files *en bouffant de la glace. Je veux retrouver mes dix ans.*

— Gros sac à merde, dit Hudek, sans doute en guise de conclusion.

Brad sortit de sa rêverie. Les calibres ennemis n'étaient plus baissés vers le sol, mais braqués sur Lee et lui. Ça dégénérait salement, et Brad savait ce qu'on attendait de lui, alors il dégaina aussi. La fin était proche. Cinq mecs armés. Le calcul était vite fait.

Hudek leva son flingue, le pointa sur le torse d'Hernandez. Le type resta parfaitement impassible, et Hudek fut enfin fixé : cet homme avait déjà tué, et pas qu'une fois. Hudek possédait une clairvoyance dont Brad ne pouvait pas même rêver, mais en cet instant leurs pensées se rejoignaient. Nous y voilà. Le grand final.

— OK, dit Lee, si ça doit finir comme ça…

Soudain, un grand « clic » dans leur dos. Suivi d'un cognement sourd, comme du bois contre un parpaing.

Hernandez décala son regard. Hudek et Brad se retournèrent.

La porte arrière du bâtiment était grande ouverte, révélant un homme en costume.

— Dépêchez-vous d'entrer ! On vous attend.

Brad était aussi surpris que Hudek, mais incapable de prononcer le moindre mot. À Hudek, donc, de reprendre ses esprits, et il eut toutes les peines du monde. Il ne vit même pas qu'Hernandez en profitait pour frapper le crâne de Brad, pas plus qu'il n'entendit son ami tomber en vrac sur le bitume.

Bouche bée, il fixa l'homme au costard pendant cinq bonnes secondes, avant d'articuler :

— Monsieur Reynolds ?

CHAPITRE IV

L'intérieur du bâtiment était sombre, étouffant. Les ampoules nues semblaient suspendues au hasard, révélant çà et là des débris d'activités passées : rouleaux de moquette moisis, pièces mécaniques non identifiables, et des équipements que Lee Hudek associa vaguement aux cuisines des restaurants. Ça sentait la poussière et le chaud. Talonnant M. Reynolds, Hudek traversa une grande salle, enfila un couloir, franchit la porte d'un espace encore plus vaste et plus obscur qui occupait toute la surface restante. Là, M. Reynolds s'écarta, et Lee se retrouva en tête. À l'évidence, il était censé poursuivre son chemin. Une lumière brillait tout au fond. Sans doute indiquait-elle sa destination. L'espace d'un instant, il envisagea de ne pas obtempérer, de rebrousser chemin et de foncer vers la sortie. Mais ça ne rimait pas à grand-chose. Brad était resté sur le parking, Pete et Steve également, après avoir subi Dieu sait quoi de la part d'Hernandez et consorts. Ce que l'avenir réservait à Hudek n'était pas tellement plus clair.

Autant le découvrir.

Il s'avança dans le noir. Ses pas auraient dû résonner dans l'immensité, et pourtant non. Peut-être l'obscurité renfermait-elle d'autres rebuts, qui étouffaient le bruit. Peut-être était-ce dû à cette putain de fournaise. L'air semblait vieux, très vieux ; épais à en bouffer les sons. Et les gens, qui sait.

La lumière émanait d'une unique lampe, posée sur un coin de sol dégagé. L'objet provenait d'un motel bas de gamme ou d'un film : un pied droit, en bois, coiffé d'un grand abat-jour blanc que l'âge et la poussière avaient rendu crème dégueu. À côté trônait un fauteuil : massif, râpé, d'une couleur indéfinissable. Dedans se trouvait un homme.

— Salut, Lee. Tu te souviens de moi ?

Hudek stoppa à quelques mètres du type. Non par déférence, mais parce qu'il préférait, pour des raisons difficiles à expliquer, garder une certaine distance.

Le type était en costume et chemise sombres. Il paraissait proche de la quarantaine, bien bâti quoique maigre. Les cheveux courts, le teint pâle. Son visage était si mal éclairé qu'on peinait à distinguer ses traits, mais Hudek savait une chose : c'était la première fois qu'il le voyait. On aurait dit un gros chien au caractère incertain, assis bien droit dans son fauteuil, aux aguets. Prêt pour la promenade. Ou pour le dîner.

— Non, répondit Hudek.

— Bien.

L'homme l'observa en silence. D'un air impersonnel, comme face à une toile de peintre du dimanche à laquelle il eût fallu trouver un emplacement – dans une pièce secondaire ou dans le couloir où l'on remisait les vieux anoraks et les raquettes fendues.

— Alors, comment ça va, Lee ?

Hudek haussa les épaules.

— Ça peut aller.

— Bien. Très bien. Installe-toi.

Hudek resta perplexe. Puis il vit que l'homme montrait quelque chose de la main gauche. Se retournant, il aperçut une chaise en bois à quelques centimètres de ses mollets. Il lui suffisait de plier les genoux pour s'asseoir. Ce qu'il fit.

Il tenait toujours le sac de fric pour la transaction qui, de toute évidence, n'aurait jamais lieu. Il le posa par terre. Son cœur lui faisait l'effet d'un marteau ; les coups n'étaient pas extrêmes mais suffisaient à lui tordre les côtes.

— On t'avait demandé de venir seul, glissa l'homme comme s'il venait de se rappeler un détail mineur. Tu n'en as rien fait. Pourquoi ?

Hudek chercha la meilleure réponse.

— Ça ne me disait rien qui vaille.

— Je te comprends. Tes fournisseurs te demandent d'apporter le fric, sans escorte, et ils te font lanterner. Forcément, ça rend nerveux. Alors tu te dis : « Et puis merde, je vais ramener des potes, je vais pas me laisser dicter ma conduite. C'est moi le client. Lee John Hudek. »

— Exactement, fit Hudek, ravi de reprendre pied.

Quelle que fût l'identité de ce type, il saisissait parfaitement la situation.

— Si tu refais ça, poursuivit l'homme, si tu désobéis aux consignes, qu'elles soient simples ou compliquées, la police ne retrouvera jamais ta tête. Je te tuerai, ainsi que tous ceux qui te sont chers, et là tes ennuis ne feront que commencer. Pigé ?

Hudek cligna des yeux.

— Est-ce que c'est pigé ?

— Oui, putain. Bien sûr. Cinq sur cinq. Je vous assure. Je suis désolé.

— Excellent. (L'homme hocha la tête, plein de douceur retrouvée.) Vois-tu, c'est fondamental, Lee, car je dois sentir que tu es digne de confiance. *Nous* devons le sentir. OK ?

— OK, OK, répondit Hudek en opinant frénétiquement, désormais persuadé de mourir. Mais… quand vous dites « nous », vous pensez à qui, au juste ? Je veux dire, je croyais qu'Hernandez était…

Sans un mot, l'homme ôta ses mains des accoudoirs et leva les paumes vers le ciel.

De l'obscurité surgirent quatre hommes. Deux avaient la cinquantaine, les deux autres étaient nettement plus jeunes. Chaque paire se composait d'un type tiré à quatre épingles, et d'un autre, vêtu de manière à se fondre dans la foule.

— Nous sommes les gens qui te vendent la drogue, déclara l'homme. Nous la distribuons par le biais d'Hernandez, entre autres. Bienvenue à l'étage supérieur, Lee.

Il lui fallut une bonne minute pour retrouver un pouls normal. Les types avaient regagné l'ombre, le laissant seul avec l'homme assis.

— Dis-moi un truc, Lee. Tu as des idées ?

Hudek bloqua. Ça voulait dire quoi, ça ?

— Quel genre d'idées ?

— Eh bien, tu es doué. Nous sommes contents. Un gros turnover, une réelle discrétion. C'est tout ce que tu vises ? Tu estimes avoir atteint tes limites ?

Hudek hésita de nouveau. Il pensait avoir compris la question, mais craignait de se fourvoyer.

— Ben, ouais. Enfin, j'ai pensé à un truc.

— Explique-moi ça.

— La Floride, lâcha Hudek.

— Mais encore ?

— J'ai un plan. Tous les ans, des millions de jeunes déferlent en Floride pour les vacances de printemps, vous voyez ? Ça grossit d'année en année, un vrai parc d'attractions, avec une fiesta sponsorisée par-ci, un concert MTV par-là, et tout le business qui s'engouffre dans ces conneries. Cette année, j'ai passé une semaine à Panama City, pour me faire un avis. Et franchement, ça déconne à la base. T'as quatre cent, cinq cent mille étudiants qui débarquent dans cette ville chaque saison, de mars à avril. Ils veulent de la bière, ils veulent des tee-shirts mouillés, ils veulent s'envoyer en l'air. Ils veulent de la drogue. Même s'ils le savent pas encore, c'est ça qu'ils veulent. Alors on en trouve, bien sûr, et sans difficulté, mais c'est pas organisé. On pourrait mieux faire. Beaucoup mieux.

— Je vois, répondit l'homme. Et tu te dis : « Pourquoi seules les grosses boîtes comme IBM mettraient le grappin sur ces jeunes lions ? Si les entreprises américaines partent à la conquête de la Floride, pourquoi Lee John Hudek n'en ferait-il pas autant ? Pourquoi bouder cette clientèle ? »

— Exactement. Avec une équipe soudée et travailleuse, un mec malin écoulerait des quantités carrément démentes. Je veux être ce mec-là.

Voilà, c'était dit.

Il avait dévoilé le Plan. C'était la première fois qu'il l'énonçait à voix haute, et il en ressortait plus confiant que jamais.

— C'est une idée, approuva l'homme. Mais elle n'a rien d'original, et elle se heurte à trois obstacles que je vais t'exposer, si tu veux bien.

Hudek se figea, ses espoirs subitement douchés.

— D'abord et avant tout, les flics. Il y a déjà des flopées de dealers sur le terrain, comme tu t'en doutes. Ils jouent petit, ou ils arrosent les autorités locales. Ces bringues de printemps représentent une manne pour ces villes, Lee, elles amassent jusqu'à deux cent cinquante millions de dollars par saison, selon le nombre de connards en mal de bière qu'elles attirent dans leurs boîtes, venus s'éclater à mort avant de décrocher leurs jobs sinistres et de s'enterrer dans la normalité. Les municipalités savent que la drogue circule. Ça fait partie du jeu. C'est encadré, toléré. Mais si la ville est inondée de came, et que c'est exposé en une des journaux, c'est fini. Le boulot des flics, c'est de maintenir le juste milieu – et de grappiller quelques miettes pour l'entretien du yacht et le plan de retraite. Tu connais beaucoup de flics en Floride, Lee ? Tu as ce genre de relations ? Tu as une expérience du bakchich pour grosses légumes ?

Hudek secoua la tête.

— Je me disais bien. Le deuxième problème, c'est l'offre. À supposer que tu te mettes les flics dans la poche et que tu places ton personnel – et il t'en faudra beaucoup, et de gros moyens en termes de communication, de transport et de stockage, même si, là aussi, les flics peuvent t'aider –, la question du produit se posera toujours. Tu finances comment ? Je ne sais pas quel pourcentage de ton apport contient ce sac, mais ça ne suffira pas.

Hudek savait que c'était le point faible du projet.

— J'avais pensé... j'avais pensé à un accord du genre paiement différé.

— Quelqu'un te prête la drogue, tu vois si tu peux l'écouler, et sinon tu la retournes avec la facture et dix pour cent d'intérêts ? Et on ferme les yeux sur la came manquante, les pilules et la coke que tes revendeurs auront prises pour leur consommation perso ou marchandées contre une partie de baise sur la plage ? C'est vraiment à ça que tu pensais ?

Hudek haussa les épaules, les joues en feu.

L'homme du fauteuil garda son sérieux, mais un rire fusa dans l'ombre. Des rires.

— Pour finir, conclut l'homme, où comptais-tu trouver ces généreux mécènes ? Laboure le Sud en quête de contacts, et les gangs de Miami t'auront dépecé avant que t'aies pu ouvrir la bouche. Les Crips[1] sont des putains d'enfants de chœur à côté de ces racailles cubaines.

— D'accord, c'était une mauvaise idée, capitula Hudek en regardant ses mains.

— Non, Lee. C'est une *bonne* idée. Qui commence déjà à prendre forme. Mais elle n'est pas aboutie, tu as raison sur ce point. Il faudrait des stocks fiables et conséquents, et une filière de blanchiment. Il faudrait profiter de relations préexistantes avec les forces de l'ordre et avoir les moyens d'en créer de nouvelles. Il faudrait quelqu'un qui puisse t'aider à éviter les erreurs stupides et/ou de finir noyé dans les marais. Il te faudrait, en somme, de bons commanditaires.

L'homme le fixait intensément.

— Des commanditaires qui croient en toi, qui sachent qu'on peut te faire confiance. Que tu fais toujours ce qu'on te demande.

Hudek n'osait plus parler.

— Des commanditaires susceptibles de vouloir te mettre à l'épreuve, toi et ton groupe, de réclamer une ou deux faveurs, au préalable, en gage de bonne foi. Tu saisis ?

— Je crois. Qu'est-ce que vous voulez ?

L'homme sourit.

— On n'est pas obligés de voir ça tout de suite. Bientôt, mais pas dans la minute.

---

1. Gangs ultra-violents spécialisés dans le trafic de crack. *(N.d.T.)*

Il dévisagea Hudek un instant.

— Ravi de te revoir, mon ami. En sortant, tu recevras ce que tu es venu chercher. Cette fois, tu pourras remporter ton propre sac : c'est notre geste de bonne foi. Répartis le cash avec tes copains. Fais des heureux. On te contacte bientôt pour l'autre truc.

Hudek se leva.

— C'est avec vous que je vais bosser ? En direct, je veux dire ?

L'homme secoua la tête, et Hudek se surprit à penser « ouf ».

— Je repars dès ce soir. D'autres affaires m'appellent. Tu bosseras avec Hernandez. Joue le jeu. Regarde et enregistre. C'est un bon. Tu apprendras quelques ficelles. Utiles, pour de futurs postes.

Il lui adressa un clin d'œil. Hudek risqua un sourire.

L'homme pencha légèrement la tête. Hudek comprit le message et tourna les talons.

M. Reynolds attendait Lee dans le couloir. Il le guida à travers le bâtiment, puis dans la grande salle aux ampoules suspendues. Hudek éprouvait un mélange de fébrilité, de stupeur et d'euphorie, tout en peinant à admettre qu'il se faisait reconduire par le père de Stacy et Josh Reynolds. Il avait occulté cette bizarrerie-là pendant sa confrontation avec l'homme du fauteuil. Comme quoi ce type savait accaparer votre attention.

Juste avant la sortie, M. Reynolds s'arrêta.

— Ne mentionne ma présence devant personne. Je me contente de donner des avis juridiques, rien de plus. Tout le monde a le droit d'être conseillé.

— Pas de problème, monsieur Reynolds.

— Veille à ce que Bradley comprenne la même chose.

— Sans faute. Il fait ce que je lui dis.

— J'en suis certain. Je suis sûr qu'ils t'obéissent tous. Les armes devront rester ici, je le crains. (Il plongea la main dans la pénombre et produisit un petit sac. Rouge vif, frappé du logo Nike.) Mais ceci est pour toi.

Hudek baissa la glissière du sac de quelques centimètres. Il contenait la substance habituelle, mais en plus grande quantité, une vraie moisson.

— Merci.

— De rien, Lee. Mais si jamais j'apprends que tu as vendu cette merde à mes gosses, ne serait-ce qu'un gramme, tu regretteras d'être venu au monde.

Sur ces mots, il se retourna et disparut.

Hudek parcourut les deux derniers mètres et ouvrit la porte. Posa le pied sur le parking.

Il faisait encore jour, ce qui le fascina. D'après sa montre, seules trente-cinq minutes s'étaient écoulées depuis qu'ils avaient garé la voiture. Incroyable.

Au centre du parking poireautaient trois gars. Les siens.

Il les rejoignit. Brad semblait un peu vaseux. Pete et Steve avaient des marques rouges autour de la bouche. Tous trois paraissaient choqués, muets derrière leur cigarette. Pour une fois, Hudek aurait aimé en griller une avec eux.

— Ils nous ont dit d'attendre ici, expliqua Pete. Hernandez et les deux autres connards. Ils… Je sais pas. Ils ont attendu avec nous un certain temps, puis ils se sont cassés, comme ça. C'est l'hallu totale, mec.

Brad cligna des yeux, comme s'il revenait seulement à lui. Il comprit ce que Hudek tenait dans chaque main et fronça les sourcils devant le sac rouge.

— T'as la drogue ?

— Ouais.

— Et t'as toujours... la thune ?

— Exact. C'est un bonus, en quelque sorte. Tout baigne.

Brad secoua la tête. Son esprit nécessitait un redémarrage.

— Mais alors, c'était quoi, ce putain de traquenard ?

— Tout baigne, répéta Hudek. Je sais rien de plus.

L'équipe regagna la route. Lee n'était pas sûr d'avoir bien assimilé l'incident. Sa seule certitude, c'était d'en ressortir grandi et de traiter désormais avec des professionnels d'une tout autre envergure. S'il y avait une chose à ne pas faire, c'était de sous-estimer ces gens. Surtout le gars du fauteuil. Ses menaces pouvaient passer pour des phrases creuses, de celles qui servent à impressionner l'adversaire. Surenchère, cinoche. Mais Hudek n'y croyait pas. Pour lui, le type pensait ce qu'il disait, et peut-être même qu'il avait adouci le propos.

En tout cas, ce visage ne lui évoquait absolument rien.

— Je savais qu'y se passerait un truc chelou aujourd'hui, dit Dormeur en se frottant les poignets.

— Ta gueule, Pete, répliqua Brad.

— Je vous jure, les gars. J'ai fait un rêve super bizarre juste avant de me réveiller. J'étais au centre commercial et j'entrais au McDo pour déjeuner. Sauf qu'il faisait nuit, ça se voyait au fait que les grandes vitres derrière les tables étaient toutes noires, mais je sentais que c'était l'heure du déjeuner. Et alors là, au lieu de prendre un hamburger ou quoi, j'ai commandé une salade, ce qui est quand même délirant, non ?

— Ça défie l'imagination, dit Brad. Ça mérite les gros titres. Alerte CNN, mec.

— Non, attends. J'ai commandé une salade, d'accord, mais c'est pas ce qu'on m'a servi ! J'ai eu droit à un énorme sachet de Fritos. Et Dieu sait si je suis fana de chips, mais sur le moment j'avais pas envie de ça. Je voulais ma putain de salade ! Alors je lance : « Vas-y, raboule ta daube verte, mec. C'est quoi, ton problème ? » Là, le serveur me fait une espèce de sourire, et c'était pas le genre de robot habituel, il était beaucoup plus vieux, avec des cheveux gris, et il était gros et il avait un côté zarb et flippant. Il a repris les chips et m'a filé un sac en papier avec le haut roulé. Je me suis barré, et l'instant d'après j'étais sur le parking et j'ouvrais le sac, et c'était toujours pas ma putain de salade !

— C'était quoi ? demanda Brad malgré lui.

Hudek n'avait pas suivi un traître mot de la conversation. Le regard plongé au fond de la Valley, il savourait ce moment, conscient qu'ici et maintenant sa vie changeait de braquet. L'épisode du bâtiment paraissait incroyable – digne d'un rêve ou d'une série télé – mais les sacs qu'il portait dans chaque main prouvaient sa réalité.

— Une tarte aux pommes ! répondit Pete. J'allais pas refaire tout le chemin pour l'échanger, alors je l'ai ouverte et j'ai mordu dedans. Mais la garniture était toute rouge. Et elle était carrément glacée !

Brad le considéra.

— C'est ça, ton histoire ?

Tous les portables se mirent à sonner en même temps.

— OK, dit Lee. Les clients s'impatientent. Au boulot.

À l'intérieur du bâtiment, les autres hommes avaient quitté la pénombre. Quelqu'un actionna un interrupteur et la salle s'emplit de lumière.

— Il fera l'affaire, déclara l'homme du fauteuil. (Il se releva en douceur, s'étirant les épaules et le dos.) Mais titillez-le quand même. Et on pourra y aller.

CHAPITRE V

Jim était installé derrière la vitrine de chez Marsha, en Caroline du Sud. Il avait suivi la route 95 jusqu'à Savannah, avant de bifurquer vers la 321 au bout de vingt-cinq kilomètres. Il avançait à un rythme d'escargot depuis son départ de Key West, après avoir déjà perdu une journée par rapport à ce qu'exigeait ce voyage. Tout le temps de sa remontée vers le nord, il s'était cantonné à la file de droite, comme n'importe quel papy dans un tacot, le genre qu'on double à fond sur toutes les autoroutes du pays. La raison première était simple : cela faisait des lustres qu'il n'avait pas entrepris un tel périple, et depuis huit ans la voiture servait uniquement à des trajets courts. Mais il se réhabitua vite à sentir la route filer sous ses pneus, et dès lors sa prudence n'excusa plus sa vitesse. Pas plus que son caractère de cochon, même si cela jouait également.

De gros nuages s'amoncelaient dans le ciel. À peine 17 heures, et il faisait déjà sombre. D'après les rumeurs du comptoir, que Jim pouvait entendre sans effort, on attendait de sérieuses averses, imminentes.

La serveuse s'approcha et remplit sa tasse sans rien lui demander. Il lui sourit, elle fit de même, puis elle partit en se dandinant accomplir de nouvelles

BA. Jim suivit son reflet dans le chrome du distributeur de serviettes. Ses cheveux étaient d'un drôle de blond criard, et elle eût fait un réfrigérateur de grande capacité. Elle n'en possédait pas moins un réel sex-appeal, quelque chose d'authentique dans sa banalité. Étonnant, comme phénomène. Des mains habiles et de la gentillesse séduisaient plus qu'on ne l'imaginait. Jim s'aperçut alors, sans grande surprise, qu'il avait passé une décennie entière sans faire l'amour. Une pensée plus réconfortante qu'autre chose.

Il délaya une cuillerée de sucre dans son jus et scruta au-dehors. L'heure avait sonné. Jim avait traîné les pieds, décrété la route du nord trop raide pour son moteur. Mais maintenant qu'il se trouvait à une heure de sa première destination, il était temps de voir les choses en face. Il allait là où il allait, à moins de renoncer tout de suite. Il restait à peine quelques kilomètres, et cet intervalle était le moment clé : s'il avait l'intention de ne rien faire, il n'y avait pas une minute à perdre.

Ses tripes lui infligeaient une sensation connue. Une tension creuse, si sourde qu'il aurait pu s'agir d'une simple faim. Jim jeta un œil sur le menu calé contre le rebord et le refusa une fois de plus. Il fallait bien se nourrir, pourtant. Deux tables plus loin, un client avait pris un sandwich au corned-beef, et l'odeur ne semblait pas déplaisante : le pain légèrement grillé, la choucroute chaude et riche, la sauce savoureuse et épaisse, comme Jim les aimait autrefois. Il avait depuis toujours des goûts culinaires très précis. La sensation disparaîtrait peut-être s'il avalait un morceau.

Était-ce son souhait ?

Il n'en savait rien. Sincèrement rien.

Alors il termina lentement son café puis s'en alla, laissant un pourboire d'un dollar sur une addition d'un dollar cinquante, en espérant qu'il irait à la bonne serveuse.

De retour à sa voiture, il avisa le sac sur le siège passager et resta perplexe un instant. Ah, oui. Il se souvenait à peine des emplettes qu'il avait faites dans un centre commercial au sud de Jacksonville. Mais il avait bel et bien acheté le contenu de ce sac, pour sûr, en même temps qu'un objet plus lourd, juste avant de quitter les Keys, et cela signifiait sans doute qu'il avait pris sa décision.

On s'en moquait, de toute façon. D'autres avaient déjà tranché pour lui. Après tout la terre tourne, le cœur bat et le sang circule sans qu'on nous demande notre avis.

Au bout de cent trente kilomètres, Jim prit la direction de Benboro. Peu après il se trompa d'embranchement et rebroussa chemin. Ce secteur ne lui était pas familier, et ici on ne faisait guère d'efforts pour aiguiller les étrangers. Le genre de coin qu'on se contente de traverser. Hormis quelque futaie de loin en loin, la plaine était nue des deux côtés de la route.

Passé Benboro, c'était plus simple : une seule route quittait la ville. Au bout d'un kilomètre se dressait un grand panneau indicateur. Jim se rappelait qu'il était autrefois vert, mais entre-temps on l'avait repeint en rouge – voilà plusieurs années, à en juger par son état. Visiblement, la personne chargée de cette tâche considérait les lettres comme de vagues motifs géométriques et non comme des symboles chargés de sens.

BENBORO PARK, indiquaient-elles.

Il suivit la flèche et enfila la route d'accès, sûr de la trouver inchangée : des coups de fil impulsifs, tous les deux ou trois ans, lui avaient confirmé que le numéro du village de mobile-homes restait valide. À chaque fois, Jim raccrochait trop tôt pour savoir si le parc était encore géré par la même bonne femme ou s'il avait changé de nature. Mais pourquoi aurait-on mis à la rue tant de familles, de couples retraités et de célibataires hirsutes ? La ville de Benboro possédait le dynamisme d'une vieille chaussette : personne n'y implanterait de lotissements ou de zones d'activités avant longtemps.

Qu'en avait-il à faire, de toute manière ?

N'empêche qu'il avait téléphoné, tous les deux ou trois ans.

La voie suivait un tracé sinueux qui, croqué à la va-vite dans une cabane de promoteur, avait sûrement paru léché, mais qui n'était qu'interminable. À mi-chemin s'étendaient une soixantaine de caravanes, dans autant de styles et d'états différents. Chose assez rare, les rues qui les reliaient ne décrivaient pas un quadrillage standard. Le type de la cabane aimait les fioritures. Les résidents seraient d'autant plus difficiles à localiser, ce qui offrait sans doute des avantages et des inconvénients. Mais Jim savait où il allait. Aux confins du parc, là où un bouquet d'arbres marquait le début d'une friche courant jusqu'au bord d'une triste rivière, s'alignaient quatre baraquements en bois. Aussi vastes que déglingués. Deux servaient à stocker de la ferraille et du matériel pour l'entretien du parc. Les autres étaient subdivisés en hangars de location.

Jim se rangea devant l'entrée du parc. Une sorte de portique – deux poteaux métalliques soutenant une planche à hauteur de caravane – confirmait que l'on était à Benboro Park et non à Bel Air, au paradis ou dans le meilleur des mondes. Derrière, la route partait en fourche. Entre les deux branches reposait un mobile-home du même rouge que le panneau de la route principale. C'était l'emplacement n° 1, où habitait la vieille gérante. Hannah, qu'elle s'appelait. Si elle était encore de ce monde.

Jim sortit de la voiture. Les nuages s'étaient alourdis, anthracite, figés, menaçants, mais la pluie se retenait. Jim espérait qu'elle finirait par tomber, ne serait-ce que pour les gaillards perchés au comptoir de Marsha – ils avaient tellement l'air d'y tenir. Quitte à gâcher le plaisir de cette fillette qui jouait seule devant une caravane, dans la ruelle de droite. Elle fredonnait pour elle-même, et c'était assez joli.

Marchant jusqu'au n° 1, il révisa la petite histoire servie à l'époque. Il sortait d'un long et pénible divorce, oh oui, et voilà tout ce qu'il avait réussi à sauver : des misères, mais il y était attaché. Il voulait les mettre à l'abri, loin des avocats et des huissiers. Il partait pour Miami. Un ami pensait lui trouver du boulot dans un hôtel. Sinon, il filerait peut-être en Arizona, ou au Texas, pour pousser sa chance vers l'ouest.

Il frappa à la porte, tendant l'oreille aux bruits d'un téléviseur. On finit par lui ouvrir.

— Oui, m'sieur ?

La femme dont il se souvenait. Après tant d'années à mariner dans un bocal de fumée, sa peau avait pris la non-couleur d'un ex-torchon blanc. Tirés en queue-de-cheval, ses cheveux secs et gris-bruns clamaient qu'elle se savait à vomir et n'en avait rien à cirer.

— Bonjour, dit Jim dans un grand sourire. Hannah, c'est exact ? Je ne sais pas si vous me remettez.

— Je peux pas dire ça, non. Z'êtes pas du parc.

— En effet. Je vous ai loué un hangar il y a un petit moment de ça. J'aurais besoin d'y accéder.

— D'accord. Quel numéro ?

— Dix-sept, répondit Jim.

Elle s'éloigna vers un bureau où régnait une pagaille cataclysmique. Croisant les doigts, Jim attendit à l'extérieur du mobile-home, les yeux sur la route. La fillette avait disparu.

Hannah revint au bout de deux minutes.

— Un petit moment, comme vous dites ! Douze ans. Vous n'avez payé que pour cinq.

— J'ai été retenu, expliqua-t-il.

Elle hocha la tête.

— C'est vous, le gars qui partait en Australie ?

— Miami. C'est bien moi.

— Z'avez pas aimé ?

— Comme ci comme ça. Un peu trop chaud.

— Chaud ? M'en parlez pas. On a eu un de ces étés, et il a toujours pas plu. Vous me devez de l'argent.

Il lui remit la liasse qu'il avait préparée. Elle compta les billets.

— Je n'ai pas tenu compte de l'inflation, glissa-t-il.

Elle rit.

— Y a pas d'inflation, par ici. On n'a pas les moyens !

Jim sourit.

— J'aimerais prolonger d'un an, si possible.

— Aucun problème, et je vois que l'argent est là. (Elle lui confia une petite clé rouillée.) Bonne nuit. Vous la laisserez sur le perron.

Puis la porte se referma, et Jim en eut terminé.

Remontant en voiture, il s'enfonça dans le parc en direction des hangars, bluffé par tant de facilité. Voilà douze ans, il s'était pointé très tard, à cran, avec des fables qui tenaient à peine debout. Et malgré cela, Hannah l'avait reconduit à Benboro pour qu'il attrape le car de Miami. Il avait réglé cinq années d'avance, puis disparu plus du double. On se serait attendu à ce qu'elle... enfin bref. Il avait juste fait le bon choix, en flairant que ces hangars connaissaient un faible roulement. À moins que la vieille n'eût vendu ses affaires depuis belle lurette et ne fût présentement tordue de rire sur son pognon, derrière sa porte verrouillée.

Il se gara devant la troisième remise et marcha jusqu'à la cinquième porte. Il tourna la clé et pénétra à l'intérieur.

L'espace 17 consistait en un simple box de trois mètres sur six. Jim constata que son contenu n'avait pas bougé.

Il ôta la bâche et la laissa par terre. Puis resta planté devant la bête. Il s'était interdit tout sentimentalisme, mais c'était plus fort que lui.

Un vieux Combi Volkswagen, de couleur blanche, dont l'aspect ni trop neuf ni trop amoché n'attirait pas les regards. Un immense pare-brise, pour une visibilité maximale, et des flancs aveugles. Une petite lunette arrière, aux trois quarts du coffre, voilée d'un épais rideau blanc. Invisibles de l'extérieur, une kitchenette et une minuscule couchette séparée, dans la largeur de l'habitacle, qui obligeait à dormir sur le côté avec les jambes légèrement relevées. Tout ce dont un voyageur avait besoin. Ce voyageur-ci, du moins.

Jim regagna sa voiture pour extraire les deux sacs. Il ouvrit sa petite valise, plongea la main dans la boîte à chaussures et sortit les vieilles clés de voiture. Ça faisait tout drôle de les reprendre en main, avec ce vieux porte-clés en plastique râpé, un objet publicitaire signalant une fête scolaire vieille de dix-huit ans. Il resta immobile, se remémorant ce fameux après-midi et l'achat de cette breloque. Dans une autre vie.

Revenu à l'espace 17, il déverrouilla la camionnette et jeta sur la banquette le sac le plus léger. Puis il emporta le plus lourd à l'arrière du véhicule. Il purgea le fond du réservoir et versa de l'essence neuve. Il retira la batterie, la remplaça par celle du sac, puis rangea l'ancienne dans son coffre de voiture. Avant de rejoindre le van.

L'instant de vérité. L'humidité avait pu gripper le système électrique. L'huile avait stagné. Longuement.

Il grimpa derrière le volant, sentit le siège se creuser comme un vieil ami. Il inséra la clé et la tourna sans cérémonie.

Un clic, puis rien.

Il réessaya. Le Combi toussa, péta, et ressuscita joyeusement. Jim secoua la tête, tout attendri. Il n'était pas le premier à s'ébaubir du génie des ingénieurs Volkswagen.

— Content de te revoir, vieux cheval.

Dix minutes plus tard, il reposait la clé sur le perron de l'emplacement n° 1 avant de retrouver le van et son doux teuf-teuf. Il laissa un couple de quinquagénaires traverser la rue. Ni l'un ni l'autre ne lui prêta attention. Une camionnette blanchâtre, et alors ? Sans compter que Jim avait plus de soixante ans et qu'on prête rarement de grands projets aux hommes de cet âge. Sa voiture avait pris la place du Combi dans l'espace 17, sous la bâche. Elle renfermait la tenue précédente de Jim. Il portait maintenant un jean noir et une chemise en chambrai achetés au centre commercial. Ce n'était pas le genre d'habits qu'aurait arborés Jim Westlake, mais plutôt le style d'un certain James Kyle, enseignant, propriétaire, un type comme vous et moi.

La fillette avait repris ses jeux solitaires dans la rue. Jim fronça les sourcils. Il aurait fallu qu'un adulte la surveille, qu'un adulte s'installe sur les marches, avec une bière si nécessaire, mais qu'on garde un œil sur elle. Les résidents de Benboro Park se connaissaient entre eux, mais ça ne suffisait pas. Le mal frappe facilement les enfants. Trop facilement. Si facilement que c'en est déprimant. Dans un monde normal, on se serait organisé de façon à protéger les innocents, afin que chaque individu vive sa vie et se dise en bout de course : « En fin de compte, ce n'était pas si mal. » Mais était-ce jamais le cas ? Chacun passait son temps à regarder du mauvais côté. Au lieu de penser plans de carrière et pelouses impeccables, de se focaliser sur les chaussures à la mode, les régimes minceur ou la célébrité, au lieu d'être obsédés par l'image qu'ils renvoyaient ou qu'ils se faisaient d'eux-mêmes, les gens devraient veiller les uns sur les autres, sur leurs enfants, leurs parents, leurs conjoints et leurs animaux de compagnie. Se consacrer à protéger ces trésors que sont les êtres aimés, car il fallait toujours un deuil ou une cassure pour mesurer tout ce qu'ils avaient de merveilleux, d'unique. Mais les gens n'y pensaient jamais à l'avance, parce qu'ils étaient stupides. Parce que la vie était un puits de distractions. Parce que c'était comme ça.

C'était l'une des raisons qui avaient motivé ses actes, jadis. Pour donner au monde le sens des priorités. C'est du moins ce que Jim s'était dit, parfois, mais il se disait beaucoup de choses à l'époque, et la plupart étaient fausses. Sur ce point, il ne valait pas mieux que les autres. Au fond, pensait-il, chacun possède deux personnalités qui se racontent sans arrêt des mensonges. Des mensonges plus ou moins gros et plus ou moins mortels.

Au bout de quelques kilomètres, le moteur était bien chaud et semblait apprécier le retour sur la route. Jim rattrapa la 321, qu'il suivit vers le nord dans la lumière du crépuscule, toujours talonné par les nuages orageux.

CHAPITRE VI

Dans la forêt de Raynor, Nina tentait de se concentrer malgré le babillage des collègues. Elle avait passé la matinée au commissariat de Thornton, à prendre connaissance du dossier et à regarder les innombrables clichés en noir et blanc d'un homme retrouvé mort. Tout cela s'était révélé en grande partie superflu. Après qu'Olbrich les eut quittés pour regagner Los Angeles, Monroe et Nina avaient parlé de l'affaire tout au long du voyage. Elle était au parfum. Les faits étaient limités, et plus on s'y attardait, plus ils devenaient flous, tel du pain sous la pluie qui gonfle et perd toute consistance.

Monroe se trouvait six mètres plus loin, parmi un troupeau de flics, à répéter les mêmes infos. Elle essayait d'occulter sa voix lorsqu'une autre surgit, bien plus proche.

— Vous voyez ces buissons ? C'est pour ça que personne n'a rien vu plus tôt.

C'était Joe Reidel, un jeune trapu de la crime. Il faisait partie de l'armada dépêchée à Thornton par le shérif du comté de Cathridge le matin précédent. La présence de la police judiciaire ne semblait pas contrarier les agents locaux. Celle du FBI non plus, bien qu'il eût été sollicité par Joe Reidel. On comprenait vite que la municipalité ne goûtait guère ces apparitions inopinées de cadavres et se réjouirait qu'on y mette fin. Reidel était le seul à ne pas avoir livré sa version des faits à Nina. Si elle le laissait parler, peut-être que les autres se décideraient à fermer leur gueule et qu'elle pourrait enfin méditer ses propres pensées.

— Je vois, dit-elle.

La forêt de Raynor enveloppait le nord de la ville. Le ruisseau qui la traversait rendait la terre marécageuse, pleine de flaques survolées par des nuées de moucherons. On avait retrouvé le cadavre à demi plongé dans l'une d'elles, à quelques mètres d'une grosse bosse dans le sol. Un bouquet d'arbustes l'isolait du chemin qui longeait le ruisseau. Nina examina cette configuration.

— Quand même, reprit-elle, on ne peut pas dire qu'on ait tout fait pour cacher le corps.

— En effet. Et c'est une promenade très prisée. (Reidel indiqua la côte où le bois se réduisait. On apercevait au sommet un petit parking.) On n'ose pas l'appeler le Chemin des Amoureux, mais c'est le haut lieu du batifolage.

— Elle n'a rien de très charmant.

— C'est une petite ville, ici. On fait ce qu'on peut avec ce qu'on a.

— Toujours aucune trace de ses fringues ? Pas de sang ?

— Non. (L'inspecteur indiqua les alentours.) C'est délicat, à cause des feuilles, des brindilles et de toutes les saloperies de la forêt, mais je suis certain que rien n'a bougé avant l'arrivée des technos. Le couple qui a trouvé le corps est resté en retrait.

— Les analyses des entailles sur le torse et sur le ventre indiquent-elles que la victime est morte habillée ? demanda Nina.

— Très probablement. Plusieurs présentent des traces de fibres. Même si deux autres, à l'aine, sont immaculées. Ce qui nous porterait à croire...

— Qu'un acte sexuel était en cours au moment de l'agression. Noté.

Nina plongea la main dans l'enveloppe coincée sous son bras et produisit deux photos de la victime in situ. La première était une vue d'ensemble, sûrement très proche de ce qu'avait découvert le couple de témoins. Un corps, dans les bois, à la tombée du jour. Grand, livide, étendu en silence. Un spectacle si inattendu qu'on ne remarquait pas le sexe sur-le-champ, bien que le cadavre fût entièrement nu. Couché sur le dos, les jambes raides. Des marques de couteau sur le ventre et la poitrine. Une poitrine d'homme.

Le second cliché était plus rapproché. La tête baignait dans l'eau ; seuls émergeaient le menton et le nez. Les yeux étaient noyés mais ouverts, tout comme la bouche. La netteté de la photo montrait que les régions glabres avaient une texture moite, comme une pièce de viande crue restée trop longtemps sur le comptoir. Le bras gauche était couché sur le côté, et le droit légèrement relevé, fendant l'eau telle une branche morte. Il n'y avait rien au bout.

— Aucune nouvelle de la main ?

Reidel secoua la tête. Il n'avait pas l'air d'un type sur le point de rentrer chez lui.

— Et puis c'est propre, ajouta Nina. Dix-sept coups de poignard, plus l'amputation, sans que le corps soit barbouillé de sang. Sachant qu'il n'a pas plu depuis.

— Ce qui suggère que la victime a été exécutée ailleurs, avant d'être dénudée, mutilée et amenée ici. Simple hypothèse.

— La mort remonte à l'avant-dernière nuit ?

— Tout à fait. Comme l'abandon du corps, d'après les pathologistes, qui se basent sur la concentration de bestioles et de micro-organismes sur le cadavre. L'amputation, quant à elle, est post mortem, ce qui explique mieux l'absence de sang. Attendre que le type soit mort pour lui couper la main, c'est s'épargner beaucoup de peine.

— Le travail n'en reste pas moins soigné, commenta Nina.

Elle se replongea dans ses notes. Main sectionnée par deux ou trois coups d'un objet lourd et tranchant, et non par un mouvement de scie. Examen sanguin complet à venir.

— Et la zone de stationnement la plus proche, c'est ce parking en haut de la côte ? Ça fait une sacrée distance pour porter un corps de cent kilos. Surtout pour une femme.

— Le cadavre présente des coupures et diverses contusions dans le dos. L'idée, c'est qu'on l'a traîné.

— Même. Je n'aimerais pas devoir le tirer sur cette longueur, et pourtant je suis sportive. Je l'étais, en tout cas.

— Ce meurtre pue le sexe à plein nez, et la victime n'était pas homo. C'était un père de famille de quarante-six ans.

— Les hommes mariés peuvent être homosexuels. À moins que ce ne soit plus rare dans le Sud ?

Il sourit.

— Je suis né à Washington, madame. On voit toutes sortes de choses là-bas, pour peu qu'on sache où regarder. Dans le cas présent, la victime est un homme réputé pour ses mains baladeuses – sur le derrière des femmes. Et qui fréquentait les bars du coin. Personne ne se souvient de l'avoir vu repartir avec une nana, mais il passait son temps à les draguer. Y compris celles qui tenaient le bar, comme cette serveuse qui n'hésite pas à le qualifier de « chasseur de chattes ». Il nous reste à interroger l'ensemble du personnel. Rien ne permet d'affirmer qu'il n'était pas gay, certes, mais pour ce qui est des preuves directes, à vous de jouer. Tant que vous y serez, vous aurez sûrement à cœur d'expliquer ces traces de rouge à lèvres sur le cou de la victime.

— Je chercherai aussi des preuves que ce meurtre est l'œuvre d'un tueur en série. Car, pour l'instant, je ne vois rien de plus qu'un crime isolé.

— C'est vous l'experte. (Reidel éteignit son mégot et le rangea dans son paquet de cigarettes.) Bon, je vous laisse cogiter en paix, agent Baynam. S'il vous faut quoi que ce soit, vous savez où me trouver.

Il descendit retrouver ses camarades. Au bout de quelques instants, un rire s'éleva du groupe.

Nina se détourna. Considéra longuement la pente.

Nina et Monroe partirent seuls interroger Julia Gulicks et Mark Kroeger. Ces deux habitants de Thornton travaillaient ensemble à Owensville, la ville la plus proche. C'est à la faveur de leur cinquième rendez-vous qu'ils s'étaient promenés dans la forêt de Raynor. Ils n'avaient pas encore couché ensemble. Ils avançaient pas à pas, voulant croire au grand amour. C'étaient encore deux gosses, même si, objectivement, à vingt-cinq et vingt-neuf ans, ce n'étaient plus des gamins.

On les avait réunis dans la salle de conférence de l'entreprise. Ils étaient mal à l'aise, mais Nina n'y voyait rien d'étonnant. Au bout de trois semaines de rancards clandestins après le boulot, dans un café du coin de la rue, leur idylle naissante devait déchaîner les langues devant la fontaine à eau. Nina crut déceler chez Julia Gulicks une soif de discrétion qui n'était pas sans rappeler la sienne. Passé l'âge de vingt ans, les rapports sentimentaux n'ont plus rien d'un jeu, encore moins d'un spectacle.

Monroe conduisait l'entretien :

— À quelle heure avez-vous quitté le bar ?

— Vers 21 heures, répondit Mark Kroeger, qui avait une voix posée et quelques cheveux gris sur les tempes. Un peu plus tôt que d'ordinaire, parce que... Disons que ces derniers temps on avait pris l'habitude de se rendre à l'Italian Kitchen. C'est à deux rues d'ici.

— Et pourquoi n'y êtes-vous pas allés jeudi dernier ?

Kroeger sembla rougir. Il coula un regard vers Julia Gulicks, puis vers le sol.

— Eh bien... fit la jeune femme. (Ses cheveux étaient d'un roux flamboyant, son teint pâle et tavelé.) On a déjà évoqué tout ça, n'est-ce pas ?

— Je sais, répondit Monroe. Mais s'il vous plaît...

Réprimant un sourire, Nina cessa d'écouter. Tout était consigné dans ses notes, arraché par Joe Reidel lors des auditions de la veille. Kroeger avait livré l'essentiel. La nuit de jeudi soir devait être le grand soir. Il le savait. Et il pensait que Julia le savait aussi. Ce postulat tacite avait empreint la soirée d'une certaine solennité et bridé la conversation. Ils s'étaient retrouvés après le boulot pour filer au bar d'Union Street, comme d'habitude. C'est là que s'étaient déroulées leurs trois premières moitiés de rancard, les trois autres moitiés se concluant chez l'Italien, où le personnel était sympa et savait vous traiter comme un couple. Du deuxième au quatrième rancard inclus, ils s'étaient embrassés avec une ferveur grandissante, de sorte que le cinquième rancard monta sur le ring avec la ferme intention d'en découdre. Aucun des deux protagonistes ne savait s'il y aurait un restau et aucun n'osait le demander. Nina aurait parié que, ce soir-là, on aurait trouvé à Thornton deux appartements exceptionnellement bien rangés. Julia Gulicks aurait même changé les draps. Kroeger n'aurait pas poussé le bouchon aussi loin, mais il aurait au moins fait son lit. Chaque frigo aurait recelé une unique bouteille de bon vin – pas plus, puisque tous deux se disaient petits buveurs. On aurait rajusté le sofa, remis de l'ordre dans la bibliothèque, avec les ouvrages intellos bien en évidence... Ni l'un ni l'autre n'eut pourtant le courage de lancer : « Tiens, et si on allait chez moi ? » Pas plus qu'ils n'osèrent suggérer un Italien, puisqu'on ressortait toujours de là avec le ventre lourd, ce qui n'est pas idéal pour, enfin bref...

Alors ils s'étaient rapprochés sur la banquette, embrassés un peu, un peu seulement car ce n'était pas l'endroit le mieux indiqué et qu'il y avait vingt-cinq minutes de voiture jusqu'à Thornton – or personne ne voulait conclure trop vite. Petit à petit, la conversation avait glissé des anecdotes de la journée vers le temps qu'il faisait, et vers la clémence du ciel ces jours-ci, et à ce propos – mais oui, en voilà une idée : si on allait faire un tour, histoire de profiter des derniers jours de l'été ? Kroeger avait réglé l'addition, et ils avaient marché dans la rue un petit moment, mais à vrai dire il n'y a pas grand-chose à voir à Owensville, et cette lacune les ramena vite à la voiture de Kroeger. Direction Thornton, même si, de l'avis général, il était encore un peu tôt. Puis voilà que, juste après la sortie, moins d'un kilomètre avant la ville, Julia avait eu une idée géniale : « Et si on se garait pour aller se promener ? »

Monroe hocha la tête.

— C'est un itinéraire que vous connaissez bien ?

— Non, répondit Julia Gulicks. Enfin, si. Je connais le bois, comme tout le monde par ici. On y croise plein de familles la journée. Mais je n'y étais jamais allée... la nuit.

— Moi non plus, fit Kroeger.

Qu'ils sont choux, songea Nina.

— Mais les habitants du coin en font couramment usage ?

Gulicks et Kroeger opinèrent de conserve.

— Donc vous vous êtes mis en marche, puis vous avez stoppé, et c'est là que M. Kroeger a repéré quelque chose derrière les buissons.

Kroeger expliqua qu'ils avaient parcouru une centaine de mètres après le parking, avant de longer le ruisseau quelque temps. Levant les yeux alors qu'il tenait Mlle Gulicks dans ses bras, il avait aperçu une forme blanche, étendue avec un bras déployé. Le couple s'était approché et, comprenant la nature de cette découverte, avait appelé la police avec un téléphone portable.

Quatre heures plus tard, chacun des tourtereaux regagnait son appartement, seul. Le grand soir n'avait pas eu lieu, et Nina savait que ça risquait d'attendre. L'image d'un cadavre s'accroche longtemps à la rétine. Rien que d'en reparler, Kroeger semblait malade.

— On a identifié la victime, annonça Nina. Un homme du cru nommé Larry Widmar. L'un de vous le connaît ?

Ils secouèrent la tête, et ce fut terminé.

Pour rejoindre Thornton, Monroe prit le volant. Nina avait souvent roulé avec lui, et elle constata qu'il avait réduit sa vitesse de croisière d'au moins dix pour cent. Ses blessures par balle avaient sans doute émoussé son goût du risque, comme si son corps lui lançait des signaux d'alerte. Il paraissait plus vieux, du reste, et Nina comprenait ce phénomène. Elle aussi s'était fait tirer dessus, voilà presque un an, peu après sa rencontre avec Ward. Cela s'était produit dans un lieu baptisé les Halls, dans les montagnes près de Yellowstone. L'un des types compromis dans le meurtre des parents de Ward l'avait touchée à la poitrine, juste sous la clavicule. Pendant les mois suivants, elle avait accusé le coup, comme si les vents froids lui traversaient le corps. Et aujourd'hui… elle ne savait pas trop. Curieuse sensation que de retrouver le monde extérieur, de reprendre son travail. Un côté virtuel, irréel. Et puis elle avait mal au crâne.

Les flics du coin allaient passer la soirée à quadriller les bars, en quête d'un témoin ayant vu Widmar mercredi soir ou à tout autre moment. D'autres monteraient la garde en forêt de Raynor pour terroriser tout couple convaincu que ce soir serait *son* soir. Monroe et Nina filaient accomplir la dernière tâche de la journée : entendre l'autre personne supposée impliquée.

— Reidel t'a raconté quoi à mon sujet ? demanda soudain Nina.

— Quand ça ? répliqua Monroe.

— Tu le sais très bien. Quand il est revenu au ruisseau après m'avoir embêtée alors que j'essayais de réfléchir.

— Que tu semblais persuadée que le tueur n'était pas une femme. Ce qu'il trouvait curieux, vu que tu semblais capable de castrer un homme sans le moindre état d'âme.

— Et ça t'a fait rire ?

— Pas moi, Nina.

— Tu sais comme moi que c'est débile, cette théorie de femme.

— Les femmes aussi sont capables de tuer, Nina.

— Pas de cette façon.

— Je peux t'en citer plusieurs qui ont été condamnées.

— Condamnées ne veut pas dire coupables.

— Eh si, figure-toi. C'est comme ça que ça marche.

La conversation s'éteignit rapidement, ce qui permit à Nina d'admirer la ville à mesure qu'ils s'y enfonçaient. Non que le panorama fût si savoureux. Elle n'aurait su l'expliquer, mais Nina n'aimait pas Thornton. Certes, la bourgade avait tout pour plaire, dans le sud-est de l'État, à trente minutes de Smith Lake et à une heure du parc national de Blue Ridge. La route d'Owensville vous menait en douceur vers un petit quartier commerçant. On pouvait avaler un hamburger chez Renée, faire une vidange, stocker des trucs ou les expédier, acheter une tondeuse ou prendre une chambre dans un hôtel de chaîne. On pouvait aussi passer directement de l'autre côté, et ne rien voir de la vieille ville. Mais si l'on prenait à gauche, au niveau du Ponderosa, la route serpentait dans les collines jusqu'à une grande église ancienne et un lycée. On découvrait ici un ensemble d'édifices plus ou moins gothiques, trônant fièrement derrière une grande pelouse boisée. De l'autre côté de la rue, une construction plus modeste abritait le jardin d'enfants de Sleepyheadz. Après quoi la route redescendait vers des rues bordées d'arbres, très respectables, qui proposaient un café Starbucks, des restaurants, ainsi que des boutiques où l'on réalisait de jolis encadrements. Les immeubles ne faisaient pas plus d'un étage, toutes les façades étaient en bois, les pavés couverts de feuilles étaient en brique rouge. Les gens déambulaient avec le journal local sous le bras. De jeunes et sveltes mamans promenaient leurs bambins et s'arrêtaient pour échanger quelques mots. Un fourgon UPS ronronnait çà et là, distribuant ses petits cadeaux. Puis le secteur perdait son prestige sur quelques pâtés de maisons, jusqu'à ce que les rues débouchent sur de grandes zones pavillonnaires cramponnées à leurs rêves. Peu après, c'était à nouveau la campagne, un tiers de la ville cerné par la forêt de Raynor sur plusieurs kilomètres vers le nord.

Le genre d'endroit qui chaque année loupe de justesse le classement des Petites Villes les plus charmantes d'Amérique. Il n'empêche qu'au bout de vingt-quatre heures Nina s'y déplaisait déjà.

Il fallait tenir compte du fait qu'elle avait connu Thornton en tant que lieu du crime, ce qui teintait la bourgade d'une ambiance particulière : aussi coquette fût-elle, elle avait opposé deux individus dans un contexte de meurtre. Comment en arrive-t-on là ? La ville était-elle impliquée dans les actes commis sur son sol ? On s'attend que les gens s'entretuent dans les mégapoles : en notre for intérieur, nous savons qu'elles sont trop vastes et qu'elles agglutinent des inconnus sans jamais préciser le pacte moral qui les lie. Mais les petites villes... N'étaient-elles pas censées générer de l'entraide, incarner le type même de communauté qui empêche de tels drames ?

Cela dit, Nina était dans le métier depuis trop longtemps pour se bercer d'illusions sur les vertus sociales de la ruralité. Si les centres urbains fournissent le gros de la criminalité, les petites villes en offrent souvent les expressions les plus baroques.

Non, il y avait quelque chose de particulier à Thornton. Quelque chose de pas net.

De taille moyenne, la maison de Widmar datait du dix-huitième siècle. On y accédait par une terrasse de brique couverte. Gayle Widmar approchait de la cinquantaine. Une femme très chic, dont le brushing semblait hors de prix, même après trente-six heures de deuil. Ses enfants se trouvaient chez sa sœur, à quarante minutes de là, où Gayle les rejoindrait sitôt l'entretien bouclé. Son sac de voyage l'attendait dans le hall à cet effet. La maison trempait dans le silence pantois d'un domicile où tout vient de basculer.

Mme Widmar s'installa dans un fauteuil à haut dossier, au centre du grand séjour, pendant que Nina la faisait récapituler. Le mari de Gayle, Lawrence de son prénom – pas une seule fois elle ne l'avait appelé Larry –, possédait une « chaîne » de pressings (c'est-à-dire deux boutiques, comme Nina le savait déjà) et la moitié d'une pizzeria en vogue dans le centre historique. Il siégeait au conseil de l'école. Ils auraient pu habiter un quartier plus chic, mais ils aimaient celui-ci, où ils avaient tous deux grandi. Ils étaient mariés depuis vingt ans.

Mme Widmar se montra sèche et tendue, comme souvent lorsqu'on perd brutalement son conjoint. On a besoin de soutien mais on ne fait plus confiance au monde. On se sent vaguement mis en cause. On se dit que les voisins pensent qu'on l'a bien cherché : que si l'on s'était montré plus vertueux, ce drame n'aurait jamais frappé l'autre. Chaque fois qu'il y a meurtre, cinq pour cent des critiques visent les proches de la victime, et nous lui en voulons, inconsciemment, de nous mettre dans cette position, dont il faudra se dépêtrer tout seul.

Pendant que Monroe faisait confirmer à Mme Widmar les derniers mouvements connus de son mari – parti mercredi soir dîner avec son associé de la pizzeria, jamais rentré, déclaré disparu par son épouse à 7 heures le lendemain matin –, Nina examina les photos sur la cheminée. Lawrence Widmar était à ce point normal qu'on l'aurait presque remarqué. Sourire artificiel, cheveux bouffants et grisonnants, un aplomb très pilier-de-la-communauté. On l'imaginait bien dans une banque. On l'imaginait bien produire un beau discours lors d'une réunion de parents d'élèves, et soutenir avec flamme l'équipe de base-ball de l'école. On l'imaginait bien dans un bar, également, rapprochant son tabouret pour demander ce que la petite dame prendra. C'était peut-être injuste, mais la mort soulève de si grandes interrogations que presque toutes les réponses semblent convenir.

— L'associé de votre mari dit que chacun est reparti de son côté aux alentours de 22 heures, poursuivit Nina. Vous ne savez pas où Lawrence aurait pu aller ensuite ?

— Non. Il lui arrive... lui *arrivait* de faire de longues promenades le soir. Il avait pris cette habitude voilà trois ou quatre ans. C'était sa manière à lui de garder la ligne. Il n'aimait pas les salles de sport.

— À votre connaissance, avait-il des lieux de prédilection ?

— Non. Il tournait dans la ville.

— La forêt de Raynor, par exemple ?

Gayle la dévisagea froidement.

— La dernière fois qu'il s'est rendu là-bas de nuit, ça remonte à plus de vingt ans. Avec moi.

— Les flics du coin semblent convaincus que votre mari a été assassiné par une femme, madame Widmar. Quelle réaction cela vous inspire-t-il ?

— La même qu'à vous.

— Mais encore ?

— Foutaises.

— Autant que vous sachiez, il n'a jamais eu de liaison ? Je suis navrée de vous demander ça, mais…

— Je sais. Vous êtes obligée. Et ma réponse – la même qu'à tous ceux qui me posent directement ou indirectement la question depuis deux jours – est non.

— Et personne ne lui voulait du mal ?

Mme Widmar secoua vigoureusement la tête et parut sur le point de craquer. Puis elle se moucha avec bruit et cligna des yeux en regardant ses genoux.

— J'aimais mon mari. Je l'aime toujours. C'était un homme intègre, et un bon père. Ça n'a rien d'original, mais c'est la vérité. Il va beaucoup manquer aux enfants. Énormément. Mais… c'était juste un homme. Un homme ordinaire. C'est incompréhensible. Pourquoi voudrait-on tuer un homme comme lui ?

— Les « pourquoi » ne trouvent pas toujours de réponse.

— Et comment se fait-il que le FBI soit sur le coup ?

— Certains aspects du meurtre ont attiré notre attention, répondit Monroe.

Un sourire crispé fendit le visage de Gayle.

— Dans ce cas, restez vigilants. Et trouvez la personne qui nous a fait ça.

— On fera tout notre possible, promit-il.

Mais la veuve ne s'adressait pas à lui.

Nina et Monroe redescendirent la route à pied. Le soleil déclinait, projetant une lumière oblique et dorée.

— T'en penses quoi ?

— On sait que ce n'est pas elle, répondit Nina, et je ne vois pas quel rôle elle aurait pu jouer. L'associé n'avait aucune raison de le buter ?

— C'étaient de vieux potes. Le gus n'avait rien à y gagner, et beaucoup à perdre. Il paraît encore plus bouleversé que l'épouse.

— Crois-moi, elle est chamboulée.

Ils atteignirent la voiture. Nina attendit que Monroe débloque les portières, mais il fixait une maison sur le trottoir d'en face. Plus petite que celle des Widmar, et en bien plus mauvais état. Elle était à vendre, mais on ne pouvait pas dire que l'agence y mettait beaucoup de cœur. Monroe finit par se retourner.

— Widmar avait une certaine réputation... quand on grattait un peu. Une des employées de sa boutique, et une serveuse du restaurant. Des gestes déplacés, à l'occasion...

— Je sais. Reidel m'a informée. Et à l'évidence certaines de ses promenades le conduisaient dans les bars. Mais le fait que sa femme n'en sache rien ne prouve pas qu'il ait mené une double vie, ni que ce soit un beau salaud. Les hommes d'un certain âge aiment conter fleurette aux serveuses. Le harcèlement reste du harcèlement, mais des mains peuvent s'égarer sans que leur propriétaire soit un valet de Hitler. Tout le monde n'a pas ta droiture, Charles, ni ton self-control.

— Je n'ai jamais dit que Widmar était un sale type. Et je n'apprécie pas tes sarcasmes.

— Quels sarcasmes ? Ta droiture est légendaire !

— Pourquoi tu me casses les couilles, Nina ?

— Pour me divertir, je pense.

— À d'autres. Tu ne fais jamais rien sans raison. C'est le moment ou jamais de m'expliquer, parce que je ne te le redemanderai pas.

— OK. Ward m'a dit que les infos qu'on t'a données ont été virées du rapport officiel Jones-Wallace. Et que Paul a repris son existence de psychopathe errant.

— Putain d'Olbrich… C'est un bon flic mais qu'est-ce qu'il est bavard !

— Il estimait peut-être que Ward avait le droit de savoir qu'on avait égaré son cinglé de frère. Dont nous n'avons, je présume, toujours aucune nouvelle. Malgré toute la confiance que tu affichais hier.

Monroe garda le silence.

— Alors, vrai ou faux, Charles ?

— Rien ne prouve qu'il y ait eu des complicités dans les meurtres Jones et Wallace, qui sont l'unique objet du procès. Les allégations de Hopkins sur une prétendue conspiration de tueurs en série auraient seulement brouillé les pistes.

— Tu sais comment ils s'appellent, Charles. Ils s'appellent les Hommes de Paille.

— Je sais très bien ce que tu m'as dit. Mais j'ignore si c'est vrai. Et ne compte pas sur moi pour démêler cette histoire.

— Donc tout ceci n'a rien à voir avec le fait qu'en évoquant cela devant la cour, on risque d'apprendre que tu as été tuyauté au sujet de l'emplacement du corps de Jessica Jones ? Ça ne laisse pas envisager des complicités, *ça* ? Mais il ne faut surtout pas brouiller les pistes, pas vrai ?

Nina remarqua un homme dans le jardin de la maison délabrée ; il l'observait avec intérêt tout en arrosant son gazon. Nina baissa brusquement la voix.

— Rentrons à l'hôtel, Charles. Allons dans un endroit neutre. J'ai assez vu cette ville pour aujourd'hui.

CHAPITRE VII

La voiture s'arrêta devant le Holiday Inn peu avant 19 heures. J'étais planté sur le parking, en partie car je pouvais y fumer sans m'attirer de regards noirs, en partie parce que je n'avais pas trop envie de tomber nez à nez avec Monroe. Il descendit avec Nina, et ils furent rejoints par un individu qui les attendait dehors.

Je regardai le trio franchir les portes et disparaître dans le hall. C'était plutôt bizarre. Le troisième larron faisait à peu près ma taille, à peine plus baraqué. J'avais presque l'impression d'avoir quitté mon corps, ou ma vie, et de les suivre en spectateur. Cette sensation n'a rien d'agréable. Elle s'intensifia tout le temps que je passai à surveiller les trois silhouettes de la chambre 107, au rez-de-chaussée. Plus jeune, j'aurais pu trouver cool l'idée de rôder sur un parking avec un flingue dans la poche.

Au bout de quarante minutes, l'homme ressortit de l'hôtel et partit en voiture. Peu après, on ne distinguait plus qu'une silhouette dans la chambre de Nina. Immobile derrière le rideau.

Je pénétrai dans l'hôtel, passai au large du comptoir et remontai le couloir. Je frappai à la porte, et il fallut une bonne minute pour qu'on m'ouvre.

Nina avait ôté ses pompes et semblait avoir perdu cinq centimètres alors qu'elle faisait peu ou prou la même taille. Elle avait l'air naze et méfiante.

— Comment as-tu trouvé mon hôtel ?

— J'ai appelé les flics en me faisant passer pour un sous-fifre du FBI chargé de te remettre un colis important.

— Seigneur ! Et la chambre ?

— J'ai demandé à la réception. La sécurité laisse à désirer dans cette ville. Je dois te prévenir que si Al-Qaida décide d'attaquer le Crédit municipal de Thornton, ils ont toutes les chances d'y arriver.

Même pas un sourire.

— J'ai eu tort de venir ? J'ai juste… cru qu'on m'avait laissé un petit mot.

— Excuse-moi, dit-elle en s'écartant.

Je m'avançai dans la pièce. Les chambres d'hôtel des autres sont étranges. À moins d'y être entré avec eux, d'avoir assisté à la dispersion initiale des valises, des vestes et de la petite monnaie, d'avoir glissé plein d'espoir la tête dans la salle de bains, et tiré son rideau pour décréter que la vue n'est pas si démente, on a toujours l'impression de violer un nid. Une serviette humide, c'est privé.

C'était peut-être seulement ça.

— Tu vas bien, Nina ?

— Ça va, lâcha-t-elle. C'est ma première sortie dans le monde réel depuis une éternité. Je ne mesurais pas combien je m'étais faite à notre petite vie.

Une cafetière sur le secrétaire. Je me servis une tasse et m'installai dans un objet dont, quelque part, un designer avait sans doute théorisé la qualité de siège.

— Il n'y a rien d'autre ?

Elle s'assit jambes croisées au bout du lit.

— Possible.

Le café n'était pas terrible, mais je m'accrochai. Nina contemplait le miroir au-dessus du secrétaire.

— Dis-moi, Nina. Dis-moi ce qui t'amène ici.

— Je fais mon métier.

— Mais non. Enfin si, mais ce n'est pas la raison première. Monroe ne s'est pas déplacé pour rien, il savait que tu le suivrais. Pourquoi ?

Elle sourit.

— J'oublie tout le temps que tu n'es pas idiot.

— Moi aussi. C'est une erreur tentante.

Elle me regarda, roula les yeux, et l'espace d'un instant elle eut l'air bien. Puis elle se rembrunit. Elle se laissa lentement retomber, jusqu'à reposer sur le lit, le corps droit, les yeux au plafond.

Je bus en silence pendant quelques minutes, jusqu'à ce qu'elle se décide à parler :

— Quand j'étais petite, il y avait une femme…

Fille unique, Nina avait grandi à Janesville, dans le Wisconsin. Ses parents s'entendaient bien, entre eux comme avec elle. Elle était brillante et sportive, mais pour une raison ou pour une autre, cela ne lui avait pas valu beaucoup d'amis. Après l'école, au lieu de monter dans le bus de ramassage avec ses camarades, elle marchait jusqu'au boulot de son père pour l'attendre sur un banc public. Puis elle grimpait dans sa voiture et il racontait sa journée, ou bien, en quelques rares occasions, il se terrait dans un silence ruminant. À l'âge de treize ans, elle se trouva enfin une bande et devint un peu plus sociable, mais pendant de nombreuses années tous ses après-midi se terminèrent ainsi. La sortie des classes, la marche à pied, puis l'attente sur le banc, où elle entamait ses devoirs ou se contentait d'observer le monde. Ça lui plaisait, et elle n'acceptait un siège dans le hall de l'entreprise qu'en cas de grand froid ou de pluie. Ce n'était pas un quartier formidable, mais son père distinguait le banc depuis la fenêtre de son bureau et le vigile de l'entrée gardait un œil sur elle. Les choses seraient peut-être différentes aujourd'hui, mais à l'époque cet arrangement ne posait aucun problème.

En face de l'entreprise se trouvait un bar, au rez-de-chaussée du dernier immeuble victorien d'une rue envahie de barres de béton. Nina ne se lassait pas des allées et venues des clients. Des hommes d'affaires en costume qui se rendaient là comme à une réunion mais qui s'asseyaient seuls derrière la vitre et ne s'attardaient pas. Et aussi les vieux, qu'on voyait soit entrer, soit sortir, mais jamais les deux car l'intervalle était trop long – des années, peut-être. Les vieux portaient de gros manteaux, marchaient d'un pas lent et mesuré, et leur barbe de trois jours leur grisonnait le menton. On voyait aussi des types moins âgés, en tenue de tous les jours. On se demandait ce qu'ils pouvaient fabriquer quand ils n'étaient pas au bar. Dormir, peut-être, ou vaquer à cette mystérieuse activité qui leur rapportait juste de quoi se payer une nouvelle bière.

Sans oublier les femmes. Moins nombreuses, mais quelques-unes quand même. À la longue, l'une d'elles devint une figure familière.

Nina la remarqua pour la première fois vers l'âge de onze ans, puis la revit régulièrement pendant deux ans. Elle l'avait d'abord repérée parce qu'elle semblait un peu plus jeune et plus jolie que les autres clientes du bar, qui dans leur grande majorité étaient franchement des cageots. Les cheveux bruns et fournis, celle-ci portait des jeans moulants et un pull sans manches. À son deuxième ou troisième passage, elle aperçut Nina et lui adressa un clin d'œil depuis le trottoir d'en face. Par moments, des clients de l'autre sexe épiaient la fillette assise sur son banc ; ils la dévisageaient au point que Nina rougissait. Elle n'aimait pas ça. Mais le clin d'œil de cette femme ne l'incommodait nullement. Elle se sentait un peu plus grande.

Jamais elles n'échangèrent un mot. Pas une fois la femme ne traversa la rue, n'agita la main. Mais à vingt ou trente reprises au cours des années suivantes, son regard captura celui de Nina. Sur toute cette période, Nina nota que la femme changeait. Ne l'ayant jamais approchée de près, elle l'avait peut-être rajeunie du fait de ses vêtements. Toujours est-il qu'elle vieillissait à grande vitesse. À chaque apparition, il semblait s'être produit quelque chose d'irréparable. Elle prit quinze kilos. Ses cheveux virèrent au blond, puis au roux, puis encore au blond, avant de retrouver une sorte de brun désolant. Son teint rosissait par endroits, pâlissait à d'autres. Seule sa démarche était immuable, et cette façon d'atteindre le bar comme un lieu inconnu dont on lui aurait dit beaucoup de bien et où elle avait bon espoir de s'amuser. Elle garda cet air jusqu'au bout, même lorsqu'elle prit l'habitude d'arriver en titubant. Mais à ce stade Nina n'appréciait plus de la voir. C'était comme de regarder une vie s'écouler en accéléré, comme si chaque pas de cette femme valait un millier des nôtres. Quoi qu'il en soit, la femme reconnaissait toujours la fillette, de manière sporadique, et alors elle lui décochait un clin d'œil. Un clin d'œil lent, qui disait simplement : « Salut, je te vois, tu me vois, y a pas de lézard. » Les toutes dernières fois, Nina se demanda si la femme la reconnaissait réellement ou si elle agissait par pure routine. Mais le rituel perdurait.

Pendant ce temps, on découvrait des corps.

Trois en deux ans. Puis un quatrième et un cinquième. Des cadavres d'hommes dans des voitures en stationnement, tués par balle. Des hommes qui partaient le soir en quête de plaisirs faciles et pas chers, et qui se retrouvaient le lendemain délestés de leur fric et de leur vie.

Trois semaines avant le treizième anniversaire de Nina, on arrêta une femme. Quand Nina regarda le bulletin d'informations, assise avec ses parents un jeudi soir, elle resta bouche bée.

C'était elle.

La femme aux clins d'œil.

L'affaire fit grand bruit dans le Wisconsin, comme un avant-goût d'Aileen Wuornos, célèbre tueuse qui s'illustrerait en Floride quelques années plus tard. On surnomma la meurtrière de Janesville la Veuve noire, bien qu'elle ne fût ni veuve, ni noire, ni arachnide. On apprit qu'elle avait subi des sévices sexuels durant son enfance, de la part d'au moins deux membres de sa famille. On raconta que, depuis quelques années, des hommes la violaient en bande jusqu'à ce qu'elle perde conscience, et même au-delà. On évoqua à mots couverts ce qu'elle était capable de faire pour obtenir ne fût-ce qu'un verre ou la promesse d'un verre. Rien de tout cela n'était présenté comme des circonstances atténuantes, mais comme des preuves à charge.

La femme clamait son innocence et Nina la croyait. Elle l'avait vue remonter la rue par des après-midi d'été, avec son pas mal assuré. Une personne qui marchait de cette façon était incapable de tels crimes. Quelque part, quelqu'un mentait.

Puis il apparut qu'elle pouvait être coupable, en définitive – c'était du moins ce que comptait plaider son avocat. Oui, sa cliente avait brandi le pistolet. Mais toujours pour se défendre, toujours. Elle s'était retrouvée en mauvaise posture face à des hommes et n'avait eu d'autre issue.

Cela non plus, Nina n'y croyait pas. Entre-temps, l'adolescente s'était prise de passion pour l'affaire, épluchant les quotidiens et les magazines en quête de nouveaux éléments, surveillant le journal télévisé. Dès qu'on en parlait autour d'elle, au collège ou dans la rue, elle ralentissait pour tendre l'oreille. Elle devint une éponge, absorbant tout, jusqu'à ce que cela fasse partie d'elle-même.

Un mois plus tard, nouvel épisode du feuilleton. La femme revenait sur ses aveux. Elle était blanche comme neige, n'avait jamais frayé avec aucun de ces types. Son avocat avait également tenté de la violer, jurait-elle. Ainsi que le juge. Le monde entier cherchait à la baiser, au sens propre comme au figuré. Tous les hommes et toutes les femmes.

Mais pas moi, pensait Nina devant ce triste spectacle. Pas moi.

— Et puis... lâcha Nina avant de se taire.

Je restai muet, comme depuis le début. Quand Nina rouvrit la bouche, sa voix était nouée.

— Et puis il y a eu ces cinq secondes d'images, où on l'a vue quitter le tribunal sous escorte et s'engouffrer dans une voiture. Il pleuvait, et la pluie plaquait ses cheveux sur son crâne. Elle avait perdu du poids, mais aux mauvais endroits. Comme si elle avait maigri du cerveau. Avant de plonger la tête dans la bagnole de police, elle a regardé droit devant elle, vers la caméra. Et on pouvait le lire dans ses yeux.

— Lire quoi ?

— Elle l'avait fait. À cet instant j'ai su qu'elle les avait bel et bien tués. Il suffisait de voir son regard pour comprendre qu'elle était coupable, qu'elle avait appuyé sur la détente. Mais je savais en même temps qu'elle n'était *pas* coupable. Je savais qu'elle avait commis ces crimes sans vraiment les commettre. Et je me demandais comment c'était possible. Et ce qui faisait qu'un jour sa tête s'était retrouvée à court de clins d'œil.

Je méditai ces paroles quelques instants.

— Qu'est-elle devenue ?

— Elle a plongé pour les cinq meurtres et s'est suicidée huit mois plus tard. Elle s'est procuré une cuiller, a cassé la tête, et s'est enfoncé le manche dans la gorge après l'extinction des feux. On a dit qu'elle avait dû mettre trois heures à mourir.

Nina se tut cinq bonnes minutes. Puis je me rendis compte qu'elle respirait différemment, et qu'elle dormait.

Je la contemplai un moment, avant d'ouvrir mon ordinateur et de le brancher sur la prise téléphonique. Je n'avais pas encore eu l'occasion de vérifier mon courrier, de voir si mon correspondant mystère avait quelque chose à ajouter.

La connexion de l'hôtel était lente. Pendant l'attente, je me surpris à penser à mon père. Ces mails tombés du ciel me rappelaient son dernier message à lui, un billet d'une seule phrase dissimulé à l'intérieur d'un fauteuil, dans la maison qu'il occupait avec ma mère dans le Montana. Quand on meurt, ce sont les petits détails qui prouvent qu'on était vivant. Les boîtes de conserve qu'on était le seul à aimer. La carte de vœux jamais envoyée, sous sa Cellophane poussiéreuse et jaune, avec son étiquette délavée et son prix dérisoire. Mes parents avaient laissé derrière eux des tas de petits détails. Grâce à eux, j'ai découvert que, bébés, mon frère Paul et moi avions été officieusement adoptés suite à un affrontement avec mon père biologique, un homme qui avait agressé ma mère. Mes parents avaient abandonné Paul dans les rues de San Francisco deux ans plus tard, convaincus qu'il valait mieux nous maintenir séparés et que cet abandon était la seule solution. Trente ans plus tard, l'organisation dont avait fait partie mon géniteur était toujours active et mon père adoptif – qui n'était jamais qu'agent immobilier – remonta sa trace jusqu'à un complexe de luxe niché dans les montagnes au-dessus de Yellowstone. Cela lui coûta la vie, et celle de ma mère. Le groupe demeurait restreint et très bien caché, mais il possédait de l'argent et de l'influence. Je le connaissais désormais sous le nom d'Hommes de Paille. D'après mon ancien ami l'inspecteur John Zandt, les Hommes de Paille évoluent en Amérique depuis au moins trois mille ans et ont bâti leur fortune sur les mines de cuivre préhistoriques de la région des Grands Lacs. C'est là, toujours selon Zandt, que s'est établi un vaste agrégat d'hommes et de femmes venus des quatre coins du globe au fil des ères successives, tous unis dans une même haine de la civilisation. Partant, Zandt les voyait derrière toute chose – de la disparition des premiers colons de Roanoke aux tribus barbues et violentes décrites dans les vieilles légendes indiennes –, guerriers luttant contre l'invasion d'une terre qu'ils estimaient la leur. Cela dit, je concevais de sérieux doutes sur la santé mentale de Zandt, de même que lui s'interrogeait sur mon compte. Par deux fois, j'avais eu l'occasion d'abattre le meurtrier de sa fille, et par deux fois je ne l'avais pas saisie. Ce meurtrier était mon frère Paul.

Mais j'imagine qu'on trouve toujours que sa vie est plus compliquée que celle des autres.

La machine bipa enfin. J'avais un message. Que j'ouvris.

Ward,

Ici Carl Unger. Bobby est mort ?
C'est quoi ce BORDEL ?

Je suis tombé sur un truc bizarre et ça pourrait concerner
un truc que Bobby m'a soumis il y a environ un an.
C'est à cette occasion qu'il a mentionné votre nom.
C'est très important.

Appelez-moi ***vite****. 07589576543.*

C.

Je lus le message à deux reprises, puis me renversai sur mon dossier pour réfléchir. Je ne me souvenais pas d'un Carl Unger, mais cela ne prouvait rien. J'avais quitté la CIA depuis quelques années maintenant, et la maison n'est pas du genre à envoyer des lettres d'information pour annoncer le mariage de Machin ou les exploits de l'équipe de foot. Sans compter que je ne retiens pas les noms. Je les considère sans doute comme indépendants des individus, comme un blouson fétiche qu'ils porteraient souvent, rien de plus. Peut-être avais-je connu cet Unger par ouï-dire : le mail sous-entendait qu'il était plus proche de Bobby. Moi aussi, je peinais à croire que

Bobby Nygard était mort, alors même que j'avais assisté au drame.

Je vérifiai le carnet d'adresses de Bobby. Aucun Unger. Cela dit, je n'y figurais pas non plus. Bobby était un professionnel de la surveillance, spécialisé en informatique. Allez savoir par quelles manips il camouflait sa vie. Je ne trouvai aucun mail d'Unger antérieur à ces deux messages récents, ni d'autre adresse utilisant ce patronyme – avec un nom de domaine plus officiel comme « gov », par exemple. Mais ça ne prouvait toujours rien. Il allait de soi que Bobby archivait et purgeait ses mails de manière régulière. Le plus ancien en date n'avait pas un mois lorsque nos routes s'étaient recroisées. Il avait trouvé la mort moins d'une semaine après.

Dans ses tout derniers jours, Bobby avait sollicité plusieurs contacts, afin d'explorer certaines pistes que nous avions ouvertes. Unger pouvait être l'un d'eux. Mais étais-je prêt à m'y risquer ? Et pour gagner quoi ? Si on lisait le mail en boucle et dans un esprit optimiste, on pouvait se prendre à rêver que cet Unger disposait d'infos utiles. Mais le contraire était tout aussi envisageable. Or l'optimisme n'est pas mon fort.

— Dis-moi, Bobby, ce mec existe-t-il vraiment ?

Aucune réponse. J'avais déjà essayé de l'interroger, et pas une fois il ne s'était manifesté. Par esprit de contradiction, sans doute. De son vivant, ce mec était une mine de conseils.

Je rouvris le mail et recopiai le numéro dans mon téléphone. Je n'allais pas appeler Unger. Pas encore. J'allais d'abord recueillir l'avis de Nina. Si son existence et la mienne faisaient cause commune, ce que j'espérais, elle avait son mot à dire.

Je fus réveillé par une série de bruits sourds. Quelqu'un tambourinait à la porte, méchamment. L'espace d'une seconde aussi confuse qu'amère, je crus que c'était Paul, qu'il était venu nous débusquer en Virginie. Mais il n'aurait jamais pris la peine de frapper, fût-ce comme une brute.

Je me redressai, le dos en compote. Il faisait noir dans la chambre, hormis le halo du parking à travers les rideaux. Je tournai les yeux vers le lit : Nina n'y était plus. Le réveil indiquait 23 heures et des poussières. J'aurais dit davantage. Genre après-demain.

Je me levai péniblement et vis que la salle de bains était fermée. Un filet de lumière sous la porte. J'allai m'y coller.

— Nina ?

— J'en ai pour une minute. C'est qui à la porte ?

— Un service de chambre qui se la pète.

— Tu commandes à une heure pareille ?

— C'était une blague.

Boum boum boum de plus belle. Je visai dans le judas, avant de me souvenir de tous ces films où on écope d'une balle dans l'œil. Par chance, je reconnus le visage de l'autre côté, même déformé.

— Monroe, annonçai-je à Nina tout en essayant de me réveiller. Et il a pas l'air de vouloir partir.

— Seigneur ! Laisse-le entrer.

J'ouvris brusquement, alors que son poing s'apprêtait à remettre ça.

— On a entendu, Monroe.

Il déboula dans la pièce.

— Qu'est-ce que vous foutez là ? grommela-t-il sans avoir l'air très surpris.

— J'équipe gratuitement les suites de luxe. Regardez sous votre lit, il y en a un comme moi dans chaque chambre.

— Entravez cette enquête, et je vous fais arrêter.

— C'est noté.

Nina sortit de la salle de bains. J'avais cru qu'elle se douchait, mais elle était encore habillée. Elle semblait bien plus fraîche que moi. Comme toujours.

— Quoi de neuf ? demanda-t-elle. On a fait mouche dans un des bars ?

Monroe attrapa la veste de Nina sur le lit, la lui tendit.

— C'est un peu plus lourd que ça. On a un nouveau mort sur les bras.

CHAPITRE VIII

Il était un peu plus de 20 heures, et la fête commençait à prendre. Y avait à boire, y avait de l'ambiance, et on approchait de la fin du début, qui est souvent la meilleure partie. Les vioques allaient rentrer, mais d'après leurs antécédents, les Luchs étaient des hôtes relax. Ils viendraient traîner dans le jardin, joueraient les enthousiastes pendant un quart d'heure, puis se replieraient dans leurs quartiers en tirant les rideaux. Tant que rien ne prenait feu, ils étaient cools. La piscine était remplie de mecs hilares et de meufs gloussantes, et un gus faisait danser la faune en mixant les titres de son iPod sur la sono qui jouxtait le baril de bière. Ça peut être casse-couilles, un dingue de zique qui vous matraque les tympans avec ses goûts persos, mais ce keum avait une bonne play-list nu-indie/country alternative.

Brad était allongé dans un transat, sous le vieil arbre centenaire au centre de la pelouse, et tout baignait pour lui. Il y avait eu un moment de panique quand la poule de l'autre soir l'avait surpris avec Karen et semblait à deux doigts de péter les plombs, mais depuis elle avait visiblement dégotté de la poudre et elle était trop jouasse pour se vexer. Karen se trouvait maintenant au bord de la piscine, à discuter avec des amies que Brad ne connaissait pas. Elle avait parlé à sa mère, et si elle tenait vraiment à se faire opérer du nez, alors ses vieux lui paieraient l'intervention, ne serait-ce que pour avoir leur mot à dire sur le choix du chirurgien : la plupart des copines de Mme Luchs étaient bioniques à un endroit ou à un autre du corps, et cette femme avait une approche intelligente du sujet – sans être jamais passée sur le billard elle-même. Quand Karen lui expliqua l'arrangement, Brad éprouva un soupçon de regret, comme si on lui retirait quelque chose. Il lui fallut deux secondes pour comprendre quoi : une responsabilité et une grosse dépense. Bah ! il pourrait s'en dispenser. Par ailleurs, Lee ayant redistribué à l'équipe une grosse part du super bonus de came, les finances de Brad s'étaient nettement redressées. D'accord, elles avaient refondu depuis, mais il arborait un nouveau bermuda Zpatuula, un polo Penguin et un caleçon CK, sans parler de l'étagère entière de CD et de jeux vidéo qui avaient fleuri dans sa chambre. Il s'était payé un iMac pour… pour diverses choses, c'était sûrement très pratique, et puis comment résister à une boutique d'informatique qui vous ouvre les bras ? Sinon, quand Karen s'était retournée pour lui faire coucou, le pendentif qu'il lui avait offert avait chatoyé dans les derniers rayons du soleil. Il avait hâte de le voir osciller, ce petit « K » doré. D'avant en arrière.

Il se redressa et but sa bière tout en écoutant la musique, satisfait de ce bref moment de solitude. Parfois, il se disait que c'était ça, l'intérêt d'avoir plein d'amis : on pouvait prendre plaisir à se retrouver seul.

Même lieu, une ou deux heures plus tard, Brad assis de l'autre côté de la piscine, avec Karen sur les genoux. Elle s'était fait couper les cheveux en prévision de la fête : mi-longs, soyeux. On discutait de tout et de rien, et on écoutait un gus raconter que son oncle allait lui filer du pognon pour monter un site Web qui apprendrait comment devenir cool aux gamins pas cools. Brad trouva le principe drôlement cool et se dit qu'il devrait lui aussi creuser une idée de ce genre. Il s'y attela quelques minutes, tout en caressant le cou de Karen, mais ça ne donnait rien. Plus tard, peut-être. Il avait levé le pied sur la bière, car il venait d'avaler une des nouvelles pilules ; elles n'avaient pas de nom mais elles étaient rouges et frappées d'un « A » – peut-être qu'on les appelait les A. Ça détendait vachement, mais on restait vif, du moins quand on regardait des formes aux angles nets, sauf si l'on remuait la tête trop vite, auquel cas elles étincelaient un peu. Du coup, les guirlandes électriques suspendues aux arbres rendaient super bien. Beaucoup de gens carburaient aux A ce soir. Elles remportaient un succès bœuf. Bonne nouvelle pour Lee, et bonne nouvelle pour Brad. Bonne nouvelle pour tout le monde.

Au bout de deux minutes, le keum de la start-up tenait le crachoir un peu trop longtemps, et Brad sentait son esprit divaguer. Soit le DJ était tombé dans les vapes, soit il avait trouvé un pote pour le relayer. On entendait un truc assez mid-tempo, mais potable. Ça lui disait vaguement quelque chose, mais quoi ? Les Luchs avaient montré leur nez, en coup de vent, et la fête culminait en mode milieu de soirée, quand on a l'impression qu'elle durera toujours. La meilleure phase, sans aucun doute, encore meilleure que la fin du début. Brad envisageait de se lever d'ici peu, d'aller chercher quelque chose à bouffer, quand il avisa une présence inattendue de l'autre côté de la piscine.

Lee. Brad ne savait même pas qu'il était là. Lee n'était pas un fêtard. Plutôt du genre sérieux. La preuve : il était suspendu à son téléphone. Tout autour, les gens s'éclataient, bien décidés à se lâcher à fond, mais Lee restait planté là, l'air grave, comme en pleine transaction boursière. Achète à la baisse ! Vends à la hausse ! Tu parles d'un déconneur.

Lee rangea son portable. Il parut fixer un point lointain, avant de balayer l'assemblée du regard. Il devait chercher quelqu'un. Puis son visage s'immobilisa, ce qui sous l'effet de l'A prenait un aspect robotique. Lee aperçut Brad, hocha la tête.

Brad fit de même, avec le sourire. Son vieux pote Lee.

Alors Lee secoua la tête, pour préciser que le mouvement précédent n'était pas un simple salut, et pour mieux se faire comprendre il courba son index.

La personne recherchée n'était autre que Brad.

Il embrassa Karen dans le cou.

— Je reviens tout de suite, bébé. Faut que je touche deux mots à Lee.

Elle sauta à terre ; il se leva et s'éloigna dans la foule. Sa jambe s'était endormie sous le poids de Karen, et il contourna la piscine en boitant légèrement.

— Salut, dit-il en retrouvant Lee. Sympa comme fête, non ?

— T'es très chargé ?

Brad cligna des yeux. Bonjour la conversation.

— À peine, répondit-il. Deux bières.

— Tant mieux. J'ai besoin que tu m'accompagnes.

— Aucun problème. Tu vas chercher des hamburgers ?

— Non. Pete et Steve sont là ?

— Pas Steve. Il est… je sais pas où. Mais Dormeur doit être dans les parages. J'ai dû le croiser tout à l'heure.

— Je vais voir sur les côtés, tu regardes à l'intérieur. Essaie de les trouver, et on se rejoint à la voiture. Profites-en pour te passer un coup d'eau sur le visage.

— Qu'est-ce qui se passe ?

— On a un truc à faire.

— J'ai compris, mais quoi ?

— Fais ce que je te dis, Brad.

Lee s'éclipsa au milieu des danseurs. Brad secoua la tête, comme pour y remettre de l'ordre ; tout compte fait, il se sentait plutôt bien. Il se dirigea vers la piscine, cherchant Pete d'un œil et Steve d'un demi-œil seulement, car il restait persuadé que Steve n'était pas venu du tout. Il scruta aussi le coin où il avait laissé Karen, pour la prévenir qu'il devait s'absenter, mais elle avait disparu.

La maison demeurait assez vide, plus calme que d'ici quelques heures, lorsque la fièvre serait retombée et que les convives seraient d'une humeur plus horizontale. Aucune trace de Pete ni de Steve. Brad trouva la porte d'entrée, en ne se perdant qu'une fois. Il oublia de se rafraîchir le visage, mais il se sentait frais.

L'allée était bondée de voitures, dont la nouvelle BMW bleu vif de Karen. Deux grappes de personnes bavardaient. Brad localisa la bagnole de Lee. Il patienta quelques minutes avant de sortir une cigarette et de s'apercevoir qu'il avait laissé son briquet au bord de la piscine. Merde. Fait chier.

— C'est ça que tu cherches ?

Il se retourna. Karen lui tendait une flamme.

Il sourit, alluma sa clope.

— Mon ange de miséricorde... ou de feu. Mais à coup sûr un ange.

— T'es trop mignon. Alors, t'en es où ? Tu cherches un job de voiturier ?

— J'attends Lee.

Ces mots à peine prononcés, des bruits de pas sur le gravier. Ceux de Hudek.

— Il arrive, lança-t-il à Brad. Salut, Karen. Chouette teuf.

— Merci ! (Elle s'étira.) On fait ce qu'on peut. Alors, où vont nos deux lascars ?

— Juste faire un tour, dit Lee. Chopper un peu de bouffe.

— Mais on a déjà tout ce qu'il faut. Y a assez de guacamole pour planquer un bébé !

— Je sais. J'en ai déjà pris. Mais j'ai des envies très spécifiques. Tiens, je crois qu'on te fait signe, là-bas.

Karen se retourna vers la Porsche rouge qui ronronnait devant la porte. Deux individus restaient plantés, avec l'air de ceux qui ne veulent pas repartir sans dire au revoir mais qui doivent impérativement filer, genre *tout de suite*. Karen plissa les yeux pour les identifier.

— Ah oui, Sara et Randy. Ils ont un impératif. Bon, eh bien, le devoir m'appelle. Soyez prudents sur la route.

— Comme toujours, répondit Lee. Tu le sais bien.

Elle répondit d'un bref sourire un peu crispé, puis se pencha vers Brad et l'embrassa sur la joue.

— À plus, dit-elle avant de courir vers la maison, les bras prêts à étreindre ses amis en partance.

Encore deux ou trois minutes, et Pete le Dormeur apparut. Il avait l'air bien raide, mais c'était souvent pire, malgré ce grand sac de Doritos qu'il grignotait goulûment.

— Qu'est-ce qui se passe, les gars ?

— Un petit boulot rapide. T'en es ?

— J'en suis, mec. J'ai l'éthique du travail chevillée au corps. Comme tu le sais.

— T'es un type bien, répondit Hudek.

Il pressa la télécommande et la voiture émit un petit couinement. Les portières se débloquèrent.

— Viens t'asseoir devant, Brad.

Lee alluma l'autoradio et poussa le volume. Franchit la grille, remonta la route qui serpentait à travers le ranch, dépassa les autres grilles privées jusqu'à celle, encore plus haute, qui protégeait toute la communauté de Faircroft Ranch. Les vigiles dans leur guérite appuyèrent sur le bouton sans même regarder. Le but des résidences protégées est d'empêcher les gens d'entrer, non de sortir, et puis il n'y avait pas l'ombre d'un Black dans la voiture de Lee.

Hudek traversa Santa Barbara par la grande avenue, en conduisant de manière responsable. Au bout de dix minutes il prit la 192 en direction du nord. Brad regardait défiler les lumières – phares, lampadaires, signaux lumineux. Le poste diffusa un morceau dont il avait oublié le titre. Il était obnubilé par la question suivante : que cachaient ces « Soyez prudents/Tu le sais bien » entre Karen et Lee, à supposer qu'il y eût quelque chose à cacher ? Et par celle-ci : qu'allait-on faire dans le nord ?

— Eh, monte le son, dit Pete. C'est de la bombe !

Hudek augmenta les enceintes arrière et réduisit celles de devant.

— C'est quoi, le plan ? finit par demander Brad. Tu nous emmènes où, Lee ?

— Hernandez a appelé, précisa Hudek. Il a conclu un truc de dernière minute. Mais son staff n'est pas disponible. Il a besoin de deux types pour l'escorter.

— C'est-à-dire nous ? Tu te fous de notre gueule ? Putain, Lee, la dernière fois que j'ai croisé ce connard, il m'a assommé avec son flingue !

Lee hocha la tête, les yeux dans le rétro.

— C'est vrai. Mais cette requête est bon signe, Brad. C'est capital.

— Et depuis quand on est à son service ? Faites ci, faites ça...

— On peut pas se défiler. Alors on va faire ce truc, puis on ira s'acheter de gros hamburgers, on regagnera la teuf et on décompressera à fond. C'est d'accord ?

Pete chantonnait sur sa banquette, étranger à la discussion. Brad secoua la tête, mais ce n'était pas un refus. Il sortit une cigarette et l'alluma.

— Eh, mec...

— Va chier, Lee. Le toit est ouvert et on roule. J'ai envie d'une putain de clope et j'ai pas besoin de ton avis.

Hudek sourit.

— OK, mec. Pète pas les plombs. Je voulais juste que tu me dises oui ou non.

— Eh bien ouais, t'as gagné, putain. Mais franchement, je le sens pas.

Hudek lui adressa un clin d'œil, puis se rangea brusquement sur le bas-côté. Brad paniqua, avant d'apercevoir Hernandez posté au coin de la rue, un sac à l'épaule.

— De quoi ? s'exclama Pete, la bouche pleine de chips. Qu'est-ce qu'il fout là, lui ?

Hernandez remonta jusqu'à la voiture, baissa les yeux sur la banquette arrière.

— Où est l'autre mec ?

Hudek prit son temps avant de répondre. Ça faisait du bien d'être en position de force. S'il le voulait, il pouvait repartir sur-le-champ. Le laisser planté comme un con.

Il coupa le poste et répliqua :

— Le préavis était un peu court, tu crois pas ?

— Quel préavis ? lança Pete. Sans déconner, qu'est-ce qu'on va fricoter avec cette tête de pine ?

— On va lui filer un coup de main, expliqua Lee. Le conduire à un rendez-vous important. Pigé ?

— Ouais, ouais, concéda Pete d'un air sceptique. On va dire que oui.

— Parfait. (Hudek fixa Hernandez et sourit.) T'attends quoi pour monter ?

Dirigé par Hernandez, Lee prit le chemin des collines. Terrains de golf, ranchs sécurisés. Il ne connaissait pas bien le secteur, qui ne méritait même pas le nom de secteur, sinon d'un point de vue immobilier. Ils s'enfoncèrent dans la vallée de Santa Ynez, puis encore un peu plus loin.

— On va rouler comme ça jusqu'au Nevada ? s'enquit Pete.

Hormis ces mots, lui et Brad restaient muets à l'arrière.

Hernandez montra enfin une petite route sur la gauche. Aucun panneau n'indiquait sa destination. Lee la suivit sur trois ou quatre kilomètres, dans une sorte de forêt de broussailles. Ils atteignirent le sommet de la colline et amorcèrent une lente descente. La route devint rudimentaire, et déboucha bientôt sur un grand parking de gravier et de poussière, au milieu d'arbres qui se fondaient dans un crépuscule d'encre. L'endroit semblait désert.

— C'est là ?

Hernandez confirma.

— Ils ont rendez-vous à quelle heure ? Et qui sont ces gens ?

— Ils sont exactement comme vous. Y a rien à craindre.

— Alors pourquoi t'as besoin qu'on te tienne la main ?

Apparut soudain une paire de phares à l'autre bout du parking. Brad sentit son cœur dédoubler un coup. Lee, quant à lui, jubilait de se trouver dans la voiture de la came. D'être celui qui *reçoit* les sacs de fric. C'était un pas dans la bonne direction, pour sûr.

— C'est eux ?

— Ouais, répondit Hernandez avant de lancer à Pete : Toi, tu restes ici.

— Pas question.

Lee observa Hernandez.

— Quel est le problème ?

Ça faisait drôle de parler à ce type d'égal à égal. Ça faisait surtout du bien.

— Toi et l'autre gamin, je vous ai vus nous tenir tête dans le parking. Mais ce loser, je me souviens juste de sa gueule couverte de Scotch.

— Vous étiez trois contre deux, rétorqua Pete. (Il avait l'air furax, ce qui était rare.) Mais je te prends quand tu veux. Tout de suite, tiens.

Ce que tu peux être con, Pete, se disait Brad. Au loin, trois silhouettes se dessinaient dans le contre-jour des phares. *Si tu veux mon avis, rester dans la bagnole est une très bonne idée.*

— Sans façon, répondit Hernandez à Pete en lui servant l'un de ses vilains sourires. Un gros gaillard comme toi, je n'ai pas la moindre chance…

Pete la boucla.

— Passe derrière le volant, lui conseilla Lee. On sait jamais.

Lee fut flatté de voir Hernandez approuver. Ce dernier ouvrit son sac et sortit un flingue, qu'il tendit à Hudek.

Brad secoua la tête :

— Pourquoi on aurait besoin de ce truc, si c'est soi-disant... ?

— Ferme-la, Brad.

Lee coinça le flingue à l'arrière de son pantalon. Il vit Hernandez se palper les reins, comme pour vérifier la position de sa propre arme. C'est bon, on pouvait y aller.

Le trio quitta la voiture. Pete se glissa sur le siège conducteur.

— Faites gaffe, murmura-t-il.

Hernandez ouvrit la marche, avec Lee sur sa droite, légèrement en retrait, et Brad sur sa gauche.

L'un des types d'en face lança :

— Salut, Emilio. C'est qui, ceux-là ?

— Des amis, répondit Hernandez. Y a pas de souci.

Brad examina chacun des visages. L'un des types devait avoir son âge et les mêmes origines sociales. Les deux autres faisaient plus vieux, tel celui au crâne rasé. Ces mecs puaient l'embrouille. Pourquoi restaient-ils en retrait, d'abord ? Selon l'usage, on s'avançait, ils s'avançaient, on se rencontrait à mi-chemin et on échangeait les sacs. Éventuellement on s'en grillait une ensemble, ou on partageait un rail pour se la jouer conviviale, puis chacun repartait de son côté.

Pourquoi n'avançaient-ils pas ?

Lee se posait la même question, mais ces inconnus voulaient peut-être les employer. Une petite démonstration mesquine, pour se donner de l'importance.

Même s'il n'y croyait guère, au fond. Hernandez s'arrêta. Lee et Brad aussi.

— Alors, les gars ? s'écria Hernandez. Vous avez les pieds coincés, ou quoi ?

Pas de réponse, mais une évidence qui frappa Lee comme une massue.

Aucun des trois hommes ne tenait de sac.

— Hernandez...

Puis ils ouvrirent le feu.

Ni sommation, ni déclaration. Juste des bras tendus et des balles qui fusent. Clac clac clac.

Lee trébucha en arrière, cherchant son flingue dans son dos. Hernandez fut bien plus rapide. Déjà il canardait la voiture adverse, en se déportant rapidement sur la droite, vers les arbres.

Brad restait figé, et Lee se souvint qu'il n'était pas armé. Il vit Brad se demander comment sortir de ce putain de merdier, puis piquer un sprint vers la gauche du parking.

Lee tira sur son flingue. Qui resta coincé dans le pantalon. Il tira de nouveau, le libéra et l'actionna.

Deux des types s'étaient abrités à l'arrière de leur caisse. Le troisième s'affairait derrière le coffre. Il visa Hernandez mais le manqua.

Lee fit feu. Un coup. Deux coups. Sans succès.

Soudain le mec pivota pour cueillir Brad, dont la fuite ne menaçait personne, qui n'était pas armé et qui se trouvait là uniquement parce que Lee le lui avait demandé.

Lee vit Brad trembler, perdre l'équilibre, se manger un arbre et s'étaler de tout son long.

Puis la voiture le frôla à toute bombe, l'aspergeant de graviers. Un dernier coup de feu, et Lee sentit l'air se fendre juste au-dessus de sa tête.

Quarante-cinq secondes, grand maximum. Et c'était terminé.

Lee resta pétrifié un instant, avec l'impression que le monde avait basculé, viré au négatif.

— Oh merde, Brad...

Il courut au fond du parking, où Brad gisait face contre sol, pour constater, éberlué, que son ami bougeait encore et n'était pas couvert de sang. Brad roula sur le dos, fixa Lee dans les yeux. Son visage exprimait beaucoup de choses, sans rapport avec la douleur.

Lee l'empoigna.

— Putain, mec, j'ai cru qu'ils t'avaient eu. J'ai cru que t'y étais passé.

Brad se redressa.

— Moi aussi. Mais j'ai juste trébuché. Un gros caillou. J'ai trébuché.

— Ça t'a sûrement sauvé la vie, mec. La vache.

— Ouais. Un caillou porte-bonheur.

Ils se regardèrent, les yeux écarquillés, et rigolèrent. Mais d'un rire nerveux, qui n'en était pas vraiment un.

— Il est touché ? lança Hernandez de loin.

— Non ! répondit Lee, speedé par son adrénaline comme par une dose de coke pure. C'était quoi, ce putain de guet-apens ?

— J'en sais rien, marmonna Hernandez. Mais on se casse. Tout de suite. (Il s'éloigna d'un pas vif vers la voiture de Lee.) On a des coups de fil à passer.

Lee tendit la main à Brad, qui se laissa hisser sur ses jambes. Bloqué dans un monde plus jeune de soixante secondes, le cerveau de Brad n'avait pas intégré les derniers événements. À l'évidence, du grabuge s'était produit entre-temps, mais il avait dû louper l'essentiel. Et n'en revenait pas d'être encore là.

— Allez, viens, dit Lee. On se casse.

Il savait que cet épisode revêtait une importance majeure. Hernandez voudrait trucider ces types. Et Lee Hudek serait à ses côtés. Depuis ce soir, il n'était plus un simple gamin qui se pointe avec le blé.

Il prit Brad par l'épaule pour l'inciter à presser le pas.

Brad boitait, mais il avait hâte de mettre les voiles. Il aurait aimé que l'A se fasse oublier un instant, juste le temps de remettre de l'ordre dans ses idées. Il vit qu'Hernandez avait stoppé quelques mètres avant la bagnole.

— Qu'est-ce qui t'arrive ? demanda-t-il avant de regarder la voiture.

Il y avait quelque chose sur le siège conducteur.

Une chose affreuse. Une chose sortie de la forêt et de la nuit pour prendre possession de leur caisse. Elle était monstrueuse, mais immobile.

C'était Pete le Dormeur.

— Oh mon Dieu, expira Brad.

Il se tourna vers Lee, mais Lee fixait Pete. Brad se força à l'imiter.

— Oh, non...

En dessous des épaules, tout était normal. C'était encore Pete. Assis sur le siège, le sachet de Doritos à la main. Mais l'une des balles destinées à Hernandez, à Lee ou à Brad les avait croisés tel un oiseau migrateur ignorant des centaines de kilomètres de mer et avait trouvé le point de chute que lui destinait le canon. Elle avait arraché environ un quart de la tête de Pete. Elle était entrée dans la partie supérieure droite du visage, pour lui défoncer la pommette et la cervelle, avant de ressortir par l'arrière via un trou grossier. L'œil restant était encore ouvert. Les déchets de son nez ressortaient n'importe comment.

Brad crut d'abord que l'œil gauche était simplement luisant, humide, avant de comprendre qu'il essayait de bouger.

Puis la mâchoire de Pete s'affaissa. Une tache sombre apparut sur son entrejambe. Et Pete fut parti pour de bon.

CHAPITRE IX

— On n'a pas le choix, insistait Hernandez. Écoutez-moi.

Brad était assis par terre, les bras noués autour des genoux. Il en était à sa troisième cigarette d'affilée, ce qui signifiait que la conversation durait depuis au moins dix minutes. Brad écouta, mais il ne voulait jouer aucun rôle actif. Lorsqu'il essayait de réfléchir, il avait l'impression de marcher pieds nus sur des braises, des braises s'étirant à l'infini, dans toutes les directions. Sauf que c'étaient des braises glacées.

Lee rétorqua :

— J'ai connu ce type à l'école primaire ! Il y a forcément une autre solution.

La position d'Hernandez était simple. Le cadavre devait disparaître. On ne pouvait le laisser ici. Dès qu'ils le découvriraient, les flics remueraient ciel et terre. Un gosse de riches avec la tête explosée n'était pas le genre d'affaire qu'on classe sans suite. Non, il fallait effacer l'incident. Brad était scié par le détachement dont Lee faisait preuve. Certes, sa voix n'était pas d'une constance absolue, il se frottait la lèvre avec l'index et ses coups d'œil sur le siège avant n'étaient pas plus fréquents que ceux de ses complices. Mais il avait eu l'idée de déplacer le cadavre pour faire croire à une fusillade en voiture, à une agression ayant mal tourné. Il s'accrochait à son idée, mais Hernandez ne voulait rien savoir.

— Écoute-moi, Lee. (Hernandez parlait avec calme, et Hudek songea que c'était la première fois que le type l'appelait par son prénom, plutôt que par « gamin » ou « eh, toi ».) On n'a plus le temps. Quelqu'un aura forcément entendu les coups de feu, cambrousse ou pas. Faut s'en débarrasser au plus vite.

Lee acquiesça :

— OK. Allons-y.

Ils ouvrirent la portière et sortirent le corps de Pete, d'abord en le portant, mais là des restes de tête tombèrent en franges et une substance visqueuse se mit à couler sur la main de Brad, qui lâcha prise en même temps que Lee, de sorte que la carcasse s'écrasa sur le gravier. Lee ôta son tee-shirt pour débarbouiller le siège, pendant que Brad et Hernandez traînaient le cadavre vers le coffre, chacun par un pied. Lentement, pour éviter que la tête ne rebondisse. Ils ouvrirent la malle, Hernandez sortit le drap de plage, enveloppa la tête et le cou, puis ils soulevèrent le corps et le plièrent de diverses façons pour le faire entrer, ce qui ne fut pas simple. Enfin ils refermèrent le coffre.

Le corps hors de vue, on respirait un peu mieux. Brad s'accorda une pause pendant qu'Hernandez éparpillait le gravier tout autour de la voiture et ramassait les morceaux sanguinolents pour les fourrer dans le sac de Doritos. Très pro.

Là-dessus ils remontèrent en voiture. Ils rebroussèrent chemin, avant de virer à gauche pour s'élever dans les collines. Le parc national était fermé, et c'eût été une mauvaise idée de toute façon, mais ils trouvèrent une route de service qu'ils suivirent assez longuement. Puis ils se garèrent, sortirent Pete ou ce qu'il en restait, et le portèrent le long d'un sentier pédestre, sur huit cents mètres environ. De son vivant, Pete était assez gros. Mort, il était très lourd. Lourd, difficile à manœuvrer, et encore chaud, avec des mains démesurées et pleines de doigts. Puis on quitta le sentier pour s'enfoncer au hasard. Le dos de Brad le mettait au supplice, comme s'il avait eu un clou planté dans le bas de la colonne.

Quand Lee estima le coin suffisamment reculé, ils s'arrêtèrent et posèrent le cadavre au pied d'un arbre. Lee n'ayant, bien entendu, pas de pelle dans son coffre, ils creusèrent à la main, en s'aidant du cric de la bagnole. Ce fut long et laborieux, même sur un sol relativement tendre, même en s'y mettant à plusieurs. Ils poussèrent Pete dans le trou, mais il était trop grand, alors ils le firent rouler sur le côté et agrandirent la tombe. À force de ténacité, ils parvinrent à le caser. S'ensuivit une discussion sur le sort de la serviette. Lee jugeait qu'elle était aussi bien ici. Hernandez aurait préféré que Lee la remporte et la brûle. Brad souhaitait qu'on la laisse en place, pour ne pas avoir à regarder Pete une dernière fois, même s'il s'en voulait de penser ça. Lee obtint gain de cause. C'était une serviette bas de gamme. On trouvait les mêmes partout. Brad fut soulagé.

Pouvait-on laisser des empreintes sur un cadavre ? Dans le doute, Lee essuya Pete avec le tee-shirt ensanglanté, qu'il jeta dans la fosse. Puis il se ravisa, retourna le corps et se servit du tee-shirt pour lui attacher les mains, histoire de brouiller les pistes au cas où. Ils recouvrirent le corps de terre, puis chacun partit de son côté chercher les bouts de bois les plus gros possible. Ils les disposèrent sur la tombe de manière anarchique, et Lee s'éloigna de dix mètres pour voir si cela faisait illusion. Malgré l'obscurité, il lui sembla que oui. Après avoir déblayé l'excédent de terre, Lee contempla le travail en secouant lentement la tête.

Ils regagnèrent la voiture sans un mot.

Lee attendit le retour à la civilisation pour allumer ses phares. Il rejoignit la ville sans commettre d'excès de vitesse et se rangea pour déposer Hernandez à l'endroit désiré.

Le gars mit le pied sur le trottoir.

— Je vais tout de suite appeler certaines personnes. L'homme que tu as rencontré. Je te ferai savoir quelle est la riposte. Cette nuit.

Lee acquiesça, le regard fixé sur la route. Hernandez claqua la portière et repartit d'un pas soutenu.

Lee pressa le champignon, fonça jusqu'à la 101, traversa en trombe Ventura et Oxford. Puis freina fortement et prit à droite jusqu'à la plage.

Ils se garèrent, toujours silencieux. Ils ne trouvaient rien à se dire, sinon de brusques exclamations qui n'étaient d'aucun secours. Lee emporta le sachet de Doritos ; pendant qu'ils grimpaient les dunes, il en répandit le contenu avec parcimonie, laissant le vent en emporter le plus possible. Le sac était vide lorsqu'ils atteignirent le rivage. Lee s'avança dans l'eau et rinça l'intérieur avant de réduire le plastique en une pluie de lambeaux qu'il lâcha dans la mer, happés par le vent tels des fragments de clair de lune.

Il rejoignit Brad, qui se balançait d'un pied sur l'autre. Ils se regardèrent dans le blanc des yeux.

— Pete le Dormeur, dit Lee.

— Merde, Lee. Merde.

Ils repartirent à travers les dunes. Lee enfila un vieux sweat-shirt qui traînait dans son coffre et mit le cap sur le centre-ville. Ils s'arrêtèrent au premier Starbucks venu pour commander des *lattes* à la vanille, qu'ils burent sur le chemin du grand Frisbees de Jolacha Avenue. Là, ils achetèrent trois grands menus hamburgers, effrayés par les lumières agressives et par l'étrange bruit de la caisse enregistreuse, comme par la façon dont les autres clients papotaient, riaient ou commandaient de la sauce barbecue comme s'il ne s'était rien passé. Ils ressortirent les jambes molles.

Traversée du centre, et retour à la grille principale de Faircroft.

— Prends l'air cool, murmura Lee.

Brad sourit dans le vide.

Un vigile apparut à la portière. Lee lui avait déjà parlé en arrivant à la fête. L'échange fut bref et amical. Lee lui proposa un sandwich, et le type faillit dire oui avant de se souvenir qu'il était au régime, que les cadeaux étaient interdits ou bien qu'il venait de s'enfiler une pizza, et il se contenta de leur ouvrir la barrière.

Lee s'enfonça dans la copropriété, vit défiler les grilles.

— Arrête-toi ! enjoignit Brad au bout de quelques centaines de mètres.

Lee s'exécuta. Brad descendit pour vomir au bord de la route. Ça puait la bière et le sang fermenté, l'eau croupie et la tourbe.

Il remonta en voiture et ils parcoururent le dernier tronçon.

Les voitures étaient encore nombreuses dans l'allée des Luchs. Lee se gara et coupa le moteur. Serra les poings plusieurs fois de suite.

— OK, dit-il. Maintenant il faut réintégrer cette teuf. Et s'amuser.

— Tu déconnes ?

— J'en ai l'air ? Nous devons être *présents*, si tu vois ce que je veux dire.

Brad voyait. Ils sortirent avec leurs burgers et firent le tour de la maison. Il y avait encore une trentaine d'invités, la fête continuait et l'espèce de DJ était reparu, mais sa musique avait changé. Un truc monotone et arythmique. Les sacs Frisbees attirèrent quelques têtes.

— Personne n'aurait vu Pete ? demande Lee d'un ton désinvolte. Il y a un burger à son nom – et un deuxième, je parie.

Les gens rigolèrent et répondirent que non, ça faisait un bout de temps qu'ils ne l'avaient pas vu. Quelqu'un crut même savoir qu'il s'était rendu à une autre fête.

C'était bien résumé, songea Brad avec dégoût. Une tout autre fête. Heureusement qu'il avait déjà vomi...

Soudain une main creusait la sienne, et Karen était là.

— On croyait vous avoir perdus, dit-elle.

— Mais non, sourit-il avant de lui tendre des frites.

Une heure et demie plus tard, Hudek s'arrêta devant la maison de ses parents. Il y chercha de la lumière, tout en méditant son plan d'action.

Il revenait du lavage automatique. En fait, il en avait visité deux – celui où il avait ses habitudes, puis un deuxième, vingt rues plus loin, où personne ne le reconnaîtrait. Il n'avait nettoyé que la carrosserie, bien sûr, et n'était passé au premier centre qu'après s'être assuré qu'aucun employé connu n'était de service : il ne serait qu'un jeune-à-belle-bagnole parmi tant d'autres.

L'extérieur était impeccable. Contrairement au reste. Le siège conducteur et le haut de la portière semblaient nets, mais juste en apparence. Lee pourrait revendre la voiture d'ici quelque temps, mais pas tout de suite ; ça faisait une sacrée différence de savoir qu'un de ses meilleurs amis était mort à l'endroit même où on posait ses fesses.

Il aurait pu remettre ça au lendemain, mais il préférait en finir ce soir, pour se dire au réveil que l'incident était clos. Bien entendu, ce ne serait jamais aussi simple. L'absence de Pete allait vite intriguer. Mais au moins Lee pourrait-il vaquer à ses occupations en faisant celui qui ne sait rien.

Pour cela, il devait accomplir plusieurs tâches.

Vérifier que les rainures des pneus ne retenaient ni cailloux ni poussières associables à ce putain de parking ou à la route menant à la tombe de Pete.

Nettoyer le coffre de fond en comble, pour chasser toute trace de gravier et de sang. On avait bien fait d'envelopper la tête de Pete, mais pendant le trajet le drap de plage s'était gorgé d'hémoglobine. Au besoin, détruire et remplacer le revêtement.

Laver le siège avant, et tout l'intérieur. Avec soin. Les reportages de *Police scientifique* qu'il avait vus par hasard s'avéraient – qui l'eût cru ? – fort utiles. Le garage de Lee se prêterait bien à ces travaux, avec son éclairage vif. Mais il comptait d'abord faire un saut chez ses vieux, en espérant y trouver quelqu'un. Deux raisons à cela. En premier lieu, son père possédait plein de trucs utiles : détergents, solvants, outils… La berline de Hudek senior brillait comme un sou neuf, et il y avait assez de stocks pour que Lee se serve incognito. En second lieu, il semblait judicieux de montrer son nez. *Ouais, je l'ai vu ce soir-*

là. Non, je l'ai trouvé en forme, très détendu, pourquoi ? Ah non, c'est impossible. Tout à fait impossible.

Pas de lumière dans la chambre parentale, mais des signes de vie dans le bureau de papa. Lee se gara, verrouilla la voiture et pénétra en silence dans la maison. Il passa la tête dans le bureau ; l'ordinateur était en marche, mais il n'aperçut personne. Puis il trouva les portes-fenêtres de la cuisine ouvertes.

Et une silhouette solitaire dans un fauteuil près de la piscine.

Il posa le pied sur la terrasse.

— Papa ?

La silhouette se retourna, et Lee reconnut son père, un cigare à la main.

— Salut, fiston, dit-il à mi-voix. Quel bon vent t'amène ?

— Je passais dans le coin. Je me suis dit que j'allais faire coucou, si vous étiez encore debout.

— C'est gentil, ça. Je te sers quelque chose ?

— Volontiers. Je prendrai une bière. Sans alcool, de préférence.

— Bien sûr. Tu n'avais pas une fête, ce soir ?

— Exact. Chez les Luchs.

— Jolie baraque.

— Mouais. Un peu tape-à-l'œil, quand même.

Ryan Hudek sourit et s'éloigna vers la cuisine, pressant au passage l'épaule de son fils.

C'est à cet instant que Lee fut le plus près de craquer, mais il serra les dents. Une fois franchi ce cap, il s'interdirait à jamais de faire machine arrière. Il tint compagnie à son père une bonne demi-heure, avant de prendre congé. Son paternel le salua sans quitter son fauteuil. Avant de ressortir, Lee fit un crochet par le garage et prit ce dont il avait besoin, en arrangeant les étagères de façon à cacher son larcin.

Puis il rentra chez lui, rangea la voiture et se prépara un café corsé. Le flingue d'Hernandez était planqué sous une pile de bricoles, dans un tiroir du garage. Épuisé ou pas, il fallait rester dispo, et ce n'était pas le moment de se droguer. Lee avait surtout besoin de caféine. Regardant le jus noir goutter, il voulut penser à Pete, puis préféra s'abstenir. Pete était mort. Point barre. Et personne ne l'avait obligé à faire quoi que ce soit.

Tout en lessivant la voiture, Lee se surprit à regarder son téléphone toutes les deux minutes. Trois heures s'étaient écoulées, et Hernandez n'appelait pas.

CHAPITRE X

Je ne saurais comment le décrire. Ce n'était ni une forêt, ni un champ, à la pointe nord-ouest de la forêt de Raynor. Une sorte de grand néant, par hectares entiers, vaguement parsemé d'arbres et de buissons, sillonné de ridules tel un visage parcheminé. Il y avait en principe une petite ville à un kilomètre de là, mais on ne l'aurait pas deviné. Cette zone ne servait à personne, sinon aux insectes, aux oiseaux et aux bestioles à fourrure qui s'en nourrissaient. J'avais croisé une friche comparable dans le New Jersey, baptisée la Lande. Je ne sais comment les indigènes appelaient celle-ci, mais je ne voyais pas de meilleur nom, surtout sous une froide lune grise.

J'avais suivi Monroe et Nina sur le parking, avant de monter à l'arrière de leur voiture. Cela avait soulevé une vive polémique, mais Monroe était trop pressé pour s'offrir le luxe d'une bagarre. Il traversa la ville en trombe, continua pendant une dizaine de minutes, jusqu'à repérer sur le bas-côté les gyrophares des flics locaux. Il se plaça derrière le véhicule, puis le suivit au long d'une suite de routes qui ne semblaient mener nulle part, jusqu'à celle qui décrivait une longue ligne droite. Le véhicule de tête finit par se ranger sur les gravillons. Deux autres voitures étaient garées un peu plus loin, ainsi qu'un fourgon, style police scientifique.

Deux flics s'extirpèrent de l'habitacle, l'un en uniforme et l'autre en costume. Ce dernier ressemblait au type que j'avais repéré à l'hôtel auprès de Nina et de Monroe.

— C'est qui, lui ? demanda-t-il comme nous venions vers eux.

— Un collègue, répondit Nina. Ça pose problème ?

— Non, madame. Vous pouvez aussi appeler votre mère, pour qu'elle nous apporte des sandwiches.

— Ça suffit, Reidel, ordonna Monroe. Conduisez-nous là-bas.

Le dénommé Reidel me toisa. Je le toisai. Puis il se retourna et nous précéda sur un sentier.

Après deux cents mètres, nous distinguâmes au loin des faisceaux de lampes torches. Le sol se mouillait, poisseuse course d'obstacles de fougères et de boue qui nous suçaient les chevilles.

— Qui l'a trouvé, cette fois ? s'enquit Nina. Personne ne serait assez désespéré pour vouloir baiser ici.

— Un vieux gars du coin, qui se promenait pour ramasser du bois. Il sculpte des serpents dans des branches mortes, paraît-il, pour les revendre au marché artisanal. Il a découvert le corps en début de soirée, en fait, mais le type a des antécédents psychiatriques, et il s'est mis à flipper, au point de ne plus savoir ce qu'il avait réellement vu. Il lui a fallu plusieurs heures pour se décider à appeler. Depuis il se sent mieux.

— Qui voudrait d'un serpent en bois ? demandai-je.

— Bonne question, monsieur.

Le ruban d'interdiction commençait un peu plus loin. Il délimitait un ruisseau peu profond, d'environ un mètre de large, même si les remous brouillaient la séparation entre l'eau et le sol. Ensuite le ruisseau se divisait en deux, pour former une île imprécise, large d'une quarantaine de mètres. Il y avait quelque chose tout au bout, mais le premier point d'observation se trouvait plus près de nous. Une poignée d'hommes encerclait une forme à terre. On avait monté sur pied une grosse lampe, qui frappait de lumière blanche les têtes et les épaules.

Reidel se glissa sous le ruban pour nous conduire aux deux grosses planches qui enjambaient le cours d'eau.

— Une personne à la fois, conseilla-t-il.

Le pont de fortune ploya sensiblement sous notre poids ; il semblait condamné à périr avant l'aube. Suivaient deux marches mouillées, et le terrain redevenait stable.

Les experts reculèrent à notre approche. On pressentait un spectacle terrible. L'air stagnant exhalait une irrésistible note funeste.

— Vous tombez à point, dit l'un des techniciens. On s'apprêtait à l'emmener…

Il braqua sa torche sur la chose, créant un jeu d'ombres.

Monroe fut le premier à voir.

— Seigneur, souffla-t-il avec calme.

Un homme, couché sur le flanc droit, un bras coincé sous lui. Comme s'il avait fait une chute. Il portait un jean et une chemise foncée à carreaux, fort tachés l'un et l'autre. Sa tête était tournée d'une façon étrange, comme s'il avait cherché la lune à travers les arbres. Il avait les yeux ouverts ; quelque chose comme trente-cinq ans, même si les cadavres ne disent jamais vraiment leur âge. Parfois la mort semble ôter quelques années de soucis et lisser le caractère. Un petit animal l'avait en outre allégé d'un morceau de joue.

La lumière frontale donnait à la scène une allure de photographie, dénuée d'émotion, jusqu'à ce que l'odorat nous rappelle à la réalité. Mais Monroe réagissait surtout à ce que révélait la manche de chemise gauche. Elle était roulée au-dessus du coude, et le bras avait perdu l'essentiel de sa chair. Non par décomposition, même si l'odeur âcre et humide montrait que cela avait joué, mais par décharnement, jusqu'à l'os. L'œuvre d'une main étrangère. Puis on vit que le reste du corps semblait rongé de la même façon. Le visage était celui d'un homme de corpulence moyenne, voire bien en chair. Mais la manière dont les vêtements flottaient sur la carcasse, associée aux taches sombres et sèches, suggérait que l'ensemble du corps avait subi le sort du bras. On pouvait incriminer les animaux, mais pourquoi auraient-ils fureté sous les habits et laissé le gros du visage ?

Je me retournai, pour constater avec bonheur que je n'étais pas le premier. Nina avait les yeux rivés sur l'extrémité de l'île.

— C'est quoi, là-bas ?

— Venez voir.

Reidel nous guida sur le sol inégal. La forme que nous distinguions restait mystérieuse, comme détachée dans le clair de lune. Mais il suffisait d'approcher pour comprendre.

Le premier élément que j'avais remarqué en arrivant ici était un tee-shirt blanc. Propre, de taille moyenne, suspendu à trois branches d'arbuste comme à une corde à linge. L'arbuste côtoyait l'un des cinq arbres de l'île.

Nina, Monroe et Reidel contemplèrent la mise en scène quelques instants, avant de grogner plus ou moins à l'unisson.

L'image avait effectivement ce pouvoir-là, encore plus marquante, peut-être, que celle du corps. Je me demandais si le sculpteur de couteaux avait vu ce tee-shirt et si ce n'était pas la cause première de sa terreur.

Un bruit sourd du côté du cadavre, suivi d'un juron dans la bouche d'un expert. Il releva la tête pour nous appeler.

— Eh, les gars ! Faut que vous voyiez ça !

En professionnels consciencieux, nous fîmes demi-tour. On venait de retourner le corps avec maintes précautions. Le bras droit s'avérait dans le même état que le gauche : manche retroussée, chair retranchée. Mais avec une différence notable.

Il manquait la main.

— Bon, murmura Reidel après un silence. On peut parler de tueur en série, maintenant ?

— Au moins quatre ou cinq jours, affirma le légiste tandis qu'on chargeait le corps sur une civière. (Avec son espèce de crème Vicks sous les narines, le toubib avait l'air du type le plus enrhumé du monde.) Peut-être une semaine, ajouta-t-il, même si l'ablation des tissus et des organes rend le verdict plus délicat. J'en saurai plus quand il aura intégré le labo, mais ne vous attendez pas à une précision d'horloger. Ce n'est pas le meilleur environnement pour être mort.

Il disait vrai. Même le si bleu nuit du ciel commençait à s'adoucir, cet endroit n'avait rien d'accueillant. Cela faisait quatre heures que nous avions quitté l'hôtel ; j'avais les yeux rouges, et plus beaucoup de clopes. J'étais resté en retrait, muet, de peur qu'un grand se souvienne de ma présence et m'envoie au lit.

Je regardai la dépouille traverser le pont précaire. L'ambiance de l'île changea du tout au tout, comme si on avait coupé une inaudible bande-son. Un corps sans vie fascine toujours. Il pare les lieux d'insolite. C'est sans doute devant un cadavre que l'on a admis pour la première fois la possibilité de choses puissantes, importantes et néanmoins invisibles. On pouvait observer maints aspects de la réalité – rivières, animaux, arbres, soleil – mais le phénomène le plus radical (la différence entre un être animé et un corps sans vie) était impalpable. Le rite et ses condensés – les dieux – ne sont qu'une manière d'enrober ce vide, cette chose insaisissable. Je me demandais qui pouvait être cet homme, et dans l'existence de qui il laisserait le plus grand trou. Pas dans la mienne, me dis-je avec soulagement, avant de me sentir nul et seul. Où que j'aille sur cette planète, mes parents ne m'attendraient nulle part. Plus jamais Bobby ne me paierait une bière. Un an après les faits, je peinais toujours à les assimiler. Je les oubliais pendant des heures, parfois même des jours, puis ils me revenaient à l'esprit, toujours aussi inexplicables. Je ne parvenais jamais à me dire : « Ah oui, ils sont morts. Bien sûr. OK. C'est enregistré. » Et je n'y parviendrais peut-être jamais.

J'allumai l'une de mes dernières cigarettes et tendis l'oreille aux discussions alentour.

Monroe continuait à prendre des notes :

— Vous êtes sûr que le décharnement ne s'est pas produit après l'abandon du corps ?

— Sûr et certain. Il a perdu quelques bouts après coup, au visage par exemple – ces marques sont à l'évidence celles d'un rongeur –, mais l'essentiel a été débité avant. Avec un couteau, un couperet, un instrument de ce genre. L'humérus est entaillé. Et le tibia est rayé. On devrait en voir beaucoup plus lorsqu'on l'aura déshabillé. Un objet lourd et tranchant. Le même qui aura servi à couper la main, j'imagine.

— Je suis surprise que les bêtes aient fait si peu de grabuge pendant tout ce temps, observa Nina.

— Quel temps ?

— De quatre jours à une semaine, comme vous venez de le dire.

— Non, sourit-il en levant l'index. Je n'ai pas dit ça. Cela fait quatre ou sept jours qu'il est *mort*. Mais pas sur cette friche désolée. Je pense qu'il est resté ici vingt-quatre heures, grand maximum.

Nina le dévisagea en silence. Je connaissais ce regard. Il signifiait : « Ne m'oblige pas à te soutirer les infos, ou tu vas le regretter. »

Le légiste portait une alliance : lui aussi connaissait ce regard.

— La chair du dos est relativement intacte, expliqua-t-il. Et les surfaces dorsales présentent des signes de stase sanguine, le sang s'accumule dans les parties les plus basses après la mort. Elle est répartie sur tout le dos, et sur les restes de fesses et de mollets, alors qu'on a découvert le corps...

— Couché sur le côté.

— Exactement. C'est donc ailleurs qu'il a passé les premières heures de sa mort, étendu sur le dos.

— La question est de savoir où, commenta Reidel. Mais là, j'imagine que vous n'avez aucun indice à nous livrer ?

— On verra ce que dénichent les experts. Mais ne vous faites pas trop d'illusions. Avec un peu de chance, on trouvera des éléments provenant de son environnement précédent – poussières, débris, terre. Mais s'il était nu là-bas, ces traces auront disparu avec les chairs ou été balayées lors du rhabillage.

Monroe opina :

— En somme, le décharnement pouvait servir à dissimuler la provenance du corps.

— Possible.

— Ou pas, nuançai-je.

Je fixai de nouveau le bout de l'île, frappé par une évidence.

— Qu'y a-t-il, Hopkins ?

— Que signifie ce tee-shirt, d'après vous ?

— Aucune idée pour le moment. Ça n'a peut-être rien à voir.

— Bien sûr que si. Un cadavre et un vêtement tout près, quand il n'y a rien d'autre sur un kilomètre à la ronde ? Pour moi, les deux sont forcément liés.

— Le type qui a déposé le corps aurait jeté ce truc en partant, suggéra Reidel. Ce qui nous indiquerait dans quel sens il est parti.

— Ça non plus, je n'y crois pas. Pourquoi s'en débarrasser ? Le tissu est propre. Pas de sang, rien du tout. On croirait qu'il sort de l'emballage.

Nina m'observait.

— Tu penses à quoi ?

— Viens que je te montre.

Je me mis en marche. Un temps d'hésitation, et ils me suivirent.

Ayant pris toutes ses photos, un technicien s'apprêtait à décrocher le tee-shirt.

— Une seconde ! lançai-je. (Je fis signe à Nina de se positionner derrière le vêtement.) Tu ne remarques rien ?

Elle examina le tissu, en vain. Je l'aidai un peu :

— Ce n'est pas le tee-shirt en tant que tel. Place tes épaules parallèles aux siennes, regarde droit devant toi et dis-moi ce que tu vois.

Elle pivota légèrement. Leva les yeux.

— La lampe.

— Là où se trouve le corps, en d'autres termes. Le tee-shirt tient une pose. Il représente quelqu'un. C'est un témoin.

Le trio promena les yeux entre les deux points.

— Bon, peut-être, acquiesça Nina.

Monroe ne semblait qu'à moitié convaincu :

— En quoi cela nous dit-il si le décharnement sert à chasser les traces ?

— Je ne sais pas, avouai-je. Mais si on a pris la peine d'accrocher ce tee-shirt, c'est dans un but précis. Pour créer un tableau. Ou pour le *re*créer. On ne traîne pas un corps jusqu'ici sans raison particulière. On l'a détenu dans un endroit qui permettait de le découper en toute discrétion. Puis on a choisi de l'amener ici, où il serait forcément retrouvé. Donc son emplacement est déterminant. Et si on l'avait décharné pour réduire son poids ?

Trois individus fronçaient leurs sourcils. On aurait dit une rangée de points d'interrogation.

— Vous m'avez l'air bien schlass, les gars. Plus le corps est léger, plus il sera facile à transporter. Le tueur avait une idée en tête, et il avait choisi ce lieu. Mais il se savait trop faible pour porter la carcasse sur une telle distance. Alors il a retiré le plus de masse possible, sans rompre l'intégrité globale du corps.

— Donc une personne qui, se sachant incapable d'amener le corps ici, aurait fait en sorte de rendre la chose faisable, paraphrasa Reidel avant de marquer une pause. Une femme, pas exemple.

— Eh bien, ouais. Sauf que…

Monroe me fixait d'un drôle d'air. Nina regardait ses pompes. Reidel arborait un sourire bizarre.

— Qu'est-ce que j'ai dit ?

La voiture nous déposa sur le parking de l'hôtel. Monroe et Reidel filaient directement à la morgue pour assister au début de l'autopsie. L'aube commençait à poindre.

— Je suis désolé, Nina. Je ne savais pas que je m'immisçais dans un débat sensible.

— C'était bien vu. Je crois même que t'as épaté Charles.

— Ça ne prouve pas que ce soit une femme, en tout cas. Si je devais parcourir une telle distance avec ce truc sur le dos, moi aussi je chercherais à l'alléger. Ce type n'était pas petit. Et même les nains morts font leur poids.

— La voix de l'expérience ?

— Non, je crois que ça vient de Confucius, ou de cette bande-là. Viens, allons voir s'il y a moyen de boire un café.

— Il n'est même pas 5 heures, Ward.

— T'as ton flingue sur toi ?

— Bien sûr.

— Moi aussi. Ils nous serviront. Ils n'ont pas le choix.

Nous sommes rentrés dans l'hôtel, et j'ai fait du gringue à une employée jusqu'à ce qu'elle accepte de me trouver du café pour que je lui fiche la paix.

Le restaurant décrivait un L. Nous avons emporté nos tasses au fond de la grande longueur. Il eût sans doute été plus logique de regagner la chambre, mais la fréquentation des morts donne envie de grands espaces. On s'est assis pour siroter notre jus dans un lointain bruit d'aspirateurs.

Puis le bipeur de Nina a sonné. Elle l'a consulté.

— On a les résultats sanguins du premier gus. Des traces d'une substance de type Rohypnol. Ce qui signifie préméditation.

— Mais pas forcément meurtre. Est-ce qu'une femme ferait ça ? Recourir à une drogue de violeur ?

— Pas si elle veut se faire sauter.

J'informai Nina du mail d'un certain Carl Unger, qui disait avoir connu Bobby et voulait me contacter d'urgence. Nous tournâmes et retournâmes la question, puis Nina réfléchit un instant.

— Appelle-le.

J'acquiesçai, et il y eut un silence.

— J'ai vérifié, reprit-elle soudain. Ce comté n'a pas connu le moindre meurtre au cours des dix dernières années. Pas un seul. Et voilà deux cadavres la même semaine, aux abords de la même ville.

— Un citoyen qui ne rigole plus.

— Ouais.

Nous sommes restés là, avec nos cafés tiédis, tandis que dehors le monde peu à peu s'éclaircissait.

CHAPITRE XI

Pendant ce temps, un homme poursuivait sa route, ayant vaincu ses hésitations.

La veille, en fin d'après-midi, Jim Westlake avait atteint Petersburg, conformément aux instructions reçues à Key West. Il s'était garé sur le parking d'un supermarché Publix, à l'orée de la ville. Il descendit de voiture pour se dégourdir les jambes, en attendant les 17 heures tapantes. Puis il maintint enfoncée la touche 1 du téléphone portable, programmée sur un numéro dont les chiffres restaient masqués. S'il avait été jeune et féru de technologie, il aurait peut-être pu retracer ce numéro. Mais, l'utilité d'une telle recherche n'étant pas prouvée, il avait laissé tomber.

On décrocha au bout de trois sonneries.

— C'est moi, dit Jim. Je suis arrivé.

— Bien, bien, répondit une voix.

Ce devait être le plus âgé des deux visiteurs de Key West. Le Garçon précoce. Toujours lui.

— Et maintenant ? Tu me donnes une adresse ou quoi ?

— Tu vas devoir la trouver toi-même.

Jim émit un rire acerbe.

— T'as déjà foutu les pieds à Petersburg ? C'est pas New York, mais c'est pas non plus le trou du cul du monde. Si vous êtes pressés, il va m'en falloir plus que ça.

— Justement, poursuivit la voix, c'est là que je t'ai un peu menti. Il te reste encore un peu de route.

— Je suis censé aller où ?

La voix indiqua une autre ville. Jim resta muet comme une tombe.

— T'es toujours là, Jim ?

— Ouais, et je t'emmerde.

— Je m'y attendais plus ou moins. C'est pour ça que tu es assis là où tu es, et pas là où tu devrais être.

Jim regarda sa main gauche pendre le long de sa cuisse. Elle tremblait un peu. Il serra le poing.

— Je n'irai pas là-bas, déclara-t-il.

— Eh si, répondit la voix. Tu es obligé, et pas seulement parce que je l'exige. Si je t'avais expliqué la situation dans ton nid des Keys, à tous les coups tu aurais refusé. Ce qui aurait été idiot, car si tu te défiles t'es foutu. Tu as laissé traîner des saletés dans ta vie antérieure. Elles viennent de resurgir. Il va falloir nettoyer, et tant que tu seras là-bas, tu vas aussi bosser pour nous. Un travail important, qui me tient personnellement à cœur, et que tu ne vas pas foirer.

Jim posa les yeux au fond du parking. Le supermarché étincelait au soleil. Les familles s'affairaient, poussant des chariots vides ou pleins. Cherchaient de la bouffe, rapportaient de la bouffe. Chasseurs de rayonnages, glaneurs de barquettes allégées et d'emballages sous vide.

— OK. Crache. Je veux la vérité, maintenant.

— Reste où tu es. De nouvelles infos suivront. Puis tu passeras à l'action. Cette affaire compte beaucoup à mes yeux, à *nos* yeux, mais c'est ta vie qui est en jeu, pas la mienne.

La ligne coupa.

Jim resta près de la camionnette quelques minutes, puis le téléphone lança une série de sons bizarres. Après un bref répit, il remit ça. L'écran priait Jim d'appuyer sur une certaine touche. Ce qu'il fit.

Une photo envahit l'écran. Un visage de femme. Sur demande, il enfonça une autre touche et découvrit un second mini-portrait. Encore une femme. Sous chacune figurait une consigne. Deux fois la même.

TUE-LES.

Perdu dans le temps. Perdu dans les chiffres. Perdu dans le souvenir des choses perdues.

Tiré de sa rêverie par des braillements, Jim se rendit compte qu'il était demeuré adossé au Combi pendant une éternité. Planté sur le parking, un peu sonné, les yeux baissés sur un téléphone portable.

— Il m'a donné un coup de pied ! Maman, il m'a donné un coup de pied !

Jim tourna la tête. De l'autre côté de l'allée se trouvaient deux garçonnets, debout à l'arrière d'un 4•4. Environ sept ans et déjà costauds. L'arrière du véhicule béait comme une mâchoire géante, rempli de sacs et de produits bariolés. De quoi nourrir un petit pays d'Afrique pendant un mois. Les gosses étaient livrés à eux-mêmes, le temps que leur mère ramène le chariot cinquante mètres plus loin.

Stupide. Vraiment stupide.

Écarlate, le gamin cogné hurlait. Son frère l'observait d'un air concentré, comme s'il analysait l'expérience. Un coup de pied, il chiale. Très intéressant.

Remontant dans son fourgon, Jim songea que, pour celui qui entend hurler, l'agresseur est moins pénible que l'agressé, celui qui crie en boucle : « Il m'a donné un coup de pied. » Certes, le gosse qui a frappé est un connard, et certes c'est lui qui a commencé, et les coups de pied c'est très vilain. Pourtant, c'est le cul du chialeur qu'on a soi-même envie de botter. On voudrait le punir pour cette larmoyante complaisance de victime, pour cette volonté de convertir la faiblesse en pouvoir. Ce que veut le gosse frappé, c'est qu'un adulte vienne gifler le frappeur. Il veut commettre un acte violent *sans l'avoir fait* – tirer avantage du geste sans devoir l'assumer. Voilà le genre de gosse qui, plus tard, portera plainte contre son voisin pour s'être cassé la gueule dans son allée, après avoir passé l'après-midi à lui bouffer ses hot-dogs et à lui vider ses bières.

Jim manœuvra le Combi avant de baisser sa vitre. Quarante mètres séparaient encore les gosses de leur maman, qui amorçait son retour.

— Eh, gamin, lança Jim.

Les deux gosses se retournèrent. Jim s'adressa au pleurnicheur :

— Soit tu lui rends ses coups, soit tu fermes ta gueule.

Le gosse cligna des yeux, entre deux sanglots automatiques.

— T'as compris ? T'arrêtes de chialer, maintenant.

Les sanglots cessèrent. Le gosse était blême.

— Parfait. Ne recommence jamais. Ou je reviens te chercher.

Jim remonta sa vitre et quitta le parking, puis la ville, pour reprendre l'autoroute.

Il roula toute la nuit. Plein ouest, sans sortir de Virginie, enchaînant les routes secondaires après l'agglomération de Petersburg. Il arrivait. Il n'avait plus le choix.

Il rentrait à la maison.

DEUXIÈME PARTIE
LA MULTITUDE

Les lieux laissent toujours une empreinte,
pour le meilleur et pour le pire.

DAVID M. SMITH

CHAPITRE XII

Oz Turner remplit ses poumons avant d'expirer lentement, en claquant des lèvres tel un cheval déprimé ; 10 h 45, un lundi matin de septembre froid et pluvieux. Septembre est un mois pourri. À peine commencée, la semaine traînait déjà un goût de vieux, et l'heure présente précédait de quinze minutes le sempiternel « Quand est-ce qu'on s'amuse ? ». Ajoutez la précipitation, légère mais réelle, et vous obteniez une matinée bonne à jeter.

Depuis son bureau collé à la fenêtre, Oz considéra d'un œil torve la grand-rue de Lincoln. Deux riverains marchaient tête baissée. Quand ils eurent poussé la porte de Jayne's Stores, les trottoirs furent à nouveau déserts.

Salut l'ennui, vieille branche.

Il se leva pour se rendre dans la kitchenette, derrière deux bureaux vides. Le journal abritait rarement plus d'un employé à la fois. Pour réunir l'effectif total, s'élevant à trois personnes, il eût fallu le déclenchement d'une guerre, un débarquement d'extraterrestres ou la foire du comté. Pendant que l'eau bouillait, Oz se versa quatre cuillerées de café soluble dans une tasse, et trois autres de sucre. Sa dernière ex-femme le tarabustait sans cesse sur sa consommation de caféine, et ne plus l'avoir sur le dos était un plaisir chaque jour renouvelé. Une vraie plaie, cette femme. Bonne sous la couette, pour sûr, mais vu qu'elle en faisait désormais profiter un autre (cela durait depuis trois années, dont une antérieure à leur divorce), c'était un avantage à double tranchant. Oz avait compris de longue date que la gent féminine se divisait en deux catégories : les femmes timides et coincées qui restaient fidèles et que l'on quittait, et les femmes chaudes et aguicheuses qui partaient les premières, en général vite et loin. Il avait essayé – *épousé* – les deux, sans succès. Il voulait encore croire à l'existence d'une troisième voie, mais il craignait d'être trop vieux pour la découvrir un jour.

Cela faisait cinq minutes qu'il observait son reflet dans la bouilloire – du moins supposait-il qu'il s'agissait de son reflet, bien que les cheveux et la barbe lui parussent très gris, très broussailleux – quand il s'aperçut que l'eau était prête. De retour à son bureau, il fixa son écran avec dépit, en calant son café sur son ventre. Depuis le matin, il avait ajouté cinq cents mots à son article, mais ceux-ci ne valaient rien. Ainsi la tour Newport de Rhode Island révélait une forte influence nordique. Et après ? Ça n'avait rien d'un scoop. Oz avait choisi pour angle d'attaque « L'indécrottable aveuglement de l'establishment et des pouvoirs publics ». Sa philosophie de la vie, en somme. Mais Oz avait aussi une conscience professionnelle, et on ne peut ressasser les mêmes rengaines *ad vitam aeternam*. Quand bien même le lectorat eût ignoré sa rubrique (ce qui semblait fort possible), ou l'eût à peine survolée en croyant à une blague (et il savait de source sûre que cela arrivait), il fallait bosser proprement.

Que restait-il, sinon ?

Il sélectionna son texte, l'effaça. La demi-heure suivante s'écoula sans grandes fulgurances.

Un bruit dehors. Il releva les yeux.

Une voiture était apparue dans la rue du Jayne's. On la remarquait parce qu'elle s'était garée en marche arrière – téméraire infraction qui eût ruiné la plupart des indigènes –, et parce qu'il s'agissait d'un véhicule de location, gros et noir, immatriculé dans le Colorado. Un type se tenait devant le capot. De taille moyenne, large d'épaules, le cheveu noir et ras. Ses joues semblaient râpeuses et légèrement creusées. Il fixait les fenêtres du *Lincoln Ledger*.

Puis il balaya la rue du regard. À gauche, à droite. D'un air très pro.

Oz se pencha pour mieux l'observer, amusé de repérer chez ce type des faux airs de Terminator. Non qu'il fût aussi baraqué et gonflé que le Schwarzie de l'époque, ni vêtu de cuir noir des pieds à la tête. Un vrai clone du Terminator dans le comté de Webster, Massachusetts ? Vous pensez, on en parlerait déjà aux infos (infos diffusées depuis un petit studio situé deux villes plus loin, d'un fauteuil qu'Oz occupait en personne une fois par semaine, sur la morne tranche de minuit à 1 heure, pour « Oz-Zone », une émission qui rassemblait une poignée d'insomniaques bileux et dont les droits de retransmission cherchaient encore preneur). Non, ce gars-là était mince et compact, et la ressemblance tenait à sa démarche ; à une apparente indifférence à la pluie, à l'impression que l'averse, comme sans doute beaucoup d'autres choses, ne lui faisait ni chaud ni froid. Appelez-moi Woodward ou Bernstein si ça vous chante, mais ce type n'est pas là pour une pause café, pensa Oz en se retournant pour empoigner son

Caméscope. Il lui fallut trente secondes pour localiser l'appareil sous des piles d'ouvrages de référence, et, lorsqu'il revint à la vitre, il n'y avait plus personne en bas.

— Et merde, grogna-t-il en scrutant la rue.

Tout compte fait, le type avait dû entrer dans la supérette. Un voyageur en manque de cigarettes ou de soda. Lincoln pouvait dormir sur ses deux oreilles : tout risque d'animation se trouvait écarté.

Puis on frappa à la porte.

Violemment.

Oz pivota sur son siège, la nuque parcourue d'un frisson. C'était impossible. Anormal, en tout cas.

Les coups reprirent. Trois lourdes charges.

Oz se leva en douceur. Recula de deux pas, pour mieux examiner le battant. La moitié supérieure était en verre dépoli.

On distinguait une silhouette.

Oz attendit : le visiteur allait-il insister ? Puis il songea qu'il faisait plus clair dans le bureau que dans la cage d'escalier. En d'autres termes, si Oz pouvait voir l'invité surprise, sûr que ce dernier voyait Oz. Et pourquoi se remettre à cogner quand on sait que l'autre a entendu ?

Oz redressa les épaules – l'effet était minime, mais il se sentait un peu plus mâle – et alla ouvrir.

C'était bien le type de la rue.

Des gouttes d'eau parsemaient son long manteau. Il se tenait les jambes écartées, enraciné dans le sol, immobile, prêt à bondir dans n'importe quelle direction. Ses yeux verts et perçants dévisagèrent Oz.

— Oswald K. Turner ?

— Comment êtes-vous monté ?

— J'ai pris la porte, puis l'escalier.

— Vous avez juste ouvert, comme ça ?

— Voilà.

— Elle était verrouillée, très cher.

— J'ai pas fait gaffe.

— Pas fait… Bon, admettons.

Oz n'était pas coutumier de ce genre de sujet. Plus il considérait ce type, plus il se demandait s'il était flic. Ou soldat. Voire un authentique Man in Black. Un truc balaise, en tout cas.

— Je peux entrer ?

Que de politesse pour un gus qui avait l'air d'aller où bon lui semblait…

— Ça dépend, répondit-il avait méfiance. Que désirez-vous ?

L'homme plongea la main dans son manteau et sortit un bout de papier. Le brandit sous le nez d'Oz. C'était une page intérieure du *Ledger*, vieille de trois semaines. Signé Oswald K. Turner, l'article s'intitulait : « ET EUX, QUAND NOUS PRENDRONT-ILS AU SÉRIEUX ? »

— Je suis venu pour parler de ceci, expliqua l'homme. Je veux que vous m'y conduisiez.

— Là, tout de suite ? Mais il pleut !

— J'avais remarqué.

— Ma voiture est chez le garagiste.

— Pas la mienne.

— Il y a une sacrée trotte, une fois qu'on est garé. Ça grimpe. Et c'est un terrain privé. Et le proprio ne m'apprécie pas des masses.

L'homme ne dit rien, se contenta d'incliner la tête d'environ cinq degrés, sans ciller. Oz comprit le message. Ils allaient voir ce machin, et ils y allaient maintenant, qu'il grêle, qu'il neige, ou qu'il pleuve des météorites.

— Vous faites partie de… quelque chose ?

— Moi ? (L'homme sourit, plus ou moins. Il semblait manquer d'entraînement.) Non, je ne suis qu'un lecteur assidu.

— Et vous avez un nom ?

L'homme le considéra quelques instants, comme s'il le jaugeait.

— Je m'appelle John Zandt.

L'homme conduisit sans un mot, sinon pour demander l'itinéraire. Oz n'était pas plus bavard, qui préférait exercer son sens de l'observation. La banquette arrière était jonchée de cartes et de livres. La voiture affichait 10 400 kilomètres au compteur fixe, et 9 920 au compteur d'étape. Le loueur avait peut-être omis de le remettre à zéro, mais Oz en doutait. Hormis une légère odeur de tabac froid, le véhicule semblait sortir de l'usine. Oz se dit que M. Zandt sillonnait les routes depuis un bon bout du temps, ou bien qu'il roulait très vite, ou encore les deux à la fois.

Oz l'orienta sur la 112, puis à droite sur la 51 C – appelée route du Vieil Étang pour une raison qui n'allait pas de soi : elle longeait bel et bien un étang sur la gauche, mais le secteur était truffé de plans d'eau, et on se demandait bien ce que celui-ci avait de plus que les autres. Le type y jeta un œil, et Oz supposa qu'il se faisait la même réflexion. Comment aurait-il su que cette mare rappelait à Zandt un petit lac du Vermont visité un an plus tôt ? Et qu'il tâchait de se remémorer sa vie de l'époque, sans y parvenir ?

Au bout de vingt-cinq kilomètres, Oz indiqua de nouveau la droite, et ils s'engagèrent sur une route à voie unique bordant la forêt de Robertson, près de quatre cents hectares d'arbres et de contreforts qui attiraient quelques randonneurs avertis.

Au bout se trouvait une barrière.

— Va falloir se garer ici, dit Oz. Faire le reste à pied, comme je vous le disais. Trois bornes.

L'homme coupa le moteur. Descendit. Attendit qu'Oz fasse de même. Verrouilla la voiture. Attendit qu'Oz montre le chemin.

Les premières centaines de mètres rendirent Oz nerveux, car il s'agissait bel et bien de l'allée de Frank Pritchard. La ferme Pritchard était retranchée dans le parc, au milieu des arbres. Pour atteindre le lieu qui intéressait Zandt, le mieux était d'emprunter ce raccourci, avant de rejoindre le domaine public, puis de fouler à nouveau le terrain privé. Le seul problème était Frank, qui se foutait pas mal du patrimoine régional. La dernière fois qu'il avait surpris Oz dans les parages, il avait menacé, avec beaucoup de conviction et en agitant un fusil, de détruire la chose.

Ils quittèrent la route sans incident et s'enfoncèrent dans les bois, où Oz perdit vite l'impression de mener la marche. Il lui fallait donner les indications, mais son accompagnateur avançait à un rythme de cinquante pour cent supérieur au sien, avalant les côtes et enjambant les ruisseaux aussi facilement que du plat. Oz se retrouva vite en nage.

— Vous savez, ce truc est là depuis des lustres, ahana-t-il dans le dos du type. Ce ne sont pas vingt minutes de plus ou de moins qui changeront quelque chose.

L'homme s'arrêta, le regarda froidement. Mais ensuite la cadence se réduisit.

Oz suivit un cap nord-est à travers les collines.

— Ah zut, fit-il un peu plus loin. (Il stoppa et tendit l'index.) Cet enfoiré a réparé la clôture.

Il s'appuya sur ses talons pour reprendre son souffle, plutôt soulagé. Leur destination se situait derrière un grillage tout neuf de deux mètres cinquante. Bref, ils étaient bloqués.

La fête est finie, mon coco. Ravi de t'avoir connu.

Le type avança jusqu'au treillage et l'examina, avant de puiser dans sa poche un petit outil. Il lui fallut à peu près quarante-cinq secondes pour découper une fente d'un mètre cinquante de haut.

— Ah, bravo ! pesta Oz, mais le type se faufilait déjà de l'autre côté.

Oz le suivit.

Une fois revenu sur les terres de Pritchard, on n'était plus bien loin de la destination. On parcourait environ trois cents mètres au pied d'une crête, puis on bifurquait à gauche pour gravir une butte. L'autre versant était assez raide, et les deux hommes descendirent avec prudence. Six mètres de plat, puis un second talus, fort similaire, cerné d'arbres, et recouvert de végétation dense. Oz conduisit le type sur la droite, puis s'immobilisa.

— Vous y êtes, dit-il avec une pointe de fierté. Le fameux grenier à légumes.

Il s'apprêtait à en dire plus, à dérouler son laïus, mais l'homme lui coupa le sifflet en levant sa paume.

Zandt se rapprocha de l'objet de la visite. Celui-ci n'évoquait rien à l'œil profane, et l'on pouvait facilement passer devant sans rien remarquer. D'ailleurs, pendant de nombreuses années, l'existence de la chose avait échappé à tout le monde.

Au milieu des racines et des cailloux, une petite niche rectangulaire affleurait dans le flanc de la butte. Sa base était le sol ; ses parois légèrement arquées étaient constituées de pierres comparables à celles dispersées tout autour, mais empilées en deux murs de trente centimètres d'épaisseur et d'un mètre de haut, espacés de soixante centimètres. Une grosse pierre plate faisait office de linteau. Au-dessus, la terre.

L'homme s'accroupit pour examiner l'ouverture, tout en promenant son doigt sur la jointure des pierres. Puis il se releva, considéra le talus un instant, sortit un appareil photo et prit deux clichés, avant de se décaler de quelques mètres pour étudier l'agencement.

Puis, sans lâcher l'ouvrage des yeux, il retourna auprès d'Oz.

— C'est bon, dit-il. Je vous écoute.

En 1869, l'occupant d'une ferme située près de Lincoln – alors un obscur hameau – ramassait du bois en forêt lorsqu'il fit une étrange découverte. Une construction de pierre, semblable à un soupirail. Revenant le lendemain pour en débroussailler l'accès, lui et son fils retirèrent de gros cailloux enfoncés dans la gorge d'un tunnel. Le garçon se glissa à l'intérieur, muni d'une bougie, et constata que le tunnel courait sous la butte sur une longueur d'environ deux mètres cinquante, avant de déboucher sur une chambre circulaire et voûtée de quelque trois mètres de diamètre. Ce soir-là, le fils, qui avait un bon coup de crayon, exécuta un dessin fidèle de la chambre souterraine. Le lendemain, son père explora la galerie à son tour, non sans difficulté du fait de sa carrure, et resta quarante minutes à l'intérieur. Sitôt ressorti, il annonça à son fils qu'ils allaient reboucher l'entrée, pour empêcher qu'un enfant ou du gibier se retrouvent piégés à l'intérieur – bien que ces deux engeances fussent plutôt rares dans le secteur. Il tint en outre à garder le secret sur cette découverte. Le fils relata l'événement dans son journal intime, qui fut récupéré, avec le dessin, parmi les archives du petit musée de Lincoln après plus d'un siècle.

Une curiosité locale, rien de plus. Sûrement un grenier à légumes abandonné, qui en raison de sa structure en pierre avait survécu aux derniers vestiges de la cabane avoisinante.

Mais voilà. Le 1er février 1876, le *Journal* de Boston faisait état d'une autre galerie souterraine à deux pas de Dedham, au sud de la grande ville. Au cours des cinq décennies suivantes, des centaines de caves analogues furent mises au jour dans toute la Nouvelle-Angleterre – dans le Massachusetts, le Vermont, le New Hampshire et le Connecticut. Souvent creusées dans des talus, et de deux sortes : de simples passages couverts, aménagés dans une crevasse rocheuse naturelle, ou des structures plus complexes, en forme de ruche, telle celle de Lincoln, avec des murs de pierre sèche et des plafonds en encorbellement. Dans un cas comme dans l'autre, elles étaient en général recouvertes de terre, de manière à se fondre dans les talus.

Bien vite, certains notèrent leur ressemblance avec certaines galeries de pierre bâties en Europe très, très longtemps avant la découverte théorique de l'Amérique. Mais les archéologues autorisés restaient formels : il s'agissait ici de greniers à légumes, conçus par des lignées de colons éteintes ou parties depuis lors. Certaines de ces galeries (dont la cave de Dedham) retombèrent dans l'oubli, et le phénomène avec.

On en resta là jusqu'aux années soixante, quand, face à la recrudescence d'hypothèses alternatives défendues par des amateurs passionnés, les experts durent remonter au créneau. Ils mirent dans la balance des montagnes de données concernant l'absence de vestiges précolombiens dans la région, ajoutées au fait que la répartition de ces structures épousait sensiblement la carte des peuplements de colons recensés en Nouvelle-Angleterre, et que les traditions orales et historiques confirmaient l'existence de caves à légumes en pierre. CQFD, et maintenant bas les pattes ! Mais les amateurs soulignèrent que certaines galeries semblaient répondre à des critères d'ordre astronomique : ainsi une cave du Gungywamp, dans le Connecticut, présentait la même orientation qu'une autre du site préhistorique de New Grange, en Irlande. Pure coïncidence, répondirent les archéologues. La datation au carbone 14 d'un morceau de charbon extrait d'une cave de Windham Country, dans le Vermont, l'avait cependant situé aux alentours de 1405, insistèrent les amateurs. Mais la technique du carbone 14 est notoirement capricieuse, se gaussèrent les experts. Sauf lorsqu'elle étaye vos propres affirmations, répliqua-t-on. Et puis, même si la plupart étaient bel et bien des greniers à légumes, les autres s'avéraient ridiculement larges pour un tel usage, assénèrent les amateurs, qui commençaient à s'échauffer. On s'en fiche, tranchèrent les archéologues en se bouchant les oreilles. Du balai !

— Mais quelque chose me dit que vous savez tout ça, marmonna Oz en guise de conclusion. La moitié figure déjà dans l'article du *Ledger*.

L'homme le toisait, et pour la première fois de sa vie Oz eut envie de se taire. On a tous entendu parler du regard du vétéran du Vietnam, qui vous foudroie à mille mètres. Eh bien, celui de ce type semblait dix fois plus puissant.

— Qu'y a-t-il là-dedans ? s'enquit-il.

— Vous, alors ! ricana Oz. Vous croyez que j'y suis entré, peut-être ?

— Quoi ? Vous avez écrit au moins trois papiers sur cet endroit sans y avoir jamais mis les pieds ?

— Voyez par vous-même. L'une des grandes questions est justement de savoir pourquoi les ouvertures sont souvent très étroites. Vous m'avez regardé ? Vous avez un sérieux problème de perception spatiale si vous croyez que je passe là-dedans ! Même sans tous ces satanés cailloux qui obstruent le passage…

Un long silence, puis d'un air morne Oz regarda le type enlever son manteau.

Cela prit une grosse demi-heure. La pluie n'était plus que crachin, et Zandt s'enfouissait jusqu'au torse pour attraper de nouvelles pierres. Oz faisait ce qu'on lui disait : réceptionner celles-ci et les empiler en un joli tas sur le côté. Puis le souffle de l'homme se réverbéra de manière un peu différente, et il émergea lentement, en tirant à bout de bras une pierre beaucoup plus large – et plate – que les précédentes.

— La voie est libre, dit-il en fixant Oz.

— J'aurais bien envie de vous suivre mais je suis trop vieux, trop gras, et bien trop claustrophobe. J'ai visité l'un de ces trucs dans le Vermont il y a dix-huit mois. L'entrée était carrément plus large, et j'ai quand même eu l'impression d'y être enterré vivant.

Le type esquissa un sourire, toutefois Oz n'y vit aucune moquerie. C'était plutôt comme si, par pur hasard, sa remarque avait mis dans le mille.

Là-dessus, l'homme disparut ; on distinguait encore ses pieds, puis plus rien.

Oz s'assit sur le tas de pierres et patienta.

Au bout de dix minutes, il se pencha pour scruter le tunnel. Deux mètres après l'entrée, il avisa le faisceau furtif d'une lampe torche puissante. Le type avait prévu son coup, il fallait au moins lui reconnaître ça.

Oz reprit son siège de fortune. La pluie récidivait et il rêvait d'un café, mais à part ça il éprouvait une certaine excitation. Quelques heures plus tôt, il maudissait tous les lundis matin, priant pour qu'il se passe quelque chose. Eh bien, il était servi. Il se passait vraiment un truc, là. C'était la quinzième, la vingtième fois qu'il venait jusqu'ici. Qu'il s'asseyait à peu près au même endroit, s'interrogeant sur la nature de cette construction. Mais aujourd'hui un type était à l'intérieur pour découvrir la réponse.

Un nouveau quart d'heure s'écoula. Émergèrent d'abord les mains, chacune chargée d'un sachet transparent. Ils renfermaient quelque chose, mais Oz ne sut dire quoi. Le type remonta sur ses jambes, frotta ses vêtements boueux et ramassa son manteau. Les sachets disparurent dans ses poches.

— Alors, qu'avez-vous trouvé ? Qu'avez-vous vu ? Ça ressemble au dessin ?

— Le dessin était assez fidèle.

— Allez, dites-moi ce que vous…

Un craquement, très bruyant. Et des cris. Oz se retourna pour voir Frank Pritchard remonter la butte, en furie, un fusil dans les mains.

— Merde, on est mal ! C'est la dernière personne avec qui j'aie envie de me fritter.

Le type observa la progression du fermier, tout en essuyant la terre de ses mains. Les braillements de Pritchard devinrent plus intelligibles. Il était un peu bourré, comme d'habitude, et refusait que des fumiers d'enfants de salauds débarquent sur sa terre quand ça leur chantait. Il avait sa bon Dieu de carabine et cette fois il allait s'en servir, et aucun jury n'y trouverait à redire.

Il s'arrêta et braqua son canon.

— Et merde ! paniqua Oz. Écoutez, Frank…

Pritchard agitait son fusil comme un dément. S'il pressait la détente, il allait arracher une tête.

— On est occupés, lança le dénommé Zandt avec flegme.

Le vieux ferma son clapet. Après quelques instants, Oz s'aperçut que le type au long manteau était armé lui aussi. Sa main droite tenait un flingue surgi de nulle part, pointé droit sur la tête de Pritchard. L'arme ne tremblait pas d'un millimètre.

— Je reconnais que nous violons une propriété privée, dit Zandt d'une voix posée. Ce qui, en soi, justifie que vous vous sentiez lésé. Mais maintenant vous allez partir et nous laisser tranquilles. Et si vous revoyez M. Turner dans les parages, vous passerez votre chemin en regardant ailleurs. Cet arrangement vous convient-il ?

— C'est ma propriété, articula Pritchard avec une étonnante clarté.

— Nous le savons. Nous n'abîmerons rien.

Le vieux fit mine de capituler et tourna brusquement les talons. Au bout de deux mètres, il se retourna.

— Ce truc est un nid d'emmerdes, fit-il. C'est moi qui vous le dis.

— Oui, répondit l'autre. En effet.

Pritchard jura dans le vide et repartit d'un pas fumasse.

Pendant qu'Oz le regardait s'éloigner, Zandt se pencha sur le tas de pierres pour reboucher le tunnel.

Dix minutes passèrent, sans qu'on revienne les embêter. La grande pierre plate fut posée en dernier. En la voyant sceller l'entrée, on comprenait que c'était là sa fonction initiale.

L'homme se redressa.

— Ne donnez jamais de détails supplémentaires sur l'emplacement de ce truc, compris ? Que ce soit dans votre canard, sur votre site Web, ou dans cette épouvantable émission de radio.

— Mais pourquoi ? Maintenant que vous êtes entré... (Les yeux du type le dissuadèrent de continuer.) D'accord.

Zandt sortit l'appareil photo de sa poche et le lui remit.

— Il renferme quinze clichés. Le reste de la carte contient le même genre de vues. Dont l'intérieur de la cave de Dedham.

— Quoi ? Vous rigolez. On l'a perdue...

— Je l'ai retrouvée. Mettez-les en ligne, pour que je les retrouve en cas de besoin.

— Mais... pourquoi faites-vous tout ça ?

— Il faut que les gens sachent. Mais vous êtes venu seul, et vous y êtes entré seul. Pigé ?

— Je vous oublierai sitôt que j'aurai retrouvé le monde réel, bonhomme. Et ce sera avec plaisir, croyez-moi.

L'homme sourit, et cette fois cela parut presque sincère. Puis il s'en alla.

Quand Oz rejoignit la barrière, la voiture noire avait disparu et la pluie noyait déjà ses traces. Par chance, une berline surgit cinq minutes après qu'il eut atteint la route du Vieil Étang.

Manque de pot, c'était celle de son ex-femme.

CHAPITRE XIII

Ce matin-là, les choses étaient allées très vite. Nous avions été réveillés à 8 heures et des poussières par un coup de fil de Reidel : un flic du coin tenait une piste concernant Larry Widmar, qu'on avait vu discuter avec une femme dans un bar de la route d'Owensville le soir de sa disparition. Nina prit quelques notes et promit de retrouver Reidel au bar d'ici quarante minutes.

Pendant qu'elle se douchait, j'ai composé le numéro fourni par Unger dans son mail, non sans avoir vérifié dans un recoin d'Internet que cette ligne était bien attribuée à un certain C. Unger, adresse non communiquée. C'était bon signe, y compris le fait qu'Unger utilise sa supposée appartenance au monde du renseignement pour soustraire des infos à un fichier qui n'était pas censé exister. Je restais réticent à l'idée de l'appeler avec mon portable, mais avais-je vraiment le choix ? Le téléphone de la chambre, celui de la réception ou même une cabine téléphonique auraient trahi ma position encore plus facilement qu'un cellulaire. Toute autre approche relevait de la manipulation : emprunter l'appareil d'un quidam, avec ou sans son accord, cela revenait à transférer le danger sur un innocent, ce que même ma morale élastique tendait à réprouver.

Alors je me suis décidé à l'appeler, et pour finir il n'a même pas décroché. Je suis tombé sur une boîte vocale, où l'on m'a proposé de laisser un message à Carl Unger. La voix ne m'était pas familière, mais elles le sont rarement. J'ai décliné mon nom et l'ai invité à me rappeler.

Puis nous sommes sortis, avons grimpé dans ma voiture de location et roulé jusqu'au bar.

Reidel était déjà sur place, en compagnie d'une femme au milieu d'un parking froid, vide, léché par la brume. Le café se trouvait en bord de route, quelque huit cents mètres après la ville, une longue structure plate dont les maigres fioritures étaient vaguement censées évoquer un bateau. Curieuse idée, quand l'océan le plus proche se trouvait à une journée entière de voiture. Il s'appelait le Mayflower.

Reidel nous présenta la jeune Hazel, avant d'expliquer qu'ils étaient à la porte car le patron avait du retard.

— Très bien, Hazel, fit Nina en montrant sa plaque. Auriez-vous l'obligeance de me répéter ce que vous avez dit à l'inspecteur ?

La trentaine, Hazel avait une maigreur de fumeuse, et de jolis traits en voie de calcification. Sa voix laissait penser que sa gorge pouvait servir de râpe et que sa propriétaire était plutôt du soir. Son langage corporel était celui d'une femme dont la bonne humeur n'excède jamais les deux minutes.

— Le type sur la photo qu'on m'a montrée... Il passe de temps en temps, pas souvent. Mais il était là mercredi, en fin de soirée, et je me souviens qu'on était mercredi parce que je devais être de repos sauf que Gretchen nous a encore plantés à la dernière minute mais bon, vu que ce gros tas se fait sauter par Lloyd, personne ne la fait chier.

— Lloyd est le patron, précisa Reidel. On ne l'a pas encore entendu. Il n'était pas là hier soir, ni mercredi.

— Ben, tiens, commenta Hazel. Trop occupé à tremper son biscuit. Il est marié, vous savez. Trois gosses. Mignons comme tout, d'ailleurs.

— Mercredi, donc, reprit Nina.

— J'ai pas parlé à ce type, je le connais pas vraiment. Tout ce que j'ai dit au flic, c'est qu'il était là et que je l'ai vu causer avec une poule aux cheveux courts qui vient des fois s'envoyer des vodkas. Moi, j'ai toujours cru qu'elle était, comment dire, une femme à femmes, mais qu'est-ce que j'en sais, hein ?

— Pourriez-vous nous la décrire ?

— Même taille que vous, vingt kilos de plus, une mine de papier mâché. On n'a pas envie de l'embrasser.

— Pensez-vous que d'autres collègues sauraient nous dire son nom ?

— Peut-être Donna. Mais elle ne reviendra que jeudi.

Nous nous tournâmes vers le véhicule qui entrait dans le parking. Un pick-up rouge, qui s'arrêta devant l'entrée du bâtiment.

— Ou lui, ajouta Hazel en resserrant ses bras sur sa poitrine. S'il a pensé à prendre sa cervelle.

Le type qui descendit du camion approchait de la cinquantaine. Mince, gagné par les cheveux blancs. Il visait le renard argenté, mais faisait plutôt fouine grisonnante et bronzée.

— Qu'est-ce qui se passe ?

— Police, fit Reidel. C'est au sujet d'un de vos clients. Un certain Lawrence Widmar.

Lloyd parut aussitôt sur ses gardes.

— Exact. Le type qui s'est fait tuer.

Hazel ouvrit de grands yeux.

— Il est mort ?

— Oui, répondit Nina. C'est l'homme qu'on a retrouvé en forêt de Raynor. Le policier ne vous a rien dit ?

— Non. Il m'a juste demandé si je le reconnaissais... Je savais pas. (Elle sortit ses cigarettes, chercha son briquet. Je lui tendis le mien.) Merci. La vache...

— Je ne le qualifierais pas d'habitué, ajouta le patron comme pour prendre ses distances. On le voyait peut-être une ou deux fois par mois. Ce n'était pas un gros buveur. Il prenait une table, et souvent il ouvrait un bouquin. Il lui arrivait aussi d'aborder quelqu'un.

— Des femmes ?

— Ouais.

— Hazel dit qu'il était en grande conversation mercredi soir.

Lloyd considéra Hazel d'un œil vide.

— Tu sais bien, dit-elle. Grosses joues. Cheveux courts. Je me disais que c'était peut-être une gouine.

— *C'est* une gouine, Hazel. Je te l'ai déjà expliqué. Diane Lawton, qu'elle s'appelle. Il parlait à cette nana-là ?

— Sûre et certaine.

— Alors il perdait son temps, jugea le patron d'un air déconcerté. Y a de ces débiles, des fois.

Hazel lui jeta un regard propre à décaper les murs.

— Vous avez le bottin dans votre bar, monsieur ? demanda Nina.

Le patron la conduisit à l'intérieur avec Reidel. Je restai dehors avec la serveuse.

Elle accepta une nouvelle cigarette, visiblement peu pressée d'entrer.

— Vous croyez que c'est un habitant de Thornton qui a fait le coup ? interrogea-t-elle.

— Ou des environs. Cette Lawton en serait capable, d'après vous ?

Elle fronça les sourcils, surprise par la question.

— Eh bien, non, pas du tout. Mais bon, les gens qui tuent d'autres gens, c'est une autre planète pour moi. Ils ont un truc particulier, non ? Vous savez les reconnaître ?

— Pas vraiment.

— Sérieux ? Vous connaissez des tueurs ?

— Quelques-uns.

— Ils sont comment ?

— Comme vous et moi. Sauf qu'ils tuent des gens.

— Mais alors… pourquoi ?

— Bonne question. C'est comme ça.

— J'avais un petit copain dans le temps, confia-t-elle après une pause. On sentait qu'il allait blesser quelqu'un un jour ou l'autre. Il dégageait un truc étrange ; par exemple, il avait une drôle de façon de regarder ses mains. Mais il n'a jamais rien fait, autant que je sache. On a cassé, et un soir, il est venu s'asseoir dans mon jardin. Il n'a pas crié ni rien. Il est juste resté assis. J'ai cru qu'il allait y passer la nuit, mais il a fini par repartir.

— Et ensuite ?

— Rien. Je le croisais de temps en temps. Deux ans plus tard, il s'est tué dans un accident de voiture. Je sais pas pourquoi je vous raconte ça.

Nina et Reidel ressortirent du bar. Nina vint remercier Hazel pour sa collaboration.

— Et j'apprécierais que vous ne parliez de ceci à personne. À ce stade, nous cherchons simplement à rayer Mlle Lawton de la liste des suspects.

— Pas de problème, répondit Hazel en piétinant son mégot. Merci pour la clope, me lança-t-elle avant de partir vers le bâtiment.

— Tu te fais des amies ? demanda Nina.

— Tu me connais. Je suis irrésistible.

Diane Lawton vivait dans une petite maison à deux kilomètres du Mayflower, dans Thornton intra muros. Il était déjà 9 h 20 lorsque nous arrivâmes là-bas, mais la grosse voiture garée dans l'allée suggérait une présence. Ainsi que la musique provenant de la fenêtre de la cuisine. Légère, baroque, égayée par un hautbois prolixe. Du Bach, probablement, qui devait suffire à s'attirer les regards du voisinage. Des jouets d'enfant jonchaient les pelouses de part et d'autre de la maison.

Nina frappa trois coups à la porte latérale, que vint aussitôt ouvrir une femme conforme à la description.

— Mademoiselle Lawton ?

Elle nous considéra en hochant la tête. Elle avait environ trente ans, le visage rond et l'une de ces bouches qui semblent en permanence esquisser un mouvement. Il fallait y regarder de près pour repérer les cernes sous ses yeux et comprendre que les coins de ses lèvres n'allaient pas forcément piquer vers le haut.

— Oui, dit-elle. Et vous êtes… ?

Nina montra son badge.

— On peut entrer quelques instants ?

— Je partais au boulot.

— Ça ne devrait prendre que cinq minutes.

— « Devrait » ?

Nina la fixa droit dans les yeux.

— Comme l'indique ce badge, j'appartiens au FBI, madame. Nous tolérons l'impertinence à la télévision pour des questions de mise en scène. Mais beaucoup moins dans la vraie vie.

Lawton se recula pour nous accueillir. Sa cuisine était chaleureuse, pleine de pots à fleurs en macramé et de jattes en terre cuite réalisés soit par des passionnés, soit dans le cadre d'une ergothérapie entre quatre murs élevés.

Elle saisit une télécommande et coupa la musique.

— De quoi s'agit-il ?

Nina montra une photo.

— Reconnaissez-vous cet homme ?

Un sourire pincé.

— Il s'appelle Larry. M'étonnerait pas qu'il soit marié.

— Il l'était. Mais il est mort.

Un temps d'arrêt.

— Vraiment ? Eh ben...

— Vous n'avez pas entendu parler du corps retrouvé en forêt de Raynor ?

— Non. Je n'étais pas là ce week-end. Que s'est-il passé ?

— C'est ce que nous aimerions découvrir, répondit Reidel. Certaines personnes du Mayflower disent que vous lui avez parlé mercredi soir.

— Les gens du coin s'intéressent beaucoup aux affaires des autres, n'est-ce pas ? Oui, bien sûr, nous avons discuté un petit moment. Il est venu s'asseoir à côté de moi.

— Vous êtes repartis ensemble ?

— Non, pas du tout.

— Serait-ce, comment dirais-je, par incompatibilité ?

Lawton soupira.

— Je travaille dans un foyer pour femmes de Dryford, inspecteur, car il arrive que les femmes aient besoin d'un refuge. Je ne suis pas d'ici, et je porte les cheveux courts car je déteste les avoir dans les yeux – et parce que j'ai la faiblesse de croire que ça me va bien. J'ai sûrement tort, mais, non, je ne suis pas lesbienne. Entendu ?

— Cela ne nous regarde pas, répondit Nina en foudroyant Reidel du regard, mais personnellement je vous comprendrais. Vu la pauvreté du choix…

— Je n'ai pas quitté le bar avec lui parce que je ne recherche pas les histoires d'une nuit. Sans ça, je serais repartie au bras de suffisamment de braves gars pour que les gens soient fixés sur mes préférences. Et aussi parce que c'était un connard.

— C'est-à-dire ?

— Il est venu me voir et m'a payé un verre, sans que je lui demande rien, puis il a passé son temps à en reluquer une autre par-dessus mon épaule. Pour finir, il s'est levé, il m'a remerciée – même là, il a pas été fichu de me regarder – et il est parti illico brancher l'autre nana. Ça vous ira comme histoire triste ? Une femme se fait accoster mais le type s'aperçoit que c'est un boudin, alors il reprend ses billes pour les placer ailleurs ?

— Cette histoire n'est pas aussi triste que ça, répondis-je. Les types mariés qui draguent dans les bars ne cherchent pas l'élévation intellectuelle. Il a repéré une proie plus facile, voilà tout. De toute façon, ce mec est un cadavre démembré à l'heure qu'il est, alors considérez que vous avez gagné.

Elle cligna des yeux.

— À quoi ressemblait cette autre femme ? questionna Nina.

— Elle avait les cheveux longs, marmonna Lawton comme si cela expliquait toute la laideur du monde. Elle était mince, et *mignonne*, et elle avait de longs cheveux roux comme de la braise. Une vraie bombe, je parie.

Reidel leva les yeux de son carnet :

— Répétez-moi ça ?

— Mais elle était bourrée, poursuivit-elle sans cacher son dédain. Alors vous avez peut-être raison. Je suppose qu'elle était plus facile que moi. Un jeu d'enfant…

— Madame, coupa sèchement Reidel, vous avez parlé de cheveux roux ?

— Oui, c'est ce que j'ai dit.

— Et vous ne savez pas comment elle s'appelle ?

— Non. Mais je l'avais déjà croisée au bar. À quelques occasions. Elle s'installe tout au fond et picole toute la soirée.

— Son âge ?

— J'en sais rien. Vingt-quatre, vingt-cinq ans ?

— Vous l'avez vue ressortir, mercredi soir ?

— Évidemment, fit-elle comme face à une bande de demeurés. Elle est partie avec le tombeur de ces dames. Je pensais que vous étiez là pour ça.

Un instant de flottement, et Reidel prit la porte.

Nina conclut en quatrième vitesse avant de lui courir après. Je suivis le mouvement. Reidel était déjà au téléphone, près de sa voiture.

— Qu'est-ce qui se passe ? demandai-je.

Nina avait une mine défaite.

— Rends-moi service, s'il te plaît. Retourne au bar pour voir si notre serveuse se souvient d'une femme correspondant à ce signalement, une femme présente mercredi ou tout autre soir. Appelle-moi dès que t'as la réponse.

— Reidel a une piste ?

— Non. J'espère que non, en tout cas. Mais si j'éteins pas ce truc dare-dare, la rumeur va se répandre et briser la vie d'une pauvre fille.

Reidel referma son téléphone.

— J'ai eu Monroe, dit-il. On le retrouve là-bas.

Sur ces mots, ils mirent les voiles, dans le véhicule de Reidel.

Je regagnai le bar, où il faisait froid et sombre. Les murs étaient festonnés de filets, sûrement dans l'idée que le *Mayflower* avait joué un rôle clé dans l'histoire de la pêche américaine. La salle était aussi longue qu'étroite, et je comprenais qu'on la choisisse pour prendre un verre sans ameuter toute la ville.

Hazel nettoyait le bar ou tout du moins redéployait la crasse.

— Re-bonjour, dit-elle. Si vous cherchez Lloyd, il téléphone dans l'arrière-boutique. Question de sûreté nationale, sans doute.

— En fait, j'ai une question pour vous.

— Je vous écoute.

— Si je vous dis : « mince, jolie, rousse », vous pensez à quelqu'un de particulier ?

— Bien sûr, opina-t-elle. On en a une comme ça.

— Causante, la fille ?

— Pas vraiment, non.

— Elle est venue, mercredi dernier ?

Un temps de réflexion.

— Peut-être. Ouais, c'est possible. Mais elle aurait squatté vers le fond, et moi j'étais coincée ici. Alors je suis pas sûre à cent pour cent.

— J'imagine que vous ne savez pas son nom ?

— Désolée. Parfois on capte des bribes de conversation, et parfois les gens vont serrer des pognes pour faire salut-je-m'appelle-machin, comme si ça changeait quelque chose au fait qu'ils boivent tout seuls, mais les gens d'humeur conviviale préfèrent les bars du centre.

— Tête-de-nœud saurait ça, lui ?

Elle sourit.

— Possible. Il aime la jouer « je suis votre hôte » quand il est d'humeur, surtout si elles sont mignonnes. Elle aurait toutes ses chances. Allez lui demander.

J'enfilai le couloir jusqu'à la porte entrouverte d'un petit bureau. Le patron était vautré dans un fauteuil, les pieds sur la table. Il parlait la bouche collée au combiné, avec un sourire pas très sexy. En me voyant, il se renfrogna et couvrit le micro.

— Quoi encore ?

— Une de vos clientes. Rousse, séduisante. Son nom ?

Il me soumit deux possibilités, émit des doutes sur leurs orientations sexuelles respectives, puis fit valoir qu'il était occupé, que l'établissement n'avait pas encore ouvert et que je serais gentil de partir.

— Ce fut un plaisir, répondis-je. À propos, les femmes ont le droit de vous dire non, même si elles ne sont pas lesbiennes. Et quand elles le sont, elles méritent votre respect.

Il me regarda comme si j'avais parlé swahili avec un sale accent.

— Peu importe, dis-je. Bonne continuation.

De retour sur le parking, je contactai Nina.

— Alors ?

— Une habituée, le genre qui aime se faire oublier. Mais Hazel ne peut affirmer l'avoir vue mercredi.

— T'as obtenu un nom ? demanda-t-elle d'une voix tendue.

— Juste un prénom, mais le patron n'est pas catégorique. M'est avis qu'il s'est fait rembarrer une ou deux fois.

— Je t'écoute, Ward.

— Il hésite entre Julie et Julia. (Pas de réaction.) Nina ? Ne perds pas de vue que ce type est un crétin.

— Je te rappelle, dit-elle avant de couper.

Silence radio pendant quatre heures. Je me suis garé dans le quartier historique, j'ai tué le temps en m'offrant un petit-déjeuner et une série de cafés. La gazette locale publiait un non-article sur Lawrence Widmar, insistant sur les détails macabres de sa découverte et enjolivant ses triomphes de business-man. Trop tôt pour que l'on parle du corps trouvé la veille au soir. Trop tôt, mais il y avait peut-être autre chose. Parmi les personnes interrogées ce matin-là, deux ignoraient tout du type retrouvé nu dans les bois deux jours auparavant. Diane Lawton était peu impliquée dans la vie de la communauté, soit. Mais les barmaids, elles, savent plus ou moins ce qui se passe en ville. Comme Nina l'avait remarqué aux petites heures du matin, ce bled avait déjà deux cadavres dans le frigo, et pourtant, à regarder vaquer ses piétons, rien ne laissait penser qu'il était frappé en plein cœur.

J'essayai de joindre Nina, sans succès. Je n'avais pas le numéro de Monroe ni celui de Reidel, et de toute manière je doutais qu'ils fussent disposés à me parler. Comme je faisais défiler, désœuvré, le maigre répertoire de mon téléphone, je tombai sur John Zandt. Ce nom me laissa songeur. Nina et moi avions tous deux tenté de le contacter au cours des cinq derniers mois, mais il ne décrochait jamais. On lui laissait des messages, en vain. Je n'étais toujours pas enchanté à l'idée de communiquer avec M. Unger. Serait-il judicieux d'en parler à Zandt, pour vérifier s'il avait déjà croisé ce type quelque part ? La dernière fois qu'on s'était vus, j'avais pu constater que

Zandt avait mené de vastes recherches sur les Hommes de Paille – même si nombre de ses conclusions paraissaient délirantes. Au pire, je ne serais pas le seul à connaître le nom d'Unger s'il devait m'arriver quoi que ce soit.

Je lui envoyai donc un bref SMS. Deux minutes plus tard, le téléphone m'annonça d'un *ping* que le message était bien arrivé. Mais je n'obtins aucune réponse.

— Va te faire foutre, maugréai-je, offusquant une serveuse.

Alors je quittai la boutique pour acheter un autre jus ailleurs.

Assis en face d'un square sur un banc, avec mon gobelet, j'étais sur le point de regagner l'hôtel lorsque mon téléphone sonna. Ce n'était pas Nina, et ce n'était pas Zandt.

— Allô ? fis-je en me redressant.

— Vous êtes bien Ward Hopkins ?

— C'est ça.

— Carl Unger à l'appareil. Écoutez, tout d'abord je suis vraiment peiné d'apprendre la mort de Bobby. C'était un mec bien. C'est arrivé comment ?

— Il a été assassiné.

— D'accord, dit-il d'un ton neutre. Vous m'expliquerez tout ça de vive voix. Vous êtes où ?

— À vous de me le dire.

— Je n'ai pas fait pister votre portable, Ward. Je vous demande ça parce que j'ai à vous parler et que je refuse de le faire au téléphone.

— Pourquoi ?

— Drôle de question pour un type qui a été payé à surveiller les communications ! Ne compliquons pas les choses, Ward. J'essaie juste de trouver un lieu de rendez-vous.

— Pourquoi pas Greensboro ? En Caroline du Nord.

— Pas de problème. Ce soir, ça vous va ? Je pense pouvoir être là vers 19 heures.

— Appelez-moi quand vous atterrissez. Au fait, vos cheveux sont de quelle couleur, aujourd'hui ? Je crois me souvenir que vous grisonniez un peu, la dernière fois.

— Monsieur Hopkins, dit-il d'une voix patiente, nous ne nous sommes jamais rencontrés. J'ai rejoint la boîte un an après votre départ. Je connais votre nom uniquement grâce à Bobby, vu ? Si j'en trouve un, j'arborerai un œillet rose à la boutonnière. Sinon, je me contenterai d'agiter la main.

Je raccrochai en me sentant nul. Si le type venait pour me tuer, il avait toutes les chances de réussir avec mes ruses à deux dollars. J'avais choisi Greensboro parce que c'était facile d'accès en avion, et surtout parce que c'était dans un autre État. J'avais souhaité entendre un brin de surprise dans sa voix, la preuve qu'il savait ma véritable position, que mon téléphone était bel et bien pisté. Mais je n'avais rien perçu de tel. Pire, il y avait au bas mot deux heures de route de Thornton à Greensboro, ce qui me gonflait royalement. Me repassant la conversation, je notai qu'il connaissait mes états de service au sein de l'Agence. Et songeai qu'il lui serait aussi facile de me flinguer à Greensboro qu'ailleurs.

J'enfonçai la touche de rappel.

— Salut, fit-il. Quoi de neuf ?

— Changement de programme. Retrouvons-nous plutôt dans un bled du nom d'Owensville. À deux heures de Greensboro, au nord-est, en Virginie. C'est possible ?

— Pas de problème. Mais vers 20 h 30 ou 21 heures, alors.

Je restai assis un moment, les yeux rivés sur le trottoir opposé, espérant que je ne commettais pas une grave erreur.

Le téléphone sonna de nouveau. C'était Nina. Elle semblait furax.

CHAPITRE XIV

— Elle sera là dans moins d'une heure, indiqua Nina tout en me guidant à travers les modestes locaux du shérif de Thornton. (Elle s'arrêta devant une porte fermée.) Les flics cherchent des figurants pour un tapissage, mais va trouver des gens avec cette couleur de cheveux !

— Je pense avoir croisé une candidate en chemin. (Derrière la vitre armée, une femme d'une vingtaine d'années baissait la tête.) La nana du hall a trente balais de plus et pèse dans les cent dix kilos. Personne ne va la confondre avec celle-ci. Ni croire que Larry Widmar lui aurait fait du gringue.

— Je sais bien.

— Et surtout pas Diane Lawton.

— Sans déconner. C'est pourquoi Julia Gulicks sera très bientôt en état d'arrestation.

Un peu plus loin dans le couloir se trouvait une porte sans inscription. Nina l'ouvrit, et nous pénétrâmes dans la pénombre d'une petite pièce cachée derrière une glace sans tain. Reidel était adossé au mur du fond. Nina et lui se consultèrent à mi-voix.

J'examinai le visage de celle qui allait devenir le principal suspect d'un double homicide. Assise derrière une banale table en métal et contreplaqué, elle semblait fixer les rayures du plateau comme pour déchiffrer leur message. C'était la table des mauvaises nouvelles. Une table qui signifiait votre présence dans un endroit où vous n'aviez aucune envie d'être. Même la plus infâme gargote l'aurait couverte d'une nappe à carreaux.

La demoiselle finit tout de même par relever la tête. On était d'abord frappé par ses cheveux. Longs et ondulés, d'une couleur inhabituelle : un roux naturel injecté d'une chaleur sombre, moins proche du feu que du sang désoxygéné. Sa peau avait la pâleur de pêche qui accompagne cette teinte, et ses traits étaient francs. Elle était relativement mince, vêtue d'un tailleur sombre et chic. L'air calme et réservé. Au pire, on l'eût imaginée commettre une fraude industrielle mineure et compliquée, un montage incompréhensible. Mais jamais ce que j'avais vu la veille.

En même temps, comme je l'avais signalé à Hazel, on ne pouvait jamais savoir.

— Pas d'avocat ? demandai-je.

Reidel haussa les épaules.

— Elle dit que c'est inutile.

— Elle n'a pas le look d'une personne qui traîne dans les bars.

— C'est vrai, admit Nina. Et Mark Kroeger affirme qu'il l'a rarement vue boire. Deux petits verres par soir, maximum, et elle ne finit jamais le second.

— Un vieux truc d'alcoolo, commenta Reidel. On se retient en public, et dès qu'on regagne ses pénates, on extirpe les bouteilles de la corbeille à linge sale.

— Qui est Kroeger ?

— Le type qui l'accompagnait quand elle a découvert le corps en forêt de Raynor.

— Il est ici ?

Reidel secoua la tête.

— Si je comprends bien, vous êtes quasi persuadé que cette femme a fait le coup, lançai-je. Et sans aucune complicité ? Sans personne pour l'aider à porter deux cadavres sur une grande distance ?

— Ce genre de crimes est le fait d'individus isolés, répondit Reidel. Mais merci pour votre contribution.

— Cette femme a les cheveux les plus roux que j'aie jamais vus, insistai-je. Comme si elle avait le crâne en sang. Vous ne croyez pas qu'elle aurait tenté d'atténuer un signe aussi distinctif ?

— Pas si le meurtre de Widmar était un acte impulsif, non.

— Mais ça ne l'était pas. L'analyse sanguine a révélé des traces de drogue, de celles qu'utilisent les violeurs. Ça cadre mal avec un coup de tête. Et si le corps décharné lui est également imputé, vous pouvez tout de suite écarter la thèse du meurtre de convenance. Sachant qu'il précédait celui de Widmar, pas vrai ?

— Rappelez-moi un truc, dit Reidel avec froideur. Qui vous a autorisé à venir ?

— Moi, fit Nina.

— Je serais curieux de savoir ce qu'en pense Monroe.

Nina se retourna. Même dans le clair-obscur, elle paraissait lasse et frustrée. Ça clochait quelque part.

Vingt minutes plus tard apparut un Monroe écarlate, prêt à crever l'écran. Nina le persuada d'attendre que Diane Lawton ait jeté un œil sur la suspecte et de prendre toutes les mesures pour contenir les médias.

Ils firent patienter Lawton encore quarante minutes, pour cause de dissensions sur le choix des figurantes. Une seule était vraiment rousse, l'obèse que j'avais croisée. Deux étaient plus ou moins auburn, les autres carrément brunes – et aucune n'avait la crinière fournie de Julia Gulicks. Nina ne se laissa pas faire, et obtint qu'on demande à ces dames de tirer leurs cheveux en arrière.

— Me Baynam défend sa cliente avec brio, lâcha Reidel avec une colère manifeste. Je croyais qu'on était là pour confondre des coupables. À moins que j'aie raté un épisode ?

Monroe pénétra dans la salle d'interrogatoire pour recommander à Julia Gulicks de prendre un avocat. Elle refusa de plus belle. Il lui expliqua qu'elle avait le droit d'être assistée, qu'en aucun cas la présence d'un pénaliste ne passerait pour un aveu de culpabilité et qu'elle risquait vite de perdre pied faute de conseils avisés. Mais elle secoua la tête, et je découvris sa voix dans l'Interphone :

— Je n'ai rien fait de mal. Je ne suis même pas en état d'arrestation, n'est-ce pas ?

Monroe nous rejoignit derrière la vitre.

— On commence, dit-il. Elle a eu sa chance.

Les cinq autres femmes furent amenées et placées dans la salle. Julia Gulicks se retrouva deuxième en partant de la gauche. On baissa le store devant la glace.

Diane Lawton fut conduite dans la pièce d'observation. Monroe lui rappela son rôle, en précisant qu'elle ne devait pas se sentir obligée de désigner quelqu'un – mais que, le cas échéant, elle devait indiquer en toute franchise son degré de certitude. Elle acquiesça. Elle avait pigé.

Reidel tendit le bras et leva le store.

On avait fait au mieux. La lumière était tamisée pour atténuer l'éclat des cheveux qui, plaqués en arrière, ramenaient l'attention sur les traits du visage. J'avais beau savoir quelle place occupait Julia Gulicks, il me fallut un temps pour la remettre.

Le regard de Lawton balaya lentement la rangée, de gauche à droite, s'arrêtant deux secondes sur chaque visage. Puis repartit en sens inverse.

Monroe l'observait de près.

— Êtes-vous capable d'identifier quelqu'un ?

— Oui, dit-elle.

— Et vous êtes sûre de vous ?

— À cent pour cent. Ce n'est pas comme si je l'avais vue pour la première fois mercredi.

— La question n'est pas de savoir si vous avez croisé cette personne au Mayflower, précisa Nina, mais de nous dire avec qui se trouvait Lawrence Widmar mercredi soir, et avec qui vous pensez l'avoir vu repartir.

— J'ai bien compris, répondit Lawton. C'est elle. La numéro deux.

Monroe hocha la tête. Reidel sourit jusqu'aux oreilles. Nina regarda ses pompes.

On conduisit Lawton dans une autre pièce pour prendre sa déposition. La police d'Owensville avait été chargée de localiser Mark Kroeger et de l'emmener au poste, en vue d'un nouvel interrogatoire concernant sa dernière sortie avec Julia Gulicks. Monroe était allé se procurer un mandat de perquisition pour l'appartement et la voiture de la suspecte, et organiser la fouille. Deux flics locaux étaient dépêchés au Mayflower pour glaner de nouveaux témoignages sur la soirée de mercredi.

Tous avaient reçu des consignes de discrétion très fermes. Jusqu'ici, le secret tenait. Mais il céderait tôt ou tard, et dès que la presse s'en serait emparée, on pourrait dire adieu aux pistes sérieuses. De nos jours, ce sont d'abord les rédacs-chef et les téléspectateurs avachis qui disent le droit. Caché derrière ma vitre, je suivis en direct l'inculpation de Julia Gulicks pour présomption de meurtre sur Lawrence Widmar. On lui proposa encore d'appeler un avocat, offre qu'elle déclina. À sa demande, on lui apporta un verre d'eau.

Reidel s'assit à un bout de la table. Nina prit l'autre. Quoique pâle, Julia Gulicks se dominait. Sa blancheur pouvait être due à l'éclairage. Et la maîtrise semblait être son état naturel. On pouvait même parler de froideur.

Reidel se chargea de l'interrogatoire :

— Vous avez bien compris les raisons de votre arrestation ?

— Un témoin affirme que je me trouvais dans un bar avec un homme mercredi soir.

— Nous pensons que vous avez rencontré M. Widmar au café Mayflower en fin de soirée. Que vous avez bu et discuté avec lui un petit moment. Notre témoin dit que vous êtes repartis ensemble aux alentours de 23 heures.

— Et après ?

— Je vous demande pardon ?

— Que s'est-il passé ensuite ?

— C'est à vous de nous le dire.

— Je n'en ai *aucune idée*. Je n'ai jamais mis les pieds dans ce café. Je n'ai jamais rencontré cet homme de son vivant. Votre témoin a tout faux.

— Vous n'êtes jamais allée au Mayflower ?

— Je n'ai pas l'habitude de boire seule dans les bars.

— Oui ou non, mademoiselle Gulicks ?

— Non.

— Vous tenez vraiment à être aussi catégorique ?

— Je ne comprends pas ce que vous entendez par là.

— Ce qu'il entend par là, intervint Nina, c'est que nous tenons votre prénom de la bouche du patron. Ce n'est pas lui qui vous a identifiée, mais un témoin supplémentaire dont nous recueillerons la déposition dans la soirée. Si vous soutenez n'avoir jamais poussé la porte du Mayflower, alors que deux personnes affirment le contraire, vous êtes en mauvaise posture. Admettre que vous fréquentez ce bar ne revient pas à avouer quoi que ce soit d'autre. Et vous vous défendrez d'autant mieux que vous éviterez les petites contre-vérités, que ce soit maintenant ou plus tard.

— D'accord, fit Julia Gulicks en hochant lentement la tête. Merci pour la traduction, effrayante madame. Il n'empêche que je n'ai jamais mis les pieds là-bas.

— Vous devriez écouter ce que vous dit l'agent Baynam, reprit Reidel. C'est un peu votre conseillère officieuse, ici. Pour avoir vu le cadavre, je serais personnellement moins enclin à vous faciliter la tâche.

— Je l'ai vu comme vous, rétorqua Julia Gulicks. Et j'attends toujours qu'on m'explique pour quelle raison je l'aurais montré à un tiers. Puis appelé la police et attendu qu'elle arrive. Qu'on me dise pourquoi j'aurais fait une chose pareille !

— Pour vous couvrir, répliqua Reidel. Vous rencontrez Lawrence Widmar au bar. À un moment donné, vous glissez un produit dans son verre pour altérer son discernement. Vous repartez ensemble, montez dans votre voiture. Vous vous arrêtez quelque part, vraisemblablement sur le parking de la forêt de Raynor. Vous tuez la victime et traînez son corps en bas de la pente jusqu'à l'endroit où elle a été retrouvée. Puis, cette nuit-là ou le lendemain, vous avez l'idée d'y conduire votre petit ami du bureau, sous prétexte d'une balade romantique, ce qui permet de tomber sur le cadavre en tant que promeneuse lambda. C'est plutôt malin, mais en fait c'est assez bêta.

— Bêta, en effet, répondit la jeune femme sans ciller. Je ne sais pas ce que vous avez fumé, mais je n'ai jamais rien entendu d'aussi stupide. Et vous allez me poursuivre sur la seule foi de mes cheveux roux ?

— Pas tout de suite, dit Reidel en se levant. Nous avons trois jours pour ça. Et s'il nous faut une prolongation, nous l'obtiendrons.

Julia Gulicks se tourna vers Nina.

— Mais… vous n'avez aucune preuve !

— Nous en trouverons, promit Reidel avant de la toiser un instant. Puis nous passerons au second cadavre.

Elle balbutia, à peine :

— Quoi ?

— L'autre macchabée. Vous ne pensiez pas qu'on l'avait découvert, lui aussi ?

— Je ne sais pas de quoi vous parlez.

— Votre disque est rayé, Julia. Mais ne vous en faites pas, j'aurai largement l'occasion de m'expliquer. Tôt ou tard, vous saisirez où je veux en venir, et vous verrez qu'on ne plaisante pas.

Soudain, Julia Gulicks eut une tête d'enfant perdue, comme si elle comprenait que cet après-midi allait s'éterniser ; qu'au moins une personne dans la pièce la prenait pour une meurtrière et n'en démordrait pas.

Elle se renversa sur son dossier et croisa les bras.

— J'aimerais m'entretenir avec un avocat, maintenant.

Elle resta seule, avec la porte verrouillée et un flic en faction. Reidel s'en alla quérir le procureur, laissant Gulicks mariner dans un lieu confiné au-dessus d'une table déprimante.

J'emmenai Nina dans la rue, histoire de respirer et de m'en griller une. Quand on ne peut même plus fumer dans un comico, c'est que l'air du temps a gagné. Nous touchions le trottoir quand le portable de Nina sonna. Elle décrocha, écouta.

— Ils ont le mandat, annonça-t-elle en rangeant l'appareil. L'appartement de Julia va être mis sens dessus dessous.

— Avec un peu de chance, on ne découvrira rien.

Nina secoua la tête, mais sans préciser sa pensée. Il serait bientôt 18 heures.

— Il va bientôt falloir que je file, dis-je. J'aimerais arriver en avance, pour trouver un coin sûr avant que cet Unger ne débarque en ville.

— Je ne peux pas t'accompagner.

— Je sais. Je n'y comptais pas.

— J'aurais aimé couvrir tes arrières.

— Mais tu le feras. J'entendrai ta voix.

— Dis-moi que tu seras prudent.

— Je serai prudent. Les gens me surnommeront Ward « Prudent » Hopkins. Je deviendrai synonyme de précaution. Des bêtes nocturnes et timides avec de grands yeux me montreront du doigt, se moqueront de moi et me traiteront de tous les noms pour stigmatiser ma prudence excessive.

— Sérieusement, Ward.

— Ouais, je sais.

— Bipe-moi juste avant.

— Promis. (Je lui pris la main.) Te bile pas pour moi. Retourne là-dedans et règle cette histoire.

— Tu crois qu'elle a fait le coup ?

— J'en sais rien, Nina. Je n'ai aucune compétence en la matière. Je ne suis qu'un civil.

— Tu te souviens de cette femme dont je t'ai parlé ?

— Eh bien ?

— J'ai dû m'endormir avant de finir mon histoire. Un an et demi après son suicide à la cuiller, ils ont arrêté un automobiliste en état d'ivresse dans un bled situé à quatre-vingts bornes de Janesville. Là-dessus, on a découvert dans son coffre un stock de drogue ainsi que deux flingues enveloppés dans un manteau taché de sang. Alors ils l'ont embarqué, et pour finir ils l'ont épinglé pour un meurtre commis dans le Dakota du Nord.

— Et alors ?

— Puis ils lui ont également attribué l'un des meurtres de Janesville, qui s'est révélé être une pauvre affaire de cambriolage foireux. Elle n'y était pour rien, en fin de compte.

— Elle n'avait pas commis ce crime-là… mais les autres ?

— Elle était innocente d'une des charges qui l'ont fait plonger. C'est suffisant. On aurait dû…

— D'accord, Nina, mais c'était trop tard, et par sa faute. Dis-moi un truc, mon cœur : pourquoi t'es venue ici ?

— Tu le sais très bien.

— Je t'assure que non. Tu es entrée au FBI à cause de ce fameux feuilleton, si j'ai bien compris, et ça te travaille encore. Monroe le sait, et pourtant il choisit cette affaire-ci pour te ramener au bercail. Pourquoi ?

— Pour éviter qu'une autre femme ne subisse le même sort.

— Peut-être. Ou parce qu'il veut une poulette à bord, pour se couvrir au cas où l'affaire prendrait un tour politique.

Je détournai les yeux vers la rue. À quelques pas de là, deux types, à l'évidence des journalistes, attendaient dans une voiture. Trente mètres plus loin, j'avisai un van blanc sans vitres, qui pouvait facilement cacher des caméras, ou une armée de reporters prêts à bondir.

— Regarde, Nina. Il y a déjà des fuites. D'ici peu de temps, tout le pays sera au courant.

— Raison de plus.

— Si tu veux. Tout ce que je te demande, c'est de ne pas te laisser bouffer.

— Bien sûr. Allons-y mollo. Pensons d'abord à nous. Et tant pis si un innocent tombe.

— Ce n'est pas ce que je voulais dire, et tu le sais parfaitement. Mais le monde ne changera pas.

— Merci, Yoda. C'est très réconfortant. Toi aussi, tu devrais peut-être oublier ce qui est arrivé à tes vieux. Tu peux rien y changer, après tout.

— Attends, c'était ma famille !

— On est toujours la famille de quelqu'un, Ward. Chacun de nous, partout, à tout moment. Ça n'est pas une affaire de sang. Impossible. Ou alors nous sommes tous des Hommes de Paille. Soit les gens veillent sur les inconnus et font au moins semblant de s'intéresser à eux, soit tout l'univers s'écroule.

— T'as raison, capitulai-je. Tu feras comme tu l'entends. Mon avis est notoirement stérile, de toute façon. Je te dirai ce que ça donne, OK ? Je t'appelle dès que c'est terminé, et je rentre à l'hôtel aussi vite que possible.

Elle n'ajouta pas un mot. Je m'éloignai, avec l'impression de prendre la mauvaise direction.

Juste avant de tourner au carrefour, je regardai en arrière. Nina restait plantée sur le trottoir du commissariat. Au bout d'un moment, elle agita discrètement la main, et je vis scintiller son poignet. Je lui rendis son geste.

Elle articula deux mots. J'articulai : « Promis. »

CHAPITRE XV

Le cœur de Brad se fit lent, poussif, sitôt que Mme Luchs sortit de la maison. D'ordinaire, la mère de Karen se déplaçait à petites foulées. C'était l'un de ses traits distinctifs, comme le fait qu'elle eût – cas d'espèce parmi les parents des copains – quelques kilos en trop. Non qu'elle fût grosse, bien sûr, et ce léger embonpoint lui conférait une présence que n'avaient pas les malingres esclaves du tapis de jogging. Comme une façon de proclamer qu'elle était assez équilibrée pour ne pas avoir à se traîner tous les jours à la salle de gym – ou, dans son cas, à descendre les quelques marches menant à son sous-sol.

Mais là elle marchait d'un pas résolu, un tantinet trop hâtif. Peut-être l'avait-il également décelé sur son visage, ce signe subliminal indiquant que l'imprévu surgissait dans la vie policée des Luchs.

Ou alors, c'est qu'il s'y attendait.

Il était un peu plus de 16 heures et Brad était assis près de la piscine. Karen nageait consciencieusement d'un bord à l'autre. Après quarante longueurs intensives, elle commençait à fatiguer. Ex-pilier de l'équipe de natation du lycée, elle s'entraînait encore avec beaucoup de sérieux, ce que Brad n'était pas sûr de comprendre.

— Karen ? appela sa mère. Des policiers sont là.

L'acide envahit l'estomac de Brad. Karen regagna le bord et sortit de l'eau d'un mouvement fluide. Le soleil s'incrusta dans la gerbe de gouttelettes, comme dans les oscillations du pendentif en K.

Elle attrapa une serviette.

— Des policiers ? Pourquoi ?

— Je n'en sais rien, trésor. Mais ils aimeraient te parler.

Deux types en costume de ville s'étaient avancés sur la pelouse, quelques mètres derrière madame.

— Bon, dit Karen. Allons voir ça.

Les policiers ressemblaient à deux clones, si ce n'est que l'un avait une moustache et l'autre un teint blafard, comme s'il évitait le soleil. Le premier brandit un badge.

— Inspecteur Cascoli, déclina-t-il. Vous êtes Karen Luchs ?

— Oui.

Le flic regarda Brad :

— Et vous êtes... ?

— Brad Metzger, dit-il d'une voix normale.

— Tiens donc, fit l'inspecteur. (Il sortit un carnet, le feuilleta, tapota une page.) Voilà : Bradley M. Vous figurez également sur la liste.

Mme Luchs croisa les bras sur sa poitrine.

— De quoi s'agit-il ?

Le flic l'ignora, mais poliment, comme il se doit dans une demeure de cette taille.

— Vous êtes tous deux amis avec un certain Peter Voss ?

— Ouais, fit Karen. Pete, bien sûr. Pourquoi ? Il a un problème ?

— Nous l'ignorons, mademoiselle Luchs, car nous ne savons pas où Peter se trouve. Il n'est pas rentré chez lui samedi soir. Il lui arrive de passer la nuit chez des copains, donc rien d'inquiétant jusque-là. Sauf qu'il n'est pas reparu hier et n'a pas appelé. Ses parents nous ont alertés hier soir.

— Mon Dieu ! fit Mme Luchs en agitant sa main devant sa gorge. C'est vrai ?

— Quand l'avez-vous vu pour la dernière fois ?

— Samedi soir, répondit Karen d'une voix blanche. On faisait la fête ici, comme vous le savez sûrement. Pete est arrivé assez tôt, puis il est parti ailleurs.

— Vous savez où ?

Karen secoua la tête et regarda Brad.

— Aucune idée, dit ce dernier. Je l'ai vu en début de soirée, mais après ça, introuvable. On est partis acheter des hamburgers, puis on a voulu lui en proposer, mais il avait déjà dû se barrer.

— La mère de Peter dit qu'il s'est rendu à votre fête dans la voiture d'un certain Andy.

— C'est ça, confirma Karen. Ils sont tous arrivés ensemble. Mais Andy est resté jusqu'à la fin. Comme toujours.

— Ensuite il est reparti chez lui ?

— Il ne boit pas beaucoup, s'empressa-t-elle d'ajouter. D'ailleurs, je crois qu'il a laissé le volant à Monica. Ouais, je m'en souviens. C'est elle qui conduisait.

Le flic la considéra.

— Très bien.

Pendant qu'il prenait quelques notes, son collègue prononça ses premiers mots :

— Monsieur Metzger, des personnes que nous avons interrogées nous ont dit que vous et Pete étiez de grands amis. C'est exact ?

— Ouais, ouais. Je veux dire, Pete est pote avec tout le monde. Mais ouais, je crois qu'on peut dire ça. On se fréquente.

— Vous ne savez pas où il s'est rendu après la fête ?

— Non.

— Et vous n'avez aucune nouvelle depuis ?

— Non. Mais bon, je me disais qu'il avait dû aller à une autre soirée, qu'il avait picolé et qu'il avait passé la journée d'hier à récupérer au plumard. J'allais l'appeler ce soir, sûrement, ou demain.

— Ce garçon prend des cuites régulières ?

— Peter Voss est un jeune homme charmant, protesta Mme Luchs. Il est toujours d'une parfaite courtoisie.

— Ce que nous tentons d'établir, expliqua Cascoli, c'est le risque qu'il se soit attiré des ennuis. Qu'il soit monté dans la voiture d'un type qu'il connaissait mal, qu'il ait atterri au mauvais endroit, se soit mis dans de sales draps…

— C'est possible, estima Brad. (Tous les regards fondirent sur lui.) Enfin, je dis juste que c'est un mec chaleureux. Pete cause avec tout le monde. C'est son côté chouette. Mais bon… il aurait pu s'adresser aux mauvaises personnes, à un moment ou à un autre. Ça ne m'étonnerait pas plus que ça.

— Cela s'est déjà produit, à votre connaissance ?

— Non, déclara Brad. (Ses mains devenaient moites contre ses cuisses. Il croisa les bras.) Non, je dis juste que c'est possible. Mais il doit simplement traîner quelque part, pas vrai ?

— Espérons, répondit le flic. Car sa mère semble à deux doigts de perdre les pédales.

Il referma son calepin, le rangea dans sa poche, puis sortit son portefeuille et remit à chacun une carte.

— S'il se manifeste, appelez-moi. Dites-lui qu'on ne cherche pas à savoir s'il a des ennuis. On veut juste rassurer sa maman.

Brad et Karen hochèrent la tête de concert. Mme Luchs raccompagna les policiers à l'intérieur. Derrière cette femme, on aurait dit de vulgaires livreurs.

— C'est drôlement inquiétant, lâcha Karen. Seigneur, j'espère que Pete n'a rien.

— T'en fais pas pour lui. Tu connais Dormeur.

— Je devrais peut-être faire le tour des copains. Demander si personne ne l'a vu. (Elle empoigna son téléphone posé sur la table, prête à parcourir son répertoire.) T'en penses quoi ?

— Les flics s'en chargent déjà.

— Mais on pourrait inciter les gens à le chercher. À vérifier certains endroits, comme les maisons des amis ou ses boutiques préférées. Des lieux auxquels les flics ne penseront pas forcément.

Brad opina.

— Ouais, pourquoi pas ? Bonne idée.

Karen s'assit en tailleur sur le gazon et sélectionna un premier numéro, persuadée que Pete avait seulement besoin d'être débusqué – et qu'elle était la fille de la situation.

Brad patienta pendant vingt minutes atroces. Au sixième appel dc Karen, il prit congé en prétextant une commission urgente pour son père – ça lui était sorti de la tête – et promit de la rappeler dans la soirée.

Il n'avait pas atteint la maison que Karen était de nouveau en ligne.

— On est cuits.

— Mais non, on n'est pas cuits.

— Si, Lee, on est cuits. Complètement grillés.

— Et pourquoi on serait grillés, Brad ? Dis-moi un peu. Explique-moi pourquoi et comment on serait grillés.

Ils se tenaient dans la cuisine de Lee Hudek, qui était d'une éternelle et inquiétante propreté, une vraie maison témoin. Brad ne comprenait pas comment Lee faisait son compte, même s'il ne cuisinait jamais. Le quotidien finit toujours par causer du désordre. Par laisser le chaos s'installer.

— On est cuits, répéta Brad à mi-voix.

La voiture de Lee trônait dans l'allée. Elle aussi ressemblait à une pub.

— Le keum est porté disparu, résuma Lee. Les flics allaient nécessairement interroger ses amis. Ensuite, Karen donne une fête, où il a été vu en dernier. Donc ils s'adressent aussi à elle. Tout ça était prévisible. Les flics en viendront vite à la conclusion qu'il s'est volatilisé et qu'il réapparaîtra un jour, mais en attendant ils ont une procédure à suivre.

— Sauf qu'il ne va *pas* revenir. T'as oublié ou quoi ? *Il ne reviendra pas*.

— Je sais, merci. Mais tant qu'il est absent, il est absent. Rien de plus. Pete est un shitman de première. Ils sont déjà au courant. Et je connais d'avance leurs conclusions : le keum se sera éclipsé. Aura décidé de devenir snowboarder professionnel, et se sera barré dans le Colorado. Ou bien il se sera endormi sous une poule rasta dont personne n'aura entendu parler, et refera surface quand il aura besoin de cash. Les flics sont obligés de gesticuler, mais ils vont vite lâcher prise. Ils sont pauvres, ils vivent dans des petites baraques merdiques et ils détestent les gens comme nous.

— Mais pas elle, rétorqua Brad. La mère de Pete ne lâchera jamais l'affaire.

Soudain il la vit dans sa tête, une image assez forte pour éclipser le monde réel. Maria Voss était une femme menue – Pete tenait sa taille et sa carrure de son père –, avec de longs cheveux noirs et de grands yeux marron. La vision dura une seconde, et l'instant d'après ce regard était plein de larmes, plein comme peut l'être l'océan. Brad n'avait jamais vu un tel spectacle en vrai, mais il savait à quoi cela ressemblait. Le visage de Maria se décomposa, et il entendit presque le cri s'arracher de sa bouche.

— C'est super craignos, Lee.

— Mais rien n'a changé. Écoute-moi, Brad. Rien n'a changé depuis l'instant où la balle lui a troué la tête.

Brad tressaillit.

— Putain, mec. T'est vachement… glauque.

— Écoute-moi ! Il est temps que tu regardes les choses en face. C'était écrit dès le départ. Et puisqu'on ne peut pas remonter le temps, il va falloir vivre dans le monde d'aujourd'hui. On n'y est pour rien.

— À peine !

— On l'a pas tué.

— On l'a emmené là-bas. On aurait dû, on aurait dû…

— Quoi ? On aurait dû *quoi* ? Qu'est-ce qu'on pouvait faire ?

— On n'aurait pas dû s'en débarrasser comme ça.

Lee Hudek secoua la tête, en homme sûr de son fait, ou agacé par la contradiction.

— Hernandez a tranché. Et il n'y avait rien d'autre à faire. Pete était déjà mort. Ça ne servait à rien de tomber avec lui, et c'est tout ce qu'on aurait obtenu.

— Tiens, Hernandez ! Notre vieux pote Hernandez. Il a appelé, au fait ? On a des nouvelles de tes soi-disant amis ?

— Non. Mais ça va venir.

— Tu rêves, Lee. On est devenus un problème pour ces mecs-là. Une menace. On est cuits.

Hudek lui empoigna les épaules. Brad soutint son regard, n'y vit que force et détermination. Peu à peu, il reprit une respiration normale.

— Rentre chez toi, dit Lee. Fais une sieste. Branle-toi un coup. Joue à la Xbox. Fais ce que t'as à foutre, mais détends-toi.

Brad retrouva ses pénates. Il tenta la Xbox, pour s'apercevoir que la quasi-totalité de ses jeux consistait à dégommer des gens. Il se rabattit sur un jeu de course automobile, mais il fallait suivre les méandres d'un circuit et la tête lui tournait déjà pas mal. Alors, pour finir, il s'allongea sur son lit. De là, il distinguait ses panneaux d'affichage, recouverts de photos retraçant les cinq dernières années, les plus anciennes alignées avec soin, les plus récentes punaisées les unes sur les autres, parfois sur quatre épaisseurs. Fêtes, événements scolaires, portraits de groupe en virée. Des nuits sympas, des jours heureux. Pete y figurait, bien sûr. On le voyait avec Brad à l'arrière de l'ancienne caisse de Lee. On le voyait dans le jardin de Brad. On le voyait avec l'équipe du lycée, après un grand match, accroché aux épaules des potes, beuglant victorieusement.

Dix-huit mois plus tôt. Dix-huit mois seulement ?

Son portable sonna. C'était Steve Verkilen, le mec qui s'était fait bâillonner en même temps que Pete sur le parking. Il était hors d'haleine.

— Putain, mec, t'es au courant ? Je viens d'avoir la mère de Pete au téléphone. Elle a l'air grave flippée.

— Je suis au courant, répondit Brad avec calme. Les flics sont passés chez Karen. Tu saurais pas où il est ?

— Aucune idée, mec. Aucune. Ça fait plusieurs jours que je l'ai pas vu. On était censés se retrouver chez Karen, mais j'étais trop décalqué pour bouger.

— Il est venu, lui, répondit Brad. Puis il s'est barré, et plus personne n'a eu de nouvelles.

— C'est zarb.

— Tu m'étonnes.

— Je comptais appeler Lee, voir s'il était au courant.

— Inutile, je reviens de chez lui. Tu connais Pete, Steve. Il est forcément quelque part. Si ça se trouve, il a juste perdu son putain de téléphone.

— Ouais. (Une pause.) On maintient l'approvisionnement cette semaine ? Si Pete est pas revenu ?

— Je sais pas.

— Ben, tu me diras, OK ? J'ai besoin de thune.

Steve laissa Brad sur cette interrogation : quid de la livraison hebdo ? Hernandez était aux abonnés absents. Steve n'était pas le seul à avoir besoin de ce fric. Mais pouvait-on continuer ? Faire tourner la boutique comme si de rien n'était ?

Il cogita quelques minutes, allongé sur le dos, puis se retourna pour ne plus voir le mur tapissé de photos. Le visage enfoui dans le matelas, les yeux fermés, il respira l'odeur familière des draps. Comme disait Lee, tant qu'on ne découvrait rien, il n'y avait pas de crime. Brad se frotta le front contre le tissu, et peu à peu le moral revint. Il se remit sur le dos, fixa le plafond pendant un moment, puis se redressa et posa les pieds par terre. En se levant, il se sentit à la fois naze et reposé ; il avait même un petit creux. Il décida de descendre, pour regarder s'il y avait des Fritos dans les placards. C'était généralement le cas. Ces choses-là repoussaient toutes seules. Comme il longeait la mezzanine et prenait l'escalier, la maison lui parut déserte. Il avait pourtant croisé sa mère en rentrant, ainsi que sa sœur, qui écoutait Smash Mouth à fond. Il pénétra dans la cuisine, fut surpris de la trouver si bien rangée. La famille Metzger était plutôt adepte du bordel organisé. Mais cet après-midi-là, on se serait cru chez Lee : pas la moindre miette, un frigo propre comme un sou neuf... Même la table était vide, alors qu'elle servait de point de chute à tous les objets n'ayant pas de place attitrée. Le placard des chips avait été vidé. De fond en comble, jusqu'à la dernière poussière. C'était donc ça : elles étaient parties au supermarché. Un grand nettoyage de printemps, puis on refaisait le plein. Ouais, ça collait. Il ouvrit le placard suivant. Vide également. Il les essaya tous, pour le même résultat. À croire que le printemps donnait des ailes. Bien qu'on fût en septembre. Un nettoyage d'automne, alors. Il se retourna en entendant un bruit. Un bruit indéfinissable, comme une sorte de mâchonnement. Cela semblait provenir du jardin. Brad se rendit à la fenêtre et constata qu'il faisait nuit. Il avait dû dormir sans s'en rendre compte. Pourtant... N'avait-il pas vu le soleil cinq minutes plus tôt en cherchant la voiture de sa mère dans l'allée ?

Brad regagna en vitesse l'avant de la maison. Là aussi, c'était nickel. Nickel chrome. Pas un magazine, pas un journal, pas une télécommande, et dans la rue il faisait jour. Ça clochait quelque part, mais il n'aurait su dire où. Alors il se retourna pour traiter l'autre problème, l'espèce de gargouillement qui perdurait vers le fond. Le bruit n'augmentait pas, mais ne semblait pas près de cesser. Brad fila dans la cuisine, ouvrit les portes-fenêtres et sortit dans le jardin. Il faisait très sombre et très froid, mais sans vent. Il y avait des arbres, une rangée de grands arbres dont la cime pointait derrière la maison. Quelques-unes semblaient même sortir du toit. Brad crut également percevoir le bruit d'un ruisseau, non loin de là. L'odeur était inhabituelle. Un mélange de cannelle, de sucre et d'un troisième truc mystérieux. Il s'avança au milieu des arbres, mais le paysage se dérobait devant lui. Il y avait, en tout cas, un sérieux problème de taupes. Où que l'on regarde, des galeries couraient sous la surface du sol forestier, comme un réseau de veines enflées. Elles bougeaient. C'étaient elles qui produisaient ce bruit de mastication, et à mesure qu'elles grouillaient le sol devenait transparent. On découvrait alors des gens, étendus, les yeux fermés, et la plupart avaient perdu quelque chose. L'odeur gagnait en puissance, et Brad reconnut de la pomme. Oui, ça sentait la tarte aux pommes, la fine tarte aux pommes de chez McDonald's, précisément, dont l'emballage stipulait que c'était super chaud. Ces corps étendus n'avaient rien dans les mains ni dans la bouche. La tarte était bien quelque part, pourtant. On pouvait la sentir. Tout le monde pouvait la sentir ! Brad se glaça. Il suffisait de venir ici pour connaître le fin mot de l'histoire.

Puis un bruit de phalange contre une vitre, et il se retourna pour voir sa mère et sa sœur dans la cuisine. Sa mère déchargeait les courses et sa sœur frappait au carreau, essayant de lui dire qu'elles avaient racheté des Fritos, qu'il n'avait pas besoin de chercher des tartes, que c'était même déconseillé. Il voulait lui répondre que tout allait bien ; tant que les tartes restaient cachées, il était en sécurité – tout le monde était en sécurité. Mais à mesure qu'il essayait de regagner la cuisine, celle-ci semblait rapetisser. Sa sœur se mit à frapper sur la vitre de plus en plus fort, mais le son se rapprochait de celui d'une cloche, selon un rythme familier et chargé de sens. D'un coup, l'odeur de pomme devint surpuissante, écœurante, et alors...

— Merde, grogna-t-il en se redressant.

Endormi sur le flanc, il venait de se cogner la tête contre le mur. Il tapota la couette, comprenant que l'espèce de tintement de cloche provenait de son téléphone. L'appareil avait glissé par terre.

L'écran indiquait : « K PORTABLE ».

— Salut, marmonna-t-il.

Il tenta de se réveiller en ouvrant grand la bouche et les yeux, la moitié du cerveau retenue ailleurs.

Karen se taisait. On aurait dit qu'elle pleurait.

— Qu'est-ce qui va pas, bébé ? Y a un problème ?

Elle renifla, fort. Déglutit.

— Oh, mon Dieu, gémit-elle. Ils ont retrouvé Pete.

CHAPITRE XVI

Lee occupait l'un des canapés du salon parental. En face de lui se trouvaient les deux inspecteurs, rendus anonymes par le contre-jour des portes-fenêtres – ce qui était somme toute appréciable. Il avait déjà déduit que le moustachu était le chef, et c'est tout ce qu'il fallait savoir.

— Tu préfères que je reste ?

Ryan Hudek se tenait sur le seuil de la pièce, en pantalon de coton et polo Lacoste bleu ciel. Il s'était montré imperturbable lors de l'arrivée inopinée des policiers. Apprenant qu'ils cherchaient son fils, il demanda pourquoi, et les laissa entrer dès qu'ils se furent expliqués – non sans avoir examiné leurs badges. Lee se réjouissait de la présence de son père. Curieusement, il se sentait très jeune cet après-midi-là.

— Non, ça va aller, répondit-il.

Hudek senior donna un petit coup de menton.

— Je serai dans les parages. Si jamais tu changes d'avis…

Le moustachu regarda ses mains, le temps que les pas de Ryan Hudek déclinent dans le couloir. On entendit coulisser la porte vitrée du jardin, puis elle se referma dans un bruit mat. L'inspecteur leva les yeux pour dévisager Lee.

— Bon. Désolé de venir vous débusquer chez vos parents, mais vous n'étiez pas chez vous.

— Exact, répondit Lee d'une voix posée. J'étais ici.

— Je vois. C'est très compréhensible. Si un de mes copains était retrouvé mort, un bon copain, qui plus est, je chercherais le soutien de mes amis et de ma famille.

Lee resta muet. Son instinct le dissuadait de répondre à des questions qui n'en étaient pas.

L'inspecteur marqua une pause, avant de reprendre :

— Je suis désolé de vous apprendre cette triste nouvelle au sujet de Peter Voss.

— Mais vous ne m'apprenez rien. Ça fait une heure et demie que je suis au courant.

— Quelqu'un vous a appelé ? Qui donc ?

— Deux ou trois personnes. Le bruit a vite circulé. J'en reviens toujours pas.

— Vous ne vous rappelez pas qui vous a informé en premier ?

Lee feignit de réfléchir.

— J'étais assez remué, vous comprenez.

— Bien sûr. Et quand avez-vous vu Peter pour la dernière fois ?

— Pete, corrigea Lee. Personne ne l'appelait Peter. Je l'ai vu, que je me souvienne… vendredi, en fin de matinée.

L'inspecteur fronça les sourcils.

— Vous ne l'avez pas vu à la soirée des Luchs ?

— Pas que je me rappelle. Je suis arrivé assez tard. Il avait déjà dû repartir.

— Vous seriez donc surpris si l'on vous disait qu'un témoin vous a vu parler à Peter lors de cette fête.

— Pas plus que ça, mais ça ne m'évoque rien. Vous savez, Pete et moi, on discutait tout le temps ensemble. Si je devais me souvenir de chaque occasion... Pourquoi, quelqu'un dit ça ?

— Non.

Lee haussa les épaules.

— Ah bon. Drôle de question.

— Vous l'avez donc vu vendredi. Dans quelles circonstances ?

— C'était au centre commercial, peu avant midi. On s'est partagé une grande frite, puis il est reparti. Il devait retrouver un type, je sais pas trop qui. Visiblement, il n'avait pas envie d'être en retard.

Le premier point était vrai : Lee avait bel et bien vu Pete au centre commercial de Belle Isle le vendredi précédent – de loin, sans lui adresser la parole. Mais vu que Voss était seul ce jour-là, personne n'allait contredire cette version.

— Avait-il l'air un peu distrait ? Avez-vous remarqué quoi que ce soit d'inhabituel chez lui ? De l'inquiétude ?

— Pas vraiment. Je veux dire, Pete était toujours un peu à l'ouest. On a parlé de la fête chez Karen, celle du lendemain soir, et on prévoyait de s'y retrouver tôt. Il avait une deuxième fête juste après, mais il ne m'a pas donné de détails.

Intervint l'autre inspecteur :

— Pensez-vous qu'il puisse y avoir un lien entre cette deuxième fête et la personne qu'il devait rencontrer vendredi ?

Lee cogita.

— J'imagine que oui. Mais il ne m'a rien dit sur cette fête.

— Et après ça, vous n'avez plus eu de nouvelles ?

— Aucune.

— La maman de Peter dit que son fils semblait détenir une somme de liquide inhabituelle la semaine dernière. Il s'est acheté de nouveaux vêtements, a offert des cadeaux onéreux à ses parents. Vous pourriez nous éclairer là-dessus ?

Lee secoua la tête. Le flic reprit :

— Vous avez une bien belle maison, à Summer Hills.

— Merci.

— Elle doit valoir vachement cher.

Lee haussa les épaules. *Si t'as une question, tu la poses franchement.*

— Et que savait exactement votre interlocuteur ? Celui qui vous a appris pour Peter.

— Personne ne savait grand-chose. Juste que Pete était mort.

Moustache fit mine de consulter ses notes :

— On a retrouvé le corps dans les montagnes de Santa Ynez, en lisière de la forêt nationale de Los Padres. Il était caché à quelques centaines de mètres d'un sentier de randonnée. On lui a détruit les trois quarts de la tête, avant d'essayer de l'enterrer, mais c'était du travail de cochon. Le trou n'était pas assez profond.

— C'est toujours pareil, considéra le collègue d'un air méditatif. De vraies feignasses ces gens-là.

— Bref, les coyotes l'ont flairé. Le temps qu'ils l'exhument et l'entament, il s'était encore dégradé. Heureusement, des gamins à vélo l'ont découvert assez vite. Mais quand même, il était dans un sale état.

— M'en parle pas, fit l'autre. Tout déchiqueté. Chaleur, mort et vermine. Une combinaison redoutable.

— Vous permettez ? s'insurgea Lee. C'est de mon ami que vous parlez !

Moustache leva les yeux.

— Oh, je suis désolé…

— Non, vous ne l'êtes pas. Je vous demande juste un peu de respect. Pour moi, et pour lui.

Le flic le fixa. Lee soutint son regard.

— Je vous prie d'excuser notre froideur, dit le collègue après une longue, très longue pause. Déformation professionnelle.

— Je vous déconseille d'employer ce ton-là avec ses parents, dit Lee, ou vous allez passer un sale quart d'heure.

Un doute le saisit : Moustache était-il vraiment le chef ? Ou bien était-ce le pâlichon ?

— Nous les avons déjà rencontrés, répondit le flic. Mais… dont acte.

— Très bien, dit Moustache d'une voix douce, nous vous recontacterons si nous avons d'autres questions. Une dernière petite chose avant qu'on parte : auriez-vous la gentillesse d'interroger votre portable, pour voir de qui émanait ce premier appel ?

— Bien sûr.

Lee sortit son téléphone, enfonça les touches avec un détachement parfait, comme si la réponse lui était égale. Il trouva et hocha la tête.

— Voilà. C'était Brad. Bien sûr.

— Bradley Metzger ?

— C'est ça. Karen l'a prévenu, et il m'a aussitôt appelé.

— Parce que tous les trois vous étiez amis. De bons amis.

— Absolument.

Les flics se levèrent de conserve et Lee les reconduisit. Comme ils passaient la porte d'entrée, Moustache se retourna :

— Ah, oui, vous saurez peut-être nous confirmer un détail. Peter gardait-il son portable sur lui, en général ?

— Il ne s'en séparait jamais. Pourquoi ?

— Pas moyen de mettre la main dessus. Ni sur le cadavre, ni près de lui, pas plus que chez lui. Sa mère a tenté de le joindre, et ça sonne dans le vide, aussi j'imagine que la batterie n'est pas encore morte. Vous n'auriez pas retrouvé l'appareil chez vous ou ailleurs ? Il ne l'aurait pas perdu récemment ?

— Non. Il l'avait sur lui vendredi dernier. Au centre commercial.

— Que voulez-vous, ces choses-là ont vite fait de nous échapper. Elles peuvent glisser n'importe où. On continue d'ouvrir l'œil.

Lee regarda les deux poulets rejoindre leur voiture. Il attendit qu'ils aient redescendu l'allée, puis tint la pose quelques instants.

Tu as menti aux flics. Le monde ne sera plus jamais comme avant.

— Ils n'étaient pas si coriaces que ça, hein ?

Lee sursauta, avant de découvrir sa mère plantée dans son dos, en peignoir argenté. Il ne savait même pas qu'elle était à la maison.

Elle n'avait pas ses lunettes noires et son regard était brumeux, mais elle semblait le voir.

— Tu t'en es très bien sorti, dit-elle. La tirade sur le respect était un joli coup.

Elle passa le doigt sur la joue de son fils, très brièvement, avant de se couler hors de la pièce, vers Dieu sait où.

— C'est moi.

— Salut, bébé. Comment ça va ?

Karen soupira.

— On fait aller, quoi.

— C'est clair. T'es où, là ?

— Près de la piscine, histoire de changer d'air. Quand je suis à l'intérieur, maman vient sans arrêt me demander comment je vais, ce qui est très gentil de sa part, mais bon, tu vois...

— Ouais.

— Elle compte rendre visite à la mère de Pete.

— Je savais pas qu'elles se connaissaient bien.

— Ben, pas tant que ça, en fait, mais bon, Pete est mort, quoi.

Brad hocha la tête, même si Karen ne pouvait l'entendre. Pete était mort, en effet. Devenue publique, la nouvelle était un peu plus soutenable. Ce n'était plus une sombre affaire qu'il fallait occulter dans le vain espoir que la vérité du cauchemar s'estomperait, mais une chose irrévocablement précise et nette. Dorénavant, ce que les gens savaient correspondait à la réalité : les faits étaient là. Restait juste à empêcher ces faits de vous écraser comme des mouches.

Après le départ des flics, Lee avait appelé Brad pour lui répéter ses déclarations. Brad avait transmis la question de Steve au sujet de la prochaine livraison, et Lee de répondre qu'il ne savait rien. Hernandez demeurait injoignable. A priori, ce n'était pas une riche idée, mais on verrait. Brad fut rassuré par ces paroles, convaincu en son for intérieur que dealer était, jusqu'à nouvel ordre, la dernière connerie à faire.

— T'es toujours là ? demanda Karen.

— Ouais, ouais. Je réfléchissais à tout ça.

— Ouais.

Elle se tut un moment, et Brad se dit qu'elle voulait peut-être raccrocher. Mais elle reprit la parole :

— Je peux te demander un truc ?

— Bien sûr.

— Tu n'es au courant de rien, n'est-ce pas ?

Brad ouvrit la bouche, mais il n'en sortit rien. Il toussa un coup et réessaya :

— Comment ça ?

— Je veux dire... Pete, Lee et toi vous étiez tellement proches, tu vois ? Je me demandais juste si Pete n'avait pas une sorte de secret, que vous deviez garder pour vous.

— Non, fit Brad avec soulagement. C'est vrai, on était proches. Comme des frères de sang. Mais, autant que je sache, il n'y avait rien de louche dans la vie de Pete.

— D'accord.

Pour une raison ou pour une autre, le ton de ce « d'accord » raviva les craintes de Brad. Comment ça, d'accord ? D'accord, merci pour l'info ? D'accord, je te crois ? D'accord, je ne te crois pas du tout, mais on en reparlera plus tard ?

— C'est juste que...

— C'est juste quoi, bébé ?

— Tu sais, lors de la fête, quand tu es parti chercher des hamburgers avec Lee, et que je vous ai vus devant la maison avant que vous ne partiez...

— Eh bien, quoi ?

— Eh bien, j'y repensais tout à l'heure, et quand Lee t'a rejoint en passant par le côté de la maison, il n'aurait pas dit une phrase comme « Il arrive », « Il est en route », « Il se ramène », quelque chose dans ce genre ?

Brad redoubla de prudence.

— Je me rappelle pas.

— Je suis sûre d'avoir entendu ça. Car quand je suis partie saluer Sara et Randy, vous êtes restés plantés là, Lee et toi, comme si vous attendiez quelqu'un.

— Mais non, répondit Brad. (Après une demi-seconde, sa cervelle trouva la parade :) Si tu te souviens bien, je fumais une clope, pas vrai ? Or Lee n'aime pas qu'on fume dans sa caisse. Je voulais juste la terminer avant qu'on décolle.

— Ah, d'accord.

Là-dessus ils bavardèrent de choses diverses, puis juste avant de prendre congé Karen ajouta :

— Brad ?

— Ouais ?

— Tu crois qu'on trouvera les coupables ?

— J'en sais rien.

— Moi, si, dit-elle à mi-voix. Je pense qu'on les coincera.

Après le coup de fil à Brad, Lee avait repris sa voiture et roulé au hasard avant de regagner son domicile. Il prépara du café, qu'il but à sa table de cuisine immaculée. Il résista à l'envie de rentrer la Mercedes dans le garage pour chercher le téléphone de Pete. Si l'appareil était tombé dans l'habitacle, Lee l'aurait trouvé en nettoyant les sièges la nuit de la fusillade. Mais tout de même – à supposer que le flic n'ait pas inventé un bobard pour le piéger –, cette histoire était bizarre. Pete ne pouvait vivre sans son portable ; il se le serait fait greffer si ç'avait été possible. Il l'avait forcément sur lui ce soir-là. Mais où était-il passé, bordel ?

Peu importait. L'appareil avait probablement glissé de sa poche, entre le parking et les fourrés où on l'avait enterré. En traînant le corps dans le noir, personne n'aurait vu ni entendu chuter l'objet. Mais tant pis. Même s'il réapparaissait aujourd'hui, il ne risquait en rien de compromettre Brad et Lee.

N'empêche.

Lee restait prostré, la tête baissée. On aurait pu tout éviter. Rien de plus facile, à vrai dire.

Il avait pris l'appel d'Hernandez. Il aurait pu s'abstenir.

Il avait dit oui. Il aurait pu dire non.

Une nuance capitale.

On aurait pu tout éviter.

Il ressortit, rangea la voiture et la fouilla de fond en comble.

Pas de téléphone.

Il se lavait les mains à l'évier lorsque la sonnette retentit. Ce devait être Brad, pris d'un nouveau coup de flippe. Mais en ouvrant il découvrit un homme d'un tout autre âge.

— Monsieur Reynolds ? fit-il, étonné de n'apercevoir aucune voiture dans la rue. Que faites-vous ici ?

L'avocat pénétra dans la maison sans attendre d'y être invité.

— Il faut que tu me racontes ce que tu leur as dit.

— À qui ?

— Aux policiers, pardi.

— Pourquoi me demandez-vous ça ?

— Parce que je suis désormais ton conseiller juridique. En cas de besoin, ce que je n'espère pas.

— C'est mon père qui vous a embauché ?

— Pas du tout.

— Mais alors qui…

— Je t'écoute, Lee. Chaque question, chaque réponse. Dans les moindres détails.

Alors Lee conta son entretien avec les deux inspecteurs. Reynolds resta très concentré. À la fin du récit, il affichait une mine grave.

— Tu as conscience d'être désormais le complice d'un meurtre ? Metzger et toi, vous encourez de nombreuses années de prison, rien que pour ce crime. Aux yeux de la justice, vous n'êtes plus des enfants, aussi dingue que cela paraisse. Et alors s'ils établissent le lien avec la drogue et si le bureau fédéral des Narcotiques s'en mêle, autant balancer la clé de la cellule.

— Mais comment feraient-ils le rapprochement ?

— Sinon, pourquoi se rendre sur un parking désert, éloigné de tout, au beau milieu de la nuit ? Et pourquoi cacher le cadavre ?

— C'était un accident, ou un truc du genre. On a pris peur.

— Sans compter que tu as menti à un officier de police. Bradley aussi. Et puis es-tu certain qu'il n'y aura personne pour déclarer que vous deux – ainsi que Peter Voss, bien sûr – avez passé les six derniers mois à dealer dans toute la vallée ?

Lee songea à toutes les personnes qu'il avait fournies. À toutes les baraques qu'il avait visitées, à toutes les fêtes où on l'avait invité, à toutes les poignées de main, les bières gratuites et les « Eh, mec, content de te revoir » – de pures foutaises lorsqu'on se retrouve face à des flics dans le salon de ses vieux et qu'on pige que lâcher le nom de Lee évitera de sérieux ennuis.

— On est très mal, murmura-t-il.

— C'est assez bien résumé. Tu as besoin de régler cette affaire, et vite. Tu comprends ça, au moins ? Tu as conscience de la gravité de ce merdier ?

Lee était vanné. Nauséeux. Il verrait très vite le tableau, sans aucun doute, mais pour l'heure il avait juste envie de s'allonger face contre terre et de ne jamais se relever.

— J'en ai conscience.

— Suis-moi, dit Reynolds avant d'ouvrir la porte.

Une voiture stationnait dans la rue. Noire, jusqu'aux vitres fumées. Le moteur tournait, mais il était très, très silencieux.

Lee Hudek verrouilla la maison et suivit l'avocat dans l'allée. Ce dernier lui ouvrit la portière du véhicule. En se voûtant, Lee distingua deux banquettes en vis-à-vis. L'intérieur était aussi sombre que la carrosserie, et l'odeur était celle de l'ombre.

Un homme était assis au milieu de la banquette orientée vers l'avant. C'était le gars du hangar désaffecté. Celui à qui il avait exposé le Plan. Le type que, pour être franc, Lee aurait préféré ne plus jamais revoir.

— Salut, Lee John. Viens donc t'asseoir. Il faut qu'on parle.

Hudek hésita, mais il n'avait pas d'autre endroit où aller. Il monta, s'installa en face du type. M. Reynolds vint s'asseoir à côté de Lee. La portière se referma dans un doux et luxueux *clic*, et la voiture se mit à flotter sur la route, comme aspirée par une légère brise.

— Comment tu te sens, Lee ? demanda l'homme.

— Ça va.

— Tant mieux. Un peu secoué, peut-être ?

— Sans blague. Ça fait trois jours que j'essaie de joindre Hernandez. Pourquoi il rappelle pas, putain ?

— Parce qu'il est mort, Lee.

Hudek cligna des yeux, toute colère envolée.

— Il est mort la même nuit que ton ami. Il est parti chercher les mecs qui vont ont canardés. Il n'en est pas revenu. Heureusement, nous avons mieux caché son corps que vous n'avez caché celui de M. Voss. Ce que nous n'avons pas réussi, par contre, c'est à localiser le portable de M. Voss, auquel la police semble s'intéresser.

— Seigneur… expira Lee. (Inutile de demander d'où l'homme tenait l'info. Il la tenait, point barre.) On est dans la merde.

— C'est sérieux, oui, mais ça peut s'arranger. Il faut regarder vers l'avenir, toujours. La disparition d'Hernandez libère un poste et te place en position idéale pour ton programme sur les vacances de printemps. Le « Plan », c'est ça ? Vive le Plan. Si toutefois nous surmontons ces petits soucis locaux. Mais nous y arriverons sûrement, grâce ton indéfectible coopération.

— Ce serait bien, répondit Lee. Ce serait… très bien.

— Tout est compris dans le service.

L'homme se carra dans son siège et fixa longuement Lee, qui devint très mal à l'aise.

— Quoi ? lâcha-t-il.

L'homme portait une chemise à col ouvert, et Lee releva cette cicatrice sur le haut de son torse – une blessure par balle, à l'évidence. Et cette marque de la taille d'une pièce de monnaie, cinq centimètres plus bas, n'en était-ce pas une deuxième ?

— Tu ne te souviens toujours pas de moi ?

— Non. Sincèrement, non.

— Eh bien, on va devenir de vrais associés, maintenant. Cela mérite des présentations en bonne et due forme.

Il tendit sa paume à Hudek. Un bracelet de cuivre pendait à son poignet.

— Enchanté, Lee. Moi, c'est Paul.

CHAPITRE XVII

Jim s'était cru capable de remonter la rue sans sourciller. Cela faisait si longtemps, et il s'était employé à croire que ce passé n'était pas le sien. Mais peu après avoir doublé l'ancienne adresse, il s'aperçut qu'il roulait de moins en moins vite, comme si sa batterie se vidait. Par deux fois, il fit une pause sur le bas-côté. Avant de repartir, lentement, au hasard. À travers les bois. Puis retour en ville. Resserrant la spirale.

Il échoua sur le parking de chez Renée. Maintenant il avait faim, plus de doute possible. Il n'avait toujours rien avalé depuis Key West. Il sortit de la camionnette, et, sitôt le pied posé, la sensation de ventre vide s'estompa. L'arrière du bâtiment recrachait une odeur d'huile de friture. L'estomac de Jim réclamait quelque chose, mais pas ce qu'on vendait là-dedans.

Il resta planté quelques instants, les mains dans son blouson, à savourer l'air frais, en espérant que le vent fendrait les nuages qui s'amoncelaient sous son crâne, plus orageux d'heure en heure. La situation ne cessait de se compliquer depuis qu'il avait récupéré le van et s'était nettement dégradée après Petersburg. Le point critique se rapprochait.

Tiens… Quel était cet objet dans sa poche ?

Il le sortit, fronça les sourcils. Un paquet de cigarettes.

Cette découverte était si déroutante qu'il craignit d'avoir pris le blouson de quelqu'un d'autre. Mais il ne voyait pas où l'erreur aurait pu se produire, et un bref examen des autres poches lui confirma qu'il en était bien l'heureux propriétaire. Mais d'où sortaient ces clopes, alors ?

Jim n'avait pas fumé depuis une éternité. Il n'avait jamais fumé, en fait. James avait fumé, lui, durant toute son adolescence et ses années à l'étranger. Tout le monde fumait dans l'armée. À son retour, aussi. Rien de tel que la salle des profs pour s'en griller une. Et, enfin, pendant cette autre période. Mais jamais depuis. Il avait arrêté en s'installant à Key West, rompant avec cette manie comme on se coupe un doigt : on s'adapte, on vit sa vie à un rythme légèrement différent – à la manière calme et posée de Jim Westlake. Et pourtant, au cours des dernières quarante-huit heures, il s'était procuré un paquet de Marlboro.

Il rangea les cigarettes dans sa poche. Il n'en avait pas envie. Il n'était pas fumeur. Mais il savait qu'elles se trouvaient là.

D'un coup, il se sentit las et furieux contre lui-même. Comme si ces dissociations imbéciles le lavaient de ses péchés. Ce n'était pas moi, mais l'alcool, monsieur le juge. Mon geste a été dicté par mes hormones, monsieur le juge. Il n'y a que des poules mouillées dans ma caboche, et les poules mouillées ne portent pas de poignard.

Il s'éloigna du van et flâna dans le quartier. Il n'était pas prêt à remonter tout de suite.

Il avait relevé d'autres altérations que le paquet de cigarettes. Ce matin-là, il avait découvert une petite poêle à frire dans le sac calé au pied de la banquette. Encore une emplette dont il ne se souvenait pas. Or cette poêle ne provenait pas de la camionnette, car il l'avait vidée de fond en comble. Et elle paraissait neuve, contrairement à celle de la boîte à chaussures. Il n'y avait rien d'étrange ou de magique à cela : il avait dû l'acheter, voilà tout, de la même façon qu'on se surprend parfois à vider un paquet de chips juste après l'avoir rangé dans le placard, sans s'être aperçu qu'on avait regagné la cuisine entre-temps. Il faut croire que les mains jouissent d'une certaine autonomie. S'il existait une vraie dissociation, c'était peut-être celle-là. L'âme et le corps, unis par un ennemi commun : l'esprit du mal.

Il se débarrassa de la nouvelle poêle. Une seule suffisait.

Ce quartier était sans intérêt, et parvenu aux trois quarts du pâté de maisons, Jim se sentait prêt à reprendre la route. Il repassait derrière chez Renée lorsqu'il entendit un bruit. Il stoppa, se retourna.

Il n'y avait rien à voir, sinon l'arrière ombrageux et lézardé d'un fast-food, un bloc de béton aux portes cadenassées à moitié cachées par de grosses bennes métalliques, dans des odeurs de matières pourries dispersées au jet d'eau. Un grillage de deux mètres cinquante séparait cet établissement du suivant, un magasin de pneus. Jim longea une allée étroite, qui desservait sans doute quelque unité de stockage. L'endroit où poussaient les steaks hachés, par exemple.

Le bruit provenait de ce coin-là.

Jim l'entendit à nouveau. Il pouvait s'agir d'un petit animal heurtant le bas du grillage. Blessé, peut-être.

Jim aimait les animaux. Il fallait vérifier.

Il traversa le trottoir, puis quelques mètres de béton défoncé avant de fouler l'allée. Elle était longue d'une dizaine de mètres et menait à un mur.

Oui, voilà : une petite chose, tout au bout. Qui cognait contre la clôture.

Il fit deux pas de plus. La chose s'agitait, comme prise au piège, quand il aurait sans doute suffi de contourner l'obstacle.

Elle avait une drôle de forme, du reste. Comme dressée sur ses pattes postérieures. Environ un mètre de haut.

Jim fit un dernier pas, se pencha pour mieux voir.

Un visage blême se tourna vers lui.

C'était une enfant. Une fillette revêtue d'un minuscule imperméable foncé, le crâne découvert, les cheveux balayés en tous sens au gré de ses mouvements de tête. Elle avait les deux mains agrippées au grillage, qu'elle secouait de toutes ses forces. Son visage était flou, livide, souillé de terre.

La clôture claquait au vent, mais la gamine se taisait.

Jim regagna le trottoir d'un pas chancelant, puis s'arrêta pour inspirer profondément. Le grillage continuait à tinter dans le vent. Rien de plus. Il n'y avait rien de plus qu'un grillage.

Il enfila la dernière portion de trottoir, jusqu'à repérer le Combi. Alors il sortit les cigarettes, ainsi qu'un briquet jetable rangé dans l'autre poche, et se remit à fumer, comme ça.

Passées les premières taffes, c'était comme une seconde nature, et cela masquait un peu l'odeur d'huile expulsée par les conduits du bâtiment, une huile ayant servi à chauffer les morts pour nourrir les mourants. Ça le rendait malade. Tout le rendait malade. Il se sentait vieux, mauvais, et néanmoins plein d'énergie, les mains envahies d'une force dont il ne savait que faire.

CHAPITRE XVIII

Je me suis décidé pour un endroit baptisé Lucy's, sur Union Street à Owensville. Ce café avait autant de caractère qu'un hall d'aéroport, mais il acceptait les fumeurs, et c'était ça ou un Denny's. J'ai choisi une table près de la vitre, et en observant le carrefour j'ai soudain pris conscience que c'était ici que Julia Gulicks et Mark Kroeger s'étaient donné leurs premiers rendez-vous, dont celui du fameux soir où ils avaient découvert le cadavre de Widmar dans la forêt. J'ai songé à demander au barman s'il se souvenait d'eux, en m'appuyant sur la couleur de la chevelure de Julia Gulicks, mais c'était le coup à passer pour un flic, ce qui n'est pas idéal quand on veut consommer incognito dans un bar. Les clients n'aiment pas. C'est comme d'avoir sa mère postée dans un coin. Sa mère, avec un flingue. Personne n'a besoin de ça.

Unger appela dès qu'il atterrit, et je lui indiquai le chemin. Je l'attendis pendant deux heures, à me tourner les pouces en essayant de ne pas trop boire. Après cette nuit dans la lande, j'étais épuisé, déphasé, en proie au mal de tête sec et lancinant qui vient quand on se lève trop tôt en sachant qu'on se couchera tard. Je pris de l'aspirine achetée à la pharmacie d'en face et fis quelques sauts aux toilettes afin de m'asperger le visage, pour un résultat minime et de courte durée. Je m'affalai dans mon siège, espérant que ce n'était pas là la fin que me réservait le destin : stagner dans un bar, crevé, à me demander si un type n'allait pas venir me tuer. Je réfléchis à l'affaire qui occupait Nina, sans parvenir à la moindre conclusion. J'espérais que Julia Gulicks était coupable, pour qu'on en finisse au plus vite. Cela paraissait un peu facile, un cadavre, une rouquine et hop ! en prison, mais il arrive que ça se passe comme ça. Quatre-vingt-cinq pour cent des crimes élucidés le sont au cours des premières quarante-huit heures. Au-delà, les souvenirs s'effacent, les gens se trompent, et le monde passe à d'autres méfaits.

Vers 21 h 15, un taxi s'arrêta de l'autre côté du carrefour. Je vis un homme régler le chauffeur tout en examinant le bar. Il était petit et n'avait rien d'un athlète, mais c'était forcément lui. La preuve : sitôt descendu de voiture, il se dirigea vers la porte du Lucy's.

Une fois à l'intérieur, c'est à peine s'il scruta les lieux. J'étais la seule personne isolée à me désintéresser tant du match à la télé que de la clientèle du sexe opposé. C'eût été un jeu d'enfant. Au lieu de sortir son flingue pour me descendre, il se planta devant ma table, les bras ballants.

— Ward Hopkins ?

On s'est serré la main. La sienne était chaude et moite. Il s'est assis en face de moi, se glissant sur la banquette avec une saccade disgracieuse. Ses cheveux noirs et rares lui collaient au crâne. Son costard était fripé. Il devait avoir mon âge, peut-être un ou deux ans de plus. Ses traits étaient remarquablement fins pour un type accablé de vingt-cinq kilos de trop. Il attira du premier coup l'attention d'une serveuse et commanda deux bières. Il me fixa de plus belle et sourit.

— Je sais, dit-il. Avec un nom pareil, tu t'attendais à voir Dolph Lundgren. T'inquiète pas. Je suis habitué à cette lueur de déception.

— T'es un bel homme, répondis-je. Ne laisse personne te dire le contraire.

Il rit.

— Grand-père a laissé tomber le « stein » à son arrivée aux USA dans les années trente, expliqua-t-il. Mon père parlait sans cesse de se refaire appeler Ungerstein, mais ce n'était jamais le bon moment. Moi, je suis né Unger, alors peu importe. Je sais que la dernière partie est là.

Nos boissons arrivèrent. Unger vida d'un trait la moitié de sa bière.

— Ah ! je revis, expira-t-il. Dieu ce que je déteste les avions… Bon, avant toute chose, qu'est-il arrivé à Bobby, bordel de merde ? Je le croyais invulnérable.

Je ne savais par où commencer, ni si j'étais prêt à en parler.

— C'est pas facile, Carl.

— Je sais. Tu ne me connais ni d'Ève ni d'Adam, et je me pointe en parlant de ton meilleur ami comme si on était amants. J'imagine que tu as vérifié mon numéro et eu confirmation de mon identité, mais sans obtenir davantage. C'est fait exprès, bien sûr. Alors oui, je porte un flingue, parce que moi non plus, je ne sais rien de toi. Tu as sûrement pris les mêmes précautions. Mais il faut bien que l'un de nous deux parle le premier, pas vrai ? Si tu préfères que ce soit moi, y a pas de problème.

— J'apprécierais.

— Très bien. Alors voici ce dont je dispose. À Langley, comme tu le sais, un groupe de gens est chargé de ratisser les réseaux Internet pour guetter les signes d'activité terroriste. Il y a quelques mois, une nana de l'équipe qui surfait un peu en dehors de son temps de travail a décidé de s'intéresser aux spams. Tu te souviens de cette période où on a vu apparaître des mots bizarres dans le titre ou le corps des messages intempestifs ?

— Pour déjouer les logiciels de filtrage.

— Exact. C'est du moins ce que tout le monde croyait. Tu bourres ton spam de mots pris au hasard, de façon à déjouer les filtres à spam. Étant donné que les spams contiennent plus souvent les mots « sexe », « Viagra » et « prêt » que « bison », « fraise » ou « dindonneau ». Mais venons-en aux faits. Cette collaboratrice, Ramona pour les intimes, décide de compiler tous les exemples qu'elle trouve – soit littéralement des dizaines de milliers – et de lancer une analyse statistique. Elle n'en attend rien, c'est juste pour tuer le temps.

— Je vois le genre. Il fut une période où je faisais le même genre de boulot.

— Les premiers résultats ne révèlent pas grand-chose : la distribution lexicale était assez aléatoire. Alors elle s'est proposée, par simple curiosité, de décomposer les mots en unités sémantiques. « Garde-boue » devient « garde » et « boue », « international » donne « inter » et « national », etc. Et là, les choses commencent à se préciser. Parmi les meilleurs scores, on trouve « Hommes » et « Paille ».

Ma réaction n'aurait pas échappé à un passant posté sur le trottoir d'en face, même par une nuit d'encre. J'en perdis carrément ma clope.

— Voilà où je veux en venir. Ce ne sont pas les seuls mots – il y a environ cent cinquante réponses concluantes –, mais ils figurent dans le haut du panier.

— Mais alors... (Je me tus, peinant à saisir d'emblée les implications de cette découverte.) Seigneur...

— Comme tu dis. En vérité, personne n'aurait tiqué sur ces mots si je ne m'étais pas souvenu que Bobby m'avait commandé une recherche sur l'expression « Hommes de Paille ». Alors on est remontés à la source de tous les expéditeurs ; on a extrait leurs codes, sans résultat. Puis j'ai poussé un peu ma réflexion sur le spam. Pour une bonne part, ils sont très basiques. On a les Nigérians avec leur « J'ai un milliard de dollars à donner, et je t'ai choisi *toi* pour m'aider », l'arnaque type qui vise les débiles mentaux. On a les marchands de Viagra en ligne et les organismes de crédit – qui te vendent des appels surfacturés sans même se soucier si tu habites dans le bon pays, vu que ça leur coûte pas un rond. Celui qui m'a fait cogiter est un message qu'on ne voit plus aujourd'hui : « Britney Spears nue ». Ça m'a toujours interloqué, car je ne comprenais pas qu'on puisse marcher. Y aurait-il ne serait-ce qu'un clampin pour croire qu'on allait vraiment trouver des photos érotiques d'une vierge de renommée internationale – à l'époque, en tout cas – pour seulement cinq dollars quatre-vingt-dix-neuf ? Et sinon, quelle était la finalité de ces messages ? Donc, Ramona et moi avons sélectionné une série de spams – des normaux, sans mots aléatoires – et on les a étudiés de près. C'est-à-dire qu'on les a tous fourrés dans une bécane, pour voir ce qui en sortait.

— À savoir ?

— Rien dans un premier temps. Un catalogue de ce que les gens sans scrupule tâchent de fourguer à leurs contemporains sans espoir. Des trucs pour te durcir la bite. Des photos de nanas aux nichons impossibles. Des diplômes pour analphabètes. Du sexe, encore du sexe et toujours du sexe. Puis Ramona a eu une intuition : elle a réservé le système cryptographique central et y a balancé toutes les données. Rien de concluant pendant plusieurs jours, et là je commence à me dire que ces occurrences d'« hommes de paille » sont une simple coïncidence. Et puis, voilà trois semaines, on a eu une prise. (Il siffla une grande gorgée de bière, ne laissant qu'un petit centimètre de fond.) La chose avait tout d'un spam pour médocs, mais... Tu sais ce que sont les codes-livres, n'est-ce pas ?

— Chaque mot ou lettre renvoie au mot ou à la lettre qui tient la même position dans un livre donné. Par exemple, le premier mot de la première ligne peut correspondre au premier mot du premier chapitre, le troisième mot de la cinquième ligne au troisième mot du cinquième chapitre, et ainsi de suite.

— Exactement, avec des milliers de variations possibles. Complètement grillé une fois que l'enncmi a repéré le bouquin en question, mais facile d'utilisation et dur à briser sans tuyau. Donc, quand toutes nos moulinettes de décryptage standard ont fait chou blanc avec nos spams, on les a bennés dans un logiciel qui recherche des constructions grammaticales basées sur les quelques centaines de milliers de bouquins stockés en mémoire. J'ai consulté les résultats un soir, et une phrase ressortait. Ça disait : DEMAIN CE N'EST PAS LES HOMMES DE PAILLE, MAIS RÉJOUISSEZ-VOUS.

— D'accord, il y a « Hommes de Paille », mais après ? Ça ne veut rien dire, a priori.

— Effectivement, sauf quand on sait que ce spam-là ne fut émis qu'une seule fois, un seul jour, vers des millions d'adresses à travers le monde. En fin d'après-midi, le 10 septembre 2001.

Je le dévisageai.

— Eh oui, dit-il. Ces gens étaient au courant de ce qui couvait. Ils savaient que les Twin Towers allaient tomber, et ils n'ont rien fait pour empêcher ce drame. Ils ont précisé qu'ils n'étaient pas les auteurs des attentats, mais qu'ils les approuvaient.

— Bordel de Dieu...

— On croit toujours qu'une pub est une pub, mais une fois sur un million, c'est autre chose. Quand tu sais que le contenu de ton message intéresse de près les services de sécurité, tu as intérêt à *éviter* tout aspect confidentiel. Et donc, au lieu d'envoyer un courrier à une adresse précise, tu balances ce qui ressemble à un non-message à une foultitude de personnes. Le ou les vrais destinataires ont juste besoin a) de figurer sur la liste de diffusion et b) de connaître le code. Tous les autres jettent le spam à la poubelle. Mais toi, tu reçois l'info. Et même si par chance on parvient à briser le code et à repérer la présence d'un message, il est difficile de prouver qu'il y a bien communication, du fait que ça arrose des tas de gens d'un coup. Mais le pire, c'est que, même si on trouve un truc du genre « L'assassinat du chef de l'État est fixé à mercredi 16 heures », on n'est pas plus avancé ! Car ça ne conduit à personne. Comment veux-tu vérifier les millions d'adresses qui ont reçu le mail, sachant que la moitié seront de banals comptes Hotmail tout à fait innocents ? Impossible de découvrir qui est vraiment visé, qui est la véritable cible.

— Si je comprends bien, ils peuvent envoyer des messages au grand jour, à qui ils veulent, tout en préservant l'anonymat des destinataires.

— T'as tout pigé. C'est un putain de cauchemar. Au mieux, on soupçonne que certains des mails les plus récents proviennent de Californie du Sud – de LA ou ailleurs dans la Valley. C'est là que je commence à me biler et que j'essaie de joindre Bobby. On a manifestement affaire à un système trop rapide pour qu'on le coince –, surtout quand on découvre la situation au dernier moment et qu'on tente désespérément de rester dans la course.

— Quelle situation ? Quelle course ?

Unger ordonna d'un geste deux bières supplémentaires.

— C'est ce qu'on ne sait toujours pas. Et c'est pourquoi je prends l'avion pour rencontrer un type comme toi au pied levé. Les codes changent sans arrêt. On a eu quelques succès les premiers temps, mais il est impossible de vérifier tous les bouquins du monde, et l'analyse voyelle-phonème ne mène pas bien loin. Ça fait deux semaines qu'on n'obtient que du charabia, ce qui laisse penser qu'ils se savent observés. Ou qu'ils ont un ou plusieurs sbires à l'intérieur de l'Agence, et là je préfère ne même pas y penser.

— Tu devrais, répondis-je. Une amie du FBI a été suspendue alors qu'elle commençait à gratter dans la bonne direction. Et voilà une semaine, un détenu a pu s'échapper d'un fourgon blindé en Californie. Ces gens-là ont de puissantes relations.

— Mais qui sont-ils, alors ? Que sais-tu sur leur compte ?

— Mes parents sont morts l'an dernier, dans le Montana. Ça ressemblait à un accident de la route. Mais quand je suis remonté pour l'enterrement, j'ai découvert un truc qui m'a poussé à y regarder de plus près. J'ai trouvé une vidéo réalisée par mon père, qui mentionnait un groupe appelé les Hommes de Paille. J'ai aussitôt contacté Bobby, uniquement pour savoir comment convertir la cassette en DVD. Sa participation devait s'arrêter là.

— Il ne savait jamais s'arrêter.

— Il a entrepris quelques recherches et constaté qu'il n'y avait aucune trace de ma naissance dans ma ville natale. Pour faire court, on a fini par apprendre que j'avais été recueilli après que mon père a buté un gars qui avait agressé ma mère. Il n'avait pas voulu le tuer, à mon avis, mais toujours est-il que mon père biologique faisait partie d'une bande d'énergumènes terrés dans les bois. Et on était ses gosses.

— « On » ?

— J'avais aussi un frère.

— Et tu n'en savais rien ? Vous vous êtes rencontrés depuis ?

— Si on veut. Il travaillait pour les Hommes de Paille, et c'est lui le prisonnier qui s'est fait la belle la semaine dernière. C'est un tueur en série. Il pratique aussi le rapt, pour le compte de camarades qui tuent par plaisir. Il soutient une théorie selon laquelle l'humanité a choppé un virus voilà plusieurs dizaines de milliers d'années, un virus qui nous a rendus plus sociables et a permis l'avènement de la société moderne en étouffant l'hostilité naturelle de l'homme vis-à-vis de ses congénères. Les groupes humains se sont sédentarisés, ont inventé l'agriculture et développé le monde moderne. Ce que les

Hommes de Paille déplorent. Ils veulent retrouver la planète telle qu'elle était avant.

Unger était suspendu à mes lèvres. Je poursuivis :

— Il y a pire. On a découvert que les Hommes de Paille étaient à l'origine de la tuerie de l'école d'Evanston, l'an dernier, dans le Maine. Comme de nombreuses autres atrocités commises ces dernières années. Si l'attentat d'Oklahoma City n'avait pas été élucidé, j'y aurais bien vu leur signature. Ils ne connaissent aucune limite. Absolument aucune.

Unger resta immobile un instant, puis tendit le bras pour me taxer une cigarette. J'ignore s'il avait conscience de son geste tant il semblait absorbé. Il alluma la clope, puis me considéra.

— Je vois, fit-il dans un murmure. Maintenant, j'ai un deuxième élément à t'expliquer. Avant que les codes retournent se planquer, une phrase émergeait constamment. On l'a dénichée dans deux spams de premier plan, et, une certaine nuit, elle est apparue simultanément sur des systèmes téléphoniques d'entreprises dans une trentaine de grandes villes américaines.

Il sortit de sa poche un bout de papier où étaient imprimés les quatre mots suivants : LE JOUR DES ANGES.

— Ça t'évoque quelque chose ?

— Non, répondis-je, la nuque parcourue d'un frisson glacé. Mais ça n'a rien de rassurant.

Nous continuâmes d'échanger le peu que nous savions, puis Unger me montra mon verre et je secouai la tête.

— Je dois rentrer, expliquai-je. Il vaut mieux que je roule lentement.

— J'espérais un débriefing complet.

— Pas ce soir. Je dois parler à quelqu'un.

— Elle est au courant de tout ceci ?

— Comment sais-tu que c'est une femme ?

Unger leva les mains d'un air innocent.

— Au son de ta voix, sans doute.

— Oui, *elle* est au courant.

— Je pourrais lui parler, moi aussi ?

— J'en sais rien. Il faudrait que je lui demande.

— Entendu. (Il sortit un stylo et griffonna une adresse sur le bout de papier posé sur la table.) Voici où je crèche ce soir. Le Days Inn, à environ cinq rues d'ici, vers... vers l'est. Chambre 211. Tu m'y trouveras jusqu'aux alentours de 9 h 30 demain matin. T'as mon numéro, alors n'hésite pas. Si tu peux venir me voir, je resterai aussi longtemps que nécessaire. Personne d'autre dont il faudrait me parler ?

— Non.

— Ce serait vraiment super si je pouvais m'entretenir avec vous deux, dit-il, le visage enfin débarrassé de son espèce de rictus machinal. J'ai un mauvais pressentiment pour notre sûreté nationale. Je pense qu'il se trame un sale truc, et l'Agence n'a pas besoin de ça en ce moment. La dernière fois, on s'est fait trucider.

— C'est sûr que l'Irak ne fut pas vraiment votre heure de gloire.

Il prit un air piqué.

— Oh, on a plutôt assuré. Les bavures n'étaient qu'une boulette médiatique, le fait de petits merdeux qui tournaient en rond sous leurs tentes. D'accord, ça fait tache, mais ces dérapages ont toujours existé. Ce qui change, c'est qu'aujourd'hui on a des appareils numériques qui permettent de montrer ses exploits au pays. L'armée bossait très bien dans d'autres zones. L'Agence aussi. Seulement la presse ne sait rien de tout ça. Elle n'a pas à le savoir. C'est un *secret*. Mais le fond du problème, c'est que le 11 septembre n'aurait jamais dû se produire et que les informations ayant motivé la deuxième guerre du Golfe ont été glanées par des esprits un peu trop imaginatifs. Alors on a désigné un coupable – une fois la poussière retombée et notre objectif atteint. Peu importe que le contre-espionnage militaire ait été réduit à peau de balle au début des années 1990. En tout et pour tout, c'est tout juste si on disposait de cent arabophones dans nos services. On n'était pas prêts pour le nouveau désordre mondial. Personne ne l'était. Ce ne sont plus les têtes nucléaires et les régiments de soldats qu'il faut redouter, mais des armées qui tiennent dans une voiture. Le terrorisme, ce n'est pas James Bond ou Tom Clancy. Même Al-Qaida fait vieillot aujourd'hui. Il suffit d'un piéton avec une bombe. Il emprunte les mêmes trottoirs que nous. Il entretient les mêmes pensées. Mais il possède une bombe. Le seul espoir, c'est de mettre un agent derrière chaque type, pour le travailler au corps, se glisser dans sa tête. Pour dire si c'est un péquenot ou un fanatique. Deviner où il va frapper. Or c'est précisément le personnel doué pour ce taf hors norme qu'on a dégraissé, à la CIA : on a lourdé des gens comme Bobby, même s'il faut reconnaître qu'aucune langue étrangère n'aurait sauvé sa putain de vie. Désolé, j'ai mal choisi mes mots. Mais c'est tellement plus facile de cogner sur la CIA que sur un enturbanné qu'on n'est même pas foutu de coincer…

— Que la CIA n'est pas foutue de coincer, rectifiai-je. (Il me tardait de partir, soudain.) Et si tu essaies de me convaincre que l'Agence mérite le Nobel de la Paix, tu frappes à la mauvaise porte. N'oublie pas que j'y ai bossé. Ça grouille de mecs complètement handicapés sur le plan moral, et on a fait notre lot de conneries pendant des années. Pourquoi tu crois qu'on nous déteste tant ?

— Ça me dépasse. Je te jure que nos intentions sont très louables.

— Peut mieux faire. Et puis je vais te confier un truc : les vrais méchants sont déjà dans la place. Si ça se trouve, ils y étaient même avant nous.

— Comment ça ?

— Je vais retrouver mon amie, dis-je en me levant. À demain, peut-être.

— Je l'espère. T'inquiète pas, je ne bouge pas de ce siège tant que tu ne t'es pas évaporé. Mais si ce que tu dis est vrai, un de ces jours, il faudra bien que tu fasses confiance à quelqu'un, sans quoi ta vie ne sera qu'un long voyage vers les ténèbres.

— Confiance ? Oui, je crois me souvenir de ce mot.

Je lui ai serré la main et on s'est séparés. En traversant la rue, j'ai jeté un œil derrière moi : Unger était toujours sur sa banquette. J'avais pris soin de garer la voiture à une certaine distance, au bout d'un dédale de rues impossible à déjouer, à moins de m'être relié par une corde, et j'ai quitté la ville par une route qui menait partout sauf là où je me rendais. Tout en roulant vers Thornton, je m'efforçai non sans mal de me faire un avis sur Unger. Une partie de moi voulait lui faire confiance, sentir qu'il y avait, au sein d'une agence officielle, un allié possible. Mais l'autre partie de moi doutait. Avait-il réellement deviné à mes seules intonations que je parlais d'une femme ? Et lorsqu'il demandait si nous étions plusieurs sur le coup, dans quelle mesure s'agissait-il d'une question innocente ? S'il était de mèche avec les Hommes de Paille, n'était-ce pas logique de chercher à recenser nos forces ?

Le problème, avec la paranoïa, c'est qu'on ne sait plus où s'arrêter. Dès que l'on se met à douter des principes élémentaires qui régissent les rapports humains, tout devient envisageable. Si les images de tortures pratiquées en Irak par les soldats américains ont tant choqué l'opinion mondiale, ce n'est pas seulement en raison de la nature des événements. Les exactions au Vietnam sont largement documentées. Nous savons ce qui se passait dans les camps de prisonniers de la Seconde Guerre mondiale. On se rappelle les têtes plantées sur des lances au Moyen Âge, les chevaliers brûlés vifs à Azincourt, l'inventivité des Romains et des Carthaginois lors des guerres puniques. Non, ce qui scandalise, dans ces clichés, c'est le fait même qu'on les ait pris, le désir affiché d'immortaliser ces actes et la certitude que certains de nos congénères s'en délecteront. Est-on tellement loin du tueur qui conserve la photo ou une mèche de cheveux de ses victimes ? Parce qu'il se vit comme un marginal, le tueur en série est capable de sévir sur le sol national – quand la plupart des tueurs ont besoin de l'anonymat et de l'éloignement d'un pays étranger, du vague mandat conféré par une déclaration de guerre. À part ça, rien ne les distingue vraiment.

Les services américains n'ont pas échoué à prévenir le 11 septembre par incompétence. On se croit toujours plus doué que le reste du monde. Ce ne sont pas les autres qui ont remporté le match, c'est nous qui avons perdu le ballon. Bel aveuglement. En réalité, les méchants gagnent parce qu'ils sont aussi doués que nous. La force de la volonté et la pureté de la haine suffisent à combler un fossé technologique immense. Une nation qui reste persuadée de sa toute-puissance malgré le coup qu'on lui a porté est restée coincée sur ses soirées étudiantes, les yeux écarquillés devant les tee-shirts mouillés de notre culture, seul choc visible à l'horizon.

Il se mit à pleuvoir.

Ce fut un trajet déprimant.

J'ai rejoint Thornton peu après minuit. La ville dormait sous un timide clair de lune, lisse et insaisissable comme le rêve d'un étranger. Roulant au ralenti devant l'immeuble du shérif, j'envisageai d'appeler Nina, avant de me dire qu'elle serait soit occupée, soit déjà repartie. La voiture des présumés journalistes était toujours là, mais vide. Ils devaient être à l'intérieur du bâtiment, et l'affaire Julia Gulicks paraîtrait le lendemain matin. La fourgonnette blanche avait disparu.

Le véhicule de Reidel était stationné devant l'hôtel, celui de Monroe deux places plus loin. Je suis entré dans le bâtiment, en espérant qu'ils tenaient leurs mystérieux conciliabules ailleurs que dans la chambre de Nina. Mais le bar et le restaurant étaient vides. Personne dans le hall, pas plus qu'à la réception.

Je m'engageai dans le couloir en me demandant si je pouvais dire aux deux autres flics de foutre le camp. Nina ne m'avait jamais paru aussi fatiguée que cet après-midi. Elle avait besoin de repos. Moi aussi.

Je frappai à la porte, à titre de sommation, puis ouvris avec ma clé magnétique. Je refermai derrière moi.

— Nina ?

Pas de réponse. La conférence se déroulait donc ailleurs. Savais-je seulement quelle chambre occupait Monroe ? J'enfilai le minuscule couloir longeant la salle de bains, dans l'idée de m'allonger sur le lit et de laisser Nina me rejoindre quand elle aurait fini.

Mais je me figeai sur le seuil de la pièce, comme bloqué par une vitre.

Je ne vis d'abord que du sang.

CHAPITRE XIX

J'avais conscience de produire des sons. J'en avais conscience, car ils me brûlaient la gorge. J'ignorais seulement leur puissance.

On aurait dit qu'un animal ou un humain était passé à la tronçonneuse. Le sang avait giclé sur les murs, sur la télé, sur les fauteuils, le couvre-lit, la grande glace murale. La chambre puait le cuivre et la mort, et ce rouge mat omniprésent tenait presque du bruit. Je restai paralysé une seconde, incapable d'organiser la scène en image cohérente.

Le grabuge était tel qu'il me fallut une longue minute pour comprendre que je ne voyais qu'un seul corps.

Celui de Reidel.

Il gisait sous la fenêtre côté parking, tordu sur lui-même comme s'il avait heurté le mur avec une force à même de briser le plâtre. À demi scalpé, le visage trempé couleur rouge-brun, les yeux ouverts. On aurait dit que l'agresseur avait essayé de découper ses fringues avec une hachette, avant de perdre patience et de tailler dans le vif. Un trait de sang barrait le papier peint derrière sa tête. Mais les plaies les plus profondes se concentraient sur la gorge, les bras et la droite du torse. Une flaque sombre s'étirait sur soixante centimètres de part et d'autre du cadavre.

Un cadavre.

Un seul.

Je m'en retournai vers la salle de bains, j'ouvris d'un grand coup de pied, mon flingue au poing, prêt à le vider. La propreté clinquante me parut irréelle après ce que je venais de voir, et il n'y avait personne, ni mort ni vivant.

Je retournai dans la chambre et poussai le lit, sans doute dans l'idée que Nina pouvait se cacher en dessous – elle n'aurait pas reconnu la voix qui braillait son nom – ou qu'on y avait glissé, morceau par morceau, les restes de son corps. J'avais dégagé la moitié du sommier quand j'entendis bouger dans mon dos. Je virevoltai pour distinguer dans l'entrée une employée en uniforme.

Elle se mit à hurler comme un Jumbo au décollage.

— Trouvez-moi l'agent Monroe ! criai-je. De toute urgence !

Un mouvement de recul, et elle trébucha. Elle tremblait de tout son corps. La cervelle aveuglée par le bruit et l'hémoglobine, il me fallut une seconde pour comprendre que c'était moi qu'elle fuyait. Je tenais un flingue, j'étais couvert de sang, et il y avait une chose horrible avachie au fond de la pièce. Moi aussi, j'aurais pris peur.

Je rangeai l'arme dans ma poche et parvins à lui saisir le bras, avant de l'immobiliser en lui agrippant l'épaule de mon autre main.

— Je n'y suis pour rien, dis-je en essayant de maîtriser ma voix et de ne pas lui briser les os. (Ses yeux naviguaient dans leurs orbites, voyant tout sauf moi. Je rapprochai mon visage et répétai un ton plus haut :) Je n'y suis pour rien. Maintenant prévenez les flics et *trouvez l'agent Monroe*.

Je la repoussai vers la porte. Elle prit ses jambes à son cou.

Procéder avec méthode. Je savais qu'il ne fallait pas déranger le lieu du crime, mais je l'avais déjà bien remué, et je devais finir l'inspection. Si Nina se trouvait là, c'était à moi de la découvrir.

Je m'allongeai par terre et regardai sous le lit afin d'être définitivement fixé. Je me relevai ensuite pour fouiller la petite armoire. Rien, sinon les quelques effets de Nina. Je laissai les portes ouvertes afin d'empêcher son corps de s'y matérialiser, ruisselant et disloqué. Je regardai derrière le gros téléviseur, écartai les tentures. Ce faisant, je dus enjamber Reidel à plusieurs reprises, et je sentais bien qu'il y avait une anomalie dans le tableau, mais je ne savais dire laquelle et ce n'était pas prioritaire.

Je regagnai la salle de bains et la scrutai de nouveau, sans but, ouvrant le rideau de douche avec le coude pour ne pas importer le sang de l'autre cauchemar.

Nina n'était pas là. Elle ne se trouvait nulle part dans cette chambre. Mais je n'en tirai aucune conclusion. Il fallait que je la retrouve, point.

Je me ruai vers la réception. Au bout de dix mètres, je tombai sur Monroe, qui débouchait dans le couloir en bras de chemise, l'air vieux et perdu.

— Qu'est-ce qui se passe ?

— Reidel est mort.

Sa mâchoire se décrocha, et l'instant d'après je déboulais sur le parking refroidi par la nuit.

Je le traversai à toute vitesse et de long en large pour regarder dans chaque voiture, mais toutes étaient vides et aucune ne quittait l'endroit, alors j'ai fini par ralentir et m'arrêter. Tout était immobile, hormis les nuages dans le ciel.

Il n'y avait personne à pourchasser, et je ne pouvais rien faire. Quoi qu'il fût advenu, j'arrivais trop tard. Au loin s'élevaient les sirènes.

Elles aussi arrivaient trop tard.

Au bout d'une heure, je fumais assis sur le trottoir. La main qui tenait la cigarette était incrustée de sang. Tout comme mon jean. Je fixais le goudron cloqué entre mes pieds, pour que mon esprit se raccroche à quelque chose. J'avais passé la majeure partie de ces soixante minutes dans la chambre de Nina, jusqu'à saturation. La fureur des flics locaux se mêlait à la mienne, et ma tête était en proie à une douleur indicible et glaciale.

L'heure écoulée se résumait à une ellipse. Elle n'avait rien donné d'utile. Le temps s'était contenté de filer, emportant avec lui toute forme d'initiative. Je voyais deux flics arpenter le parking, penchés en avant, cherchant des traces de sang. J'avais déjà essayé.

J'entendis coulisser les portes automatiques de l'hôtel. Apparut Monroe, seul. Derrière lui, le hall grouillait d'employés et de clients, que les flics essayaient de renvoyer dans leurs chambres, dans leurs bureaux, n'importe où pourvu qu'ils libèrent la voie. La moitié des résidents paraissaient effrayés. Les autres semblaient les heureux figurants d'un reality-show gore. J'avais envie de les frapper. Méchamment.

— Toujours rien ?

Monroe secoua la tête.

— On retourne tout l'hôtel. Sous-sol, toit, tous les lieux de stockage. Mais elle n'est pas là.

Mes yeux retombèrent sur le goudron.

— Tous les flics de cette ville se trouvent ici ou patrouillent les rues, reprit-il. On a rappelé tous les agents en repos. Les shérifs d'Owensville, d'Andley et de Smithfield sont sur le pied de guerre. J'ai avisé nos deux bureaux les plus proches. Les renforts sont en route.

— C'est trop tard.

— Vous ne pouvez pas dire ça. Un agent fédéral vient d'être enlevé. Nous avons une longue expérience de ce type d'incident. Nous la ramènerons, quel qu'en soit le prix.

— Et par où allez-vous commencer les recherches ?

— On a déjà installé des barrages sur les trois grandes routes qui desservent Thornton. Dès l'arrivée de mes collègues, nous ferons boucler toute la ville. On fouillera chaque maison si nécessaire. Nous la retrouverons, même s'il faut démonter ce patelin brique par brique.

Monroe ne devait pas entendre ses accents d'héroïsme désespéré.

— À quelle heure êtes-vous rentrés à l'hôtel, cette nuit ? Combien de temps avant que je ne découvre le grabuge ?

— Environ une heure, estima-t-il. Peut-être un peu plus.

— Ce qui en fait déjà deux. Il a eu le temps de changer d'État.

— « Il » ? Vous pensez à qui ?

— À votre avis ? On vient d'attaquer les deux têtes pensantes de l'enquête. Reidel a été dépecé avec le même genre d'arme que les victimes des bois, une sorte de gros couperet. Vous n'avez pas vu la balafre dans le mur ? (Dans l'intervalle j'avais en partie compris ce qui clochait dans le corps de Reidel.) Sans compter que sa main gisait à un mètre du bras. Ce qui désigne clairement votre tueur. Qui d'autre, sinon ?

— Julia Gulicks est toujours en cellule. Sous la surveillance d'un gardien.

— Bien sûr qu'elle y est, Monroe, puisque *ce n'est pas elle la coupable* ! Nina avait raison. Votre thèse est une coquille vide, basée sur le fait que Gulicks a trouvé Widmar, et étayée par les allégations d'une femme jalouse dans un bar. Même si elle était coupable et qu'elle se soit téléportée hors du commissariat, on ne me fera pas croire qu'elle ait pu réussir un coup pareil. Reidel avait une carrure de boxeur et Nina savait se défendre. Vous voyez Gulicks les démolir l'un après l'autre ? Sincèrement ? Vous la voyez, oui ou non ?

— Non, admit-il.

— Donc c'est un homme, et un homme qui n'en est pas à son premier meurtre. Julia Gulicks est innocente, le vrai tueur vient maintenant s'en prendre à nous, et nous ne savons pas qui c'est, ni ce dont il est capable.

Monroe passa la main dans ses cheveux ras. Certes, il tenait beaucoup à Nina, mais il devait aussi se demander de quoi il avait l'air avec un agent kidnappé sous ses yeux, sans parler d'un flic massacré. Il fut obligé d'émettre une hypothèse détestable :

— Ce n'est pas forcément le tueur. Et si c'était lui ?

— Qui ça ?

— Votre frère.

Je le dévisageai.

— Pourquoi s'en prendrait-il aux flics locaux ? Et il était encore à Pelican Bay quand l'autre gus est mort.

— Je sais. On peut toutefois imaginer que Julia Gulicks soit bien la tueuse de Thornton, mais que votre frère soit venu vous cueillir, Nina et vous. Nina lui a tiré dessus voici quelques mois. Il sera peut-être venu se venger.

Je n'y avais même pas pensé.

— Et la main coupée serait une simple coïncidence ? Ça m'étonnerait. Mais si vous avez des doutes, je vous conseille de prier très fort. Car Paul est capable de tout.

— J'essaie juste de chercher des pistes.

— Mais on n'a rien vu ni entendu dans l'hôtel ? Ni à la réception, ni dans les couloirs ? Quelqu'un s'introduit dans la chambre, la transforme en abattoir et emmène Nina de force, sans que personne remarque quoi que ce soit ?

— On continue d'interroger les clients, mais ça ne donne rien. Le service de chambre cesse à 22 h 30. La réceptionniste qui assurait ce tour de garde est la fille que vous avez terrorisée. Elle a passé la soirée dans le bureau de service – pratique courante : on prépare le boulot du lendemain, et on rejoint le comptoir seulement si ça sonne. Entrer incognito était un jeu d'enfant. Quant à ressortir…

— Nina était inconsciente. C'est obligé.

Monroe détourna les yeux.

— Inconsciente, ou…

— Non. Pas ça. Elle était inconsciente.

Je me levai. J'avais la frousse, et besoin de m'activer.

— Je me tire.

— Où allez-vous ? s'enquit Monroe.

— Je vais faire ce que j'aurais dû faire depuis une heure. Chercher. Elle n'est pas ici, donc elle est forcément ailleurs.

Je trouvai un bout de papier dans ma poche et griffonnai mon numéro de portable.

— Appelez-moi. Dans la seconde. Quelles que soient les nouvelles.

— D'accord. (Il me fixa d'un œil sévère.) Faites-en autant. Et ne vous avisez pas de régler cette affaire en solo.

— Vous croyez que je vais vous promettre ça ?

— Non. Mais si vous trouvez le type, je tiens à être là.

— Vous ne m'empêcherez pas de le tuer.

— Qui parle de vous empêcher ?

J'ai sillonné la ville au hasard, à toute allure, les vitres grandes ouvertes, à l'affût des sirènes. J'ai songé à vérifier les sites où l'on avait découvert les deux cadavres, mais le parking de la forêt de Raynor était désert, et je n'avais pas été assez vigilant pour me remémorer le trajet vers le second lieu du crime. J'appelai donc Monroe, qui promit d'envoyer quelqu'un sur place.

J'intensifiai l'effort de quadrillage. De loin en loin je croisais des gyrophares, mais personne ne fit attention à moi, malgré ma conduite de cinglé et – m'eût-on seulement accordé un regard – mes fringues souillées de sang.

Au deuxième passage devant le poste de police, j'eus l'instinct de piler. Je sautai de la voiture et gagnai l'entrée avant même de savoir ce que j'avais en tête. Un seul flic assurait l'accueil, d'un air tendu. Par chance, c'était l'un de ceux qui m'avaient vu circuler dans l'après-midi.

— Vous allez bien, monsieur ? Vous êtes blessé ?

— Non, répondis-je. J'arrive du lieu où Reidel s'est fait buter. Où est Julia Gulicks ?

— En cellule. Vous ne pouvez pas y aller.

— Si, je peux. Appelez donc l'agent spécial Monroe, de la part de Ward Hopkins.

Sans attendre le feu vert, je filai dans la partie arrière du bâtiment et parcourus le couloir de la salle d'interrogatoire. Tout au fond, un panneau indiquait le quartier des gardes à vue, où s'alignaient trois portes sinistres. Devant celle du milieu se tenait un planton à cran.

— Ouvrez la porte, ordonnai-je.

— Pas question, monsieur.

Je me plaçai de manière à voir dans l'œilleton. La pièce était minuscule, trois mètres sur trois ; seuls les rais de lumière du couloir venaient percer l'obscurité. Une couche étroite occupait tout un côté, et l'autre était muni d'un lavabo et d'une cuvette. Entre les deux, une chaise adossée au mur.

Julia Gulicks y était assise, dos droit et tête baissée. Voyant que je la regardais, elle releva le menton. Elle était pâle, les yeux grands ouverts.

Elle me fixa. Et l'expression de son visage se modifia.

Je doute que ce fût un sourire. Mais sa bouche avait effectué un mouvement curieux.

— Monsieur ? (Le flic de l'entrée remontait le couloir d'un pas vif.) Vous devez partir. Sur-le-champ.

— Je veux lui parler, protestai-je.

Elle me dévisageait toujours.

— Ce ne sera pas possible, monsieur Hopkins. Je viens d'avoir l'agent Monroe. Il ne souhaite pas qu'on vous arrête mais nous demande de vous sortir illico. (Il me toucha le bras.) Je n'aimerais pas devoir...

Je me dégageai d'une secousse. Le planton me toisait.

— C'est bon, je m'en vais.

Le flic me reconduisit jusqu'à la rue. Il semblait hors de lui, et je savais que je ne lui referais pas le coup deux fois. Non que la première m'eût apporté grand-chose, du reste.

Sauf que...

Le regard que m'avait lancé cette femme était lourd de sens. Personne ne sourit ainsi sans raison précise. Julia Gulicks savait sans doute qu'il était arrivé quelque chose en ville : le commissariat avait dû s'enflammer à l'annonce du meurtre de Reidel, et les rumeurs avaient pu traverser sa porte. Réagissait-elle à cela ? À la mort du flic qui l'avait harcelée dans l'après-midi ?

Je restai planté sur le trottoir, conscient que le flic me surveillait depuis son bureau. J'étais déjà vanné lors du rencard avec Unger ; maintenant j'arrivais à peine à réfléchir.

Je me laissai choir sur les marches.

Hypothèse, ou espoir : Nina n'était pas morte. Car si le tueur devait les supprimer tous deux, le plus commode eût été de s'en acquitter dans la chambre.

D'où la question : pourquoi tuer Reidel mais épargner Nina ?

Soit le meurtrier était venu dans l'intention d'éliminer les deux, avant de se raviser et d'enlever Nina. Soit son but initial était de kidnapper Nina, et Reidel avait juste eu le malheur de se trouver sur son passage. Ou bien le tueur projetait dès le début un meurtre et un enlèvement. Dans tous les cas de figure, il avait réussi son coup.

Supposons que Nina ait été la cible. Cela signifiait quoi ? Et désignait qui ?

Tous les regards se tournaient vers le tueur fou de Thornton. Depuis sa cachette, il avait observé le travail de Nina et conclu qu'elle menaçait sa sécurité ou qu'il aimerait en faire sa prochaine proie. Cette supposition me terrifiait, mais, Dieu merci, elle était bancale, puisqu'elle bouleversait le mode opératoire et le profil de la victime : du piège mortel tendu à deux hommes mûrs, on passait à l'enlèvement musclé d'une femme agent fédéral.

Donc : partons du principe que c'était l'œuvre d'un autre.

Monroe m'avait ébranlé en évoquant Paul, mais là encore ça ne tenait pas la route. Certes, mon frère était parfaitement capable d'un tel acte, tant au plan physique que moral. Sauf que ça ne lui ressemblait pas. D'une part, il m'aurait sûrement attendu dans la chambre. D'autre part, je n'avais aucune envie d'y croire : s'il s'agissait bien de Paul, je savais que je ne reverrais jamais Nina, quoi que je fasse.

Qui, alors ? D'autres séides des Hommes de Paille ? Beaucoup étaient capables de tuer un flic de sang-froid : six mois plus tôt, j'en avais vu un vider son chargeur sur Charles Monroe dans un troquet bondé, et j'avais découvert leurs jardins remplis de cadavres, dans un parc immobilier de luxe. Ces gens-là ne s'embarrassaient pas de convenances.

Puis j'eus comme un déclic.

Quitter Thornton fut un jeu d'enfant : j'ignore quelles étaient les trois issues théoriquement barrées par la police, mais celle que j'empruntai ne présentait aucun obstacle. Pied au plancher, je fus vite à Owensville. Dans la grand-rue, la vue des bagnoles de flics m'incita à ralentir, l'alerte de Monroe avait visiblement porté. Je trouvai le Days Inn et m'y introduisis avec une lenteur innocente.

À 3 heures du matin, il y avait encore un employé à la réception. Somnolent, mais présent. Si l'hôtel de Thornton avait fonctionné comme celui-ci, Nina aurait peut-être été dans sa chambre à l'heure qu'il était, et moi à ses côtés.

— Je suis dans la 211, annonçai-je d'un air naze et pompette. Je crois que j'ai paumé ma clé. Vous en auriez une autre ?

— Désolé, monsieur, mais je n'étais pas là lorsque vous avez pris la chambre. Je vais donc vous demander une pièce d'identité.

Je fis mine de fouiller ma poche.

— Attendez... C'est bon, je l'ai retrouvée.

— Bonne nuit, monsieur.

Je me ruai dans l'escalier puis dans le couloir jusqu'à la 211. Je frappai à la porte et mis la main dans mon blouson.

Aucune réponse. Je recommençai, plus fort. Approchai mon oreille. Aucun bruit à l'intérieur. Mon sang se glaça.

— Carl ? C'est Ward.

Rien. Je reculai d'un pas et flanquai un grand coup de pied dans la porte. Elle ne tressaillit pas. Je récidivai, sans plus de résultat. Je ne sais pas bidouiller ce genre de serrure et n'étais pas assez stupide pour l'attaquer au flingue.

Je courus jusqu'à la réception.

— Je crois que ma clé déconne. Il m'en faudrait une autre.

— Et moi, une pièce d'identité.

Je sortis mon arme.

— Cela suffira-t-il ?

Je vis le type tendre le bras vers sa gauche.

— Lâchez ce téléphone. J'enquête sur un homicide à Thornton.

— Vous êtes flic ?

— FBI.

— Il fallait le dire.

Se voyant déjà défrayer la chronique au titre du Citoyen le plus coopératif d'Owensville, le type devint une crème. Il fit crépiter son clavier d'ordinateur.

— La 211, c'est ça ?

— C'est ça. Carl Unger.

Il fronça les sourcils.

— Ah, non.

— Je dois à tout prix voir cette chambre.

Il attrapa une carte vierge, la programma, mais au lieu de me la remettre il quitta son guichet, décidé à m'accompagner. N'ayant ni le temps ni l'envie de cogner, je le suivis. Il monta l'escalier en hâte et fondit sur la 211. Il glissa la carte dans le lecteur et ouvrit la porte.

Je pénétrai dans la pièce. Elle était vide. Le lit intact. La salle de bains immaculée, les toilettes stérilisées.

Jurant, je me tournai vers le réceptionniste :

— Expliquez-moi.

— M. Unger a réservé une chambre en fin d'après-midi. Puis il a rappelé peu avant 22 heures pour annuler. Le délai était dépassé, alors il a quand même dû payer, mais il a réglé la note sans voir l'hôtel.

Je me laissai choir sur un coin du lit, incapable de prononcer le moindre mot tant je me sentais con. Unger avait réservé une chambre pour simuler un point de chute, ou pour nous attirer Nina et moi le lendemain matin, au cas où la mission de cette nuit échouerait.

Mais elle avait réussi. Et donc il avait disparu. Ainsi que Nina.

Ne restait plus que moi.

De retour à Thornton, le parking de l'Holiday Inn grouillait de voitures de police, talonnées par deux camions de télé. Un cordon de badauds matinaux battait le pavé. Je roulai sans m'arrêter. Je ne trouverais rien ici.

Direction : un site visité un peu plus tôt, le parking situé en amont de la forêt de Raynor. Je restai assis sur mon siège, les vitres baissées, à écouter bruisser les bois. Le prénom de Nina tournait en boucle dans mon crâne, et la panique me comprimait le cœur.

— Je fais quoi, Bobby ? Comment je la retrouve ?

La question quitta mes lèvres à mon insu, et ne fut suivie que de silence.

Sans réfléchir, j'empoignai mon portable et sélectionnai le numéro de Nina. Comme prévu, je tombai sur la messagerie : Monroe avait déjà tenté de localiser son téléphone, sans succès. L'appareil était éteint. Les fous de complots vous diraient qu'on pouvait quand même le pister. Hélas, ils avaient tort.

Alors j'ai tiré ma dernière cartouche, en composant un autre numéro. En essayant encore, et encore, et encore, toutes les cinq minutes, jusqu'à ce que me réponde, sur le coup de 7 h 03, une voix que je n'avais pas entendue depuis cinq mois.

— Qu'est-ce que tu veux, Ward ? J'ai reçu ton SMS et je ne connais pas ce gars-là.

— Il faut que je te parle, John.

— On n'a rien à se dire.

— Ils ont pris Nina.

Un long silence.
— Qui ça, ils ?
— J'en sais rien.
— T'es où ?
— À Thornton, en Virginie. Grouille-toi, John.

CHAPITRE XX

— Les affaires continuent, je te dis. On fait ce qu'on a toujours fait.

— Là, tu rêves, mec. J'ai pas reçu un seul coup de fil en vingt-quatre heures. Rien que cette semaine, deux fêtes ont été annulées. Les parents font dans leur froc, quelque chose de bien, et avec les flics qui posent leurs questions dans tous les coins... L'ambiance n'est plus à la teuf, Lee. Les gens restent chez eux pour mater la télé.

Ils étaient assis dans la voiture de Lee, devant le Starbucks du soir où Pete était mort, à engloutir comme d'habitude des quadruples *latte* parfumés à la vanille. Mais à 8 h 40 ce matin, le café avait un goût écœurant. Cette virée était une idée de Lee, au motif que, selon lui, il fallait fréquenter les lieux en rapport avec la nuit du drame, afin d'aplanir les souvenirs des gens : que la dernière impression laissée au personnel ou aux clients – à supposer qu'ils en aient quelque chose à foutre – soit celle de deux jeunes relax, en phase avec leur monde, et non de deux flippés qui viennent d'enterrer un pote. Pour Brad, anticiper l'attitude des flics était un jeu réservé à des gens expérimentés. L'assurance de Lee le tracassait. Depuis son tête-à-tête avec le fameux Paul, il semblait un peu déconnecté de la réalité.

— Ils pouvaient pas se douter que ça allait se corser ?

— Bien sûr que si, répondit Lee. Mais c'est une question de turnover. De fric qui entre et de fric qui sort. Ils ont un méga stock de pilules et elles ne durent pas éternellement.

Brad jugea l'argument pipeau, mais répondit néanmoins :

— Bon, je peux éventuellement brancher Matt et Dena. Ils connaissaient pas tellement Pete. Peut-être qu'ils continuent à teufer.

— Non, pas les Reynolds, lâcha Hudek.

— Pourquoi ?

— C'est comme ça.

— Eh bien, je sais pas quoi te dire, Lee. Ramène la came à tes amis et explique-leur que depuis qu'un abruti a explosé la *tête* de Pete, le marché fait légèrement la gueule.

Lee se tourna vers Brad.

— Ça va, frangin ?

— Non, ça va pas, Lee. Et Pete me manque. Grave.

— Je sais. Moi, c'est pareil.

Brad n'était pas sûr de le croire. Dans l'univers de Lee, Pete semblait se réduire à un simple contretemps.

— Sa mère discutait au téléphone avec la mienne hier soir, pour lui demander si elle savait quoi que ce soit.

— Mais elle appelle tout le monde.

— Garde tes putains de laïus, Lee. Pour l'instant, je m'en branle de toi, de Steve ou du clampin de Bagdad. Je te parle de *moi*. Hier soir, c'est *ma* mère qu'elle a appelée. Et là-dessus maman vient dans ma piaule et s'assoit sur la chaise, et bref, tu vois le topo. On est dans la merde.

— Tout va bien se passer.

— Non, Lee. J'en suis pas sûr du tout. (Il hésita.) Et puis j'ai aussi eu un coup de fil de Karen.

— Quand on saute une meuf, on lui cause un peu. À toi de gérer, mec.

— C'est pas le problème.

— Je sais. Je te faisais marcher.

— Parce que tu trouves ça drôle ?

— Bon, où tu veux en venir, Brad ? Je suis peut-être futé mais pas extralucide.

— Elle me pose des tas de questions.

— Du genre ?

— Dès qu'ils ont retrouvé le corps de Pete, elle m'a appelé, on a parlé de comment ça craignait et tout, puis tout à coup elle m'a demandé si je savais quoi que soit sur sa mort.

— Et t'as répondu quoi ?

— J'ai dit non, bien sûr. Mais aussi... elle a entendu un truc, Lee. Le soir où je t'attendais devant sa baraque, tu te rappelles ? Quand tu t'es pointé en disant « Il arrive bientôt », « D'ici une minute » ou un truc dans ce goût-là. Ça m'a pas marqué plus que ça, mais elle, si. Elle sait qu'on attendait quelqu'un, et elle pense que c'était Pete.

— Putain. Et pourquoi t'as pas dit qu'on attendait Jed, ou Matt, ou Greg ?

— Parce que j'ai pas eu la présence d'esprit, d'accord ? Je lui ai juste dit qu'on était partis acheter des hamburgers tous les deux. Et puis d'abord, pourquoi mêler d'autres mecs à cette histoire, surtout si on sait qu'ils lui jureront le contraire ?

— Ouais, d'accord. Et hier soir, qu'est-ce qu'elle disait ?

— Rien de plus. Sauf que… Elle a dit qu'elle espérait que tous ceux qui avaient des infos iraient trouver les flics. Elle a dit que les flics avaient l'air sensés, et qu'il valait mieux, au final, dire tout ce qu'on savait, même si c'était pas très reluisant.

— Elle pensait à toi en disant ça ?

— Je crois. J'ai répondu qu'elle avait raison et on en est restés là. Tu peux pas savoir comment ça me rend nerveux, mec. Et je me sens… coupable.

— Mais tu l'es pas, et je le suis pas. Karen fait simplement ce qu'elle croit juste. Nos amis vont régler cette histoire, Karen verra qu'on sait que dalle, et voilà.

— Ils nous aideront, nos « amis », même si on leur dit qu'on arrête de dealer ?

— C'est pas une question de came. Ils ont autre chose en tête. Je connais pas les détails. Mais il se trame un truc. Ces types-là ont des relations, mon pote. Une sorte de mafia, mais ni italienne ni colombienne, rien de ce genre. Des Blancs. Ils ont un gros projet en vue, et on va y participer. Tout ça n'aura plus aucune importance.

— Pete aura toujours de l'importance, Lee. Pete le Dormeur comptera *toujours* pour nous.

— Ouais, bien sûr.

Brad comprit soudain que Lee avait quasiment supprimé Pete de sa mémoire.

Le bipeur de Hudek sonna. Il baissa les yeux pour lire le message et démarra.

— C'est eux. On y va.

Se retrouver dans l'espace restauration de Belle Isle avait quelque chose d'irréel. Brad connaissait bien l'endroit. Il y avait ingurgité des monceaux de taquitas et de pâtés impériaux, acheté d'innombrables sodas et autres granités aux fruits rouges à siroter tout en flânant avec la bande, avec Pete, ou seul avec Karen. En remontant un peu plus loin dans le temps, on l'y voyait également en compagnie de papa, maman et sœurette, fuyant les mortelles séances de shopping après avoir demandé la permission de patienter devant un milk-shake au chocolat, ce qui la plupart du temps lui était accordé.

À cette heure matinale, l'activité débutait à peine et la salle était déserte, hormis quelques ménagères faisant salon et un monstre briseur de sièges, penché sur des reliefs de hamburgers assez nombreux pour nourrir une petite famille entière, des frites dépassant de sa bouche telles des pattes d'insecte.

Il y avait aussi un mec, attablé comme un ermite au centre de l'espace. Brad fut surpris, jusqu'à ce que son regard embrasse une nouvelle fois les lieux. Disséminés dans le restaurant, se trouvaient trois autres types, qui n'avaient pas l'air d'être venus pour les calendriers animaliers en promo. Aucun ne mangeait ni ne buvait. Leurs regards convergeaient sur Brad et Lee. Avec décontraction. Enfin, plus ou moins. Le plus vieux avait une quarantaine d'années, le plus jeune une petite vingtaine. C'était ce dernier qui les fixait avec le plus d'insistance. Il y avait quelque chose chez ce gamin que Brad n'aimait pas du tout.

Lee avait le sac de drogue. Brad n'aimait pas ça non plus, mais telle était la consigne affichée sur le bipeur. Parvenu à la table centrale, Lee s'apprêtait à remettre le sac quand le type secoua la tête, très brièvement.

— Attends un peu, conseilla-t-il. Asseyez-vous.

Lee et Brad s'installèrent en face à face. Brad s'était imaginé rencontrer un type au physique d'acteur ou de vedette, le genre de gus qu'on remarque au milieu d'une foule. Mais celui-ci semblait pouvoir se fondre dans tous les paysages.

— Brad, c'est ça ?

— Ouais.

— Ravi de te connaître, Brad. Je m'appelle Paul.

— Très bien, répondit Brad tout en pensant : *T'as pas l'air net comme mec*.

Le type ramena son attention vers Hudek :

— Alors comme ça, vous avez du mal à écouler la came ?

— On fait de notre mieux, mais... La mort de Pete a plombé l'ambiance.

— J'imagine que vous ne fournissiez pas seulement les amis proches ?

— Non, bien sûr que non. Mais on couvrait un secteur bien délimité, et une certaine classe sociale. Mais on va persévérer, si tu veux.

— T'inquiète pas. On va se rabattre sur West Hollywood.

Hudek était déçu. Cette décision ne semblait guère confirmer sa promotion.

— Je suis désolé, dit-il. Mais les circonstances sont vraiment pourries.

— Ce n'est pas bien méchant, répondit l'homme. Et ne t'en fais pas, ça ne menace en rien le Plan. (Il se tourna vers Brad :) Tu veux me rendre un service, Brad ? Va me chercher un expresso.

Brad faillit lâcher : Va chier, je suis pas ta bonniche. Mais avec ce type, hélas, on l'était tous plus ou moins. Lorsqu'il ouvrit la bouche pour répondre, une crampe d'estomac lui arracha une grimace.

L'homme l'observait.

— Tu te sens pas très bien ?

— Je me traîne un putain de mal de bide, expliqua Brad. J'arrive pas à le faire passer.

— Le stress, sans doute.

— On peut le dire.

— Et tu te soignes avec quoi ?

— Oh, comme d'hab. (Toujours prompte à dorloter son fils, la mère de Brad avait sorti le nec plus ultra de sa pharmacie. Mais l'intérêt que lui manifestait ce type était plus suspect.) Des tonnes de médocs…

— Tu devrais essayer les herbes. L'échinacée, par exemple.

Brad hocha la tête, son irritation retomba, et il comprit qu'il allait bel et bien aller chercher ce café – pire, que ça lui était égal. Voilà ce qui rendait le bonhomme si particulier. Ce n'était pas dans son physique. Il avait ce don auquel Lee aspirait – et qu'il possédait en partie – mais à la puissance mille. On faisait ce qu'il disait, sans discuter.

Brad se rendit au premier comptoir libre. Tandis que la serveuse actionnait la machine, il se retourna vers Lee, qui était en grande discussion avec le type. Sûrement au sujet de ce « Plan » à la noix – la descente en Floridc, un truc comme ça. Mais il n'en avait rien à battre. Brad n'aspirait qu'à en finir avec ce rendez-vous, après quoi il irait peut-être chez Karen. Au moins, avec elle, il se sentait en terrain connu. Deux des mecs repérés plus tôt s'étaient volatilisés. Seul le jeune était resté. Il avait l'air imbu de lui-même, et prêt à vous agresser à la moindre occasion. Brad se demanda en quoi Lee et lui pouvaient bien aider ces gens-là, sans trouver de réponse crédible – à croire qu'ils cherchaient surtout de la chair à canon. De bons petits soldats pour exécuter les deals à risque, comme celui de l'autre soir. En fait, le milieu de la drogue ressemblait en tout point à celui du cinéma, que le père de Brad – avocat dans le show-biz – lui avait appris à démystifier. Les masses semblent persuadées que la gloire est à portée de main, qu'il suffit de saisir l'aubaine, de montrer qu'on en veut – et toutes ces salades rabâchées dans les talk-shows. Mais ces deux industries sont d'énormes prédatrices, qui nous considèrent comme du menu fretin. Avec un peu de chance, Lee finirait par le comprendre. Brad avait beau le mettre en garde, Lee n'entendait que les phrases nées de son propre esprit.

Brad reprit le chemin de la table, en veillant à ne pas renverser le gobelet de café.

— C'est toi qui décides, disait Lee à Paul.

— Tu vois le grand magasin de sport, au niveau 2, près de l'escalator ? Je me rappelle plus son nom.

Lee s'en souvenait. L'équipe y avait acheté beaucoup de matos au fil des ans.

— Serious About Sport, répondit-il. Je connais bien.

Paul prit le café des mains de Brad.

— C'est ça, le Serious. Il y a des rangées de sacs sur le mur latéral. Accroche-le là. Vers le fond, là où personne ne le remarquera. Un de nos gars passera le cueillir d'ici peu.

Brad fronça les sourcils :

— C'est pas un peu risqué ?

— C'est un matin de semaine, et un sac de la saison dernière. Les princes de la Valley comme vous n'achèteraient jamais ça, pas vrai ?

Il fit un clin d'œil et porta le gobelet à sa bouche. Il le vida d'un trait gracieux. Brad cacha sa stupeur. Il avait vu la machine cracher un jus bouillant, à la limite de fondre le plastique.

Puis le type se figea, le récipient au bord des lèvres. Il fixait quelque chose. Lee et Brad se retournèrent.

Au mur du Branigan's Irish Bar était fixé un grand écran plat. Le pub n'ouvrait que dans plusieurs heures, mais le téléviseur fonctionnait afin que personne ne perde une miette de réclame. Réglé sur CNN, sans le son, il montrait un essaim de flics regroupé sur... un parking d'hôtel – oui, on apercevait une pancarte Holiday Inn. Un correspondant local parlait dans son micro, la mine grave. Il semblait y avoir un mort – concept que Brad trouvait moins abstrait qu'autrefois.

Lee regarda Paul.

— On se voit plus tard, hein ?

L'homme opina, obnubilé par l'écran. Ils étaient congédiés. Lee crevait d'envie de lui serrer la main, de sceller par un geste leur association, mais l'attention de Paul s'était fixée ailleurs.

— À plus, fit Lee sans obtenir de réponse.

Brad suivit son ami à travers la salle, jusqu'aux escaliers mécaniques. Arrivés au deuxième niveau, ils entrèrent chez Serious About Sport. Brad se présenta au comptoir pour poser une question longue et ardue sur les arcanes du snowboard, et les vendeurs furent ravis d'étaler leurs compétences de fumistes.

Ils lui montraient une troisième planche lorsque Lee reparut, sans le sac.

— On doit y aller, décréta-t-il.

Brad regarda les vendeurs en haussant les épaules, et ils quittèrent le magasin.

— C'est quoi, ces méthodes de barbouzes ? s'énerva Brad. Qu'est-ce qui nous empêchait de lui remettre le sac au restau ?

— Il a ses raisons.

Qu'il n'a même pas eu à t'expliquer, supposa Brad alors qu'ils retrouvaient la chaleur du parking, puisque maintenant tu lui obéis au doigt et à l'œil. Je me demande bien ce que tu comptes gagner. Et s'il est prévu que je touche ma part. Et si oui, à combien elle se monte.

— Et maintenant ?

— Profil bas, expliqua Lee. Les flics vont recevoir un tuyau dans l'après-midi. À propos d'un deal entre Pete Voss et deux mômes du nord de l'État rencontrés dans une teuf vendredi soir, la veille de la fête chez Karen. Une transaction de mille dollars, qu'ils auront raflés en le tuant samedi soir. On a déjà piégé les mômes.

— Et pourquoi les flics croiraient-ils à cette histoire ?

— Parce qu'elle n'est pas entièrement fausse, et parce que ce tuyau leur livrera l'emplacement du corps d'Hernandez, qui était le complice de Pete, et qui a été lui aussi tué à l'occasion de ce deal. C'est du clés en main.

Brad n'était guère emballé.

— Si je comprends bien, la mère de Pete va apprendre que son fils a été buté en achetant de la came ?

— Ouais. Mais c'est pas faux. Rappelle-toi.

— On peut pas inventer un accident ?

— Non. C'est trop tard. En si c'était un accident, seuls ses amis auraient pu l'enterrer, c'est-à-dire nous.

— Je ne suis pas d'accord. C'est...

— Écoute, Brad, c'est la carte qui va t'éviter la taule. On te demande pas de choisir la couleur.

— Et ça va nous coûter quoi ?

— Rien.

Brad secoua la tête.

Sitôt que Lee l'eut déposé chez lui, Brad grimpa dans sa propre voiture. Baissa la capote et fila dans le matin.

La voiture de Karen n'était pas dans l'allée des Luchs. Il avait tenté de la joindre en chemin, mais soit ça sonnait occupé, soit il tombait sur la messagerie. Il songea à faire demi-tour, mais c'eût été malpoli, et puis la BM était peut-être chez le garagiste.

Mme Luchs vint lui ouvrir. Elle semblait un peu tendue.

— Bonjour, Bradley.

— Salut, madame Luchs. Votre fille est dans les parages ?

— Elle est partie à la pharmacie. Mais elle t'a laissé un mot.

Il la remercia et regagna sa voiture pour prendre connaissance du message. C'était une feuille blanche pliée en quatre, dans une enveloppe fermée. Où figuraient ces mots :

Brad,

Maman t'a sûrement dit que j'allais faire une course mais il n'en est rien. Je lui ai raconté ça parce que je voulais me sauver. J'ai beaucoup réfléchi, et il faut qu'on parle. Je sais ce que tu m'as dit, mais je sais aussi ce que j'ai entendu. Mme Voss n'arrête pas d'appeler ma mère pour lui répéter que Pete a été vu pour la dernière fois chez nous, comme si ma mère y était pour quelque chose, et ça commence à l'énerver. Et puis, si quelqu'un sait quoi que ce soit, ce n'est pas bien de le cacher à la police. Or je pense que Lee et toi savez où Pete est allé cette nuit-là. Pete mérite qu'on retrouve ses assassins. J'ai écouté ma conscience, et je crois sincèrement devoir parler à la police. Discutons-en avant.

Je me rends dans un endroit paisible pour méditer. Je t'en prie, viens m'y retrouver.

Je t'aime,

Karen

Sa lecture terminée, Brad resta tétanisé pendant dix secondes, à regarder le texte se diluer sous ses yeux. Dans une demi-transe, il saisit son téléphone et réessaya de la joindre. Ce n'était plus occupé, mais après quelques sonneries, il tomba sur la boîte vocale.

Il jeta le portable sur le siège et redescendit l'allée à quatre-vingts kilomètres/heure.

Il la chercha. Et la chercha encore. Cramponné à son volant. Priant des dieux auxquels il ne croyait pas.

Luttant contre les larmes.

Au bout d'une heure et demie, son esprit s'embourbait dans une sorte de purgatoire diffus. Le soleil et la gamberge lui comprimaient le crâne. Il avait ratissé tous les lieux qui lui venaient à l'esprit. Tous. Chaque centre commercial, sauf celui de Belle Isle car il savait que Karen n'y était pas. Il avait gravi la colline de Santa Monica, où elle aimait se promener avec ses copines, il avait parcouru de long en large la promenade de la 3e Rue, et même poussé jusqu'à la jetée puisqu'ils y avaient dîné un soir. Il avait téléphoné chez lui pour s'assurer qu'elle ne l'y attendait pas, à l'intérieur ou assise sur le perron. Il avait appelé tous les amis de Karen dont il possédait le numéro, et vu qu'il fournissait la plupart d'entre eux, ça faisait pas mal de monde. Mais personne ne savait où elle était passée. Deux ou trois lui demandèrent s'il avait des pilules en stock, mais c'était foutu, maintenant.

Et Karen ne décrochait toujours pas.

Que faire ? Il reprenait le chemin de la Valley via Universal City, faute de mieux. En se concentrant, en se concentrant vraiment très fort, il finit par se convaincre qu'ils s'étaient croisés un peu plus tôt, qu'elle avait atteint le parking de Belle Isle au moment même où Lee et lui le quittaient, et qu'elle était restée là-bas à l'attendre. Ils y avaient passé tellement de temps, après tout. C'était peut-être leur lieu fétiche. Peut-être bien. Comment savoir ? Ce sont toujours les filles qui décident de ce genre de choses.

Le trafic était chargé, mais il ne baissa pas les bras. Et si elle n'était pas à Belle Isle... il donnait sa langue au chat.

Avaient-ils jamais, l'un ou l'autre, écrit « je t'aime » auparavant ? Couché l'aveu sur le papier ? Il en doutait. Après avoir retourné dans tous les sens le contenu de la lettre, il était convaincu que Karen tenait vraiment à lui parler avant de trouver les flics. Il la connaissait et lui faisait confiance. Quelle importance, finalement, qu'elle soit sortie avec Lee ? Ça ne l'avait jamais gêné, en fait, même si on n'aime jamais apprendre que d'autres vous ont précédé. L'important, c'était qu'ils s'aimaient. Ils auraient une grande conversation, il lui montrerait qu'il n'y avait rien de méchant, puis en fin de journée les flics recevraient le scénario bidon, et tout rentrerait dans l'ordre. Brad s'en fichait, à ce stade, qu'on salisse l'image de Pete. C'était un dealer, oui ou non ? Il l'avait payé, certes très cher, mais à quoi bon poursuivre les survivants ? Brad allait en ressortir plus vieux, plus triste et plus sage, mais il s'en accommoderait. Le destin lui disait qu'il était grand temps de renoncer au commerce de substances illicites pour trouver un vrai job. Et il pourrait compter sur le soutien de Karen. Tout irait bien. C'était jouable.

À condition qu'il la trouve avant qu'elle alerte les keufs.

Des bouchons se formaient déjà. Pour ne pas disjoncter, Brad examina toutes les ramifications du problème, pour la trente-cinquième fois environ. À l'évidence, Karen n'avait rien dit à sa mère, sans quoi l'accueil de Mme Luchs aurait été fort différent. Karen avait beaucoup d'amis, mais sur un sujet aussi grave, elle aurait sûrement tenu sa langue : après tout, n'était-ce pas Brad, aujourd'hui, son meilleur ami ? Elle avait peut-être coupé son téléphone pour réfléchir en paix, non ?

Non. L'idée lui semblait absurde depuis déjà trois tours. Si Karen avait souhaité lui parler, elle aurait laissé son mobile branché.

Plus de batterie, alors ? Peu probable.

Peut-être qu'elle se trouve dans un secteur sans réseau.

Mais oui, pourquoi n'y avait-il pas pensé plus tôt ? Elle avait pu gagner les montagnes de Santa Monica, et les parcs nationaux de Malibu ou de Topanga. Elle aimait ces coins-là. Depuis toujours. Que disait la lettre, déjà ?

Un endroit paisible...

Putain. Et lui qui empruntait la direction opposée !

Se dressant au-dessus du pare-brise, Brad vit que la circulation reprenait un peu plus loin. Dilemme : rejoindre la Valley jusqu'au centre commercial – un choix qui prenait valeur de talisman, notamment parce qu'il permettrait de vérifier si le sac avait bien été cueilli au magasin de sport, car Brad n'aimait pas savoir l'objet suspendu au grand jour, même s'il ne l'avait jamais touché et que le sac ne pouvait pas le trahir – ou suivre sa nouvelle intuition ?

De toute manière, il n'y avait pas de sortie avant le prochain pâté de maisons. On avait tout le temps d'aviser.

Le trafic se déporta peu à peu sur la gauche, et Brad constata qu'on avait fermé la file de droite. Cool. Une fois passé le goulot, on pourrait remettre les gaz.

Montagnes ? Belle Isle ? Montagnes ? Belle Isle ? L'option centre commercial semblait la plus judicieuse : il pourrait toujours rebrousser chemin s'il faisait chou blanc.

Il distinguait à présent la ronde paresseuse d'un gyrophare. Une bagnole de flics. Son cœur avait tellement l'habitude de s'emballer devant cette image qu'il mit un moment à comprendre qu'il y avait deux voitures arrêtées sur la file de droite. Ainsi qu'une ambulance.

Brad parvint à hauteur de l'accident, le dépassa lentement tout en écarquillant les yeux.

Une voiture s'était emplafonnée contre un poteau. Heurtée par l'arrière. L'avant était déchiqueté, le pare-brise pulvérisé, les débris barbouillés de rouge foncé.

Il s'agissait d'une BMW flambant neuve. Bleu électrique.

Derrière lui, les avertisseurs hurlaient, mais le pied de Brad avait glissé de l'accélérateur. Il n'allait nulle part.

Pas après avoir reconnu la BMW de Karen.

CHAPITRE XXI

Elle se trouve dans une pièce où l'air est opaque et doux. À l'étage d'une maison de bois, pleine de poussière. La porte ouverte révèle un couloir. Un rai de lumière vaporeux s'échappe par une fenêtre sale voilée d'un store. On y a calé une planche étroite, brisée à son extrémité comme par un coup violent.

On a peint en blanc, comme les murs, la porte de la chambre. Avec le temps, et dans cet éclairage précaire, ces murs revêtent la grisaille d'une tempête couvant en mer : encore lointaine et inexorable. Malgré sa taille, la pièce ne semble guère exister par elle-même. Comme si elle n'était qu'une division arbitraire d'un espace plus vaste ; un espace s'étirant au-delà des limites du lieu, sans toutefois atteindre les arbres que l'on devine alentour. Il s'en échappe parfois des bruits – ululements, grognements, bruissements –, mais si faibles et si distants qu'ils n'ont plus rien de réel et ne prouvent en aucune façon l'existence d'un monde extérieur.

Le sol est tapissé d'une vieille moquette poussiéreuse, jonchée d'éléments hétéroclites. Tessons de verre, bris de plâtre, la moitié d'un miroir et quelques feuilles d'arbres dont la présence intrigue, puisque les deux grandes fenêtres de la façade sont fermées et leurs vitres intactes. Un abat-jour repose au pied de la cloison. Sévèrement passés, ses tons violets des années 1970 devaient à l'origine se marier avec les fines rayures de la moquette, tout aussi délavées.

Une chaise de bois trône en solitaire. Disposée en travers, tournant le dos à la porte. Des années d'usage ont écaillé la peinture vert foncé et ce siège n'aurait rien d'exceptionnel s'il n'était pas le seul objet entier de la pièce, en dehors du cadre de lit repoussé dans un coin. La chaise n'occupe pas le centre exact ; il semble qu'on ait voulu laisser davantage de place à l'avant qu'à l'arrière. Est-on venu s'y asseoir pour regarder quelque spectacle, ou bien fut-on forcé de regarder ?

Puis elle s'aperçoit qu'il y a bel et bien quelqu'un sur ce siège.

Une femme. Le visage tourné. Tordue dans une position d'aspect inconfortable : dos droit, genoux pliés. Nina contourne la chaise à pas de loup, pour identifier l'inconnue.

Elle n'est que légèrement surprise de se reconnaître elle-même.

Elle est un peu plus mince qu'elle ne le pensait, mais surtout livide et fatiguée. Ses yeux sont ouverts et elle semble fixer un coin de moquette. Au bout d'un moment, son œil droit semble frémir. Le mouvement gagne en force et en détermination, jusqu'à devenir un battement.

Voilà. Elle cherche à cligner de l'œil, à dire : « Bonjour, je sais que tu es là et ça ne me dérange pas. » Ce qui, Nina le sait, ne signifie pas qu'elle va bien.

Puis elle est revenue en elle-même, dans son corps, sur la chaise.

L'atmosphère devient plus sombre, plus dense. Elle ne peut pas bouger et ses pieds sont glacés. Son poids lui paraît insoutenable, les crampes la taraudent. Elle ne regarde pas le coin de la moquette, en fait, mais le bas du mur. Il y a quelque chose qui remue. Elle pense à un oiseau, avant de reconnaître une main. Elle étire et replie ses doigts comme pour attraper un objet – ou pour comprendre sa position, attachée au mur à une vingtaine de centimètres de hauteur. Sa main s'ouvre, se referme.

Puis elle s'immobilise.

Et pivote légèrement, telle une bête tendant l'oreille.

Nina aussi a entendu le bruit. Une porte qui s'ouvre et se referme. Épaisse, apparemment. La porte d'entrée.

On entre.

Les pas sont lourds. Ils résonnent dans la maison, et là encore c'est un son curieux. Chacun des pas achève de la réveiller, en même temps qu'il lui ôte la vue – les images précédentes, la pièce elle-même ne sont plus que des fantômes sur une rétine troublée. Elle voit une dernière fois bouger la main du mur, puis c'est le noir.

Dans son effort pour séparer le sensé de l'absurde, Nina ne peut établir que ceci :

Ce qu'elle observait n'était qu'un souvenir, l'instantané d'un endroit oublié. Soit elle est quasi aveugle, soit elle a les yeux bandés. Elle est attachée. Pieds nus.

Et elle se sent très mal en point.

Elle essaie de respirer normalement. Il est déjà tout près. Cela indique que la pièce n'est pas si grande que ça ou bien qu'on l'a transportée ailleurs. S'est-elle encore évanouie ?

Il se tait. Il ne tient pas à lui parler. Chez certains criminels, la voix d'une victime est un pénible rappel à la réalité.

— Je suis réveillée, dit-elle.

Du moins essaie-t-elle de le dire. Le résultat est une bouillie de syllabes. Elle réessaie deux fois, jusqu'à former des mots intelligibles.

Il ne répond rien.

Elle suppose que c'est bien un homme. Il n'émane pas d'un homme, même propre, la même odeur que d'une femme, mais Nina n'est pas certaine de son jugement tant l'odeur de poussière et d'essence est forte. Elle sent les mains du type se promener sur elle, mais il ne fait que vérifier ses liens. Lorsqu'il resserre le nœud derrière sa nuque, elle est soulagée : on lui a bandé les yeux – c'est toujours mieux que d'être aveugle. Derrière le tissu, le monde n'apparaît pas entièrement noir, mais il ne vaut pas mieux que des ombres à minuit, que la suie la plus sombre sur un fond de jais. L'homme s'attarde sur l'intérieur du coude gauche. Il la maintient fermement, sans doute entre le pouce et l'index. Il applique une pression énorme. Ce doit être un type costaud, puissant. Elle n'a aucun souvenir de son visage. Il a surgi dans la chambre d'hôtel comme une lame de fond sur une cabine de plage. À peine avait-elle perçu cette présence étrangère qu'elle a perdu connaissance. Elle ignore ce qui s'est passé ensuite, mais elle est lucide : à en juger par sa présence ici, ce n'est guère positif. Sa seule certitude, pour l'heure, c'est d'être encore en vie.

— Je m'appelle Nina Baynam, lance-t-elle.

Il semble amorcer un recul. Elle sent qu'il la regarde. La position de Nina est inconfortable : allongée sur le dos, les mains nouées derrière la nuque. Ses cuisses semblent pointer vers le sol, avant que ne fléchissent les genoux.

— J'ai froid aux pieds.

Pas de réponse, alors elle décide de se taire. Elle pense avoir reçu un coup à la tête, après quoi on l'aurait droguée. Elle n'a jamais testé le Rohypnol et ne connaît pas bien ses effets, mais le produit qu'on lui a administré doit être autrement puissant. Des bulles d'étrangeté continuent d'affleurer. Elle ne parvient pas à chasser l'impression d'être dans la chambre du haut, celle de la chaise, bien que tout indique le contraire. Peut-être était-ce avant. Ou peut-être jamais.

Plutôt que de parler dans le vide, autant se faire oublier, afin de dissuader son geôlier de la droguer à nouveau.

L'homme semble s'éloigner de quelques pas, afin de s'asseoir – elle entend une matière gémir sous son poids. S'ensuit un moment de silence, qui souligne les bruits du dehors. Ces mêmes bruits qu'elle ne savait interpréter en reprenant connaissance et qu'elle croyait issus de la forêt. Faute d'être fixée sur leur vraie nature, elle n'essaie pas de les atteindre. L'heure n'est pas aux théories hasardeuses, ni aux constructions illusoires. Elle n'a pas le droit à l'erreur.

Soudain jaillit un autre bruit, dont le volume la choque.

La sonnerie d'un téléphone portable, d'un prosaïsme détonnant. Nina connaît cette mélodie, un air préprogrammé, comme tous ceux qui sont entrés dans le paysage sonore de la vie moderne.

Le bruit stridule dans le vide, puis se tait.

Peu après, Nina entend le siège se distendre lorsque l'homme se relève. Elle se raidit. Se demande finalement s'il ne faudrait pas lui parler, tenter de le raisonner. Pas de l'implorer. Pas encore.

Il s'approche. Elle l'entend respirer.

— Ouvre la bouche.

Une voix basse, calme. Assez grave. Sans âge. Celle d'un homme, assurément.

Elle n'a aucune envie d'ouvrir la bouche, et serre les lèvres. Une tentative désespérée pour conjurer son impuissance, bien sûr, mais elle s'en moque. Il ne lui reste que ça.

— Ouvre.

Il lui fait peur. Mais ce qu'elle redoute par-dessus tout, c'est sa réaction si elle persiste à lui tenir tête. Il arrivera de toute façon à lui ouvrir la bouche – le premier marteau venu fera très bien l'affaire.

Alors elle s'exécute.

On y introduit un corps sec, légèrement spongieux. On le tend autour de sa tête, on le noue dans sa nuque. Il s'agit d'un bâillon. Elle déglutit un coup, sans salive.

Dix minutes passent et il s'en va. Elle l'entend ouvrir et refermer la porte. Là encore, le son est particulier.

Elle s'en veut moins que tout à l'heure. Elle aurait peut-être dû simuler l'inconscience, mais ça n'aurait pas empêché l'homme de prendre ses précautions. Le vrai mystère, c'est qu'il ne l'ait pas fait plus tôt. Soit il pensait que la drogue agirait plus longtemps – ce qui serait bon signe –, soit il a du métier et sait qu'une personne droguée risque de s'étouffer avec la bouche encombrée. Ce qui serait mauvais signe.

Dans un cas comme dans l'autre, rien ne prouve qu'elle ait provoqué le bâillon. Excellent. Un point pour elle. Que sait-elle d'autre, à part ça ?

Elle sait que Reidel a toutes les chances d'être blessé, voire mort. C'est mauvais. Elle sait que son ravisseur a pu entrer dans l'hôtel et ressortir avec elle sans que personne l'arrête. Ça aussi, c'est mauvais.

Elle imagine à présent une chronologie virtuelle. Disons qu'elle est restée évanouie pendant deux heures, même si cela lui a paru plus long. À mesure qu'elle recouvre ses facultés, se succèdent des bribes d'un temps passé. De choses qui ne furent pas des rêves mais des souvenirs vécus, dont celui, récurrent, de cette nuit où un homme s'en est pris à elle, un an plus tôt, dans les montagnes du Montana, et a failli la tuer. Elle chasse l'événement de sa tête, mais n'en sait pas moins qu'elle est ici depuis au moins deux heures. Et personne n'est venu la sauver. C'est mauvais. D'autant plus mauvais que l'agresseur a eu ainsi tout loisir de fuir le lieu du crime.

Ça suffit comme ça. C'est mauvais sur toute la ligne. Sauf que...

Ward n'était pas dans la chambre au moment de l'enlèvement, ce qui laisse à penser qu'il est sain et sauf. Un bon point.

À moins...

Une violente douleur lui tord l'estomac. Si le rendez-vous de Ward n'était qu'un leurre, conçu pour les séparer, la colonne des mauvais points peut enfler jusqu'au ciel. Et si ce n'est pas l'œuvre du tueur de Thornton, comme elle l'a cru jusqu'ici, il peut s'agir d'un coup des Hommes de Paille.

Auquel cas Ward est peut-être...

Mort dans une chambre, étalé dans son sang. Mort dans une ruelle, à moitié couvert de détritus. Avachi dans une voiture, la cervelle répandue sur la vitre, le teint livide et cireux.

Non.

Non. Elle contracte chaque muscle de son corps, concentrant toute son énergie dans une convulsion totale. Ses entraves ne bougent pas d'un pouce, mais la douleur est telle que son esprit quitte le puits où il menaçait de sombrer.

Elle se résout à ne plus bouger, le temps de se vider la tête. Ruminer le malheur ne l'a jamais corrigé. L'occulter non plus.

Il faut juste essayer de penser à autre chose.

Elle s'y emploie de son mieux, avant de faire une découverte. Une présence dans sa tête. Une chose venue se nicher en elle, une émotion qu'elle a combattue presque toute sa vie. Pour l'instant la chose n'est qu'une novice sournoise, qui sait qu'elle a du pain sur la planche, des sillons à creuser. Mais elle est là.

Elle essaie de respirer profondément, calmement. Ça l'aide, mais à peine. Elle doit accepter cette chose comme un fait établi.

Elle a peur.

Elle a très, très peur.

CHAPITRE XXII

Je fumais clope sur clope, garé sur le parking du Mayflower. En regagnant le centre-ville j'avais revu l'Holiday Inn, qui fourmillait déjà d'hommes et de femmes en coupe-vent du FBI. Il y avait pléthore de bagnoles de flics, et les journalistes seraient bientôt assez nombreux pour couvrir les JO. La crise était reprise en main par une corporation que je ne comprenais pas et dont je me méfiais. Je n'aurais pu approcher Monroe, même si je l'avais voulu. Au cas où, j'avais toujours son numéro. Mais pour l'heure j'étais seul avec moi-même, avachi dans une caisse sur le parking d'un bar pourri.

J'avais tenté de grappiller un peu de sommeil aux premières heures du jour. Ça ressemblait à une trahison, mais je n'avais nulle part où exercer ma conscience, et mon esprit se grippait comme un avion à court d'essence. Les quarante minutes de repos ne lui furent pas d'un grand secours. Il ressassa les mêmes pistes, comme si la répétition était un facteur de réconfort. Mais quel réconfort espérer lorsque les questions sont : « Ai-je facilité les choses en rencardant Unger en dehors de Thornton, quand j'aurais pu rester plus près de Nina ? », « Quel genre de type envoie-t-on accomplir ce genre de boulot ? » et « Que risque-t-il de faire ensuite ? » Le pire, c'était de savoir que j'aurais dû retourner vers Nina : après notre prise de bec en face du commissariat, j'aurais dû revenir sur mes pas pour l'embrasser, lui dire au revoir dignement. C'était l'affaire de dix mètres. Plus maintenant.

Bien entendu, j'avais tenté de joindre Unger. Et dès que j'en aurais l'occasion, j'enverrais un mail à ce connard. Mais hormis le frisson de le menacer à distance, ce serait aussi efficace que d'aboyer en direction du ciel.

— Mon Dieu… Vous allez bien ?

Je faillis me déchirer le cou en me tournant vers la vitre embuée. Une silhouette était plantée là. Il me fallut ouvrir la portière pour l'identifier.

Hazel me fixait d'un air dubitatif.

— J'ai connu des jours meilleurs, admis-je.

— Il y a un rapport avec ce qui est arrivé à l'Holiday Inn ?

Inutile de répondre : mon visage parlait pour moi.

— J'ai les clés, ce matin. Venez donc à l'intérieur.

Je me suis extirpé de la voiture pour la suivre.

En entrant, j'ai surpris mon reflet dans la glace murale et compris l'étonnement de Hazel. Je faisais peine à voir. Alors j'ai filé aux toilettes me laver le visage et les mains, à l'eau froide pour me fouetter les neurones. Quant au sang séché sur mes fringues, il n'y avait rien à faire. J'évitais de regarder le miroir, craignant de ne pas me reconnaître en monstre.

À mon retour, un café m'attendait.

— J'ai mis plein de sucre, dit Hazel. Je vous conseille de le boire comme ça, même si vous le préférez autrement.

C'était parfait. Je sentis affluer l'arôme et la chaleur jusque dans ma poitrine. Je repris du poil de la bête.

— C'était votre copine ?

— *C'est* ma copine.

Un regard sceptique.

— Aucune idée de l'endroit où elle peut se trouver ?

— Non.

— C'est un coup du type qui a tué les deux gus d'ici ?

— Je pense pas.

Elle me jaugea quelques instants.

— Vous n'êtes pas flic, n'est-ce pas ? Ni du FBI.

— Non.

Elle fronça les sourcils tout en fixant un point par-dessus mon épaule.

— Lloyd n'arrive pas avant midi, s'étonna-t-elle. Et puis ce n'est pas son camion.

Je me retournai. Une voiture noire s'était engagée sur le parking. Elle décrivit un lent arc de cercle pour s'arrêter à l'autre bout, près de ma propre bagnole.

Je sortis mon flingue. Vérifiai le chargeur.

— Restez ici, dis-je. Et n'approchez pas des fenêtres.

Je regagnai le parking, la main droite baissée contre ma cuisse, un peu en retrait. Je pris une trajectoire légèrement courbée, pour m'approcher du véhicule par l'arrière, histoire de compliquer la tâche d'un éventuel tireur.

Je m'arrêtai à cinq mètres.

Le moteur se tut. La portière s'ouvrit et un homme descendit. Les cheveux courts, les joues creuses, le regard affûté.

C'était John Zandt.

— Salut, Ward. T'as une mine atroce.

— S'il n'y avait que ça. (Je m'avançai vers lui, la main en avant, sans savoir s'il accepterait de la prendre.) Ça fait du bien de te revoir, John.

Imperceptible hochement de tête. Il me serra la pogne.

— Je pensais pas dire ça un jour, mais moi aussi je suis content de te revoir.

Nous avons pris une table vers le fond du bar. Hazel nous a servi du café et proposé de nous préparer un casse-croûte, mais l'appétit me semblait perdu à jamais.

— Explique, fit John.

Je lui racontai tout ce qui me venait à l'esprit, de la visite inopinée de Monroe à Sheffer jusqu'à l'enquête de Nina. Je lui parlai d'Unger, de ses efforts apparents pour nous contacter, Bobby et moi, et de notre rencontre dans un troquet d'Owensville. Je lui décrivis l'expression de Julia Gulicks derrière l'œilleton de sa cellule, l'état dans lequel j'avais trouvé Reidel, les deux cadavres de la forêt de Thornton.

Il écouta, les yeux baissés, les mains jointes sur la table. Quand j'eus fini, il resta silencieux, puis me considéra :

— As-tu songé qu'Unger n'était peut-être pas mêlé à cette histoire ?

— Pas encore. Mais je ne demande qu'à le croire.

— Disons que je ne vois pas pourquoi il t'aurait confié tout ça s'il bossait pour les Hommes de Paille.

— Pour gagner ma confiance.

— Mais pourquoi te livrer des infos dont tu ne disposais pas ? La technique du spam semble réaliste. D'ailleurs, je pense qu'elle sert également de filet de pêche, en partant du principe qu'un zozo assez stupide pour y répondre – attiré par l'appât du gain – sera assez con pour retrouver un type dans une impasse sombre sans en informer personne. Bref, j'ai plutôt l'impression qu'Unger te filait des biscuits pour te délier la langue. S'il comptait te descendre, il t'aurait abattu là, en plein bar, sans se soucier des conséquences. Et puis, il ne t'a pas fait mauvaise impression ?

— Il a l'air réglo. Un défenseur acharné de la CIA, du reste, même si là encore il pouvait jouer la comédie. Cerner les personnalités n'est pas une science exacte.

— Et quand t'es-tu gouré pour la dernière fois ?

Je réfléchis.

— M'en souviens pas.

— Tu vois. Pour ce que j'en sais, t'as plutôt du flair.

— Peut-être, même si je m'interroge encore sur toi. Comment tu vois les choses ?

— Le seul élément qui puisse incriminer Unger, c'est le rapt de Nina. Mais ça ne prouve rien : le kidnappeur vous observait peut-être depuis un moment, et il aura profité de ton absence. Si ça se trouve, ce n'est qu'une coïncidence. Vu ses méthodes, ta présence ne l'aurait pas nécessairement freiné. Nous avons affaire à un type entraîné et dingue. Si ça se trouve, il se serait fait une joie de te massacrer comme l'autre.

— Ce qui m'amène à l'élément que je n'ai pas encore mentionné : Paul s'est évadé.

Quelle réaction attendais-je ? Rage, perplexité, départ en trombe ? John se contenta de secouer la tête.

— Je pensais que tu serais aussi furax que moi, confiai-je. Mais tu dois te dire que ça te laisse une nouvelle chance de le buter, pas vrai ?

— Dans le fond, t'es plutôt un mec brillant.

— Et ça ne t'inquiète pas qu'un type comme Paul puisse se faire la belle au nez et à la barbe des fédés ?

— Ça ne me surprend pas du tout. Ça fait un an que je me renseigne sur ces gens. Je sais des choses que tu ne voudrais même pas croire.

— Épargne-moi tes délires, John. Je suis pas d'humeur. Si t'as découvert que les Hommes de Paille sont des extraterrestres en provenance de la ceinture d'Orion, garde ça pour toi. Ces tarés me font bien assez flipper sans que tu leur colles des tentacules.

— Ils sont tout ce qu'il y a de plus humain, Ward. C'est ça, le pire. T'as essayé d'appeler Unger depuis hier soir ?

— Évidemment.

— Il fait le mort ?

— Messagerie.

— T'as envoyé un mail ?

Je secouai la tête.

— Fais-le, Ward.

— Pourquoi ?

— T'as rien à perdre si c'est un des leurs. Et beaucoup à gagner si ce n'est pas le cas.

— Il n'avait pas l'air de savoir grand-chose, John.

— Il connaît leur nom, ce qui le place d'ores et déjà en quatrième position des gens les plus informés de notre cercle, voire de tous les États-Unis. Ça le rend utile – surtout si Monroe n'est pas disposé à leur filer le train. Unger est déjà sur l'affaire, et je parie qu'il en sait davantage. En outre, il a accès à l'appareil d'État. Et si c'est effectivement un méchant, alors on aura l'air encore plus bêtes en l'appelant.

— D'accord. On ira au Starbucks pour utiliser la wi-fi.

— Y a un Starbucks dans ce trou ?

— Y en a partout, John. T'étais où, pendant tout ce temps ? Ils construisent de nouvelles villes rien que pour y installer des cafés. Allez viens, assez traîné.

Avant de sortir, je suis allé remercier Hazel. J'ai voulu la payer, mais elle a refusé. Elle m'a souhaité bonne chance, et promis de prier pour mon amie. Je me suis dit que si son Lloyd de patron avait eu la moindre jugeote, c'est Hazel qu'il aurait draguée.

Nous avons pris la voiture de Zandt, après que j'eus contacté Monroe et compris à ses réponses qu'il n'avait pas progressé d'un poil. L'agent spécial me parut bouleversé, à la fois fumasse et vanné, et je sentais bien qu'il remuait ciel et terre.

J'ai guidé John jusqu'à la vieille ville, et nous nous sommes arrêtés juste en face du café. C'était plein d'individus aux allures de journalistes. Un vieux costaud aux cheveux gris était assis près de la fenêtre, qui regardait la rue avec des yeux las. Par chance, le signal wi-fi était assez puissant pour que nous accédions au Web depuis la voiture. J'envoyai un mail à Unger, où j'exposais la situation et lui demandais de rappeler dare-dare. Je n'excluais pas qu'il eût joué un rôle dans l'enlèvement de Nina, mais, comme le disait John, on n'avait rien à perdre. Quand j'eus terminé, je vis Zandt se renfrogner devant son propre écran.

— Des ennuis ?

— Je sais pas, répondit-il. Tu pourrais vérifier un truc pour moi ?

Il me dicta une adresse Internet. S'ouvrit une page mal foutue, avec un nombre hallucinant de polices, de tailles et de couleurs. Elle était censée contenir de nombreuses images, mais les cases demeuraient vides.

— Pas terrible, ton truc. C'est quoi exactement ? Et c'est qui, Oz Turner ?

— L'absence de photos, là, c'est dû à un signal trop faible ?

Je fis quelques manips avant de secouer la tête.

— Non. Les espaces réservés sont inscrits dans l'HTML de la page, mais les images semblent absentes du serveur.

John referma sa machine et sortit son téléphone. Il obtint quelqu'un, demanda Oz Turner. On dut lui répondre que le type n'était pas arrivé. Il laissa un message du style « z'avez intérêt à transmettre », enjoignant à Turner de l'appeler de toute urgence. Puis il replia son mobile, le visage sombre.

— Qu'est-ce qui se passe ? m'étonnai-je.

— Rien, j'espère. On ferait mieux d'y aller.

— Aller où ? J'ai cherché, John. Crois-moi, notre homme n'est pas en train de casser la graine sur le trottoir.

— Je sais. On est coincés. On ne sait pas où il la retient – à supposer que ce soit juste un bonhomme, et non tout un groupe. On ne sait même pas par où commencer. Mais je veux vérifier un autre truc.

J'attendis qu'il m'explique, mais il la boucla. Il regardait quelque chose à travers le pare-brise. Cinquante mètres plus loin, des gosses du lycée de Thornton stagnaient sur la grande pelouse fermée par les grilles, tuant le temps entre deux cours, laissant filer les heures comme seuls les jeunes savent le faire.

— John ?

Il ne m'entendait pas, et je compris qu'il cherchait Karen, sa fille, que l'Homme Debout avait enlevée le 15 mai 2000, sa fille qu'il n'avait jamais revue entière. Elle aurait été dans sa vingtième année si on ne l'avait pas assassinée. À première vue, les gamins de ce lycée n'avaient pas plus de dix-sept ans, autrement dit Karen n'aurait pu apparaître à leurs côtés ce matin – à moins qu'on ne l'ait retenue longtemps, très longtemps à l'intérieur, pour peaufiner un devoir, entretenir un enseignant sur les costumes de la pièce de fin d'année, et prendre sous son aile, deux années durant, une camarade de classe un peu moins douée qu'elle. Pour être en tout point la jeune fille parfaite qu'elle était libre d'être, puisqu'elle n'était plus en vie.

— Ça va, John ?

— Super.

Il détourna les yeux de la route, le temps de dépasser le lycée.

Zandt m'indiqua où il voulait aller et je le dirigeai de mon mieux. En chemin il joignit le bureau du shérif de Thornton en se faisant passer pour un agent du FBI. Ayant officié à la crime de Los Angeles, il connaissait bien mieux que moi le vocabulaire et le protocole. Je n'en étais pas moins bluffé par son aisance.

— Tu uses souvent de ce stratagème, pas vrai ?

Il ne répondit rien, concentré sur son cap nord-est. Nous atteignîmes enfin la grande ligne droite qui s'enfonçait dans les bois humides, et le paysage redevint familier.

— Qu'est-ce qu'on est venus faire ?

— Un truc que tu m'as dit à propos de la seconde victime, expliqua John. Que révèle l'autopsie ?

— Je ne sais rien de plus que ce que j'ai vu cette nuit-là. Ma présence était seulement tolérée, et Nina n'a pas eu le temps de me briefer avant que n'éclate la tempête Julia Gulicks. Si ça se trouve, les analyses ne sont même pas terminées. Les légistes ont sûrement tout lâché pour examiner les restes de Reidel.

Avisant une bande de gravier sur le bas-côté, je fis stopper Zandt une centaine de mètres plus loin.

Je descendis, contemplai la forêt bourbeuse.

— C'est bien ça.

Zandt fit le tour de la voiture, ouvrit le coffre et attrapa quelque chose.

Je pivotai face à la route.

— Rien ne t'a frappé durant le trajet, John ?

— Pas vraiment. Sinon que je n'étais pas mécontent de quitter ce bled.

— On n'a croisé aucun barrage.

Je rappelai Monroe. Il n'avait ni le temps ni l'envie de papoter, mais j'exigeai qu'il m'écoute. S'il avait ordonné le bouclage de la ville, c'était raté. Il finit par me raccrocher au nez.

Zandt referma le coffre. Un long sac de toile pendait à son épaule.

— Y a quoi, là-dedans ?

— Des outils. C'est par où ?

Nous nous sommes mis en marche. Le chemin devenait vite marécageux, suite aux pluies de la veille. Me dirigeant au petit bonheur la chance, je commençais à douter lorsque j'aperçus au loin le ruban d'interdiction. Nous gagnâmes l'endroit où les planches formaient un pont vers l'îlot. L'une d'elles s'était brisée. Nous traversâmes sans incident.

John s'arrêta pour scruter l'île.

— Le tee-shirt se trouvait par là, dis-je en tendant l'index.

Je le conduisis au point exact, et le fis pivoter pour qu'il voie ce que j'avais montré aux autres, deux nuits plus tôt.

— Ça paraît assez abstrait aujourd'hui, mais sur le moment c'était parlant.

— Je te crois. Le tee-shirt était suspendu à ces branches ?

— Exactement. Orienté comme ceci.

John observa l'arrière de l'îlot. Rien de plus que des arbres gravissant une colline, même s'ils semblaient ensuite s'éclaircir.

— Il y a quoi là-bas ?

— Une petite ville, je crois.

— Les flics ont examiné toutes les issues partant de cette île ?

— J'imagine. Mais s'ils ne l'ont pas fait le soir même, tu peux être sûr qu'ils ne le feront jamais. Les effectifs sont mobilisés ailleurs. Sérieusement, John, qu'est-ce qu'on fabrique ici ? Je m'en fous de savoir comment le macchabée est arrivé sur l'île. Je veux juste trouver Nina, et j'ai l'impression d'avoir des araignées sous la peau.

— Je sais ce que tu ressens. Mais tu avais raison. La position du tee-shirt n'avait rien de fortuit. Le tueur nous disait quelque chose. Question : pourquoi ici ?

Il rejoignit l'endroit où l'on avait découvert le corps. La zone était largement défrichée, et les techniciens avaient creusé le sol par endroits, dans le vain espoir de déterminer la provenance du cadavre.

Je regardai Zandt décrocher le sac de son épaule et tirer la longue glissière.

— Alors, ta théorie ?

Il plongea la main dans le sac et produisit une pelle.

— Attends, John, si on bousille le lieu du crime, on ira en taule !

Il se mit à creuser.

Le sol était mou comme du beurre, et en l'espace de quinze minutes il fut complètement saccagé.

— Génial, dis-je. T'as remué la boue pour trouver encore plus de boue. Je me casse. C'est une perte de temps et…

— Et Nina est en danger, je sais. (Il continuait à creuser, une vraie machine.) C'est pas pour tes beaux yeux que j'ai fait tout ce chemin.

— Si ton idée est tellement géniale, pourquoi les flics n'y ont-ils pas pensé avant ?

— Parce qu'ils n'ont aucune raison pour ça.

— Mais nous, si ? Le sol avait un aspect normal, John. Personne n'avait remué la terre dernièrement.

Il se redressa, comprenant peut-être que j'étais à deux doigts de me tailler.

— C'est ainsi que fonctionnent les enquêtes, Ward. On fait ce qu'on peut, en espérant que ça nous mènera au but. Si tu veux partir, pars. Tu peux aussi rester ici à te rendre malade pour un problème sur lequel tu n'as aucune prise, ou tu peux attraper une pelle et me filer un coup de main.

Je n'en croyais pas mes oreilles.

— Tu veux dire que t'as une deuxième pelle ?

Il se remit au travail.

— Bien sûr.

— Mais pourquoi s'encombrer de deux pelles ?

— Je possède tout en double, Ward. J'ai deux pelles, deux appareils photo, deux armes à feu dans presque toutes les catégories. J'ai deux cartes routières, deux ordinateurs portables et toute une panoplie de faux papiers.

— Je te demandais la raison, pas l'inventaire.

— La raison ? Quand on est seul sur la route, on ne peut pas se permettre de manquer du nécessaire.

Alors on amasse tout en double, pour compenser le fait qu'on est soi-même unique.

La voûte de ses épaules témoignait de voyages interminables dans une voiture vide, de soirées entières assis dans la cour de quelque motel minable, à l'extérieur d'une chambre silencieuse, et de sombres heures perdues à méditer. Je ne connaissais pas bien John, mais le changement était patent, comme s'il avait fait le tour de son âme et jeté tout ce qui ne le rapprochait pas de son objectif. Il devenait une sorte de patrouille à une tête, un mercenaire solitaire luttant pour sa propre cause.

— Rien ne t'obligeait à vivre en ermite.

— Et toi, comment as-tu passé les six derniers mois ? répliqua-t-il.

— Planqué. Dans un bungalow qu'on nous a prêté, près de l'endroit où on t'a vu pour la dernière fois.

— Je me doutais que ce serait un plan de ce genre. Et vous aviez vraiment besoin d'un voisin comme moi, coupable de trois homicides ?

— Je croyais que c'était deux.

— Tu te souviens de Dravecky, le promoteur immobilier ?

— Le type auquel tu t'es vendu pour retrouver la trace de Paul ?

— Je ne me suis pas vendu. C'est ce que je lui ai fait croire. Je suis revenu à lui plus tard.

— Et tu l'as tué.

— Un homme très malfaisant.

— Je ne suis pas sûr que tu sois bien placé pour en juger.

— Et moi je pense l'être. (Il se tut, leva les yeux.) Trois aussi, c'est un mensonge. Il y en a eu quatre autres depuis.

— Bon sang, John. Tu devrais carrément postuler chez les Hommes de Paille. T'es mûr, là. Sept meurtres, rien que ça ?

— Ces types *étaient* des Hommes de Paille. Quand j'ai refroidi Dravecky, j'ai raflé ses fichiers informatiques. Ces quatre gars étaient tous membres de l'organisation, et c'étaient des monstres. Oui, de vrais monstres – sanguinaires, cinglés, mais trop riches et trop puissants pour être inquiétés. Alors je m'en suis chargé. Et je n'hésiterai pas à recommencer.

— J'imagine qu'ils donneraient cher pour avoir ta peau.

— C'est bien ce que je dis : vous n'aviez pas besoin de moi dans les parages.

— On a quand même cherché à te joindre.

— Ouais, ouais. La femme qui a partagé ma vie m'a téléphoné. L'homme qui n'a pas abattu le meurtrier de ma fille m'a téléphoné. Mais certains jours, on n'est pas d'humeur à répondre à ce genre de coups de fil.

Il pivota pour reprendre sa besogne. Je respirai profondément, deux ou trois fois, et m'emparai de la deuxième pelle.

Les vingt minutes suivantes ne firent qu'ajouter au grabuge sans rien révéler d'utile. La boue était lourde et collante, de plus en plus dure à soulever.

Je levai la tête, depuis ma portion de carnage paysager, pour constater que John avait fini sa fouille.

— Y a rien ici, trancha-t-il.

Me revint alors cette excursion vers une haute plaine désolée au sud de Yakima, où John et moi avions dégotté une cabane ayant longtemps servi à entasser les morts. C'est John qui avait entrepris ce périple, sur la foi d'un tuyau que je ne voulais même pas connaître. Mais c'est grâce à moi que nous avions tenu jusqu'en haut. On pourrait appeler ça l'obstination du paresseux : poursuivre la tâche en cours dispense d'échafauder d'autres projets. Présentement, j'avais chaud malgré le froid, et le rythme des coups de pelle aidait ma tête à faire le vide.

Alors je me suis décalé de deux mètres, et j'ai entamé un nouveau trou.

Après une petite pause, John m'a donné la réplique.

— Eh, Ward, viens voir.

Cinq mètres nous séparaient, et nous creusions depuis plus d'une heure. Je le rejoignis sans attendre.

Il se trouvait à trois mètres de son point de départ, au bord d'un trou d'environ deux pieds de profondeur. Au fond stagnaient déjà trois centimètres d'eau. Mais on distinguait quelque chose d'autre.

Je me penchai pour regarder de plus près. Puis fixai Zandt.

— C'est quoi, ce truc ?

Nous avons repris les pelles, en accélérant la cadence. L'eau s'infiltrait par les côtés presque aussi vite qu'on la purgeait, mais au bout d'une poignée de minutes l'objet s'avéra de belle taille. John alla chercher dans son sac deux déplantoirs, et nous passâmes les dix minutes suivantes à genoux, à dégager une découverte dont la nature ne faisait plus de doute.

— C'est bien ce que je pense ?

— Je crois bien, répondit Zandt. Une cage thoracique.

— Nom de Dieu… Humaine ?

— On dirait.

D'après la position et la courbure des sept côtes exhumées, j'imaginai l'orientation de l'éventuel squelette, pour enfoncer mon déplantoir cinquante centimètres à gauche.

— Qu'est-ce que tu fais ?

Pour toute réponse, je continuai de creuser jusqu'à trouver l'os du bras. En poussant vers la gauche, je révélai le radius et le cubitus, brisés comme deux baguettes.

Puis plus rien.

— OK, soupirai-je. Pas de main.

Zandt comprit l'idée. Nous nous relevâmes.

— Bon sang, John. Qu'est-ce qui se passe, ici ?

— J'en sais rien. Mais t'as remarqué ? Pas d'odeur. Aucune. Et tu vois la couleur des os, leur texture ?

— Des taches brunes. Un aspect poreux. Ce qui signifie que ça croupit là depuis un moment, non ?

— Au moins dix ou douze ans. Quel âge a la suspecte des deux meurtres ? La rouquine ?

— Vingt-cinq ans.

Alors nous nous sommes tus, et nous avons fait le calcul.

CHAPITRE XXIII

Lee était assis dans sa cuisine. Un modèle de propreté. La raison pour laquelle son intérieur était toujours nickel – et il savait que Brad trouvait cela plutôt louche – était fort simple : il consacrait beaucoup de temps au ménage. Dès son installation, il avait compris qu'il en serait ainsi. Depuis tout petit, il avait toujours connu une ou deux bonnes à la maison, et la pire corvée qu'il eût vu sa mère accomplir était de rincer un verre à Martini, dans des cas de force majeure. Mais Lee ne voulait pas d'une bonne. Il avait vingt ans. C'eût été ridicule, et puis les produits qu'il planquait chez lui n'étaient pas à mettre sous le nez d'une fouineuse de Mexicaine, des fois qu'elle décide de monnayer l'info en échange de la bienveillance des services d'immigration.

Alors il nettoya lui-même. Se découvrit des facilités, et finit par se prendre au jeu. Ça faisait un peu tapette, sûrement, mais au moins on savait que c'était propre. Désormais, chaque fois qu'il devait méditer un problème, il lessivait. C'était son petit secret. Mais bon, qui n'en avait pas ?

La maison baignait dans un silence parfait. Comme il l'aimait. La plupart de ses amis – ainsi que leurs vieux, sans parler des petites sœurs – étaient incapables de vivre sans bruit de fond. Il fallait qu'ils écoutent la télé ou la radio. À défaut, des conversations. N'importe quoi, mais quelque chose. Lee n'était pas comme ça, de même qu'il n'avait pas besoin de se défoncer pour faire la fête. Il sniffait un rail de coke à l'occasion, pour montrer sa bonne volonté. Sinon il restait clean. Cette vie exigeait un esprit vif. Des idées claires. De la maîtrise.

Vivement qu'on lui dise que l'épisode Pete était clos. Il serait alors le roi du pétrole, et cette stupide soirée ne serait plus qu'une péripétie l'ayant rapproché des grosses huiles et – par un heureux hasard – débarrassé d'Hernandez. Il fallait fêter ça ! Il envisagea d'appeler Brad, mais son ami était drôlement ronchon ce matin. Le problème quand on devient proche des gens, des gonzesses en particulier, c'est qu'on les met en position de nous démonter la tête. Puis c'est tout notre univers qui est ravagé.

Lee décida de coucher sur papier quelques notes en vue de sa prochaine rencontre avec Paul. Des idées pour booster le Plan, maintenant que les choses rentraient dans l'ordre. Comme il se levait pour prendre son bloc dans la moitié droite du deuxième tiroir sous les couverts – chaque chose avait sa place –, il vit une bagnole s'approcher à toute blinde.

Il reconnut la caisse.

Elle s'arrêta en dérapage. La portière s'ouvrit ; Brad descendit, hébété. C'est tout juste s'il marchait droit. Il fondit sur la porte d'entrée en criant vaguement.

Hudek alla ouvrir avant que Brad n'ait pu frapper. Il avait une mine rouge, humide, les cheveux en bataille.

— Espèce de... cria-t-il. Espèce de...

Puis il lui tomba dessus. Pétage de plomb intégral. Comme une attaque de tigre sous amphets. On l'oubliait facilement, mais Brad mesurait cinq centimètres de plus que Lee, et le dépassait en muscle de quelque cinq ou dix pour cent.

Lee tituba en arrière et tomba sur le dos. Hystérique ou pas, Brad lui cognait le visage, le cou, la poitrine en hurlant. Lee rendait les coups comme il pouvait, tout en essayant de repousser Brad avec les genoux et de s'esquiver en roulant, de s'échapper afin de reprendre le combat dans une position plus équitable – et si possible avant que Brad ne lui attrape la tête pour la fracasser contre le carrelage, ce à quoi il semblait fort résolu.

Il parvint à aligner une phrase, expirée morceau par morceau :

— Qu'est-ce qui t'arrive, putain de merde ?

Brad n'expliqua rien.

Pour finir, Lee décocha une droite assez puissante pour repousser Brad, ne serait-ce qu'une seconde, puis il lui latta le flanc, deux fois de suite, et balança un revers de bras. Le crâne de Brad heurta le mur, et Lee en profita pour remonter sur ses jambes.

Il espérait obtenir un temps mort, mais Brad bondit de plus belle.

Quel que soit le problème, c'était sérieux. Lee se retourna pour détaler dans la maison. Atteignant le séjour, il vit que les portes-fenêtres étaient restées ouvertes. Il n'avait jamais tenté d'escalader la clôture du jardin, et cela ferait baliser les voisins, qui le prenaient pour un jeune homme bien sous tous rapports. Mais bon, à eux de gérer, après tout...

Surgissant de nulle part, Brad lui sauta dans les côtes et le plaqua au milieu du salon. Les coups se remirent à pleuvoir, de moins en moins précis mais toujours aussi forts.

Lee se libéra de nouveau ; sûr de perdre au sprint dans le jardin, il changea d'objectif et se retrancha vers la cuisine, tout en continuant de gueuler sur Brad, d'exiger qu'il lui dise à quoi rimait tout ce bordel.

C'est là qu'il comprit, au regard et aux râles de Brad, qu'il n'y avait rien à négocier. Ce n'était pas une saute d'humeur : Brad cherchait vraiment à lui faire la peau.

Il obliqua vers le couloir, gagna la porte du fond et se rua dans le double garage. Il entendait Brad se carapater derrière lui, mais s'il maintenait l'effort jusqu'au meuble de rangement...

Il l'atteignit à temps. Ouvrit le tiroir, sortit le flingue.

Et virevolta pour le braquer sur la tronche de Brad.

Il crut d'abord que Brad n'allait pas s'arrêter, qu'il allait foncer droit sur l'arme. Mais il hésita.

Lee soufflait comme un bœuf.

— C'est quoi, c't'embrouille, Brad ?

Brad faisait pitié à voir. Il pleurait, dégoulinait de morve, mais il ne s'en rendait même pas compte, ou bien il s'en moquait.

— Tu l'as tuée, grinça-t-il.

— Mais de quoi tu parles ?

— Me pipeaute pas la gueule. Tu l'as tuée. Tu l'as fait tuer.

Lee maintenait l'arme fermement pointée sur le visage de Brad. Deux mètres à peine les séparaient. Si Brad bougeait, il faudrait tirer très vite.

— Écoute, Brad. Je comprends rien à ce que tu me racontes. Qui est mort ?

— Tu le sais très bien. Kar...

Le visage de Brad se chiffonna et ses paroles furent momentanément brouillées, coulées dans une longue plainte qui déboucha néanmoins sur un prénom reconnaissable.

Lee s'étonna :

— Karen ? Karen est morte ?

Alors Brad hurla :

— Bien sûr qu'elle est morte, connard ! Tu croyais peut-être qu'elle allait s'en sortir ? Ou bien ils t'ont pas dit comment ils allaient s'y prendre ?

— Écoute, Brad, il faut que tu te calmes et que tu m'expliques tout ça, parce que, là, je pige que dalle.

Brad plaqua ses mains sur ses yeux, renifla à fond. Il saignait d'une narine.

— Tu leur as dit.

— Dit quoi ?

— Que Karen avait des doutes. Qu'elle pensait qu'on savait des choses sur la mort de Pete.

Hudek ouvrit la bouche, pour la refermer aussi vite. Grillé.

— Je le savais, fit Brad. Tu l'as balancée. Tu t'es dit qu'elle allait nous foutre dedans, alors tu l'as donnée.

Lee se lécha les lèvres pour mesurer ses mots :

— Je vais être honnête avec toi, mec. Ouais, j'en ai parlé à Paul. Je lui ai exposé la situation, pendant que t'allais lui chercher son café. Je pensais qu'il fallait le mettre au courant, c'est tout. Mais je lui ai dit qu'il n'y avait pas de souci, qu'elle ne ferait rien qui puisse te nuire, et il a répondu que ça allait, que tout serait réglé d'ici ce soir et qu'on n'avait rien à craindre.

— Rien à craindre mon cul ! À quoi ça servait de fourguer aux flics une version bidon ? Si Karen leur racontait qu'on avait menti, ils nous seraient tombés dessus de toute façon. Ils nous seraient tombés dessus, et notre version se serait dégonflée dans la seconde. Tu le savais, et Paul le savait, alors tu l'as fait tuer pour l'empêcher de parler.

— C'est faux, Brad.

— Tu sais comment ils s'y sont pris ? Devant tout le monde. En pleine rue. Un mec en 4x4 la tamponne au beau milieu de la journée et passe son chemin. Ça lui a écrabouillé le visage. Et arraché le bras, Lee. Son putain de bras a été arraché !

— Écoute, Brad. Je te jure, j'ai rien à voir là-dedans. J'ai parlé à Paul, mais c'était juste pour l'informer. Rien ne prouve que ce soit eux, d'ailleurs. Et si c'était un accident ? T'y as pensé, au moins ?

— Me prends pas pour une buse.

— Je ne voulais pas qu'ils lui fassent du mal.

— Je te crois pas. Et je puis je m'en branle. T'as parlé. Tu l'as fait buter. Volontairement ou non, c'est toi qui l'as tuée.

— C'est pas ma faute !

— Rien n'est jamais ta faute, hein ? C'est quoi, ton problème, Lee ? Tu supportais pas qu'elle soit avec moi et pas avec toi, c'est ça ?

Lee ricana.

— Quoi ? J'en avais rien à secouer, mec.

— Menteur. Putain de menteur. Depuis que je sors avec elle, t'arrêtes pas de faire chier. De raconter que tu l'as tringlée. De faire tes petites allusions. OK, tu craignais qu'elle parle et t'as voulu t'en débarrasser pour ça, mais c'était aussi une vengeance personnelle, pas vrai ? Reconnais-le, bordel !

Lee se lâcha :

— Mais je te la laissais avec plaisir, abruti ! Cette espèce de glaçon ambulant. Même pas foutue de sucer.

Brad se terra dans le silence.

Un silence menaçant. Les larmes aussi avaient cessé.

— T'es mort, déclara-t-il d'un ton sec.

Hudek vit le corps de Brad se raidir. Les tendons de son cou saillaient comme des câbles. Si Brad déconnait maintenant, Lee serait obligé de l'abattre.

— M'oblige pas à faire ça, dit Lee tout en gardant le flingue dressé et en regrettant de ne pas avoir compté les coups tirés sur le parking. Ne m'oblige pas, putain.

— Je l'aimais, dit Brad avec un calme à donner la chair de poule. C'est un truc que tu pourras jamais comprendre parce que t'es complètement baisé de la tête. J'aimais Karen. Et ils l'ont tuée par ta faute.

— Écoute, Brad, il faut qu'on...

Mais Brad se jeta sur Lee.

Lee pressa la détente comme on le fait à la télé. Deux coups rapides, boum boum.

L'espace confiné rendit le bruit assourdissant. Pointé droit sur le visage de Brad, le flingue dévia tout au plus d'un degré.

Brad percuta Lee tel un train, le projetant contre le mur. Les deux têtes s'y fracassèrent, avant de cogner le sol, et Lee voulut aussitôt se débattre, paniqué par ce corps affalé sur le sien.

Puis il vit qu'il n'y avait pas de sang.

Et que Brad bougeait encore ; ce n'étaient pas des convulsions, mais des mouvements francs.

Ils se dégagèrent l'un et l'autre, pour se retrouver assis à deux mètres de distance, sur le béton froid.

Leurs regards se croisèrent. La droite du visage de Brad montrait des traces de projection, semblables à de la suie. Le flingue à la main, Lee faisait des yeux ronds.

Puis Brad se mit à rire.

C'était un son rentré, affreux, le bruit d'une âme qui s'envole en battant des ailes.

— Des balles à blanc, dit-il. C'étaient des putains de balles à blanc !

Lee regarda bêtement son arme.

CHAPITRE XXIV

— Nous ne savons pas encore qui est la seconde victime, dit Monroe. Aucune disparition n'a été signalée. On a fait circuler une photo, mais sans résultat. Le cadavre n'avait pas de papiers, ni de tatouages ou de signes distinctifs, et ses empreintes ne donnent rien. Ses vêtements ne sont d'aucune aide et le labo n'a rien trouvé quant à la précédente localisation du corps. C'est soit un voyageur de passage, soit un habitant d'une ville voisine, soit un type tombé du ciel.

— On a montré la photo au Mayflower ?

— Hier après-midi. Mais les gens ne sont pas doués pour reconnaître les morts. En tout cas, il est certain qu'il n'aura pas marqué les esprits de la même façon que Widmar.

Monroe et moi étions assis dans le hall de l'Holiday Inn. La foule du matin s'était dispersée. Les techniciens s'étaient retirés, les flics locaux étaient repartis, et s'il restait deux ou trois reporters sur le parking, la plupart considéraient l'incident de cette nuit comme de l'histoire ancienne : ils étaient partis chercher un endroit plus sympa pour poser leurs sacs et se dragouiller entre pairs dans l'attente de développements croustillants. Des fédéraux s'étaient cloîtrés dans la salle de conférence de l'hôtel, reconvertie en

QG. Le seul corps de métier à occuper le terrain était le personnel, qui paraissait drôlement enjoué en cette fin d'après-midi, comme si les accueils bruyants et les sourires éclatants pouvaient conjurer le drame qui s'était produit dans ces murs. Il n'empêche que la clientèle avait déserté en masse.

Monroe avait bien voulu m'accorder dix minutes. Il paraissait encore plus schlass que moi. Il ne s'était pas changé depuis le matin, quand j'avais envoyé la réceptionniste le tirer du lit. J'avais l'impression que cela remontait à un siècle – et encore, je n'avais pas eu à me taper toutes ses emmerdes à lui. Il tenait une grande tasse de café, qu'il vidait par petits traits réguliers, et seul l'aspect robotique du geste laissait deviner qu'il n'en sentait plus le goût.

— On va la trouver, Ward. Il faut me croire.

— Vous ne savez même pas qui la détient.

— Avez-vous le moindre indice ?

— On procède maison par maison. Si Nina est en ville ou dans les environs, elle est forcément dans un bâtiment, un appartement. On la trouvera. Il faut bien que le ravisseur la garde quelque part.

— Ce n'est pas Julia Gulicks, en tout cas.

— Vous n'auriez pas dû aller la voir hier soir.

— Je devais m'assurer qu'elle était là. Et puis j'ai vu un truc.

— Quoi donc ?

— Elle devait savoir ce qui venait d'arriver. Les flics étaient tellement retournés qu'elle aurait pu le sentir à travers les murs. Elle a levé les yeux vers l'œilleton et m'a lancé un regard que j'ai été incapable d'interpréter.

— Elle est coupable de deux meurtres et elle a consacré les deux dernières semaines à découper des types. Qui sait ce qui peut se passer dans sa caboche ?

— La fouille de son appart n'a rien donné ?

— C'est en cours.

— Ce qui veut dire non. Ni cave où conserver un corps, ni morceaux de chair humaine, ni pic à glace planté dans l'escalier.

— Elle a manifestement opéré ailleurs.

— A-t-on déjà vu une femme commettre ce genre de crime ? Y a-t-il ne serait-ce qu'un seul précédent ?

— Je sais ce que pensait Nina de cette affaire. Je ne vous demande pas de reprendre le flambeau.

— Pourquoi l'avez-vous amenée ici ?

Monroe hésita, une fraction de seconde.

Je me penchai en avant.

— Je pige pas, Charles. Elle m'a expliqué, et je pige toujours pas. Vous serez peut-être plus convaincant. Vous connaissez cette fameuse affaire de Janesville qui a marqué Nina quand elle était gamine, donc vous savez que c'est un sujet qui la perturbe. Alors pourquoi choisir exprès cette enquête pour la ramener dans le grand monde ?

Monroe ouvrit la bouche, mais j'étais trop furax pour le laisser parler.

— Un monde où trois jours plus tard elle sera kidnappée à son hôtel par un buteur de flic ? Expliquez-moi, s'il vous plaît, et faites simple.

Monroe secoua la tête et, l'espace d'un instant, il me fit de la peine. Il n'avait aucun moyen de revenir en arrière. Il pouvait juste attendre pendant qu'on fouillait les maisons.

À travers la baie vitrée, il scruta le parking où s'invitait le crépuscule. La pluie avait repris. J'espérais que Nina l'entendrait, où qu'elle se trouve, et qu'elle saurait au bruit des gouttes que le temps s'écoulait toujours – et que, s'il s'en écoulait assez, j'aurais une chance de la retrouver.

— C'est la meilleure enquêtrice que j'aie jamais connue, dit-il. Je lui dois tout. Je m'occupais de la procédure et du protocole pendant qu'elle résolvait les crimes. Vous vous souvenez quand l'affaire Aileen Wuornos est partie en vrille, avec les pétitions, les documentaires et tout le bastringue ? Ce coup-ci, je voulais qu'on soit irréprochables, au cas où les médias monteraient le truc en épingle. Nina allait se montrer d'emblée sceptique face à une femme suspectée de meurtre, ce qui nous obligeait à trouver des preuves en béton.

— Et maintenant Reidel est mort, Nina a disparu et tout ça ne rime à rien.

— Non, vous ne pouvez pas…

— Il se passe des choses incompréhensibles dans ce bled. Je ne sais pas si elles ont un rapport avec Nina, mais pour l'instant c'est tout ce que j'ai.

Plongeant la main dans le sac posé au pied de ma chaise, je sortis une série de clichés en couleur réalisés en début d'après-midi avec un numérique.

Je lui mis le premier sous les yeux.

— Vous reconnaissez ?

Il fronça les sourcils.

— On dirait le deuxième lieu du crime.

— Exact. (Je lui glissai la photo suivante.) La même, vue de l'autre bout de l'île, à l'endroit du tee-shirt.

— Je ne vois rien qui…

Troisième image.

— Voici à quoi ça ressemble maintenant.

Il fixa le cliché.

— Nom de Dieu. Mais qu'est-ce qui s'est passé ?

— J'ai sorti la pelle.

Ses yeux étaient exorbités.

— Vous me faites marcher. C'est pris ailleurs. Vous n'avez pas pu faire ça.

— Je vous jure que si. Et c'est encore pire en vrai.

— Je peux pas croire que vous ayez fait ça. Putain !

— Il fallait bien que quelqu'un se dévoue. Ce tee-shirt avait forcément une fonction. Mais vous ne regardiez que la surface des choses. (J'abattis une nouvelle photo.) Et là, vous voyez quoi ?

— De la boue, Ward, dit-il d'une voix morfondue. Et un lieu du crime massacré.

— Encore un effort.

À contrecœur, il se pencha sur le document pour l'examiner.

— Il y a quelque chose dans ce trou.

J'alignai les quatre clichés restants.

Il parcourut la série, cligna des yeux, revint en arrière.

— Nom de Dieu… (Ses yeux refirent l'aller-retour.) Pas de main.

Il se leva, comme prêt à filer dans trois directions différentes.

— Vous auriez dû me prévenir… Il fallait dépêcher une équipe autorisée. Vous avez tout saccagé !

— Si ça peut nous dire où se trouve Nina, je n'ai pas le temps d'attendre qu'on y mette les formes. J'ai autre chose à vous montrer. Dehors.

— Mais je dois…

— Monroe, vous n'avez plus la main. Alors maintenant vous me suivez, ou je pars en ville trouver le journaliste le plus con pour lui raconter tout ce que je sais.

Sur ces mots, je m'éloignai vers l'entrée principale. Monroe m'avait rejoint lorsque je posai le pied sur le parking. Je gagnai en hâte l'allée où j'étais garé.

— Montez.

Quand nous fûmes tous deux à bord, je démarrai.

— Qu'est-ce que vous faites ?

Il entendit s'ouvrir la portière arrière et quelqu'un monter. Monroe se tordit sur son siège, et considéra Zandt comme si c'était le diable en personne, avec des hot-dogs à la main.

— Salut, Charles. Ça fait une paye.

J'actionnai le verrouillage centralisé, écrasai une plate-bande et m'arrachai du parking.

La pluie avait redoublé et la grand-route devenait une patinoire. Cela eut toutefois l'avantage de distraire Monroe, cramponné des deux mains au tableau de bord. Zandt en profita pour lui faire les poches, et lui confisquer son arme et son téléphone.

Monroe boucla sa ceinture.

— Je ne sais pas ce que vous avez en tête, dit-il, mais c'est une très mauvaise idée.

— Je ne crois pas, rétorquai-je. Ça ne va pas vous plaire, mais c'est votre problème, et vous avez dix minutes pour vous faire à ce qui va suivre.

— Rendez-moi mon flingue.

— Pas question, lâcha John. Prends ça, plutôt.

Monroe vit atterrir un objet sur ses genoux.

— C'est quoi, ce truc ?

— À toi de me le dire.

Monroe saisit la chose du bout des doigts. Cela ressemblait à un petit bâton recourbé, mais pas besoin d'être médecin légiste pour savoir que c'était autre chose.

— Je suis allé à Richmond cet après-midi, expliqua Zandt. Des paléontologues sympas ont bien voulu m'aider en jetant un œil sur ceci, comme sur d'autres ossements qu'on a trouvés.

— Ça sort d'où ?

— Quoi, Ward ne t'a pas montré les photos ?

— Bon Dieu ! pesta Monroe. Alors non seulement vous saccagez les lieux, mais en plus vous profanez le corps. T'as déraillé à ce point ?

Zandt ne releva pas.

— L'échancrure sciatique du pelvis indique un corps de femme. Ce genre de truc est assez coton à dater. Mon ami aurait préféré le voir in situ et juge idiot de l'avoir exhumé, ce en quoi il te donne raison. Sauf que, à son avis, il a bien fallu une quinzaine d'années, à deux ans près, pour que cet os prenne cet aspect.

— Répète un peu ?

— T'as très bien entendu, Charles. Cet os est sorti de terre tout près d'un tee-shirt laissé sur les lieux d'un meurtre que tu attribues à la suspecte bouclée à Thornton. Seulement voilà : ce corps a été enterré à une époque où ton unique suspecte avait entre huit et douze ans.

Monroe considéra l'objet dans sa main.

— À supposer que je puisse vous croire, dit-il.

— Et pourquoi on mentirait ? objectai-je tout en prenant la courbe qui menait au centre de cette prétendue ville. La seule chose qui m'intéresse chez votre tueur, c'est de savoir en quoi il peut nous mener à Nina. Pour elle, c'était clair depuis le début : une femme n'avait pas pu tuer ces deux hommes. Et ceci nous montre qu'elle était peut-être dans le vrai.

— Et qu'est-ce que je fabrique dans cette voiture ? Vous ne pouviez pas me parler de tout ça à l'hôtel ?

— Justement, c'est là que vous allez devoir prendre sur vous, dis-je. On s'apprête à enfreindre la loi, et vous allez nous aider. John souhaite s'entretenir avec Julia Gulicks.

— Hors de question, répliqua-t-il. C'est totalement exclu.

Ce refus ne me surprenait pas, mais sa véhémence, si. J'avais espéré que l'ossement lui ferait sauter le pas, comprendre qu'il n'y avait pas trente-six voies possibles.

— On sera chez le shérif d'ici trois minutes, ajoutai-je. Vous allez vite devoir changer d'avis si on ne veut pas perdre de temps. D'après moi, même un type comme vous admettra que John a été un bon inspecteur de la crime. D'après ce que j'en sais, il vous a dépatouillé d'au moins une affaire par le passé. Alors qu'est-ce qui vous gêne ?

— Laissez tomber, décréta Monroe. Il n'est plus de la maison. Il fait l'objet de plusieurs avis de recherche pour meurtre, c'est un homme dangereux, et jamais de mon vivant je ne le laisserai s'approcher…

— Écoutez, commençai-je avant de percevoir une sorte de gazouillis mélodieux.

Je mis du temps à identifier ce bruit, comme s'il ne m'était pas familier.

Je me rangeai brusquement sur le bas-côté, manquant de peu de bloquer les roues. Je sortis mon portable de ma poche. Lus le numéro affiché.

Ce n'était pas Nina.

— C'est Unger, annonçai-je avec le sentiment de marcher au-devant d'un précipice.

— Prends-le dehors, conseilla John.

J'ouvris la portière et sortis sous la pluie.

— Ward ? entendis-je aussitôt. C'est Carl.

Je restai muet. Qu'étais-je censé faire ?

— Ward ? T'es là ?

— Je suis là.

— Ton amie, l'agent Baynam. Pas de nouvelles ?

— Comment sais-tu qu'il s'agissait d'elle ?

— Dès l'instant où t'as quitté le bar j'ai passé quelques coups de fil.

Comme j'aurais aimé l'avoir devant moi...

— Tu l'as mise en danger, accusai-je. Tu l'as peut-être tuée.

— C'était un risque nécessaire. Je protège mes arrières, c'est tout, et tant pis pour ta vie privée. Tu m'as caché des trucs hier soir. Alors j'ai fait ce que je devais.

— Et t'as gagné quoi ?

— Rien. Je sais toujours pas ce qui se trame. Je me trouve à Langley, actuellement. On peut se revoir ? Je serai là en moins de deux heures. Il faut qu'on parle. Je peux peut-être t'aider.

Je lui raccrochai au nez.

En remontant dans la voiture, je m'attendais à plonger dans un concours de hurlements. Mais ce fut un silence de mort qui m'accueillit. Monroe rangeait son arme et son portable dans sa poche de veste.

— Alors ? me demanda John.

— Unger a lâché nos noms sur les ondes hier soir, mais c'était après l'enlèvement, car le sang de Reidel commençait à sécher quand je suis arrivé à l'hôtel. La question est de savoir si Unger nous ment, et je ne peux pas en juger au téléphone. Il veut me revoir.

— Et ?

— Possible qu'il vienne. (Je frappai rageusement le volant avec mes poings. Dans ma tête résonnait encore l'espoir que l'appel fût de Nina.) Putain. Je ne sais plus par quel bout prendre cette histoire. Impossible de savoir qui fait quoi...

— Conduis-nous au comico, dit Zandt.

J'observai Monroe.

— Vous le laissez parler à Julia ?

L'agent du FBI garda le silence. Se contenta de scruter la nuit, le teint cireux dans la lumière des lampadaires. J'ai démarré et avalé le dernier kilomètre.

Le flic de l'accueil était celui que j'avais blousé la veille. Il se levait déjà de son siège quand il vit que cette fois Monroe m'accompagnait.

— Monsieur, lança-t-il, c'est lui le type qui…

— Je sais, coupa Monroe. La salle d'interrogatoire est prise ?

— Pas pour l'instant.

— Amenez-y Julia Gulicks.

Nous franchîmes les portes de sécurité et suivîmes Monroe dans le couloir.

— Tu veux la précéder dans la salle ? demanda-t-il.

On pouvait penser ce qu'on voulait, mais quand la règle du jeu changeait, Monroe savait s'adapter.

— Non, répondit John. Je veux d'abord la voir.

Monroe nous conduisit dans la pièce d'observation. Nous patientâmes dix minutes, le temps que John parcoure la transcription des précédents interrogatoires. Puis une porte s'ouvrit. Deux flics amenèrent Julia Gulicks et la firent asseoir. L'un repartit, l'autre se posta devant le battant.

Comme la veille, Julia était installée dans la longueur de la grande table, pile au centre. Sa pâleur tirait sur le diaphane. Ses mains tremblèrent un peu lorsqu'elle les posa l'une sur l'autre, puis se figèrent. Elle leva les yeux, fixa la glace sans tain. Inclina la tête sur le côté.

Je regardai John l'observer. Il se tenait debout, le coude calé sur son autre main, l'index dressé contre son nez. Je ne sais combien de temps je l'ai épié, mais il n'a pas cillé.

— Toujours pas d'avocat ?

— Eh non, indiqua Monroe. Elle en a pris un, mais elle refuse de lui parler.

— Pas de visites familiales ? Pas d'amis ?

— Personne. Le pseudo-fiancé est passé hier en fin d'après-midi pour répondre à quelques questions. Il n'a pas souhaité lui parler. D'après lui, Julia n'évoquait jamais sa famille. Je te préviens, John, c'est pas le moment de déconner.

Zandt quitta la pièce. Une minute plus tard, le flic de la salle pivota pour ouvrir la porte. S'avançant, John le pria de patienter dehors, et attendit d'être seul avec la suspecte pour prendre la chaise en bout de table.

Après quelques instants, elle tourna la tête vers lui.

— Vous êtes plutôt bel homme.

— Merci. Ça fait un bail qu'on m'a pas fait de compliment.

— Oh, le pauvre.

— Bah, je survis. Et vous ?

— Quoi, et moi ?

— Vous allez tenir le coup ? Vous n'avez pas de famille ou de proches qui pourraient vous soutenir ?

— Non. Je suis fille unique. Mes parents sont morts.

— Triste histoire...

— Ça dépend comment on la raconte.

— Vous avez grandi à Boulder, n'est-ce pas ?

— Exact.

— Et vous avez emménagé à Thornton voilà six ans ?

— Un coin charmant, vous ne trouvez pas ?

— J'ai pas eu le temps de visiter, mais j'avoue que ça ne m'a pas frappé.

— Mais tous ces arbres ! Ces petites maisons pleines de cachet !

— Je ne confonds pas pittoresque et beau.

Elle sourit.

— Alors vous éviterez peut-être de confondre ravissante et idiote.

— Vous avez conscience d'être dans de sales draps, n'est-ce pas ? Vous n'essaieriez pas de plaider la démence, par hasard ?

— J'aurais des arguments, croyez-moi.

— Ce genre de tirade est sûrement censé servir votre ligne de défense. Mais moi, ça me renforce dans l'idée que vous vous fichez de moi.

— Je vais tâcher de faire mieux.

— J'ai un truc à vous montrer.

John puisa un objet dans sa poche et le posa au centre de la table.

Monroe inspira en sursaut.

— Seigneur, gémit-il. Ce type est incroyable.

Pour ma part, j'approuvais l'approche de John. L'attitude de Julia Gulicks s'était métamorphosée depuis son premier passage dans cette pièce. Ses yeux étaient creusés de cernes, à croire qu'elle n'avait pas dormi depuis son interpellation. Creusés, et teintés de doute.

Elle regarda l'objet devant elle.

— J'ai déjà mangé.

— Vous savez ce que c'est ?

— C'est un os.

— Une côte. Une côte de femme. D'où provient-elle, à votre avis ?

— De votre collection personnelle ?

— Elle provient de la forêt située au nord-est de la ville. On y a découvert un corps il y a deux nuits de ça. Certaines personnes ici voudraient vous imputer ce meurtre, ainsi que celui de Lawrence Widmar. Mais je vois d'après mes notes que l'inspecteur Reidel a déjà évoqué la question.

Gulicks se taisait, sans détacher les yeux de l'os.

— Mais cette côte n'appartient pas à cette victime-là, poursuivit John. Car il s'agissait d'un homme. Or cette femme fut enterrée par cinquante centimètres de profondeur.

— Alors ça vient d'où ? Venez-en au fait.

— Vous vous souvenez de l'agent Baynam ?

— Tout à fait. Une fille sympa.

— C'est vrai.

— Vous l'avez sautée ?

Je ne sais pas ce que l'on éprouvait à se trouver dans cette salle, mais de mon côté de la glace, l'ambiance était glaciale.

Elle fit un grand sourire :

— Je parie que oui. Entre nous, elle n'avait pas l'air commode, mais c'est peut-être votre genre.

— Non, répondit John. Je préfère les femmes comme vous. Rien de tel qu'une nana qui passe ses journées à ronger son frein et ses soirées tapie dans le noir. Qui se trouve présentement devant moi, les mains jointes pour cacher le fait qu'elle a besoin d'un verre. Ce genre de nana, vous n'avez pas idée... C'est le rêve de tout mec.

Le visage de Gulicks s'éteignit. Ni colère, ni détresse. Neutre.

— Seuls les faibles renoncent, dit-elle en baissant brusquement la voix d'un quart d'octave. C'est bien connu.

— Si je vous parle de l'agent Baynam, reprit John en accordant sa voix à la sienne, c'est parce qu'elle vient d'être appelée sur une autre affaire. Ce qui n'arrange pas les vôtres. L'agent Baynam était convaincue de votre innocence. Contrairement aux autres. À commencer par l'inspecteur Reidel.

— Quelle importance, puisqu'il est mort ?

— Comment le savez-vous ?

— Toute la ville en parle. Je n'ai rien à faire, à part écouter aux portes. Je les observe attentivement. Vous voulez savoir quel adjoint manque à son devoir ? Qui fait sauter les PV contre quelques billets ? Vous voulez connaître leur point de vue sur mes nibards ? Parce qu'ils en ont un, figurez-vous. Ils s'intéressent aux nichons d'une meurtrière qui ne s'est pas douchée depuis quarante-huit heures. Mais bon, c'est toujours des nichons, hein ? Et ils sont comment, ces NICHONS ? Les hommes sont spéciaux, n'est-ce pas ? Pas assez gros, en fait, tel est l'avis général.

— Les femmes aussi peuvent faire le mal.

— C'est faux, réagit-elle en montrant ses premiers signes de ferveur et de souffrance. Les représailles ne sont que des ricochets. Ça ne compte pas.

— Et qui est l'objet de votre vengeance ?

— Je parlais sur un plan général. Rien de personnel.

— Vraiment ? On aurait cru.

Elle avait retrouvé son calme.

— Il n'y a rien de personnel chez moi, jeune homme. Je n'ai pas de talents propres. Demandez à mon patron. Ça revient de temps à autre, dans les évaluations. Bonne petite fourmi, mais on n'aimerait pas l'avoir pour voisine de table, et patati et patata.

— Mark Kroeger pensait manifestement le contraire. Il est sorti avec vous, n'est-ce pas ? À quelques reprises…

— En effet.

— Il s'est promené dans les bois avec vous. C'était votre idée, mais il a suivi.

— C'est exact.

— Vous protégez quelqu'un, Julia ?

— Qu'est-ce qui vous fait croire ça ?

— Voyez-vous, je ne suis pas persuadé que vous ayez tué ces gens. Je me dis que c'est peut-être quelqu'un d'autre, et qu'il y a un rapport avec ce troisième cadavre. Alors je me demande si, pour des raisons qui vous appartiennent, vous ne cherchez pas à le couvrir.

— Eh bien, vous vous trompez.

— Sur quel point ?

— Sur tout.

— Vraiment ? Et merde. (Même dans l'Interphone son agacement semblait sincère.) Ça me dérange pas d'être un peu con-con. Mais complètement à côté de la plaque ? Ça craint.

— Je sais un truc sur vous, dit-elle en souriant à la table. Vous devriez être capable de lire la même chose sur mon visage.

— Et de quoi s'agit-il ?

Un moment de silence, et elle le dévisagea de nouveau.

— Vous avez regardé.

— Pardon ?

— Ça suinte, puis ça s'arrête. On sait qu'ils sont partis lorsque ça sèche.

— Mais de quoi parlez-vous ?

Elle leva lentement la main pour pointer son doigt sur John.

— Un tueur, dit-elle. Vous êtes un tueur.

Je croisai le regard de Monroe.

Dans la salle, John restait impassible.

— Qu'est-ce qui vous fait penser que j'ai tué des gens ?

— Alors vous niez ?

— Je vous pose une question.

— Ça saute aux yeux. Ces taches-là ne partent jamais.

John s'accouda sur la table, l'air amical et ouvert.

— Je vois bien que vous essayez de dire quelque chose, Julia. J'aimerais savoir quoi. Mais j'ai peur de me méprendre, aussi je vous demanderai un petit effort de simplicité. Vous voulez bien ?

— D'accord, dit-elle avant d'énoncer très clairement : Je les ai tués.

John cligna des yeux.

— Répétez ça ?

— J'ai tué Larry dans la forêt. Je l'ai emmené faire un tour, et j'ai sorti mes nibards assez longtemps pour qu'il se dise : « C'est dans la poche. » Il n'était pas très clairvoyant car je l'avais drogué avec un produit commandé sur Internet. Pas du Viagra, soit dit en passant…

— Si vous l'avez tué en forêt de Raynor, comment se fait-il que le cadavre n'ait pas été ensanglanté ?

— Je l'ai tué au bord du ruisseau. Il y est tombé comme une masse. Je pensais qu'il serait plus beau lavé. Pas vous ?

— Pourquoi l'avoir déshabillé ?

— Pour l'humilier. C'était un connard. Je l'ai vu jeter une autre fille pour tenter sa chance avec moi. Quant au deuxième gus, j'ignore tout de lui, désolée. Je l'ai déniché à la station de bus d'Owensville, il y a deux semaines. C'était un coup d'essai, et putain ce qu'il était lourd, quand j'y repense ! Larry était un peu plus maniable.

John s'efforçait de paraître moins surpris que Monroe et moi, et c'était plutôt réussi.

— Nous avons caché à la presse un détail concernant la deuxième victime, dit-il. Vous aimeriez peut-être me le confirmer ?

— Ce ne sera pas facile, vu que je n'ai pas ouvert un journal depuis un moment, mais ne serait-ce pas une histoire de mutilations massives ? Une vraie boucherie, je sais, mais sans ça je n'aurais jamais pu le traîner là-bas. Il existe sans doute une meilleure méthode, mais *Le Manuel des Castors juniors* ne disait rien à ce sujet.

— Vous avez conscience que nous parlons devant témoins ?

— Le contraire m'aurait étonnée. (Elle regarda la glace et agita la main.) Salut, les gars.

— Vous avouez donc le meurtre de ces deux hommes ?

— Je préférerais le mot « confirmer ». Car je n'ai rien à me reprocher, si ce n'est mon amateurisme. Deux types, c'est un score minable. Quand on pense à toutes ces femmes qui se font assassiner, tout le temps, partout. Ça me fout la haine.

— Alors pourquoi m'en parler ?

— Parce que vous êtes tellement mignon. Et puis vous m'avez vraiment eue avec votre numéro du bon flic et du mauvais flic réunis en un seul.

— Vraiment ?

— Ah ouais... Et puis vous sentez aussi bon que moi.

— Ça m'aiderait beaucoup si vous vous en teniez à des déclarations simples, Julia.

— Non, répondit-elle. Non, non, non.

— Vous brûlez d'en parler. C'est la seule chose qui vous intéresse dans l'immédiat. Ne serait-ce que pour m'expliquer le coup de la main sectionnée.

— Allez vous faire foutre, rétorqua-t-elle d'une voix blessée. J'en sais rien. À vous de me le dire. À vous de trouver.

John baissa la tête au niveau de la sienne.

— Et supposons que je m'en fiche ?

Elle lui bondit au visage.

Une vingtaine de secondes s'écoulèrent avant que les deux flics du couloir surgissent dans la pièce, laps de temps dont Julia fit le meilleur usage. Réfléchie, concentrée, silencieuse. Tout en poings, coudes, ongles.

John subit l'assaut sans quitter sa chaise, sans même lever les mains. Il ne pouvait se permettre de lui infliger la moindre marque – pas ici, et pas lui. Fût-ce par autodéfense.

Lorsque les agents la maîtrisèrent, Julia parut enfin craquer. Elle émit un son que je peinerais à décrire, entre cri perçant et rire hystérique, et trois costauds ne furent pas de trop pour l'évacuer de la salle.

Monroe s'attarda dans les locaux pour prolonger de trois jours l'incarcération de Julia Gulicks, désormais inculpée de double homicide, cependant que John et moi retournions à l'air libre.

Je lui ai offert une cigarette et on a fumé en silence.

— Et ça nous apprend quoi, ces conneries ? ai-je demandé.

John se frotta le front, étalant par mégarde le sang d'une longue balafre. Il ôta sa main et l'examina.

— Aucune idée, Ward.

CHAPITRE XXV

Hudek était aux commandes. Brad avait trop mal au crâne pour conduire, et maintenant que la crise était dissipée, Lee avait repris ses galons de chef, donc le volant. Les rues paraissaient vides, comme dégagées exprès pour leur montrer la voie. Chaque visage arborait de luisantes contusions, là où s'étaient écrasés les poings de l'autre. Sans rien en montrer, Hudek pensait avoir au moins deux côtes fêlées et n'entendait plus très bien d'une oreille. Brad avait éliminé la poudre et le sang de son visage, mais rien n'y faisait : on l'aurait cru passé sous une moissonneuse-batteuse.

Depuis que Lee avait téléphoné pour connaître leur destination, ils se taisaient. De quoi auraient-ils discuté ? Sur tous les tons, Hudek s'était défendu d'avoir voulu nuire à Karen. Il s'était aussi excusé pour ses autres vacheries. Brad n'avait rien offert en retour. Son esprit était un terrain vague. Au bout d'un moment, son portable sonna ; il l'éteignit en reconnaissant le numéro de ses vieux. Il les affronterait bien assez tôt, comme il venait d'affronter les Luchs : en feignant de croire à la thèse d'une mort accidentelle, d'un tragique carambolage avec délit de fuite, d'un destin foudroyé et tout le tralala. Mais en serait-il capable ? Pourrait-il trahir la mémoire de

Karen, lui tourner le dos et vivre sous le poids des mensonges ? Seul le temps le dirait.

Pour l'heure, il y avait plus urgent.

Certains individus allaient devoir comprendre que ces deux gosses de la Valley n'étaient pas du genre à tendre l'autre joue. Que « riche et privilégié » ne signifiait pas « stupide et faible », et que jeunesse ne rimait pas avec « impuissance » et « docilité ». On allait apprendre que la détermination qui avait contribué à tous les succès sportifs de la promo de 2003 opérait également dans le monde extérieur ; que cette détermination représenterait une arme redoutable pour des conflits d'adultes.

Voilà ce que Lee et Brad allaient leur montrer. Ils partaient à leur rendez-vous avec le fameux flingue, et cette fois-ci les balles étaient réelles. Brad les avait chargées lui-même.

Parvenus au bâtiment à l'angle de Roscoe et de Sennoa, ils allèrent se garer sur le parking, non loin de l'endroit où Pete et Steve avaient séjourné sous une bâche, ligotés et bâillonnés.

— On aurait dû piger tout de suite, marmonna Brad, une nouvelle clope au bec. Tu connais beaucoup de gens qui pratiquent de telles méthodes ? (Ils descendirent de voiture.) Ça me rassure pas de revenir ici.

— C'est le seul endroit où il acceptait de nous recevoir. (Lee respira un grand coup.) On va vraiment faire ça ?

Brad se souvint d'avoir posé la même question lors de leur précédente visite, un soir qui ne paraissait pas si lointain. Puis lui revint l'image d'un petit K oscillant au cou d'une jeune fille, et il redouta le moment où, tôt ou tard, on lui restituerait le bijou.

— Ouais, Lee, on va le faire.

— Mais s'ils sont tout un groupe, on se la joue cool, on attend le bon moment et on fait ceux qui ne savent rien. Promets-le-moi.

— Magne-toi, Lee. Moi non plus, j'ai pas envie de crever. Je veux juste entendre ce que ce connard trouvera à dire.

Ils gagnèrent l'entrée latérale. Lee tira sur la poignée. La porte n'était pas verrouillée.

Brad le suivit à l'intérieur. Sans un bruit, ils traversèrent une grande salle, puis un couloir desservant un espace encore plus vaste.

Fait nouveau, les lieux étaient éclairés par une série de néons, ce qui conférait à l'entrepôt désaffecté des allures de QG high-tech. Contre le mur s'alignait une rangée de bureaux, équipés d'ordinateurs et de moniteurs plats, d'une machine semblable à un serveur Internet, de deux téléviseurs, et d'un nombre suspect de téléphones portables. Tous les appareils étaient éteints et des câbles couraient dans tous les sens.

Il y avait du déménagement dans l'air.

Devant l'une des tables se tenait l'homme qu'ils venaient voir. Il ne les regarda pas d'emblée, trop occupé à ranger des CD informatiques dans un gros sac de voyage.

Lee et Brad s'approchèrent un peu.

Paul leva enfin les yeux.

— Salut, les garçons. Quel est le problème ?

Brad avait prévu de se jeter sur lui, comme sur Lee précédemment. Mais il comprit très vite que ça ne se passerait pas comme ça. L'autorité naturelle de ce type inhibait toute idée d'attaque.

— T'es tout seul ? demanda Lee.

— Rien que vous et moi, confirma l'homme. On a du boulot. Alors je vous demanderai de faire court.

Brad ne pouvait plus attendre :

— Pourquoi t'as fait ça ?

— Fait quoi, Brad ?

— Tuer Karen.

— Tuer qui ? Il va falloir que tu synthétises.

— Te fous pas de notre gueule ! lança Lee avant de dérouler leur plan : Écoute, on n'est pas venus faire des histoires. Visiblement, vous préparez un coup. C'est pas grave, pour la nana. Mais dis-nous de quoi il retourne. On a juste besoin de comprendre.

L'homme finit de remplir son sac, le ferma et le posa par terre. Puis croisa les bras et observa ses visiteurs.

— Explique-moi ce qui te tracasse, Lee.

— Ce matin, je t'ai dit que la copine de Brad avait tenu certains propos suspects et risquait de nous mettre en difficulté. T'as répondu que c'était pas un souci. Et voilà que deux heures plus tard, alors qu'elle se rend chez les flics, elle se fait emboutir et tuer en pleine rue !

— Je suis désolé de l'apprendre, dit Paul en se tournant vers Brad. Tu dois être bouleversé.

— Je t'emmerde, répondit Brad. (Il se mit à trembler, et décida qu'après tout il allait quand même se le faire.) Je t'em...

— Du calme, réagit Lee en lui attrapant le bras. Alors là-dessus Brad et moi on se frite méchamment parce qu'il croit que je l'ai balancée exprès, ce qui est faux. Ça dégénère, et... (Lee sortit le pistolet de son blouson.) Tu reconnais ceci ?

L'homme haussa les épaules.

— J'en vois tellement...

— Il s'agit du flingue qu'Hernandez m'a filé la nuit où Pete s'est fait buter et que j'ai gardé planqué chez moi. Je l'ai ressorti cet après-midi pour tirer deux coups, et devine ce qui s'est passé.

— J'ai hâte de le savoir, Lee.

— Le flingue était chargé à blanc !

— Tiens donc. Je me demande bien pourquoi Hernandez aurait fait une chose pareille.

— Tu parles ! Ce type ne faisait rien sans ton accord.

— Alors quelle est ta théorie ? Je tiens à ce que tu comprennes par toi-même, Lee. Mais je pense que c'est déjà fait.

— C'était un coup monté, depuis l'instant où Pete est mort, répondit Brad d'une voix ferme. Tu nous as envoyés sur un deal foireux, mais t'avais pas assez confiance pour nous filer de vrais flingues. Pete s'est fait tuer, et Hernandez en a profité pour nous pousser au crime en exigeant qu'on enterre le corps. Après ça, on était à ta merci.

Paul hocha la tête.

— Excellent.

Hudek dévisageait l'homme d'un drôle d'air, et Brad de comprendre – avec un sentiment proche de la joie – que pour la première fois de sa vie Lee était hors de lui.

— C'est vrai ?

Paul sourit vaguement.

— Oui, Lee, c'est vrai.

Suivit un long silence. Puis Lee dressa lentement son arme.

— Toi, mon gars, t'es fini.

— Tu vas m'abattre ?

— Exactement.

— Alors que des tas de gens savent qui tu es, où tu habites, et n'auront aucun scrupule à éliminer chaque personne à qui tu auras adressé la parole ?

— Je m'en fous. Tu nous as baisés, mec. Pete est mort par ta faute, et t'as fait liquider Karen. Tu nous mènes en bateau depuis le début. Alors je vais te buter.

— Excellent, dit Paul. Je savais que t'en serais capable.

Lee était écarlate.

— Ne me prends pas de haut, connard.

— C'est loin d'être le cas, Lee. Je suis sincèrement ravi.

Lee coula un regard vers Brad, et Brad devina que Paul était finalement parvenu à ouvrir une trappe dans l'esprit de Lee, à enfoncer une porte qui aurait pu rester fermée. Ses yeux brillaient de haine, et Brad connaissait assez son pote pour savoir que Paul passerait les dernières secondes de sa vie à comprendre ceci : lorsque Lee prenait une décision, il allait jusqu'au bout.

Lee plaça sa main gauche sous la crosse, pour stabiliser l'arme.

— Adieu, connard.

Brad se préparait pour la suite. Mais une voix féminine s'éleva :

— Non, mon cœur.

Lee pivota avec toute la lenteur d'un homme luttant contre le vent, comme s'il avait conscience qu'en cet instant sa vie basculerait à jamais.

Sa mère, debout au fond de la salle, à quelques mètres de l'entrée. Flanquée de son mari.

Mme Hudek avait l'air calme, sereine. Le visage de monsieur était plus énigmatique.

— Maman ? fit Lee d'une voix juvénile. Papa ? Mais qu'est-ce que vous faites là ?

— Baisse ce pistolet, fiston. Tu n'en as pas besoin dans l'immédiat.

Cette recommandation ne cadrait pas avec sa mère. Lee maintint sa position.

Brad était pétrifié. Il ne rêvait pas, et pourtant... Si M. et Mme Hudek se matérialisaient ici, pourquoi Karen ne serait-elle pas en vie ? Brad aurait décroché un bon job à la télé, Karen serait son épouse, il n'aurait pas vu Lee depuis des années et il allait bientôt se réveiller avec une légère gueule de bois, qu'il chasserait d'un petit footing pour bien commencer la journée.

Les bras de Lee amorcèrent leur descente.

— Qu'est-ce qui se passe, ici ?

Lisa Hudek s'approcha de lui.

— Nous savions que tu serais déboussolé, et nous voulions t'empêcher de commettre une bêtise.

— Vous... vous savez que ces types ont fait tuer Karen ?

— Oui, nous sommes au courant.

— Mais alors... qu'est-ce que vous faites ici ? Comment vous savez... ? Qu'est-ce que... ?

Mme Hudek lui ôta doucement l'arme des mains pour la remettre à Paul. Avant d'expliquer à son fils :

— Nous sommes venus te dire au revoir. Tu vas faire un long voyage. Nous tenions à te souhaiter bonne chance.

— Pardon ?

— C'est exact, dit Ryan Hudek d'une voix résignée. L'aboutissement d'un long processus.

Brad éprouva le besoin d'intervenir :

— Je sais pas ce que vous mijotez, tous, mais ce type (il désigna Paul) n'ira nulle part.

Lisa Hudek le regarda comme un vulgaire nettoyeur de piscine, un employé impossible à virer eu égard à son ancienneté, mais d'une incompétence crasse.

— Tu peux rester en dehors de ça, Brad ?

— Non, je peux pas, madame Hudek. Quel que soit le « ça » en question.

— Je n'ai pas beaucoup de temps, dit Paul. Et vous devez vite rentrer chez vous, pour vous tenir prêts. Le spectacle va commencer.

— Prêts pour quoi ? questionna Lee.

Paul secoua la tête.

— Pas toi. Tes vieux. Ils regagnent leur domicile après une séance de shopping sur Rodeo Drive. Et se retrouvent pris dans les bouchons.

— C'est quoi, ce shopping ? insista Lee. C'est quoi, ces bouchons ?

— C'est la raison pour laquelle ils n'auront pas vu les images à la télé, ni entendu la nouvelle avant de retrouver leur rue et d'apercevoir les flics devant chez eux.

— Quelles images ?

Paul tendit le bras pour allumer un téléviseur. Fit défiler les programmes jusqu'à trouver la chaîne d'infos 24/24.

Lee et Brad fixèrent l'écran. On voyait l'extérieur d'un lieu si familier qu'ils mirent du temps à le reconnaître. Ils s'y étaient rendus le matin même. Un vaste complexe de boutiques, centré sur un réseau de galeries.

— Ce serait pas Belle Isle ? demanda Lee. On dirait presque…

Les journalistes avaient monté une petite boucle, prête à être coupée dès qu'il y aurait du nouveau. Le récit était succinct : voilà une heure et demie, une bombe de petite taille avait explosé au deuxième niveau du centre commercial de Belle Isle. Les pompiers étaient facilement venus à bout de l'incendie. Les dégâts se limitaient au magasin Serious Sport et aux boutiques attenantes ; on ne déplorait que quelques blessés, des passants atteints par des éclats de verre. Les vendeurs et trois clients étaient actuellement soignés pour des coupures sans gravité et pour avoir inhalé des fumées toxiques.

Le présentateur apparut pour détailler les premières conclusions de l'enquête. L'engin avait vraisemblablement été caché dans un sac de sport en toile et placé dans la matinée. La vidéosurveillance du magasin désignait un suspect, dont l'identité était en cours de vérification.

Une image fixe. Grise, floue, prise de face et de haut. Un jeune homme suspendait un sac à un portant, le dissimulait avec soin, sans savoir qu'il se trouvait dans la mire de deux caméras.

Il s'agissait de Lee John Hudek. Qui devenait ipso facto un nouvel homme, prenait une tout autre stature.

— Mais le sac était bourré de drogue ! s'étonna-t-il à mi-voix.

Paul éteignit la télé.

— Bien sûr. Mais celui d'après ne l'était pas. Celui que nous avons placé nous-mêmes, avec un peu plus de précautions, la veille au soir. Ils vont débarquer chez toi très vite, Lee, s'ils n'y sont pas déjà. Ils vont voir la voiture de Brad et se dire que lui aussi était dans le coup. Ils décideront de fouiller la maison des Metzger, et c'est alors qu'ils retrouveront le portable de Pete Voss, dans les buissons du jardin.

— Mais les flics viennent de recevoir...

— En fait, on a procédé autrement.

Brad le dévisageait. Chaque fibre de son corps hurlait de froid.

— Mais à quoi vous jouez ? Pourquoi... Je comprends pas.

— C'est un coup dur, Bradley, répondit Ryan Hudek avec sympathie. Nous en sommes bien conscients. Mais on n'échappe pas à certains sacrifices.

— Mais... vous êtes ses parents ! Et vous avez laissé faire ? Vous resterez les parents d'un jeune terroriste...

Mme Hudek sourit :

— Il y aura toujours moyen d'accuser la société. Et les jeux vidéo, les féculents, la famille Bush, Ben Laden, sans oublier ce pauvre vieux Charlton Heston. Mais pas nous. Jamais nous. Seuls ceux qui nous connaissent sauront notre mérite.

— C'est qui, ce « nous » ? s'impatienta Brad.

Mais personne ne daigna répondre.

— Vous savez quoi ? lança Lee, silencieux depuis un moment. Brad n'est pas le seul à halluciner. C'est quoi, ce bordel ?

— La seule chose qui compte est la suivante, répondit Paul. Ton ancienne vie est révolue. Ce n'est pas une grosse perte. Tu n'allais nulle part, de toute façon. Ton « Plan » concernant les vacances de printemps est la chose la plus fumeuse et la plus naïve que j'aie jamais entendue. Aujourd'hui, on peut t'emmener dans un coin qui vaut le coup.

Lee regarda ses pieds.

— On s'était déjà rencontrés, pas vrai ? Ça remonte à quand ?

— Il y a bien longtemps. Mais tu devais comprendre par toi-même que tu n'as pas d'autre endroit où aller. Et, ce faisant, tu as prouvé que tu étais des nôtres.

— Comment ça ?

— Toi et moi, on part en voyage. Je t'expliquerai en route.

— Et moi alors ? réagit Brad. C'est quoi, mon rôle dans l'histoire ?

Paul le regarda.

— T'en as pas.

Et de lever le flingue d'un geste souple pour lui trouer le front.

Brad partit en arrière et s'effondra lentement. L'espace d'un instant, il parut vouloir se relever, avant de s'écrouler sur le côté. Ses jambes suivirent le mouvement, au ralenti, entraînant son tronc le long d'un arc paresseux, dans une écume de sang.

Dans son esprit jaillissait un incendie de couleurs, de lumières et de souvenirs ; le temps et l'espace s'amalgamaient, compactaient l'éternité en un point pivot. Il se sentait lucide, au chaud, comme si tout allait bien se passer. Puis il perçut l'écho d'une voix familière. Il tenta d'ouvrir la bouche pour lui dire quelque chose, sûrement son prénom, ou juste « hé ».

Paul tira une seconde balle et le corps se figea.

Un petit silence, le temps que l'écho meure à son tour.

— Putain, expira Lee.

Ses parents demeuraient impassibles, eux qui avaient servi de l'orangeade à Brad avant même qu'il ne sache tenir un verre. Lee considéra le corps de son ami. Ce devait être un choc, sans doute, mais curieusement il se sentait peu touché. Il y avait toujours eu de la faiblesse chez Brad. Une faiblesse d'ordre mental. Au lycée, il était plus costaud que Lee, plus beau, sans conteste, et même plus futé, s'il avait seulement ouvert les yeux. Mais il se la coulait douce. Brad n'avait jamais songé à voir loin, à voir grand. Aurait-il eu les tripes de dégainer son flingue face à des agresseurs ? Peu probable. Quoique, il avait quand même essayé de tuer Lee dans l'après-midi. Alors bien fait pour lui.

— Ça vaut mieux comme ça, conclut Paul. Sa vie serait vite devenue un enfer.

— Peu importe, opina Lee avant de se passer la main dans les cheveux.

Il se sentait prêt. Il venait de connaître des jours mouvementés, à chercher son chemin dans le brouillard. Mais soudain tout s'éclaircissait. Il n'y avait qu'une seule issue.

— Alors, c'est quoi la suite ?

— Ça fait longtemps qu'on attend ce moment, confia sa mère. Le Jour des Anges. Et tu vas y prendre part.

Comme à la maison après le départ des flics, elle leva la main pour lui toucher la joue. Son regard était limpide.

— Tu seras notre grande fierté.

TROISIÈME PARTIE
L'UNIQUE

L'erreur la plus fréquente
et la plus grave de la modernité consiste
à croire que l'Antiquité est morte.

CLARKE ASHTON SMITH

CHAPITRE XXVI

Taraudé par la faim, Jim reprit le chemin de chez Renée. Avant d'entrer, il jeta un œil dans l'allée de derrière : aucune gamine en vue, bien sûr – elle n'y était pas la première fois. Il commanda le « petit-déjeuner du gourmand », s'installa près de la fenêtre et considéra la pitance qu'on lui servait. Ça ressemblait trop à la photo du menu et ça sentait mauvais. Il avala cinq ou six bouchées, puis se rua aux toilettes pour vomir.

S'essuyant la bouche avec sa manche, il revint s'asseoir dans la salle. Inutile de reprendre sa fourchette, rien que l'odeur l'écœurait. Autour de lui, personne ne semblait incommodé. Deux camionneurs et une poignée de lève-tôt engloutissaient leur assiette comme si c'était la dernière. La faim empêchait Jim de réfléchir correctement. Ça, et le fait que James ne brillait pas par sa finesse. La finesse, c'était plutôt le truc de Jim. James, lui, avait dix-sept ans d'âge mental et n'en faisait qu'à sa tête. Maintenant, quand Jim regardait un plat, il ne savait même plus si c'était de la nourriture. Une seule chose était sûre : il ne pouvait pas avaler cette merde. Il lui fallait quelque chose, mais ce n'était pas ça.

Jim savait à quoi pensait James. Deux jours qu'il y pensait. Pas forcément en grande quantité. Juste assez pour apaiser son estomac. Mais quitte à s'aventurer aussi loin...

Non. Pas question.

Il but son café, paya et s'en alla.

On avait repris la route.

Mais Nina s'était préparée. La première fois, le véhicule s'était mis en mouvement alors qu'elle somnolait dans sa position tordue. Somnoler n'est pas le meilleur terme : c'était plutôt un état semi-conscient, une peur sombre et cotonneuse, mais préférable à celle de la veille. Elle avait vaguement entendu la porte s'ouvrir, avec ce curieux timbre métallique, puis un moteur avait démarré. Sans même lui laisser le temps d'analyser cette donnée, le véhicule s'était ébranlé. Elle fut projetée au sol, dans un espace exigu, et se cogna la tête. Elle cria car sa jambe était coincée et sa rotule menaçait de lâcher, mais le bâillon retenait les sons dans sa bouche. Réduite à prendre son mal en patience, elle parvint petit à petit à décaler son poids, de sorte que la douleur se fit un peu moins cinglante. La voiture s'arrêta enfin. L'homme avait sans doute remarqué l'incident, car il vint rejeter Nina sur le lit, sur la table ou sur Dieu sait quoi, sans douceur aucune. Il la traitait comme un vulgaire objet. Le genou de Nina la fit souffrir un certain temps, mais le pire, c'étaient ces nausées permanentes, à force d'être ballottée les yeux bandés – ou bien étaient-elles dues aux fumées d'échappement ? Nina réussit néanmoins à ne pas vomir. Elle resta allongée, sans rien faire. Trop malade pour reprendre son jeu, qui consistait à se remémorer tous les ingrédients de la salade ridicule concoctée par Ward l'autre soir à Sheffer, et à imaginer qu'elle en mangeait davantage, qu'elle finissait son assiette et que Ward était aux anges. Elle préférait se voir assise avec lui au bord du lac, en bas du bungalow qui fut un temps le leur. Puis elle comprit que cela n'arriverait plus jamais et le chagrin mit fin à sa rêverie.

L'homme remonta dans la camionnette. Oui, c'était sûrement une camionnette, avec ce moteur qui broutait comme un vieux Combi Volkswagen. Anticipant le mouvement, elle laissa l'accélération la repousser en arrière, puis négocia le lent reflux. Avec brio. Elle apprenait toujours très vite.

Le fourgon roula un petit moment. Une vingtaine de minutes, peut-être. Puis le type s'arrêta, coupa le contact. Ouvrit sa portière, la referma. Faisait-il une nouvelle pause ?

Non. La porte latérale coulissa de plus belle. Nina grappilla un peu d'air, au parfum très pur, et entendit des chants d'oiseaux. Il l'avait conduite hors de la ville. Pourquoi ? Était-ce le moment fatidique ? Son heure avait-elle sonné ?

La camionnette tangua sous le poids de l'homme, et il referma la porte. Il se tenait tout près. Elle se raidit de tout son corps. Par quoi commencerait-il ? Par où ?

— N'aie pas peur.

Très bien, pensa Nina. Je n'ai pas peur. Comme quand on dit : « Je ne suis pas ivre. »

Elle émit tous les bruits qu'elle pouvait, espérant qu'ils seraient explicites.

— Non, je ne te laisserai ni voir ni parler, car tôt ou tard tu prononceras la phrase de trop. J'ai déjà commis des erreurs. Ça s'est mal passé à l'hôtel, et je sais que le Garçon précoce va me le faire payer. Mais... Écoute, reste tranquille, d'accord ? Ne bouge pas, ne dis rien, et tout se passera bien.

Nina en doutait. En doutait fort. Ce n'était pas à elle qu'il s'adressait, mais à lui-même. L'intérêt de se rassurer sur ses propres intentions, c'est qu'on fait preuve d'indulgence une fois qu'elles se révèlent mensongères.

Malgré tout, elle se tut, et l'écouta parler lorsqu'il rouvrit la bouche après un bref instant. Il commença de manière lente, comme quelqu'un qui n'a pas eu d'auditoire depuis des lustres – en dehors de lui-même.

Un jour, un prof au lycée avait dit une chose marquante. Comme il tentait d'illustrer une notion quelconque (James ne se souvenait jamais de laquelle, juste que c'était un après-midi chaud et que personne n'écoutait vraiment), l'enseignant s'était mis à digresser sur le fait qu'une différence donnée pouvait représenter divers types de différences. Tout absconses qu'elles étaient, ces paroles s'infiltrèrent dans la conscience de James, qui entendit alors ceci :

— Exemple. Quelle est la différence entre deux et trois ?

Un silence, que seule rompait une mouche s'excitant contre la vitre.

Un élève, sans doute une fille, finit par répondre :

— Un.

— Exact, dit le prof. Les deux valeurs diffèrent d'une unité, et une fois qu'on a dit ça, il n'y a pas grand-chose à ajouter. Maintenant, si je demande : quelle est la différence entre un et deux ?

Un élève, sûrement la même élève et après le même laps de temps, donna une nouvelle fois le résultat « un ». L'enseignant opina de plus belle, mais avec ce rictus espiègle annonçant qu'il avait une idée derrière la tête, un truc à même, croyait-il, de faire passer M. Chips pour un mec super cool, quand cela ne faisait qu'aviver l'envie de le voir s'écrouler dans la seconde, foudroyé par un infarctus.

— C'est toujours exact. Mais pensons-y un instant. Passer de deux à trois, cela signifie juste qu'on possède davantage. Trois dollars en poche, c'est mieux que deux. Trois dissertations en retard au lieu de deux – là, c'est pire. (Personne ne rit. Une nana se fendit d'un sourire, à la rigueur. Les filles sont gentilles. Elles le font croire, en tout cas.) La différence est unitaire, et donc c'est un peu mieux, ou un peu moins bien, selon ce que l'on compte. Mais pas de quoi fouetter un chat, n'est-ce pas ?

Aucune réponse. Le prof regarda par la fenêtre d'un air las, comme s'il comptait les années le séparant de la retraite et qu'il les jugeait trop nombreuses. Mais il persévéra :

— L'écart entre un et deux, c'est beaucoup plus sérieux. C'est la différence entre un seul et beaucoup, entre l'unique et le commun. Si un gars vous dit qu'il existe deux dieux, et qu'un autre – ou une fille, bien sûr – rétorque qu'il y en a trois, ou cinq, chacun gardera son calme. En vérité, les polythéistes sont tous dans le même camp. Maintenant, si vous mettez un monothéiste face à un polythéiste, tous aux abris ! Un seul et unique dieu contre une bande d'idoles païennes ? C'est ce qu'on appelle un désaccord de fond. Et ça promet de barder. Vous couchez avec un type ou vous couchez avec deux. Ce sont des différences de taille, n'est-ce pas ? Vous voyez ce que je veux dire ?

Non. Pas au point de l'exprimer, en tout cas. La mouche bourdonnait toujours. Elle s'arrêta un instant, puis recommença, comme le font les mouches.

— Ce qui nous amène à un point plus crucial. La différence entre zéro et un. Là encore – c'est bon, Karla, je me charge du calcul, c'est pour ça qu'on me paie si cher –, la différence est d'une unité. Vous avez zéro, vous ajoutez une simple unité, et ça fait un. Vu ?

À présent, James le regardait. Ce que racontait le bonhomme commençait à l'atteindre, et il était à deux doigts d'écouter. Une expérience inédite. Fascinante.

— Mais en vérité, asséna le prof en levant l'index, *ça ne fait pas un du tout*. On dit ça pour des raisons de commodité mathématique, mais c'est complètement faux, pour la simple raison que nous avons quitté le monde des sommes pour ce que les philosophes appellent l'« ontologie ». On ne parle plus de nombres, ni de quantité, mais de *qualité* – on affirme quelque chose sur la nature du monde.

— Comme ? intervint une voix. Comme quoi ?

— C'est très variable. Exemple : la différence entre avoir un enfant et avoir des jumeaux n'est pas énorme…

— Vous croyez ça ? s'indigna une fille.

— Pas dans le sens où je l'entends, répliqua-t-il. Un ou deux gosses, c'est une question de degré, et certes la nuance est considérable en termes de dépenses, d'organisation, de poussettes et de machins, mais : enceinte ou pas enceinte, c'est ça qui bouleverse l'existence. La différence entre être femme et être mère. Quand le zéro devient un, c'est là que l'univers bascule et que la vie change. Tu comprends ?

— Ouais, ouais, marmonna la fille, blasée ou rendormie.

Le prof enfonça le clou :

— Vous voyez où l'on se situe, jeunes gens ? Au cœur des choses. Il y a un dieu, il n'y a pas de dieu. L'existence face à la non-existence. La vie ou la mort.

— Le vrai ou le faux, murmura un garçon.

— Mais oui, James, pavoisa le prof, et James de comprendre que cette réponse venait de lui. Merci beaucoup. Et moi qui te croyais dans le coma… Zéro, un. Marche, arrêt. Vrai, faux. Si telle chose n'a jamais eu lieu, le monde présente tel visage. Mais si elle s'est produite, il en revêt un autre. Le pas qui va de zéro à un est un moment de création et provoque un changement irréversible.

James regardait le prof. Il comprenait.

Puis la sonnette retentit et la classe se dispersa.

L'homme se tut, comme pour ruminer l'épisode. À sa façon de le raconter, on devinait qu'il ne l'avait pas évoqué depuis longtemps.

— Tout le monde se souvient de sa première fois, reprit-il au bout d'un moment. Karla, en ce qui me concerne. Ne va pas croire que je n'aime pas les femmes. Je les aime. Mais certaines seulement. Je m'entends bien avec celles que j'apprécie. J'ai eu une femme, j'ai eu… J'ai eu une femme. Seulement, ce n'est pas tous les jours qu'une fille me fait de l'effet. Elle doit être très spéciale. Ça m'embêtait, avant, quand les autres gars reluquaient la serveuse ou je ne sais quelle nana, en disant qu'ils la trouvaient chaude. Je voyais qu'elle avait un visage correct, de beaux seins ou un beau cul, tout ce que tu voudras, mais ça s'arrêtait là. Comme quand on t'offre un sandwich et que tu te dis : « Sûr, ce pain est frais et moelleux, croustillant sur les bords, la garniture est belle, épaisse, avec une pincée de poivre pour relever le tout. C'est un superbe sandwich qu'on me présente là. Sauf que… j'en veux pas. Non que je déteste les sandwiches. Au contraire. C'est juste que… j'en ai pas envie. » Là, c'est pareil. Jusqu'à ce que t'en voies une qui t'attire vraiment. Alors il faut que tu la possèdes. Une avec des ailes. Et ça finit toujours mal. (Il respirait lourdement.) J'ai faim, confia-t-il. J'essaie, vraiment très fort. Tu n'aurais même pas mal, mais ce serait une connerie de relancer la machine.

Nina ne comprenait rien à cette logorrhée. La déshydratation rend la concentration difficile, a fortiori quand l'ennemi risque à chaque seconde d'illustrer son propos en vous plantant une lame dans la chair, sous un ongle, ou dans l'œil. Nina n'avait pas l'intention de frayer avec cet univers-là. Elle en avait passé, des heures, à entendre des psychopathes, et derrière une vitre blindée ce pouvait être fascinant – même si la plupart vous entraînaient inexorablement sur les mêmes voies, tels des wagons branlants aiguillés vers une station sombre et sanglante. Bloqués dans l'enfance, persuadés que la leur fut prégnante comme nulle autre. Le tic mécanique des blessures et des offenses non digérées. On tourne autour d'un événement capital tel un chien enragé attaché à un poteau, incapable de comprendre qu'il ne s'agit, pour les autres, que d'un point lambda du passé, alors même qu'au fond de soi il bat comme un cœur psychique.

L'homme avait cessé de parler. Au bout de quelques minutes, Nina reconnut l'odeur du tabac sec.

— Je me contenterai de cette connerie-ci, reprit-il, mais sa voix était celle d'un homme en train de perdre une bataille.

Un craquement d'allumette, suivi d'effluves de cigarette. Nina n'en fut guère gênée – ça lui rappelait Ward.

Puis il se tint un peu plus près, et elle se crispa. Il parut hésiter, avant de lui glisser les mains dans la nuque. D'un mouvement rapide, il lui ôta le bandeau.

Il lui fallut de longues secondes pour s'habituer à la lumière, aussi sombre que fût le fourgon. Derrière le pare-brise se dressaient des arbres. Entre eux et Nina, un homme. Plus tout jeune. Large d'épaules. Des yeux tristes. Mais leur compassion s'adressait à lui-même, pas à elle.

Battant des paupières, Nina scruta l'intérieur de la camionnette. Dépouillé, sans vitres sur les côtés. Quelques griffures rouillées dans l'intérieur de la porte, brèves et parallèles. Comme si on avait gratté avec des ongles, en cherchant désespérément à fuir.

Et qui sait, peut-être que plusieurs s'y étaient succédé.

Il reprit la parole, avec lenteur, et malgré le bandeau défait, il évita soigneusement de la regarder dans les yeux.

On se souvenait de la dernière, expliqua-t-il d'une voix heurtée, mais par-dessus tout on se souvenait de la première. Quand le zéro devient un. C'était comme de descendre sa première bière, ou s'allonger à côté d'une fille après l'avoir fait pour la première fois – perdu, excité, un peu déçu : maintenant qu'elle paraît un peu plus femme, on se sent encore plus jeune et plus petit qu'en début de soirée. Toutes ces nuits étaient écrites, ces batailles décisives dans la conquête des collines inconnues de la maturité. On ne sait pas très bien où l'on va. Mais on y va, comme tous les autres. Ça commence par l'alcool, quand on s'aperçoit que les grands boivent des trucs qui nous sont défendus. La gorgée occasionnelle, sifflée en douce, révèle un goût bizarre, mais c'est plus ou moins fait exprès, se dit-on, et il y a un côté adulte et grisant à boire quelque chose qu'on n'adore pas. Le comble de la sophistication, l'antithèse du puéril ! Puis soudain tel camarade de classe saute le pas phylogénétique, vous en met plusieurs mois dans la vue. Des rumeurs envieuses circulent sur une certaine fête samedi dernier : un ado plus vieux aurait fait circuler un pack de bière, et le camarade en question en aurait englouti la moitié, sans vomir, avant d'embrasser une fille…

La partie bécots est fausse. Les jeunes gens profèrent toujours un mensonge de trop ; les hommes aussi, bien sûr. Mais le reste est vrai, et l'identité du héros ne vous étonnera point.

C'est le Garçon précoce.

Chaque classe a le sien. Celui qui arrive toujours le premier, qui laissera toujours ses poubelles au sommet de votre montagne ; celui qui prend la file express vers le monde adulte.

Une fois qu'il a ouvert le bal, le tabou saute pour tous, et vient un soir où l'on se retrouve entre copains à la porte d'un bar ; le premier parvient à entrer sans qu'on lui demande ses papiers, et l'instant d'après chacun tient un grand verre glacé, et ça n'a rien à voir avec la bouteille tiède qu'on vous a accordée l'été dernier lors d'un barbecue. On avale une gorgée métallique, mousseuse, qui d'après son goût pourrait avoir fui d'une machine. Mais quoi, c'est de la bière, et on sait – tout en vidant laborieusement ce verre qui, dans quelques années à peine, disparaîtra en quelques lampées machinales –, on sait qu'on a franchi une étape.

On détient sa première carte magique. On connaît les charmes de l'alcool.

Du jour au lendemain, on devient un gars qui boit et qui chopine à tour de bras – à se demander parfois si on ne va pas virer pochard. La saveur est toujours aussi savonneuse et amère, en réalité, mais on ne dit rien car les autres ne font aucune remarque à ce sujet, et puis ce serait le coup à passer pour une chochotte, alors qu'on vient de prouver le contraire.

À ce stade, le Garçon précoce dont on recherche tous l'estime (en même temps qu'on lui voue une crainte mêlée de haine) aura conquis sans sourciller de nouveaux horizons. Il sentira régulièrement la cigarette ou aura exploré le corsage d'une jolie fille. Et puis, enfin, il sera passé à l'acte. Le grand jour, le grand final de l'adolescence, l'événement qui transforme les garçons en hommes, qui vous hisse dans le carré VIP des ados : démarqué par l'expérience, magnifié par l'action, instantanément promu en taille et en « cool attitude », d'une manière que vous ne connaîtrez plus jamais par la suite.

Mais on ne le comprend pas, ça, pas encore, et l'heure est à engranger des points. Alors un après-midi on essaiera la cigarette, et on trouvera ça infect, ou non, sans se dire que cette petite nuance vous coûtera des dizaines de milliers de dollars, d'innombrables pauses café debout sous la pluie entre collègues parias, et, pour finir, la vie. Ensuite, à la faveur de telle ou telle circonstance, on sentira dans le creux de sa main toute la chaleur et la douceur d'un sein, en se voyant accorder, contre toute attente, le droit de caresser ce sommet mythique et chauve. Ce cap franchi, on se trouve un peu désœuvré – aucun progrès ne s'impose spontanément – mais c'est toujours ça de pris. Puis vient enfin le jour où l'on baise, moment intimidant et bref qui nous éjecte de l'autre côté du rideau, dans un pays où il ne reste plus grand-chose à accomplir, toutes les étapes importantes ayant été franchies avec succès, à l'exception de deux.

Tôt ou tard, on s'inventera de nouveaux objectifs, histoire de tuer le temps. Des plus sommaires et ostentatoires – grosse voiture, grande maison, belle situation – aux plus minutieux et intimes. Tout est dans la main. Quand on regarde la main d'un individu, qu'on l'examine avec soin, on discerne ce qu'il est, ce qu'il a été, ce qu'il a fait. Les mains sont l'action. Quand on prend la main de quelqu'un, on le possède entièrement.

Si le premier mégot peut valoir la peine capitale, il en va de même pour l'autre chose. C'était sympa, cette première fois, mais elle avait comme un goût d'inachevé. Il doit y avoir davantage, un petit plus qui accorderait la réalité à l'attente, le monde extérieur avec l'intérieur de sa tête.

La plupart des hommes trouveront des moyens avouables de poursuivre cette quête, et leur existence suivra son cours éternel, toujours dans le sillage du Garçon précoce. Car il sera encore le premier à franchir l'avant-dernière étape, celle de mettre une fille enceinte – avant de délaisser les trucs de garçons précoces pour renouer avec les joies adultes comme gagner sa vie, monter des étagères ou s'asseoir seul sur la terrasse pour boire une bière qui a désormais une saveur de flotte, le regard perdu dans le jardin, cherchant une raison de se lever le lendemain.

C'est le premier, aussi, à redevenir poussière, à franchir l'ultime horizon avant la mort, mais ça, l'école ne vous l'avait pas dit. À l'époque, la place de premier était toujours enviable. C'est plus tard que l'on comprend l'intérêt de flâner en queue de peloton. D'un autre côté, ce garçon-là ne meurt jamais vraiment, même lorsqu'il finit broyé dans un amas de tôle, sur une route de campagne, avec plusieurs grammes d'alcool dans le sang. Il est immortel, une graine noire plantée au plus profond, dans l'inaltérable image de soi. C'est lui qui nous a fait comprendre qu'on n'avait rien d'exceptionnel. Il n'est plus là, mais on le croisera de nouveau. Il aura pris de l'âge, et perdu ses joues, mais un jour on comprendra que nombre de nos actes étaient en fait les siens. Il aura toujours cette foulée d'avance, nous connaîtra mieux qu'on ne se connaît soi-même. Il tirera les ficelles, nous attirera dans des ruelles sombres, inventera à notre intention de nouvelles étapes à franchir, aussi étranges qu'effroyables.

Et quand, ayant exécuté ses ordres, on se retrouvera pantelant dans le noir, face au reflet d'un monde devenu sans issue, c'est son visage à lui que l'on verra dans le miroir.

Son téléphone l'interrompit au beau milieu d'une phrase.

Il laissa sonner. Il avait déjà réagi de cette façon, plus tôt dans la journée… à moins que ce ne fût la nuit ? En entendant l'appareil, Nina s'était dit que son propre portable se trouvait peut-être dans ce fourgon. Mais éteint. Or elle était ligotée. Bon, le téléphone était une impasse, mais elle gardait l'idée dans un coin de sa tête.

Quelques minutes de silence, puis une nouvelle sonnerie. Cette fois l'homme décrocha. Il écouta quelques instants, pour conclure d'un simple « D'accord ».

Il reprit une cigarette. Nina perçut tout de suite que l'atmosphère avait changé.

— Ça y est, il est en route. (Sa voix avait recouvré sa dureté.) Quand on parle du loup. Le Garçon précoce en personne. Et donc... je vais le faire, en fin de compte.

Nina voulut répondre quelque chose. N'importe quoi. Mais son bâillon ne permit que des gargouillis. L'homme lui remit rapidement le bandeau, et tout redevint d'encre.

Il se releva pour faire deux pas, ce qui ébranla la camionnette. Nina entendit coulisser ce qui devait être un tiroir, juste au-dessus de sa tête. Une série de sons quelconques, et il revint auprès d'elle. Puis un déclic, légèrement grésillant.

Comme celui d'un Polaroïd.

Il reposa l'objet et se rapprocha encore. Des deux mains, il lui prit le bras droit. Il respirait vite, et ce n'était pas rassurant.

Il lui noua quelque chose autour du biceps, très serré. Elle voulut taper du pied pour se dégager, avant qu'une chose terriblement pointue ne lui perfore l'intérieur du coude. Elle se pétrifia.

Et toujours ce souffle, superficiel et rapide.

L'aiguille resta en elle un certain temps, peut-être cinq, dix minutes.

L'homme s'immobilisa quelques instants, penché sur elle, comme s'il jaugeait cette chance ultime de renoncer. Il finit par s'éloigner.

Et maintenant ? Qu'allait-il faire, maintenant ?

Il sortit du matériel d'un placard. Des couteaux ? Un *cling*, un bruit de vissage, un bref chuintement suivi d'une odeur de gaz. Puis un craquement d'allumette. Pas de cigarette.

Nina fit tout son possible pour penser à autre chose. Se réfugier près du lac. Admirer sa surface moirée sous un ciel de nuages, croire qu'il suffirait de se réveiller et de tourner la tête pour trouver Ward assis à côté d'elle, un demi-sourire aux lèvres, amusé par les cris qu'elle aurait poussés en dormant.

Mais c'était trop loin.

Il lui fallait rester ici, dans ce fourgon avec son geôlier. Impossible de ne pas comprendre ce qu'il lui faisait. Passe encore le bruit du sang coulant dans un récipient métallique, bien qu'elle frémît en mesurant l'importance du volume prélevé. Cela demeurait supportable.

Mais l'odeur de cuisson…

CHAPITRE XXVII

J'avais très mal dormi. Je m'échinais à trouver du repos, puisque je ne connaissais pas de meilleur moyen pour faire venir le lendemain. Je pris une chambre à l'Holiday Inn. Couché sur un grand lit plat, je fixai le plafond en lui enjoignant de se dissoudre, de me laisser léviter vers un lieu où l'absence cesserait de me broyer le crâne. Il s'y refusa, mais y étais-je moi-même disposé ? Une période d'inconscience m'aurait donné l'impression de m'éloigner de Nina, de laisser le temps délaver le réel, comme le vent balaye les feuilles d'automne. À 2 heures et des brouettes, je me suis levé, j'ai sorti mon téléphone de mon blouson, et j'ai réessayé son numéro. Toujours la boîte vocale.

Au petit matin, j'ai dû sombrer dans un état proche du sommeil, car j'ai visité des lieux fort éloignés de Thornton. Je me suis planté sur le balcon précaire de la maison de Nina, à Malibu, pour attendre son retour. En vain. Regagnant l'intérieur, je me suis introduit dans la maison de mon enfance, plusieurs centaines de kilomètres au nord de Los Angeles, dans la ville de Hunter's Rock. Le pavillon était glacial, vide, les coins et les murs gagnés de moisissures. Dans l'une des pièces j'ai aperçu, posé sur la table de chevet, un téléphone obstinément muet. Je suis resté là un certain temps, me disant qu'en dernière instance je recevrais un coup de fil de ma mère. Puis j'ai marché dans les bois, qui ressemblaient moins à la forêt chétive de Thornton qu'à celles, immenses, qui entourent Sheffer. Il avait neigé, et des ombres se mouvaient derrière les hauts troncs silencieux. Ces ombres possédaient une âme et elles connaissaient mon prénom, mais aucune ne souhaitait parler. Elles se contentèrent, sans hostilité particulière, de me regarder m'enfoncer parmi les arbres.

Ensuite je me suis retrouvé sur le canapé d'un appartement de Seattle où j'avais habité dix ans plus tôt. Cinq étages, avec vue sur Elliot Bay, l'un des meilleurs logements que j'aie jamais occupés. J'y ai vécu avec une femme, ma relation la plus longue à ce jour. Les trois quarts du temps, ma compagne se montrait dynamique, affairée, ennemie jurée de l'indolence et du pessimisme. Je lui avais donné un surnom : Hope. L'espoir. À cause de sa ressemblance avec le personnage de la série *Nos meilleures années*, mais aussi parce qu'elle en avait à revendre, de l'espoir. L'espoir – ou la certitude – que le monde était un lieu sûr et raisonnable, qu'il était au service des valeureux et des justes, et qu'au final il leur serait toujours favorable.

Mais de temps à autre, quelque chose se brisait en elle. Au café, son regard devenait subitement flou, ou bien elle étudiait ses mains ; à la maison elle fixait l'écran de télé sans voir la moindre image. Ses mouvements devenaient brusques, farouches, ses pupilles s'écarquillaient. Quand je le remarquais, je lui demandais si elle avait des soucis. Elle répondait par la négative, alors je reprenais ma bière, riais aux blagues de Chandler ou vidais mon paquet de chips – bref, les trucs importants.

Elle prit l'habitude de m'interroger, pour un oui ou pour un non :

— Tu crois que tout ira bien ?

— À quel propos, chérie ?

— D'une manière générale, répondait-elle à mi-voix. Tu crois que tout ira bien ?

Alors je lui disais que oui, je la serrais dans mes bras, nous revenions en douceur à des considérations plus terre à terre, et souvent le lendemain je l'entendais chanter sous la douche. Elle chantait comme un crapaud, mais j'avais plaisir à l'écouter.

Notre couple a tenu dix mois, puis s'est délité. À la fin, tout n'allait pas bien. Ni pour nous deux, ni en général.

Rien ne va jamais bien sur cette terre. Mais je suis content de ne pas l'avoir su à l'époque, et de ne jamais le lui avoir dit.

Je me suis réveillé à 5 heures, en pensant avoir perçu du bruit dans la salle de bains. J'ai dégringolé du lit pour m'y traîner, mais il n'y avait personne. Ces fredonnements avaient dû provenir d'une autre chambre, ou d'une autre époque. Devinant qu'il serait vain de me recoucher, je pris une longue douche. Les informations circulent très vite dans un hôtel et, lorsque j'arrivai au réfectoire, bien avant l'heure d'ouverture, les employés interrompirent leurs préparatifs pour me servir du café. Mes remerciements furent sans doute un peu chiches, mais je n'étais pas prêt à recevoir la sollicitude que l'on réserve aux endeuillés et, face aux marques de gentillesse, je perds toujours ma langue. J'ai préféré boire mon café dehors.

Telle la mer en hiver, le parking froid, gris et plat, était peu rempli. Je le scrutai désespérément, comme pour y faire réapparaître Nina. J'étais sûr d'une chose : si je ne la retrouvais pas, rien n'irait plus jamais bien.

Je savais aussi que le temps s'épuisait.

— T'as réussi à la faire parler. T'y arriveras peut-être une deuxième fois.

John secoua la tête.

— M'étonnerait.

Je n'avais pas bougé du parking, où John m'avait rejoint dix minutes plus tôt. Après plusieurs cafés et autant de clopes, je me sentais un peu plus vivant, sans être sûr de gagner au change. Le matin était froid, piquant, et la température avait chuté de cinq degrés par rapport à la veille. Si nous avions attendu ce jour pour creuser dans la forêt, il aurait fallu briser le sol à coups de marteau-piqueur.

— Je ne vois pas en quoi ça nous aiderait, ajouta John. Cette femme n'a pas enlevé Nina.

— Une fois, un type m'a dit qu'on menait une enquête en poussant dans toutes les directions possibles, dans l'espoir que l'une d'elles mènerait à bon port. Mais attends, c'était pas toi, ce type ? Pas plus tard qu'hier ?

— Tu sais que t'es le roi des casse-couilles, des fois ?

— Vu que les gens essaient régulièrement de me descendre, oui, je m'en doute. Écoute, John…

— Monroe ne me laissera pas recommencer.

— Pourquoi ? T'as obtenu des aveux. C'est-à-dire davantage que lui ou Reidel. Ou Nina, du reste.

— Je n'ai rien obtenu de cette fille, Ward. Pour des raisons que j'ignore, elle a choisi de me dire des choses qui peuvent être vraies comme elles peuvent être fausses. Et elle l'a bouclée. T'as bien vu la suite.

Même si je lui tenais la jambe toute une semaine, elle ne me confierait plus rien.

Je détournai la tête.

— Mais qu'est-ce qu'on peut faire d'autre ?

— Y a fort à parier que Nina n'est même plus à Thornton. Pourquoi le ravisseur la garderait-il en ville, d'abord ?

— Parce que c'est ici qu'il habite.

— Oui, si on considère que c'est un cinglé du cru. Sauf que Julia vient d'avouer les meurtres. Par contre, si c'est un coup des Hommes de Paille, Nina doit être loin à l'heure qu'il est. Tu comprends ça, j'espère ? (Il me considéra d'un air grave et choisit d'aborder une autre question :) Tu dois aussi te préparer à l'idée qu'elle puisse…

— Ferme ta gueule, répliquai-je, ne retenant plus ma colère. Chaque fois que je ferme les yeux, je la crois morte. Mais tant que je n'en ai pas le sentiment, ni la certitude, elle ne l'est pas.

— J'essaie juste de…

— T'es pas le seul à avoir perdu des proches, d'accord ? Descends de ta putain de montagne, un peu.

— Ça veut dire quoi, ça ?

— Cette façon que t'as de toiser la terre entière, sous prétexte que t'as perdu ta fille. Je comprends que ce soit horrible, John, sincèrement, et je regrette que mon frère ait fait ça. Mais les Hommes de Paille ont aussi tué mes vieux, tu te rappelles ? Ils m'ont amputé d'une partie de moi-même, et je ne laisserai personne recommencer. Nina est en vie tant que je ne suis pas obligé d'admettre le contraire, vu ? Alors tu l'élimines gentiment dans ta tête si ça te chante, mais tu gardes ça pour toi.

John pinça les lèvres, détourna le visage et disparut dans l'hôtel. Le temps que je me calme avec une nouvelle clope, il était déjà réapparu, une feuille de papier à la main.

— C'est le bordel, là-dedans. Ils doivent régler à la fois une affaire de tueur en série, un meurtre de flic et un enlèvement, sachant qu'ils sont largués sur les trois fronts. Sans compter la mini-bombe qui a sauté hier dans un centre commercial de LA. Bonjour l'ambiance.

— Une bombe ?

— Rien de méchant, visiblement. Un gamin sans histoires qui préférait jouer au petit chimiste plutôt qu'au sniper. Quoi qu'il en soit, Monroe est parti aux aurores, et personne n'a voulu me dire où.

— Il suffit de l'appeler sur son portable. Je pouvais le faire sans que t'embêtes les fédés.

— J'étais pas rentré pour lui. J'ai une autre idée.

— Ah ouais ? fis-je d'un air sceptique. Laquelle ?

L'immeuble se trouvait à quelques encablures du Starbucks, de l'autre côté du vieux centre, mais c'était déjà moins coquet. Le programme de reconversion de ces anciens bureaux avait dû prendre fin avec les années 1990. Nous sommes arrivés peu après 8 heures, et nous avons attendu dix minutes. Aucun flic en vue.

— Ils n'auraient pas dû poster un agent ?

— Ils sont sûrement occupés, expliqua John.

Nous descendions de voiture lorsqu'il reçut un appel. Il décrocha, écouta en silence.

— Non, répondit-il. Ce n'est pas moi. (Nouvelle pause.) Le plus loin sera le mieux. Ne dites rien aux flics du coin. Ne les appelez même pas. Et ne retournez pas chez vous ni au bureau avant de m'avoir consulté.

Il raccrocha, se mordit la lèvre.

— C'était qui ?

— Tu te souviens du site Web où il manquait les photos ? C'est Oz Turner qui le gère. Les images sont absentes car son serveur a été effacé. Hier, un Latino d'allure louche est venu le demander au boulot. Heureusement, Oz était en pleine crise de parano et s'était fait porter pâle. Il a passé la nuit chez un ami. En rentrant chez lui ce matin, il a découvert que sa porte arrière a disparu, ainsi que tous ses dossiers et son ordinateur.

— Mais c'est qui, ce type ? Et c'est quoi, cette histoire de photos ?

— Ça concerne les Hommes de Paille. Leurs origines.

— Lointaines, ces origines ?

— Assez pour que tu cries au délire.

— Alors ça ne m'intéresse pas.

On accédait à l'appartement de Julia Gulicks par un escalier séparé, sur le côté du bâtiment. La porte était barrée par un ruban jaune et placardée d'écriteaux ENTRÉE INTERDITE.

— Monroe affirme qu'ils s'en sont déjà occupés, rappelai-je.

— Les flics ont peut-être fouillé les lieux après l'arrestation, mais ils ne cherchaient que des preuves directes. Depuis hier matin, les priorités ont changé.

Je surveillai la rue pendant que Zandt lacérait le ruban et maniait un trousseau de tiges métalliques. La serrure céda en deux minutes. Nous nous glissâmes à l'intérieur et je refermai derrière nous.

Le logement n'était pas grand. La porte donnait directement sur la pièce principale, bordée d'une kitchenette. L'un des murs était recouvert de livres, et la grande table de bois servait aussi bien aux repas qu'au boulot. Les deux portes du fond desservaient la salle de bains et la chambre à coucher. Cette dernière était minuscule : le lit double occupait tout l'espace, et l'on pouvait à peine ouvrir le placard. Chaque pièce dénotait de gros efforts d'agencement.

Il nous fallut moins d'une minute pour scruter les lieux.

— Ça t'inspire quoi ? demanda Zandt en me rejoignant dans le séjour.

— Ça m'inspire qu'on ne va rien apprendre ici. Les flics ont bien fait leur boulot. Et puis, d'après le légiste, la victime anonyme a croupi quelque part avant de se faire mutiler. Mais je ne vois pas comment elle aurait tenu ici.

— Sur le plancher du salon. Sur la table ou sur le lit, couchée à côté de Gulicks. On ne sait jamais comment vivent les cinglés.

— À supposer qu'elle ait fait le coup. Ce dont Nina doutait.

— Mais Nina avait tort, Ward.

— J'ai hâte de t'entendre le lui expliquer en face, répliquai-je avant de m'approcher du mur rempli de bouquins.

Je frappai trois coups, qui sonnèrent creux.

— Les cloisons sont minces comme tout. Je n'aimerais pas devoir tuer quelqu'un dans un lieu si mal isolé. Non que je sois expert, tu me diras.

— Elle a drogué Widmar, répondit John. L'autre aussi, sûrement.

— Mais elle n'a pas tué Widmar entre ces murs, n'est-ce pas ? Ce qui, d'une certaine façon, me donne raison. Et puis, tant qu'un type n'est pas refroidi, il y a toujours le risque qu'il se mette à crier. Là-dessus les voisins appellent les flics et le projet tombe à l'eau. Autrement dit, dans l'hypothèse où elle a bien liquidé ces types, c'est un autre lieu qui nous intéresse en premier chef.

— Et tu connais l'adresse ?

— Non.

— Alors on fouille ici.

Zandt prit la chambre, tandis que j'inspectais rapidement la cuisine et le séjour. Les tiroirs renfermaient une poignée de couverts de facture honnête, les placards quelques aliments non périmés. La surface et le bas des meubles cachaient de la poussière et trois bracelets élastiques. Je déplaçai les meubles, les palpai, sans rien noter d'intéressant. Puis je parcourus la bibliothèque, ouvrant et secouant chaque ouvrage, retournant chaque vase ou bibelot. Quatre trombones ; sept coupons d'abonnement à des revues, utilisés comme marque-pages ; l'épingle d'une broche. Les livres étaient assez standards : romans en format poche, grimoires non lus sur la réussite au travail et/ou les régimes minceur et/ou la vie en général, avec en couverture les mêmes tronches dégarnies et véreuses ; un guide d'initiation à Windows et deux manuels pointus sur un logiciel de comptabilité d'entreprise. Dans un tiroir du bas, je débusquai une petite boîte de bois remplie de photos de gens tout à fait ordinaires, posant avec ou sans Julia. Je l'emportai sur le canapé, en attendant que Zandt termine la salle de bains.

Il ressortit bredouille.

— Rien de probant, dit-il.

— Il faudrait déterminer ce que les flics ont déjà pris.

— Je n'ai rien vu dans le genre carnet d'adresses ou journal intime.

— Voici ce qui s'en rapproche le plus.

Nous étudiâmes les clichés pendant quelques minutes. Pour se persuader que l'on est soi-même et non un autre, il suffit de regarder les photos qui vous sont chères : on les croirait fausses tant elles sont banales. Des femmes aux cheveux bouclés et aux yeux rouges, des types à la peau grasse levant leur bière, des vieux au regard mi-figue mi-raisin... Tous se fendaient du sourire réglementaire, comme pour se fortifier face à la douleur. Je fus vite lassé, emporté dans une vilaine rêverie. Existait-il la moindre photo de Nina et de moi ? N'avions-nous pas laissé une marque aussi triviale de notre histoire ?

— Regarde un peu, lança-t-il.

J'avisai la photo brandie par John. Un bout de forêt, par temps couvert.

— Eh bien, quoi ?

— Tu ne trouves pas que ça ressemble au site du deuxième cadavre ?

— Mouais, pour les arbres. Mais je ne pense pas qu'il s'agisse du même endroit. La végétation est différente.

— Pas sûr. Regarde les tons. Soit cette photo est restée longtemps exposée au soleil, soit c'est l'une des plus anciennes de la boîte.

Il avait raison. J'examinai le cliché de plus près, avant de le retourner.

— Tu crois que ces chiffres au dos peuvent nous indiquer une année ?

— Ça vaut le coup d'essayer. (Il se leva.) C'est bon, on a fait le tour. Je passerai quelques coups de fil en route.

— On va où ?

— L'interroger une nouvelle fois.

— Je croyais que c'était peine perdue.

— Plus maintenant. Si cette photo nous montre effectivement le lieu du crime, on peut prouver la préméditation. Or, si son attitude brindezingue et la façon dont elle s'est jetée sur moi visaient à plaider la démence, cet élément risque de faire très mal. De quoi l'achever.

— M'étonnerait que ce soit notre cartouche miracle. Et je doute qu'il s'agisse du même endroit.

— Peu importe. L'essentiel, c'est que ce soit possible. (Il passa la porte.) Quand on sait bien viser, même les cartouches à blanc font l'affaire.

— Elle n'est plus ici, indiqua le flic de l'accueil.

C'était l'un de ceux qui avaient arraché Zandt aux griffes de Gulicks. Il semblait sur la défensive.

— Où est-elle ?

— À l'hosto.

Je le dévisageai.

— Pourquoi ?

— Écoutez, les gars, je ne devrais pas…

— C'est votre faute ? coupa Zandt.

Il parlait comme s'il avait son casier dans ce comico et qu'il faisait l'appel du matin.

— Non, monsieur, je vous jure, débita le type, soudain disposé à nous dire tout ce qu'il savait. Écoutez, j'ai… J'assurais sa garde. J'ai jeté un œil à 4 heures du matin et elle dormait. Tout allait bien.

— Et ensuite ?

Le type lâcha dans un souffle :

— Peu après, elle a tenté de se supprimer.

— Comment ça ?

— Elle s'est mise debout sur le lit, les mains dans le dos, et s'est laissée tomber en avant. La tête la première. Trois fois de suite, semble-t-il. Nous n'avons rien entendu, à aucun moment.

— Génial, pesta Zandt. Et un point de plus pour la thèse de la démence !

— Vous plaisantez, objecta le flic. Vous seriez capable d'un tel geste, vous ? Deux fois, trois fois de suite ? Pas moi. Elle a voulu se tuer, je vous dis. Cette femme avait décidé d'en finir.

— Quel est son état ?

— Comme pour n'importe qui à sa place : pas brillant.

Le flic nous laissa pour répondre au téléphone. Nous nous écartâmes du guichet. Je me frottai le visage, comme pour empêcher ma tête de se décrocher.

— On peut dire adieu à notre plan d'enfer. Et maintenant, on fait quoi ?

Pour la première fois, Zandt semblait dépassé.

— J'imagine qu'on part à l'hosto. Je parie que c'est là que Monroe a filé aux aurores. Ce qui signifie sans doute que la donzelle n'en a plus pour longtemps. Si ça se trouve, elle ne peut même plus parler.

— Il le faut. Sinon... On perd pied, John. Cette histoire nous file entre les doigts.

Mon portable sonna. J'aurais voulu que ce soit Monroe, mais le nom sur l'écran anéantit cet espoir.

— C'est Unger, indiquai-je avant de répondre. Qu'est-ce que tu veux, Carl ?

— T'es où ?

— À Thornton.

— Je me trouve tout près. J'aimerais te parler.

Je n'en étais plus à me demander si Unger était un Homme de Paille ou assimilé. Ça me faisait une belle jambe. Soit John et moi l'aurions, soit c'était lui qui nous aurait.

— Très bien, répondis-je. J'ai d'abord une course à faire, je serai de retour dans une heure. T'as qu'à me retrouver au Mayflower, un bar sur la route d'Owensville.

— J'y serai.

— Juste une chose, Carl. Je te conseille de la jouer réglo, ou on te butera sur-le-champ. Crois-moi.

Refermant l'appareil, je vis que John et le flic me dévisageaient.

Je haussai les épaules.

— Autant qu'il sache à quoi s'en tenir.

CHAPITRE XXVIII

Ils avaient atterri à Huntsville, en Alabama, dans les premières heures du matin. Trois véhicules les attendaient sur le parking de l'aéroport, le moteur en marche. Un type ouvrit la portière pour les accueillir. Une petite vingtaine d'années, l'air sûr de lui. Lee l'avait déjà vu quelque part. Soit lors de sa première rencontre avec Paul, soit la veille à la cafétéria de Belle Isle, parmi les mecs disséminés dans la salle. Il n'aurait su dire.

Lee s'assit à l'arrière, à côté de Paul. Le jeune prit la banquette d'en face, flanqué d'un autre homme, plus vieux, élégant, au regard bleu perçant. Ce dernier salua Paul d'un signe de tête avant de lancer :

— Salut, Lee. Bienvenue à bord.

Le cortège quitta le parking et s'enfonça dans la campagne en un convoi lâche. Pour ne pas attirer l'attention, les conducteurs laissèrent d'autres véhicules s'intercaler entre eux. C'était la moindre des choses, jugea Lee, qui, à leur place, aurait varié la couleur et le modèle des bagnoles, ou essayé d'emprunter trois itinéraires différents. Mais il avait la vague impression que ces types s'en foutaient.

Ils atteignirent le Tennessee par la 231, puis bifurquèrent à l'est vers des collines escarpées. Lee contemplait le paysage. Le voyage depuis LA l'avait lessivé, et il devait finir de digérer les événements de la veille. Il se trouvait assis à côté du meurtrier de Brad – et de Karen, indirectement. C'était un peu bizarre.

Les deux autres passagers consacrèrent la première partie du trajet à passer de brefs coups de fil plus ou moins sibyllins. Paul émit un seul appel, pour annoncer son arrivée à quelqu'un. Lee ne pouvait comprendre de quoi il retournait, mais il n'en éprouvait pas le besoin. Il allait où ils allaient. Il faisait ce qu'ils faisaient. Et tout s'éclaircirait, pensait-il.

Au bout de deux heures, ils sortirent de l'autoroute pour prendre une série de voies secondaires menant à une petite maison forestière délabrée, au jardin terreux infesté de hautes herbes et cerné de vieilles épaves. Les trois véhicules se rangèrent côte à côte, et tout le monde descendit.

Les deux autres voitures libérèrent chacune cinq individus. Vêtus de costumes et de manteaux sombres, effectuant des mouvements de soldats. Ils suivirent Paul et son escorte à l'intérieur de la maison, qui semblait avoir été bâtie par un type aussi débrouillard que cinglé, à partir de matériaux de récupération. Lee alla se soulager dans les buissons, puis revint s'adosser à la voiture.

Le groupe ressortit au bout de quinze minutes, lesté de matériel. Des caisses de bois, portées à deux telles des petites civières, ou des sacs à bandoulière visiblement très lourds. Rien n'était étiqueté et rien ne semblait avoir été acheminé par des voies légales. On chargea le tout dans les coffres, puis on remonta à bord et les trois moteurs redémarrèrent à l'unisson.

Les voitures rebroussèrent chemin vers l'autoroute, où elles se dispersèrent sur un petit kilomètre de circulation, comme précédemment. Elles maintinrent le cap à l'est, avant de pousser vers le nord, pour le Kentucky. Peu après la frontière de l'État, on répéta le même scénario en suivant le véhicule de tête sur des routes de campagne. La maison suivante était bien plus cossue, un édifice aux colonnes hautes de deux étages, avec une petite mare entourée d'une pelouse immaculée. Les voitures s'arrêtèrent et l'équipée descendit. Ce coup-ci, Lee attendit vingt-cinq minutes, à regarder deux jeunes cavalières parcourir la prairie au petit galop. La queue des chevaux voletait dans le soleil du matin. Les adolescentes n'eurent pas un regard pour Lee. C'était comme si les voitures n'étaient même pas là.

Revinrent les autres, avec des sacs moins nombreux que tout à l'heure, et portés avec délicatesse. Il y eut une dernière et brève halte, dans une station-service désaffectée où l'on ramassa deux sacs anguleux cachés à l'arrière des locaux. Au moment de repartir, le jeune et le type aux yeux bleus changèrent de voiture, laissant Lee et Paul en tête à tête. Le soleil arrivait au zénith.

Peu après, ils entrèrent en Virginie.

Paul scrutait le paysage d'un air méditatif. Il n'avait pas bougé depuis une demi-heure, pas un muscle, et ça devenait flippant. Mais Lee avait appris à se taire devant un interlocuteur muet – les Hudek cultivaient les bonnes manières d'antan – et ne souhaitait pas énerver son compagnon de route. Il se souvenait aussi d'une certaine fête chez les Metzger, où il avait discuté avec un client du père de Brad, un scénariste dénommé Nic Golson – patronyme qu'il lâchait à tout bout de champ, comme pour aider les gens à le mémoriser, preuve que c'était efficace. Ce type avait exposé à Lee la théorie suivante : dans les réunions importantes, au lieu de jacasser d'emblée afin de passer pour un mec chaleureux et conciliant, on obtenait de meilleurs résultats en jouant les bourrus. N'importe qui pouvait se montrer cordial, alors qu'une attitude fermée forçait les gens à venir sur votre terrain, vous aidait à gagner des places dans la hiérarchie, vous rendait incontournable. C'est du moins ce que le gus avait prétendu, avant de repartir les poches pleines de petits-fours.

Lee avait testé cette méthode au cours des six derniers mois, et c'était assez concluant. Néanmoins, après une heure supplémentaire de route et de silence, il finit par craquer :

— Alors comme ça, les flics me recherchent, à LA ?

Paul tourna lentement la tête.

— J'imagine.

— Tu sais, tu aurais aussi bien pu me proposer de vous suivre. De vous aider sur ce deal.

— Ce deal ?

— Ouais. Cette mission, quoi. Y avait pas besoin de faire tout un barouf. Me griller auprès des keufs, etc.

— Et si tu avais refusé ?

— Tu connais mes vieux, apparemment. Comment ça se fait, d'ailleurs ? Comment vous vous êtes connus ?

— De vieux amis.

— Ils auraient pu me convaincre, non ? Ils savaient réellement que t'allais m'infliger tout ça ?

Paul éluda la question :

— Les hommes de ton âge ne se laissent pas facilement influencer, c'est bien connu. Il faut un cas de force majeure.

— En tout cas, vous avez amassé une sacrée cargaison de came. J'ai jamais vu autant de sacs et de caisses, et les mecs qui les portent ont pas l'air de rigoler. (L'homme souriait un brin.) La question, c'est qu'est-ce que ça peut bien foutre, que je sois là ou pas ?

— Tu joueras un rôle clé, t'inquiètes pas.

— Tu pourrais peut-être me dire de quoi il retourne ?

— Eh bien, à ton avis ?

— Vous avez un énorme deal en vue. Un gros festival ou quelque chose. Vous emmagasinez un gros stock de matos, et...

— Il ne s'agit pas de drogue, Lee. Essaie de penser à plus long terme.

— Je croyais que vous faisiez uniquement dans la drogue.

— Disons que ça nous a bien aidés au cours des dernières décennies. Ça rapporte du fric et c'est beaucoup moins fatigant que la mine.

— La mine ? (Lee tâcha de reprendre le fil de ses pensées.) Alors c'est pas une histoire de dope ?

— C'est une histoire de passé et de nouveau départ. Une forme plus personnelle de rupture. Ramener le combat sur son vrai terrain.

— Tu vois, t'arrêtes pas de balancer des trucs, et je comprends que dalle !

— Pas grave. On s'en remettra.

Lee cogita quelques instants, puis attrapa la poignée et ouvrit la portière à fond.

Il n'avait aucune intention de sauter – la voiture faisait un bon 110 – mais il obtint l'effet voulu. Le véhicule zigzagua quelques secondes, le temps que le chauffeur corrige le changement aérodynamique.

Imperturbable, Paul se pencha et referma la portière.

— Ne fais pas ça, conseilla-t-il.

— Alors me traite pas comme un gosse.

— Justement, Lee, tu ferais bien de me considérer comme un père – qui te cramera la cervelle si tu le baises. (Un grand sourire.) Est-ce que c'est clair ?

Son ton affable n'empêcha pas Lee de frissonner.

— Pigé. Mais j'ai déjà un père, merci.

Paul hocha la tête, toute contrariété envolée.

— C'est vrai, répondit-il. Tiens, Lee, je vais te raconter un truc, qui explique en partie le choix de notre destination. Quand j'étais tout petit, j'habitais en Californie du Nord. Mon père était un homme important. Pas riche comme ton père, mais important. Une nuit, une bande d'hommes et de femmes est venue dans les bois où il vivait et ils l'ont assassiné. Ils m'ont enlevé et m'ont gardé quelque temps, avant de se dire qu'ils ne m'aimaient plus tellement et de m'abandonner au coin d'une rue.

— Putain, ça craint, mec.

Paul opina.

— Merci, Lee. Oui, ça craint. Par chance j'ai survécu, notamment grâce à certaines personnes que j'ai rencontrées. Nous avions des intérêts communs, mais c'est devenu bien plus que ça. Ils sont comme une grande famille. Ton papa et ta maman en font partie. Toi aussi. On s'était déjà rencontrés, Lee, c'est vrai, même si tu ne t'en souviens pas. Peu après ta naissance, et quand tu avais trois ans.

Il sortit quelque chose de son blouson, un objet qu'il avait dû garder sur lui en attendant le moment propice. C'était une vieille photo, où l'on voyait les parents de Lee dans un jardin en compagnie d'un jeune homme. Il s'agissait de Paul, âgé d'une petite vingtaine d'années. Un bambin se tenait fièrement debout, agrippé à la main de Paul.

— C'est moi, ça ?

— Tu faisais déjà partie de la bande.

— Quelle bande ?

— On veille les uns sur les autres. Parfois on se dispute, comme dans toutes les familles, mais fondamentalement on est tous du même côté. On est forts en ce moment, mais des ennemis rôdent sans cesse. Un homme, en particulier, qui a tué plusieurs d'entre nous.

— Faut le bousiller, dans ce cas.

Paul sourit.

— C'est peut-être ce qu'on fera. T'es un gosse bien, Lee. Tes parents t'ont bien élevé. Tu t'entends bien avec ton paternel ?

— Ouais. Il est cool. Il a pas mal d'humour.

Paul éclata de rire, comme malgré lui. Lee sourit, surpris mais content que l'ambiance se réchauffe un peu.

— C'est rien de le dire, répondit l'homme après une pause. Tu ne t'es jamais interrogé sur ton nom ?

— Hudek ? Non, pourquoi ?

— Et tes prénoms ?

Lee fronça les sourcils.

— Qu'est-ce qu'ils ont de spécial ?

— Dis-les, pour voir.

— Lee John.

— C'est ça. Alors, dis-moi comment tu t'appelles.

— Ben, Lee John.

Paul le dévisagea, dans l'attente d'une réaction, puis sa voix redevint glaciale :

— Bon Dieu, ces gosses. Vous êtes vraiment des putains d'ignares[1].

---

1. Allusion voilée à « Mon nom est Légion » dans la Bible (Marc 5, 9), jouant sur l'homonymie entre « Lee John » et l'anglais *Legion*. *(N.d.T.)*

Enfin les voitures ralentirent.

Cela faisait une demi-heure qu'ils suivaient une route monotone à travers des kilomètres et des kilomètres de forêt rabougrie. Paul reçut un appel, qui semblait provenir de la voiture de tête. Il approuva ce qu'on lui disait, et peu après les trois voitures se rangèrent à l'approche d'un tournant. Paul ouvrit sa portière et descendit, talonné par Lee.

Les véhicules étaient ouverts. Lee se préparait une nouvelle fois à attendre sans comprendre, lorsqu'un détail le frappa.

Les passagers des bagnoles avaient changé.

Il les regarda, bouche bée. Leurs habits, leur attitude... Il n'en reconnaissait pas un seul. Il y avait même deux femmes. Ce n'était pas avec ces gens qu'il avait voyagé.

À moins que...

Il reconnut soudain le jeune qui leur avait tenu la portière devant l'aéroport de Huntsville. Il portait à présent un sweat-shirt à capuche, des baskets délacées et un jean baggy, ainsi qu'un petit sac à dos rouge. Il passa devant Lee pour sortir du matériel de leur voiture. Le type même de l'ado qu'on croise dans tous les centres commerciaux du continent, avec son skateboard et son roulement d'épaules trop-cool-pour-se-tenir-droit.

Lee examina les autres et reconnut quelques traits par-ci par-là. Le type propret – celui qui les avait accompagnés au début – avait revêtu un uniforme de flic, si convaincant que Lee eut un instant de panique. Deux types arboraient des costards bon marché, un autre un bleu de travail crasseux. Ce dernier ouvrit le coffre de la deuxième voiture pour s'enduire les mains d'huile. La première femme qu'avisa Lee était vêtue en Banana Republic de la tête aux pieds, dans un gros pull moelleux. Avec ses cheveux tirés en arrière, Lee n'avait même pas même vu qu'il s'agissait d'une poule. Elle ôta une barrette et secoua sa crinière. Sa transformation achevée, on l'aurait imaginée déambulant dans la grand-rue d'un charmant village, avec une poussette haut de gamme, partant retrouver ses copines pour prendre un petit crème – voire, dans un violent accès de goinfrerie, un muffin allégé histoire de culpabiliser jusqu'au soir. Elle sourit brièvement, à personne en particulier, comme pour s'entraîner. La seconde femme avait passé une sorte de blouse vert clair, façon épicière.

Tous portaient quelque chose. Une sacoche. Un cabas. Une boîte à outils. Un carton rectangulaire frappé du sigle UPS. Un sac de courrier.

Deux minutes plus tard, les malles et portières étaient refermées. Deux véhicules reculèrent lentement sur la route pour opérer un gracieux demi-tour. Puis ils mirent les gaz et disparurent au loin, abandonnant la troupe sur la chaussée. En l'absence des voitures, la présence de ces gens semblait encore plus saugrenue. Comme si des extraterrestres avaient décidé de relâcher arbitrairement quelques otages, en les renvoyant d'un coup de laser sur le bas-côté de nulle part.

Lee regarda Paul évoluer dans le groupe. Il eut un mot pour chacun. On hochait la tête, on se serrait la main... La mère au foyer décocha un sourire plus sincère que les précédents.

Sans signal visible, tous se mirent en marche vers la forêt. D'abord ensemble, puis par deux ou par trois, dans des directions divergentes, afin d'atteindre leur mystérieuse destination en ordre dispersé.

Revenant sur ses pas, Paul fit signe à Lee de remonter en voiture.

Ils roulèrent pendant vingt minutes avant d'atteindre une ville. Pas grande. Un bled comme on en trouve partout, où l'on s'arrête pour faire le plein et boire un café avant de repartir, tout en bénissant le ciel d'habiter un endroit où la parade de Halloween n'est pas l'événement le plus remarquable de l'année. La voiture se faufila dans des rues longées de pavillons en bois, puis entra dans le supposé centre-ville. Des immeubles anciens ; un commissariat, une école maternelle, un Starbucks...

Lee observait en silence. Cet endroit n'avait rien de palpitant. D'après son système de valeurs, en tout cas.

— C'est le trou du cul du monde, ici.

— Tu exagères, Lee.

— Alors tu dois voir un truc que je ne vois pas.

— Moi, je vois des logis d'abeilles travailleuses, de bons téléspectateurs et d'excellents consommateurs. Des industries de commerce et de services qui tournent tranquillement. Et de longues années d'histoire, avec quelques zones d'ombre. Cette ville est plus intéressante qu'il n'y paraît. Plus vieille, aussi.

— N'empêche. Ça reste un trou.

— Des gens y vivent, Lee. De vraies gens. Bien de chez nous. De purs Américains, du moins à les entendre. Les petites villes sont la colonne vertébrale de cette nation.

— C'était peut-être vrai il y a cent ans. Aujourd'hui, c'est dans les grands centres que ça se passe, mec.

— Beaucoup le pensent, visiblement.

À l'approche d'un Holiday Inn, Paul demanda au chauffeur de ralentir, ce qui piqua la curiosité de

Lee. Il crut alors reconnaître l'hôtel aperçu à l'écran du centre commercial de Belle Isle – celui qui avait capté l'attention de Paul. Deux voitures de flics stationnaient près de l'entrée avec quelques berlines anonymes. Puis il vit un type en coupe-vent FBI.

— Euh, s'inquiéta Lee, on tient vraiment à traîner ici ?

— Peut-être plus tard, dit Paul, et la voiture reprit de la vitesse.

Ils tournèrent à gauche pour ressortir de la ville. Au bout de quelques minutes, ils s'engagèrent sur une petite route décrivant une longue courbe, à la lisière des bois. Elle débouchait enfin sur un patelin nommé Dryford, où les maisons étaient de taille honnête, mais dont l'heure de gloire remontait bien à cinquante ans.

Un nouvel embranchement les aiguilla vers le fond d'un cul-de-sac où s'élevait une grille. Juste avant se trouvait un portail. Le chauffeur sortit pour l'ouvrir. Derrière s'étendait un jardin profond, envahi d'herbes folles. Tout au bout, au milieu du chiendent et d'un bouquet d'arbres livrés à eux-mêmes, se dressait un pavillon. Un peu plus gros que ceux de la « ville », et assez délabré. Le chauffeur remonta et les conduisit dans la propriété. On voyait qu'elle était restée inhabitée pendant des années. Des planches se détachaient de la façade ; le toit perdait ses bardeaux et les carreaux semblaient renfermer une vieille brume. Un antique Combi Volkswagen stationnait dans l'allée, qui lui aussi semblait stagner depuis des années, bien que ce fût peu probable.

— Oh, le joli cheval blanc, railla Paul.

Ils quittèrent le véhicule. La porte coulissante de la camionnette s'ouvrit à leur approche. L'intérieur était sombre. Un homme en sortit, referma la portière presque à fond. Il était grand et plutôt vieux, à en juger par son visage et ses épaules légèrement voûtées. Mais costaud.

— Salut, James, dit Paul d'une voix froide. Je te faisais confiance.

— C'était un accident, répondit l'homme. Ça fait un bail et je manque d'entraînement. La situation m'a échappé.

— T'as peut-être fait ton temps.

— Peut-être bien. T'aurais dû confier ça à un de tes bébés zombies. (Il posa les yeux sur Lee, qui se surprit à frémir. Quand il vous matait, ce type n'avait plus rien d'un vioque.) Ce n'est pas le même, dis-moi ?

— En effet, répondit Paul. Voici notre nouvelle vedette. (Il leva le menton et renifla.) T'as cuisiné, James ?

— C'est ta faute si j'ai craqué.

— Erreur, James. Tu te souviens de notre petite discussion, la nuit où je t'ai sauvé la mise ? Tu es ce que tu es. Tu le sais. Un « un » ne redevient jamais un « zéro ».

Le type âgé considéra Paul un instant, comme s'il se pliait aux conseils d'un être qu'il connaissait depuis toujours.

— Non, finit-il par admettre. J'imagine que non.

Paul marcha jusqu'au fourgon et rouvrit la porte latérale. Intrigué, Lee le suivit. Le vieux aurait sans doute préféré qu'ils restent dehors, mais on ne lui demandait pas son avis. À son tour, Lee remarqua l'odeur. Un peu terreuse, légèrement suave. Il n'aurait su dire ce que le vieux avait mitonné, mais malgré sa faim, il savait d'ores et déjà qu'il refuserait d'y goûter.

Puis il s'aperçut d'une présence.

Tout au fond, ligotée dans une drôle de position, reposait une grande fille maigre. Bâillonnée, les yeux bandés.

Lee était mal à l'aise. Ça lui rappelait certains documentaires du câble déconseillés aux âmes sensibles.

Paul grimpa dans le fourgon et s'accroupit devant la femme. Il lui retira son bandeau. Lee se tenait assez près pour la voir écarquiller les yeux. Alors Paul lança :

— Salut, Nina. Tu te souviens de moi ?

CHAPITRE XXIX

L'hôpital avait dû ouvrir ses portes en fanfare dix ans plus tôt, pour être aussi vite oublié. C'était l'œuvre d'un architecte rêvant de postérité et muni d'une règle bien droite, qui se mit sans doute des baffes en s'apercevant qu'il avait oublié les fenêtres, ainsi que le fait que des gens risquaient d'y séjourner. Le hall sentait les produits chimiques et grinçait au rythme des talons de caoutchouc sur le lino, les murs étaient bardés d'affichettes glauques ou barbantes. Je n'aime pas les hôpitaux. Ils ne m'ont jamais réussi. On y va pour se rendre malade ou pour apprendre qu'on l'est.

Et pour mourir, bien sûr.

Dès que j'aperçus Julia Gulicks, je sentis que cette troisième option était la sienne. Nous avons descendu un long couloir gris, dans l'un des derniers étages, jusqu'à une chambre individuelle située en fond de bâtiment. Un policier était assis devant la porte, mais le hublot carré au-dessus de sa tête laissait entrevoir un corps allongé sur un lit, immobile telle une maquette de montagne faite de chutes de bois et d'un drap. La majeure partie du visage était bandée. Le seul signe distinctif était la chevelure rousse dispersée sur l'oreiller, qui perdait elle aussi sa vigueur et son éclat, signe que la vitalité se faisait la belle.

Avant que le flic ait eu le temps de nous rembarrer, des pas claquèrent dans notre direction.

— Qu'est-ce que vous fichez là ?

C'était Monroe, muni d'un gobelet de polystyrène fumant. Je revis soudain Nina me confier combien son boss était accro. Mais ce souvenir ne m'était d'aucune aide.

John brandit la photo.

— On est venus pour ça.

— C'est quoi ?

— On pense qu'il s'agit du coin de forêt où a été retrouvé le second corps.

— Et ça sort d'où ?

— De son appartement. En venant ici, j'ai demandé à quelqu'un de déchiffrer le code inscrit au dos. Ce cliché a été tiré il y a cinq ans. Il y a préméditation, Monroe. Et ton affaire est bouclée.

— Ce n'est rien de plus qu'un paysage.

— J'aimerais...

— Elle ne peut rien voir, Zandt. Tu ne l'as pas regardée ? Ses yeux sont recouverts de gaze, et quand bien même, ça ne changerait rien. Elle a le crâne en miettes, et de sévères lésions aux deux lobes frontaux. Ils l'ont mise sous perf et la maintiennent en vie, mais pour l'instant c'est tout ce que la médecine peut faire.

— Tant pis si elle ne voit pas, insista John. Il suffit qu'elle entende. Je veux juste lui parler.

— Mais elle n'écoutera pas. La prochaine chose qu'elle va faire, c'est mourir.

Puis il réfléchit et s'écarta.

— Si quelqu'un pouvait parler à sa place, dit-il, je ne te laisserais jamais y aller.

— Je crois qu'elle n'attend que ça, répondit John.

Monroe s'arrêta au bout du lit. Je restai en retrait, près du mur. Julia Gulicks était reliée à une batterie d'appareils. Leur but était sans doute de rassurer, mais si vous voulez mon avis ça ne marche pas. Être connecté à une machine n'est jamais bon signe. Même les comateux le savent.

Quand John se percha au bord du lit, il me sembla que la jeune femme sentit le matelas tanguer. Elle tourna imperceptiblement la tête et ses lèvres se décollèrent avec un petit bruit sonore.

— Julia ?

Elle referma la bouche et ramena sa tête de l'autre côté.

— C'est à moi que vous avez parlé hier soir. Au poste de police. Vous reconnaissez ma voix ?

Aucune réaction.

— Julia ? Pourquoi ce geste désespéré ?

Je ne m'attendais pas à cette question-là. Monroe non plus, à voir son visage. Elle avait fait ça parce qu'elle était folle. Ou parce qu'elle était coupable et redoutait le procès. Mais peut-être pas…

Elle se retourna vers John. Puis sa langue se mit à s'agiter dans sa bouche, un peu trop vite. John saisit un verre d'eau sur la table de chevet et lui versa quelques gouttes entre les lèvres. Sa langue s'arrêta peu à peu.

— Canot, dit-elle d'une voix limpide. Pingouin dans le hall de la banque. C'est un mélange merdique, faut rajouter du beurre.

Je regardai mes pompes. Ce n'étaient pas tant ses paroles que les mouvements de sa langue. Trop autonome. Comme un rat voulant quitter le navire.

Il lui posa d'autres questions. Si elle se rappelait les photos qu'elle conservait dans une boîte, à son domicile. Si elle se souvenait d'avoir photographié la forêt près de Thornton et, le cas échéant, à quel endroit exactement. Si elle avait jadis gardé ce cliché en évidence, et pourquoi.

Il n'obtint aucune réponse. Rien ne prouvait qu'elle n'était pas rendormie, ou, fût-elle éveillée, que son esprit ne s'était pas perdu dans quelque abîme. Je n'y connaissais rien en lésions cérébrales, et j'ignorais si elles étaient irréversibles, mais je pressentais que Julia était partie et qu'elle ne reviendrait pas. À la place de Mme Lawrence Widmar, j'aurais sans doute enragé : on a toujours besoin d'un coupable sur qui décharger sa haine. Mais Gulicks se trouvait désormais au-delà du bien et du mal.

— Il est ici, lâcha-t-elle subitement.

Je relevai la tête. Pour absurdes qu'ils fussent, c'étaient ses premiers mots depuis dix minutes.

— Que dites-vous ? demanda John et se penchant plus près.

La seconde fois fut plus précise :

— Il est ici, pas vrai ?

— Qui est ici ? intervint Monroe.

— Où suis-je ?

John leva la main pour que Monroe cesse de la troubler.

— Vous êtes à l'hôpital, Julia.

— C'est ma naissance ?

— Non.

— Vous avez parlé d'une photo ?

— Nous avons trouvé un cliché de forêt. Vous vous souvenez de l'avoir pris ?

— Il y a plein de forêts. Depuis toujours. Depuis que je suis toute petite, petite.

— Pourquoi avez-vous pris cette photo, Julia ?

— Quelle photo ?

— La photo de la forêt.

— Garder les souvenirs. Hein ? Hein ? Hein ? Magnifique.

— Je ne comprends pas ce que vous dites.

— Vous êtes déjà allé à Disneyland ?

— Oui, répondit John. Il y a longtemps.

— Personne ne voulait m'emmener quand j'étais petite. J'y suis allée par mes propres moyens dès que j'ai eu l'âge. Mais c'est pas pareil.

— Je comprends.

— Personne ne devrait avoir à visiter Disneyland tout seul.

— Julia…

— Dites donc, vous ne m'auriez pas chié dessus ? Y a une de ces odeurs ! (Sa langue se remit à pendre. Son menton tremblait.) Oh, c'est mauvais…

— Pourquoi, Julia ? Pourquoi les avez-vous tués ?

— Je me suis plantée, d'accord ? Ça aide pas, vous savez. C'est une putain, une putain de maladie. (Puis sa voix baissa, de presque une octave.) Donne-moi l'enfer en douze étapes, sale nègre.

Elle éclata de rire, en cambrant le dos. Puis toussa et vomit.

Monroe pressa le bouton d'appel et John la fit rouler sur le côté. Bientôt la pièce grouillait de toubibs et nous étions refoulés dans le couloir.

Nous avons patienté en silence, pendant qu'à l'intérieur on faisait le nécessaire. Au bout d'une demi-heure, les médecins repartirent au compte-gouttes, laissant une infirmière dans la pièce. La dernière blouse blanche à ressortir fut une femme qui nous fusilla du regard tout en claquant la porte derrière elle.

— J'avais dit que c'était trop tôt pour lui parler.

— On la soupçonne de deux meurtres, expliqua Monroe.

— C'est votre problème. Elle est mourante. Les blessures de son cerveau compromettent le système nerveux autonome. Il s'agit de la partie qui contrôle normalement les fonctions indépendantes de notre volonté, comme la respiration. Je me moque de savoir ce qu'elle a pu faire ou pas : vous n'avez pas le droit de précipiter sa mort. Embêtez-la encore et j'appelle la police.

— Euh, madame, fit le type en uniforme assis sur sa chaise, c'est moi, la police.

— Vos supérieurs, alors, répliqua-t-elle avant de tourner les talons.

Monroe considéra Zandt.

— Alors ? C'était vraiment utile ?

— Elle a bien pris cette photo. Elle a tué ces hommes à cause d'un événement ancien. Un événement qui l'aura poussée à photographier un certain bout de forêt, pour garder une trace. Elle a vu quelque chose là-bas.

— Elle a vu le meurtrier de la victime enterrée, avançai-je. Et Julia est la seule personne qui puisse éventuellement nous révéler son identité.

— Le squelette était bien celui d'une femme, annonça Monroe. Environ quarante-cinq ans. On a exhumé les derniers ossements cette nuit. Et il s'avère que vous aviez raison concernant la datation des faits. Mais qui ça peut être, bon sang ? Et qui l'a tuée ?

— J'en sais rien, répondis-je. Mais à mon avis, il y a une chance sur deux pour qu'il s'agisse du ravisseur de Nina.

— Et si ce n'est pas lui ?

— Des fantômes, dis-je amèrement. Des gens auxquels vous ne croyez pas et que personne ne peut coincer.

Nous avons quitté l'hôpital. Monroe devait estimer que nous n'apprendrions rien de plus, et je partageais son point de vue. On n'avait plus rien à attendre de Julia. Plus maintenant.

John se dirigeait vers ma voiture. Je restai en arrière pour toucher un dernier mot à Monroe. J'étais frappé par sa mine : non seulement crevée, mais défaite.

— Il faut trouver quelque chose, Charles.

— Je fais tout mon possible.

— J'espère. Le temps file. Si vous ne sauvez pas Nina, votre vie n'en sera plus une.

Sur ces mots, je regagnai la bagnole, tout en composant le numéro de Nina. Toujours rien.

Tôt ou tard, allumé ou non, son téléphone n'aurait plus de jus.

CHAPITRE XXX

La cave, c'était pire que la camionnette. C'est dire si la situation était désespérée… Au moins, avant, il y avait du mouvement. Et donc l'espoir qu'on la relâche, qu'on l'abandonne en pleine nature ou qu'on la passe par-dessus bord. Aucune de ces options n'était mirifique, mais elles avaient le mérite de déboucher sur un après – pourvu qu'on soit forte, et chanceuse. Un poisson suspendu à l'hameçon pensait peut-être pareil, jusqu'à ce qu'on l'assomme d'un coup sur la tête.

Couché sur le sol d'une cave, on ne sent guère pointer la force et la chance. Il n'y a que l'humidité, le froid, et la redoutable sensation d'être sous terre.

Être sous terre n'est pas bon. Normalement, c'est là qu'on passe sa mort.

Conduite en bas d'un escalier de bois, Nina avait entrevu un espace d'environ trois mètres carrés, avant que la porte ne se referme et ne ramène le noir. Elle avait alors fermé les yeux, pour ne pas se laisser abuser par les ombres. Elle s'imprégna de l'atmosphère, se figura la disposition des lieux, réfléchit aux moyens d'atteindre les marches – dans l'hypothèse abstraite où elle ne serait pas couchée sur le dos, pieds et poings liés. Elle voulut s'accrocher à ces cogitations, mais elle n'avait pas dormi depuis longtemps et ses oreilles bourdonnaient. Son corps était à bout. Perdre un demi-litre ou un litre de sang n'aidait pas, même si cela n'expliquait pas ses vomissements cinq minutes plus tôt… Les fumées d'échappement devaient être un sacré poison.

Il fallait rester en alerte. Son ravisseur avait merdé à un moment ou à un autre. Paul avait chargé ce « James » d'une autre mission, à la place, ou en plus, de l'enlèvement. Mais laquelle ? S'il s'était agi de la tuer, Paul aurait obtempéré sur-le-champ. Il n'était pas du genre à épargner les gens pour le plaisir. Au contraire.

La question n'avait rien d'agréable, mais il fallait bien se la poser : pourquoi Nina devait-elle rester en vie ? Et que pouvait-elle faire pour ne pas…

Un détail lui revint en mémoire. Dans la camionnette, elle avait songé que son téléphone devait se trouver non loin. Or elle se souvenait de l'avoir éteint juste avant de retrouver Reidel, ce qui signifiait qu'il restait sans doute un peu de batterie – avec un peu de veine.

Dans le fourgon, Nina était trop vaseuse et trop entravée pour espérer trouver le portable. Mais depuis, la donne avait changé. Il suffisait de faire vite. Même pas besoin de passer un coup de fil : si les autres cherchaient sa trace radio, ou si Ward tentait de la joindre…

Nina s'étira le cou, tourna la tête sur le sol terreux. On l'avait enfermée en même temps qu'un gros sac contenant tout le barda du Combi. Celui-ci devait être calé contre le mur. Lorsque l'agresseur avait fait irruption dans la chambre d'hôtel, Nina portait sa veste, avec le téléphone au fond de la poche intérieure. Autrement dit, l'appareil devait se trouver dans ce sac.

Après une longue phase d'impuissance à ruminer son inconfort, Nina s'était enfin trouvé un boulot, un vrai.

Mettre la main sur ce téléphone. Et ne pas mourir, bien entendu.

Le mieux était sûrement la position assise, qui permettrait de se tracter avec les talons. Ce n'était pas la méthode la plus rapide, mais elle offrait un semblant de contrôle.

Il fallut cinq minutes à Nina pour se redresser sur son séant, au prix de violentes contorsions. Puis elle pointa ses pieds en direction du sac et se mit à gigoter.

Ça fonctionnait, plus ou moins. C'était lent. Le sol était inégal, jonché d'objets. On ne les repérait qu'en s'y heurtant, après quoi il fallait les contourner.

Mais elle persévéra, centimètre après centimètre, jusqu'à ce que ses semelles touchent le mur. Là, elle pivota légèrement sur la droite, s'étira sur le côté. Perçut un bruissement de toile.

Le sac.

Et maintenant ? Elle ne pouvait utiliser ses mains ni ses pieds. La veste se trouvait peut-être au fond du sac, et elle était épaisse – Ward la lui avait achetée en prévision des rigoureux hivers du Nord-Ouest pacifique. Il n'y avait donc aucun moyen de sortir le téléphone. Mais, en exerçant une pression sur le sac…

Une série de pas au-dessus de sa tête. Sans attendre, elle retomba sur son flanc, tendit les jambes et roula. Roula vite, sans se soucier des obstacles sur son chemin. Elle devait regagner le point de départ, pour ne pas montrer que le sac l'intéressait.

Elle y parvint juste à temps, au prix de bleus et de griffures. En chemin, son poignet accrocha quelque chose, et elle dut tirer de toutes ses forces pour le libérer. Elle avait mal, et le souffle court. Mais elle reprit sa place. Se coucha de tout son long. En refrénant les mouvements de sa cage thoracique.

La porte de la cave s'ouvrit. Levant la tête, Nina distingua deux silhouettes en haut des marches : l'Homme Debout et le type âgé. Le jeune passa furtivement derrière eux.

Ce gamin pourrait-il l'aider ? Elle avait vu à son visage qu'il n'était pas dans son élément. Saurait-elle l'amadouer en jouant les grandes sœurs ? Tu rêves, Nina. Ses parents, alors : quel âge pouvaient-ils avoir ? Et si l'on tentait le registre de la mère sans défense, de la gentille maman gâteau ?

Mais le garçon ne suivit pas les deux adultes dans l'escalier ; il resta là-haut et disparut dans une autre pièce.

Au lieu de fondre sur Nina, Paul s'accroupit au pied d'un mur. Il examina le sol quelques instants, en passant l'index dans la terre.

— Notre rouleur de mécaniques ne devrait pas nous embêter longtemps, dit-il au vieux. Encore une fois, je ne te remercie pas. (Il se releva, regarda Nina.) Notre cher agent peut rester encore un peu. Mais pas indéfiniment. Je te préviendrai en temps utile, et si je te dis de la tuer, tu le feras sur-le-champ. Fini de jouer. Compris ?

L'autre hocha la tête.

— Il était censé nous buter tous les deux, murmura Nina. C'est bien ça ? Il a tué Reidel en le prenant pour Ward, puis il a préféré me garder pour lui.

Paul se rapprocha, la toisant à la verticale.

— Tu es perspicace, agent Baynam. Perspicace et super maligne. Mais tu te trompes. James devait te liquider, en effet. Mais la deuxième cible n'était pas Ward.

— Qui, alors ?

— Voilà un bon exercice pour notre étudiante.

— Vous êtes fou à lier.

— Nullement. Et puis ce n'est pas moi qui suis ligoté dans un sous-sol, à schlinguer la sueur et la peur. À ce stade, neuf propriétaires de chat sur dix préféreraient ma place à la tienne.

Les hommes remontèrent ; peu après, la porte d'entrée claqua, et une voiture s'en alla. Nina attendit avant de repartir vers le téléphone, pour s'assurer qu'ils étaient tous absents. Dans l'intervalle, elle tâcha de réfléchir calmement, de voir si les mots de Paul lui apprenaient quoi que ce soit. Jadis elle avait lu, dans un texte de référence datant des années 1930, que le psychopathe était une « machine à reflets », capable d'imiter l'esprit humain de manière si parfaite qu'il devenait impossible de distinguer la part de simulation. Il y avait de ça dans le regard des types qui se bagarraient dans les bars. Si l'on passait en début de soirée – en admettant que l'on fût assez imprudent pour les dévisager –, on décelait une certaine dureté dans leurs yeux, un vide derrière leur masque fragile de gaieté. Les taciturnes sont en général des misanthropes, des dépressifs ou de gros buveurs. Les plus dangereux dégagent un charme aussi froid qu'irrésistible, tels des chiffres flous sur un listing informatique : tendus vers la résolution d'une équation complexe, mais sans jamais atteindre de résultat. Résultat que serait une personnalité fixée, avec laquelle on peut discuter. Voilà ce qui manque à ces hommes-là. Ils sont des poches de violence attendant le premier prétexte pour se libérer, des tornades démoniaques sous enveloppe humaine.

Les vrais cinglés sont encore différents. Ils sont habités par quelque chose, mais on ne sait trop quoi. La « machine à reflets » du Dr Cleckley appelait une question : quel était le moteur de l'imitation ? Quelle était cette « machine », et que faisait-elle lorsqu'elle ne singeait pas l'humanité ? Quelles étaient ses réactions normales ? D'où venait-elle ? *Que voulait-elle ?*

Était-ce chaque fois un système à part, ou pouvait-il s'agir d'une seule et unique entité, d'une même substance diabolique, d'un même esprit détraqué derrière tous ces regards ? La formation et les convictions de Nina privilégiaient plutôt la thèse d'humains abîmés, manifestant chacun ses propres psychoses et pathologies. Mais quand un type comme Paul posait les yeux sur vous… vous ne pouviez que vous interroger.

Alors même qu'elle estimait avoir assez patienté, la porte se rouvrit, laissant passer un rai de lumière. Les espoirs de Nina s'effondrèrent. Les enfoirés n'étaient pas tous partis.

Le visiteur descendit d'un pas lourd. Ce ne pouvait être que James, celui qui avait pris son sang. Arrivé en bas, il s'assit sur une marche, alluma une cigarette et fuma en silence.

— C'est quoi, la suite, James ? demanda Nina d'une voix lasse. On attend que votre chef vous dise de me tuer ?

— Ce n'est pas mon chef. Et je ne suis pas James.

— Il vous appelle comme ça, pourtant.

— Je suis Jim Westlake. Je bosse dans la photo.

— Ah oui ? Mon père était photographe. (Elle mentait, bien entendu.) Quel genre de photos ?

Après une hésitation, l'homme alla ouvrir le sac. Il sortit d'abord la veste marron, la posa par terre. Le cœur de Nina fit un bond.

La voilà donc. Excellente nouvelle. Sauf qu'on risquait de shooter dedans, et ce faisant de dévoiler le téléphone. Si seulement elle pouvait l'atteindre... ou se la faire apporter...

— J'ai froid, dit-elle. Le sol est glacial.

Il n'eut pas l'air d'entendre. Lorsqu'il se redressa, il tenait une petite boîte, qui semblait conçue pour une paire de chaussures d'enfant. Reprenant sa place au pied de l'escalier, il ouvrit la boîte et parcourut son contenu pendant quelques minutes, comme s'il avait oublié la présence de Nina. Puis, sans la regarder, il lui montra quelques Polaroïd.

Nina ne voyait pas grand-chose, sinon qu'il s'agissait de femmes ou de filles, d'âges divers, dans un endroit lumineux.

— Je n'ai rien fait, dit-il. À aucune d'elles. Pendant des années. J'ai vécu à côté de... Regarde.

Il feuilleta rapidement la pile avant d'isoler un cliché.

— Regarde.

Il lui fourra la photo sous le nez, si près que Nina put à peine la regarder. Deux petites filles, âgées de quatre ou cinq ans, tout sourire.

— Mignonnes.

— Ce sont mes voisines.

— Vraiment ? Elles habitent juste à côté ?

— Non. Je ne vis plus ici depuis longtemps.

— Alors comment y avez-vous accès ?

— La maison m'appartient toujours mais... J'y ai vécu avec ma femme.

— Vous êtes marié ?

— Plus maintenant.

Nina allait poser une nouvelle question, mais elle se ravisa. Ce n'était pas elle qui menait la danse. Elle n'était pas en train d'interroger un prévenu. Alors le silence reprit ses droits.

L'homme finit par se confier :

— On s'est rencontrés quand j'ai quitté l'armée. On a passé quelques années à bouger un peu partout. Puis on a trouvé cet endroit et on s'y sentait bien. J'ai passé le certificat d'enseignant. J'avais toujours eu le goût des chiffres. Je suis devenu prof de maths. Seulement… (Il marqua une longue pause.) À l'étranger, je n'avais jamais eu de problèmes. Dans l'armée j'aurais pu… mais non. Et ensuite… après quelque temps ici ça n'allait plus. Je n'arrivais plus à mettre de l'ordre dans ma tête. Le compte n'était jamais bon.

Nina ne put se retenir :

— Pardon ? Vous prétendez que c'est la faute à Thornton ? C'est la ville qui vous a forcé la main ? Sincèrement, cette ligne de défense ne passera jamais.

— Je m'en fiche. Pendant longtemps, j'étais comme tout le monde. Je savais que je pouvais déraper si je me laissais aller. Mais je ne voulais pas. J'ai… j'ai fait de mon mieux. Et puis un jour… (Il plongea la tête dans ses mains.) Une élève. À l'école. Elle me rappelait Karla. Il a suffi de ça. Elle ressemblait à Karla, et boum !

— Qui est Karla ? Votre épouse ?

— Ma femme s'appelait Laurie. T'as pas écouté ?

— Pardon. Qui est Karla, donc ?

— Une fille que j'ai connue dans le passé. Au lycée. Ce fut ma première.

— La première avec qui vous ayez couché ?

— Ouais.

— Mais ce n'est pas à ça que vous pensiez...

— Non.

— Vous l'avez tuée.

— Oui.

Alors il lui parla de cette fille, de cette Karla. Il se souvenait de chacun de ses traits. De sa démarche. Et des préparatifs, fomentés en secret cependant qu'au grand jour il menait des activités tout autres, normales. Il se souvenait également s'être reposé après coup au bord de la rivière, sur une berge où il avait beaucoup joué étant gamin. C'était une nuit sombre et froide, sous une pluie éparse. Il était assis sur la terre dure et criblée de gouttes, à côté de la main sectionnée de Karla, et il n'y avait pas une once de lumière, sinon quelques points vacillants dans les maisons de l'autre rive. En leur tournant le dos, pour regarder au loin parmi les bruits du vent, on pouvait croire que le monde entier s'était dissous, qu'on avait retrouvé l'époque où les choses précieuses d'aujourd'hui restaient à engendrer, où les hommes et les garçons étaient encore libres d'être eux-mêmes. Les détails de son geste s'émoussaient déjà, et le risque de se faire pincer était le cadet de ses soucis (un état d'esprit voué lui aussi à perdurer). Lorsqu'il se retourna pour observer une dernière fois les lueurs des habitations, il sut que personne ne le voyait et que les occupants ne l'auraient pas davantage remarqué s'il avait frappé à leurs portes. Leurs existences lui étaient désormais fermées. Il n'avait nulle part où aller. Alors il resta là, sous la pluie, à écouter chanter la nature sauvage, jusqu'à ce que le froid le ramène chez lui, à deux kilomètres de marche, où il avala un reste de poulet avant de se coucher.

Suivirent de longues années sans la moindre rechute. On aurait pu en rester là : un incident réel mais isolé, une parenthèse. Mais Karla était la première, en aucun cas la dernière.

Il fit de son mieux. Il intégra l'armée. À sa sortie, il sillonna le pays et finit par s'établir dans une ville sympa, avec un boulot stable, une épouse et un gosse.

Mais c'était trop tard. Depuis le début.

— Une fille stupide, de toute façon. Celle qui ressemblait à Karla. Une parfaite idiote. Les gens ont été ravis de penser qu'elle avait pris la tangente, sans doute pour la Californie, comme toutes ces feignasses de traînées.

— Ça remonte à quand ?

— Quinze ans. Ce n'est pas arrivé souvent. Jamais des femmes de Thornton ou de Dryford, du reste. Une serveuse d'Owensville, une fois. Elles reposent dans les bois, maintenant. Personne ne les trouvera jamais. Mais une fois que j'avais commencé... Je pensais que je maîtrisais la situation. C'était mal, bien sûr, mais je me contrôlais.

— Votre femme n'était pas au courant ? Elle n'a jamais deviné ?

Une petite pause.

— Elle est partie.

— Vraiment ?

Il détourna les yeux.

— Non, admit-il.

Soudain il fronça les sourcils, leva le menton.

— T'as entendu ?

— Non, répondit Nina. Ça ressemblait à quoi ?

Mais il secoua la tête.

— Parfois, quand il y avait de l'orage, la nuit, elle se mettait dans tous ses états.

— Votre femme ?

— Elle pensait que le ciel criait. Que la nuit était furieuse, qu'elle voulait blesser quelqu'un. Je lui répondais que non, que ce bruit ressemblait davantage à des jeux d'enfant. Que la foudre était le bruit que faisait le ciel quand il jouait, tout là-haut.

Il se tut quelques instants, et Nina s'aperçut qu'il pleurait.

— Jim ? fit-elle d'une voix douce. J'ai vraiment très froid. Je ne me sens pas bien. Pourriez-vous... Pourrais-je avoir mon blouson ? Vous n'avez qu'à l'étendre sur mon ventre. Pour me qu'il me tienne chaud. Je suis sûre que Paul serait d'accord.

Mais il restait sourd, et Nina rêva de lui briser le crâne avec une barre à mine. Ces malades étaient tous les mêmes : ils n'entendaient rien d'autre que leurs jacassements internes. Ils parlaient sans fin, mais pas un mot ne passait en sens inverse. Il n'entrait jamais rien.

— J'ai perdu... C'en est arrivé à un point... bredouilla-t-il. Tu me comprends, n'est-ce pas ?

— Non, répliqua-t-elle froidement. Et je ne comprendrai jamais.

Paul revint un peu plus tard. En entendant le claquement de portière, les pas dans l'allée, puis l'ouverture de la porte par un sbire, Nina craignit que ce ne soit la fin.

Mais une fois dans la cave, Paul se pencha pour l'aider à se relever. D'abord sur les genoux, puis sur les pieds.

— C'est quoi, la suite du programme ? demanda-t-elle, exaspérée par l'insolente douceur de Paul.

— On t'emmène. (Il lui remit le bâillon.) Je n'ai pas le temps de savourer tes pensées profondes. Pardon si tu en ressens une certaine impuissance.

— Elle a froid, lâcha soudain Jim/James.

Le vieux ne regardait personne, ni rien de visible. Il semblait absorbé par sa nouvelle cigarette, au point que Nina se demanda s'il parlait bien d'elle, et à Paul.

En tout cas, ce dernier se pencha pour ramasser le blouson, celui que Ward lui avait offert voilà une éternité, et il lui recouvrit les épaules.

— C'est mieux comme ça ?

Nina hocha la tête : un mouvement rapide, chaleureux et reconnaissant, le plus courtois de toute sa vie.

Elle sentait un poids dans la partie gauche de la veste. Seuls quelques centimètres la séparaient de son téléphone. Il ne restait plus qu'à trouver le moyen de presser la touche ON à travers le tissu, puis celle du numéro préenregistré. Une tâche ardue, mais pas impossible. Ward n'aurait même pas à entendre sa voix, juste à lire le numéro inscrit à l'écran...

— Ah oui, dit soudain Paul. J'allais oublier.

Il plongea la main dans la veste et sortit le portable. Ce faisant, il examina le visage de Nina, qui malgré ses efforts ne put cacher son désarroi.

— Tu ne me croyais pas aussi con, tout de même ?

Comme il la poussait dans l'escalier vers une lumière incertaine, Nina reconnut, la mort dans l'âme, que depuis le début Paul avait une longueur d'avance sur elle, sur elle et sur les autres.

Et qu'il risquait fort de la conserver jusqu'au bout.

CHAPITRE XXXI

Unger nous attendait devant le Mayflower. Il était habillé plus chic que la dernière fois, costume griffé anthracite et sobre cravate foncée. Ce n'était plus le même homme. J'emmenai John à sa rencontre.

— On est synchro, se félicita Unger.

Même sa voix était plus guindée.

— T'es venu comment ?

— En tacot. J'aime pas conduire.

— Sérieux ?

— C'est dangereux.

— Plus que l'avion ?

— Les pilotes ont de l'entraînement. Pas moi. (Se tournant vers John :) Carl Unger, enchanté.

— John Zandt.

— Je sais qui vous êtes.

John fronça les sourcils.

— Qu'entendez-vous par là ?

— Plusieurs choses. (Il regarda le café.) On va discuter à l'intérieur ? Ça pèle, ici.

Le Mayflower venait d'ouvrir et une fausse blonde tatouée avec un piercing à la langue remplaçait Hazel. Elle faisait sa blasée. À fond. Ce devait être la fameuse Gretchen dont Lloyd s'était amouraché. Vous parlez d'une flèche : le simple fait de servir le café semblait être le bout du monde.

Nous prîmes l'un des box du fond. Unger posa les mains sur la table.

— Aucune nouvelle de ton amie ?

— Aucune.

— Tu m'en vois sincèrement navré. Mais pour être honnête, je suis venu te parler d'autre chose.

Il nous fit glisser une feuille de papier, que je lus en même temps que John.

C'EST NOTRE JOUR. NOUS SOMMES EN AMÉRIQUE, MAIS NOUS NE SOMMES PAS AMÉRICAINS. NOUS SOMMES EN EUROPE. NOUS NE SOMMES PAS EUROPÉENS. NOUS NE SOMMES NI ASIATIQUES, NI ARABES, NI AFRICAINS ; NOUS NE SOMMES NI CHRÉTIENS, NI MUSULMANS, NI JUIFS. NOUS SOMMES LES VRAIS HUMAINS. IL EST TEMPS D'ÉDUQUER LES MASSES.

— Encore un spam codé ?

— Expédié à 6 heures ce matin. Codé à partir du Coran, rien que ça.

— Très messianique. Moi aussi, je vais être franc, Carl : ma priorité, c'est Nina.

— Hier après-midi, une bombe a explosé dans une boutique de sport d'un centre commercial californien.

— On est au courant. Et alors ?

— Les bandes vidéo ont fourni un suspect, mais il a disparu. Un gosse de riches de la Valley. Lee John Hudek.

John tilta :

— Hudek ?

— J'imagine que ce nom vous dit quelque chose ?

— Oui, mais c'était Ryan Hudek. Il figurait dans les dossiers que j'ai dénichés dans la maison d'un promoteur, un certain Dravecky.

— Que vous avez tué.

Il était rare de voir Zandt pris au dépourvu.

— Comment le savez-vous ?

— Une intuition, disons. J'ai remarqué plusieurs morts suspectes ces derniers mois, des hommes dont j'ai croisé le nom dans des contextes bien particuliers. J'en ai déduit que quelqu'un traquait de supposés Hommes de Paille de premier plan. J'ai raison ?

John ne répondit rien.

À mon tour de prendre un regard méfiant :

— J'ai comme l'impression que t'en sais bien plus que ce que t'as lâché la dernière fois.

— Mon boulot consiste à glaner des infos, pas à les répandre. Au jour d'aujourd'hui, nous ne sommes que treize à connaître toute l'histoire. Nous ne faisons pas confiance à n'importe qui. Et moi encore moins que les autres. Mon père et mon grand-père y ont laissé leur peau.

— C'est qui, « nous » ? Si la CIA sait...

— Oublie l'Agence, coupa Unger. Elle est trop infiltrée, comme le FBI.

— Alors qui ? insistai-je. Écoute, Carl, on ira plus vite si tu veux bien répondre.

— J'y viendrai, promit-il avant de lancer à Zandt : Ça fait un moment que j'essaie de vous rencontrer. Mais on ne vous coince pas comme ça.

— À qui le dites-vous ! grommelai-je.

John n'accueillit pas Unger à bras ouverts :

— Pourquoi voulez-vous me parler ?

— Aidez-moi d'abord à vous faire confiance. Je sais seulement que vous êtes un ami de Ward, que vous étiez un bon inspecteur de la crime et que vous êtes devenu un homme dangereux pour ceux qui ne sont pas de votre côté. J'ai lu le rapport d'autopsie de Dravecky.

John cogita, avant de sortir de sa poche deux sachets en plastique, du genre de ceux qu'on utilise pour ramasser des pièces à conviction. Chacun contenait une petite forme indéfinissable. J'en attrapai une. On aurait dit une motte de terre, veinée de bleu et de vert.

— En Nouvelle-Angleterre se trouvent certaines structures de pierre que l'on décrit généralement comme des greniers à légumes. Le contenu de ces sachets provient de l'un d'eux, situé dans le Massachusetts.

— Y aurait-il un rapport avec Oz Turner ? demandai-je.

John acquiesça.

— J'ai obtenu qu'il me conduise à celle qui fut découverte en premier, dans le comté de Webster. Elle est tombée dans l'oubli depuis des lustres, peu de temps après qu'on l'a retrouvée. Du coup, c'est de loin la mieux préservée de toutes. Certaines des photos ayant disparu de son site Internet ont été prises ce jour-là, par votre serviteur. Quand je suis passé voir mon contact à Richmond au sujet de l'os qu'on a dégotté en forêt, j'en ai profité pour lui montrer le contenu de ces sacs.

Je saisis la deuxième pièce.

— Là aussi, on dirait un bout d'os.

— C'en est un. Un fragment de crâne. (John regarda Unger.) Saurez-vous me dire ce que contient l'autre sachet ?

— Un petit morceau de cuivre, répondit Unger. Extrait de la région des Grands Lacs, environ deux mille ans avant notre ère.

— Pitié, soupirai-je. Tu vas pas t'y mettre aussi...

— Exact, dit John en ignorant mon commentaire. L'os est également très vieux. Et humain. Je n'ai pas eu le temps de le faire dater au carbone 14.

J'avais le rôle de l'idiot de la classe, ce que je déteste.

— Et que faisaient ces machins dans une cave à légumes ?

— Il n'y a jamais eu de légumes, m'expliqua Unger. Ni là, ni sur les autres sites. Il s'agit de chambres funéraires antiques.

— Comment ça, « antiques » ?

— Certaines datent de seulement cinq ou six siècles. Mais d'autres ont quelques milliers d'années, parfois plus. Il se peut qu'elles aient servi de sépultures aux grands chefs des Hommes de Paille.

— Quoi ?

— Je doute que ce soit aussi simple, tempéra Zandt. Je crois qu'on y enterrait aussi leurs victimes. Comme une collection, une exposition. Une œuvre. Le tueur repose parmi les vestiges d'une vie de meurtres. (Il se tourna vers moi.) Tu te souviens de cette cabane qu'on a visitée au sud de Yakima ? C'est assez comparable. Par ailleurs, j'ai appris dans une revue qu'on avait trouvé sur un site archéologique allemand une série de corps vieux de dix mille ans, agencés de manière très précise. Il n'est pas impossible que certaines des sépultures les plus anciennes, et en apparence les plus anodines, relèvent du même principe : il ne s'agirait pas de chefs enterrés parmi leurs serviteurs afin qu'ils disposent de valets dans l'au-delà – opinion communément admise – mais de tueurs en série au milieu de leurs victimes.

— Et dans quel but ? m'étonnai-je. Pour marquer leur territoire ? On enterre nos morts ici, donc c'est chez nous ?

— Sans doute, mais pas seulement, répondit Unger. Si l'on étudie la répartition des chambres en Nouvelle-Angleterre, on a l'impression qu'elles étaient disposées de façon à circonscrire certaines zones.

— Tu veux dire qu'ils pensaient créer une sorte de champ de force autour de leurs habitations ? Comme un mur de sang ?

— C'est un peu l'idée, oui.

— Tu te fous de moi ?

— À ma connaissance, les tueurs en série actuels pratiquent ce genre de rituels. C'est la même chose, mais érigée en mode de vie.

— Bon, à vous de me donner des gages, enchaîna John. Je pensais être le seul à connaître ces éléments sur les Hommes de Paille. Alors dites-moi ce que vous pensez savoir.

— D'accord, opina Unger. Mais il faudra me croire sur parole, parce que je n'aurai pas le temps de citer mes sources, encore moins de vous donner des preuves.

Je plongeai la tête dans mes mains et laissai parler le bonhomme.

— Version courte, annonça Unger en allumant une de mes cigarettes. Comme vous le savez, la dernière période glaciaire s'est terminée vers 11 000 avant Jésus-Christ. Fini de cailler, la planète redevient enfin un lieu confortable, et le genre humain peut s'offrir le luxe de prospérer. Au cours des cinq millénaires suivants, nous avons commencé à réarranger le monde. On a mis au point l'agriculture. Il y a eu le commerce, la communication, et on a définitivement creusé l'écart avec les Néandertaliens. Voilà pourquoi on trouve des vestiges d'anciennes cultures dans des coins inattendus du globe : il ne s'agit pas d'anomalies, mais d'indicateurs d'une civilisation mondialisée. Toutes les civilisations ont bâti des légendes sur cette période heureuse : le jardin d'Éden, Dilmun, l'Airyana Vaejo, le Dreamtime. Mais il y a toujours eu des hommes et des femmes différents des autres, regroupés en une force qui fut l'ancêtre des Hommes de Paille. Vers l'an 6000 avant Jésus-Christ, ceux-ci décidèrent d'attaquer les centres névralgiques de la culture. Leur dessein était hallucinant ; il disait en substance : « Nous détestons ce nouvel ordre mondial et nous allons le bousiller. » Ça leur a pris cinq siècles pour assaillir la planète entière, continent après continent, telles des fourmis tueuses.

— Ils ont conquis le monde entier ?

— Non. Ce n'était pas une invasion. Ils ne cherchaient pas à dominer, seulement à tuer ceux qui n'étaient pas comme eux. Ils détruisaient, massacraient, et passaient leur chemin. Le truc avec les Hommes de Paille, c'est qu'ils ne renoncent jamais – et il faut garder à l'esprit que, même individuellement, ces gens peuvent être des fous furieux, mais comme vous n'avez pas idée. Vous voulez savoir à quoi ressemblait la dernière bataille des Hommes de Paille ? Imaginez Jérôme Bosch multiplié par l'Holocauste. Ils ont incendié nos villes et nos campagnes de manière si monstrueuse que tous les mythes de l'enfer sont apparus au cours de la même ère. L'anéantissement de plusieurs millénaires de civilisation fut un tel traumatisme que son souvenir a fini par se confondre avec d'autres grands tournants historiques – comme la grande inondation qui marqua la fin de la dernière période glaciaire, et qui restait jusque-là comme la pire catastrophe de l'histoire humaine. Voilà, par exemple, pourquoi la légende de l'Atlantide se referme sur un déluge – sans oublier l'arche de Noé – et pourquoi l'histoire de l'Atlantide fut à tort située vers 11 600 avant Jésus-

Christ, quand les eaux montèrent partout sur la Terre. Ajoutez à cela les cataclysmes volcaniques et autres chutes d'astéroïdes recensés au fil des millénaires (voir Sodome et Gomorrhe), et on obtient le mythe d'un désastre généralisé à l'échelle de toute une ère. Les défaites infligées par les Hommes de Paille au reste du monde étaient si effroyables et si radicales qu'on a voulu rétrospectivement y voir la main des dieux – des dieux courroucés par la mauvaise vie des hommes. Le monde a passé les *huit derniers millénaires* à se remettre de cette apocalypse. Il y a trois ou quatre mille ans, on a repris l'avantage sur eux, et ils se sont fait oublier. Dans le *Timée* – la première trace attestée du mythe de l'Atlantide –, Platon parle d'un « cuivre des montagnes » qui revêtait les murs de la cité et composait les colonnes où était inscrite la loi. Le philosophe en fait quasiment un élément central. Et pourquoi, d'après vous ?

— Les mines de cuivre préhistoriques des Grands Lacs, répondit John.

— Exactement. Cela renvoie, de manière erronée, au fait que les Hommes de Paille étaient partis fonder leurs mines sur le sol américain, cette terre qu'ils revendiquaient. Fait correct, mais époque fausse, car souvenons-nous que Platon a écrit vers – 400, soit deux mille ans après les débuts de l'activité minière ici, et cinq mille après la guerre. Déjà on commençait à confondre les deux. Enfin, Ward, il suffit d'ouvrir les yeux ! Comment appelle-t-on l'étendue d'eau qui a maintenu l'Europe à bonne distance du repaire des Hommes de Paille ? L'Atlantique.

— C'est une coïncidence. Ou une...

— Il n'y a pas de coïncidences. La majorité des mythes de la planète, jusqu'aux histoires de vampires, de loups-garous et de démons, visent à rendre compte de cette lutte sans fin – pour nous rappeler qu'il existe des gens qui agissent contre nous, la nuit, et qui nous traquent avec la volonté de tuer. Le Christ ne chassait pas les démons au sens propre du terme. Il s'agit ni plus ni moins d'un code glissé dans la Bible, pour certifier que l'Église vit le jour afin de tenir tête aux Hommes de Paille et d'ériger un rempart contre les *vrais* démons, ces gens qui prennent pour ennemie l'humanité tout entière.

Il y eut une pause, pendant laquelle j'essayai d'intégrer tout ce déballage.

— J'en déduis que tu ne bosses pas pour la CIA, finalement.

— Si, je t'assure. C'est un moyen comme un autre d'épier la pègre mondiale. Mais oui, c'est une couverture. Je bosse pour les francs-maçons. Je collabore officieusement avec le Bohemian Club, et je m'efforce de temps à autre de maintenir une bonne entente avec les Jésuites. L'objectif de tous ces gens, y compris ceux du groupe de Bilderberg – bien qu'ils soient effectivement devenus une racaille mondialiste, avec une fâcheuse tendance à gouverner le monde en sous-main –, leur objectif commun, c'est la stabilité. Or le plus dingue, c'est qu'ils n'ont même pas conscience de servir ce but. Chacun est persuadé d'être là pour le fric et le pouvoir. Mais le résultat global, comme le point de départ de tout l'édifice, c'est de dresser des digues contre les Hommes de Paille.

— Si je comprends bien, même les conspirateurs ignorent le véritable objet de la conspiration ? Prodigieux...

— Ils n'ont pas besoin de savoir. Il suffit que ça marche. Tu ne peux pas saper un truc dont tu n'as jamais eu vent. Comme disait Héraclite – oui, c'était l'un des nôtres –, un lien caché est toujours plus fort qu'un lien visible.

Je me tournai vers Zandt :

— Ce qui est génial avec Carl, c'est qu'il te ferait passer pour un mec parfaitement équilibré.

Mais Zandt fixait la table, avec l'air de celui dont l'opinion se voyait enfin validée, fût-ce au-delà de ses espérances.

— Rien de tout ceci ne me paraît inconcevable.

— Mais tu croirais n'importe quoi, John !

Unger m'agrippa l'épaule.

— Attends, Ward, tu penses aussi que c'est une coïncidence si l'Empire romain a embrassé le christianisme alors qu'il touchait le fond ? Bien sûr que non. C'était un transfert de pouvoir délibéré, négocié par l'empereur Constantin et sa mère. L'Église catholique romaine fut créée pour prolonger les structures de l'Empire romain, comme celui-ci avait pris la relève des Grecs et des Égyptiens. Elle fut constituée par les dominants de l'époque, de même que l'Union européenne est l'œuvre des maîtres cachés de la nôtre. Comme toutes les institutions, l'Église a décliné et fini par mal tourner, mais à ses débuts, Paul – celui de la Bible, bien sûr, pas ton frère – a vu dans les enseignements d'un rebelle juif le parfait outil pour bâtir une organisation internationale. Et il avait raison. Un pouvoir centralisé, démultiplié par des unités de plus en plus petites qui placent un prêtre dans chaque village. L'Église catholique a façonné l'Europe quinze siècles durant, l'a maintenue en alerte face au danger des Hommes de Paille. La maçonnerie est la fille de l'ordre du Temple, l'une des dissidences qui s'engouffrèrent dans la brèche lorsque l'Église marqua le pas. L'Église avait encore les moyens de niquer les Templiers, au nom de l'hérésie, alors ils se sont discrètement reconvertis en francs-maçons, et huit cents ans plus tard ils sont toujours actifs. Mais parmi les maçons d'aujourd'hui, combien savent que leur confrérie est davantage qu'un club de copinage ? Seuls trois membres du 33e degré comprennent son but initial. L'éternelle guéguerre entre la franc-maçonnerie et l'Église tient à ce qu'elles furent toutes deux conçues – à des époques différentes et par des gens très dissemblables – pour combattre la même menace. L'Église s'est offert une longue croisière et s'en est mis plein les poches – pas question de céder les rênes à quiconque –, et c'est pourquoi l'Occident se farcit leur bras de fer depuis cinq siècles. Il n'y a pas assez de place pour toutes les élites occultes quand elles se disputent les mêmes cœurs, les mêmes âmes et le même fric – a fortiori lorsqu'elles ont oublié leur raison d'être initiale. Oui, les maçons en font partie, tout comme Bilderberg, la Commission trilatérale, la BRI, La Défense, el-Rachid, Yom Pek et d'autres dont, avec un peu de chance, tu n'auras jamais entendu parler. Dans chacun de ces groupes, un seul membre connaît la vérité, en plus de nos trois maçons. Nous sommes ce qui se dresse entre ce monde et les Hommes de Paille. (Unger avait soudain l'air épuisé.) Le problème, c'est qu'ils sont carrément plus forts que nous, car tôt ou tard nous succombons à la cupidité et nous oublions notre mission. Le temps obscurcit tout. Bien sûr que le Christ a étudié en Chine, qu'il a fui en France après la crucifixion, et qu'il s'est retrouvé au Cachemire, où il est mort. Mais tout le monde s'en cogne. La question n'est pas là. C'était juste un brave type, comme Mahomet, Bouddha ou James Stewart. Ceci concerne la multitude. Nous devons contenir les Hommes de

Paille, et c'est tout ce qui compte. Le voilà, le sens de l'existence. Jusqu'ici, on s'en était pas mal sortis, mais la technologie nous a donné le coup de grâce. Avec Internet, on ne peut plus empêcher les Hommes de Paille de se rassembler. Ils sont plus motivés. Plus haineux. C'est comme ça.

Il se renversa sur son dossier pour faire place au silence.

— Mais alors, demandai-je, et les ovnis dans tout ça ?

— Ils n'existent pas, Ward. Arrête de faire le con.

Il ne sera pas dit que je suis fermé aux idées neuves. J'ai passé les cinq minutes suivantes à ruminer les propos de Carl, des fois qu'ils m'auraient aidé à retrouver Nina. Mais ce n'était pas le cas, alors j'ai laissé tomber. Quand je suis sorti de ma rêverie, la discussion battait son plein entre John et Unger.

— Et qu'y avait-il au juste dans ces dossiers ? demandait Carl.

— Des contrats, essentiellement. Ryan Hudek n'avait pas le profil d'un gros poisson. Disons que Dravecky faisait son possible pour lui apporter des clients. Une sorte de faveur.

— Ou de paiement, suggéra Unger. Je pense que la bombe d'hier à LA était une simple mise en jambes.

— En vue de quoi ?

— Je sais pas, mais...

Un voyant s'alluma dans mon crâne. Je levai les yeux.

— Voilà pourquoi ils ont délivré Paul !

Les deux visages se tournèrent vers moi.

— Réfléchissez une seconde. Il y a six mois, Paul a pété les plombs, au point de devenir un boulet pour les Hommes de Paille. Dravecky a même envoyé des gars pour le liquider dans les bois, rappelez-vous. Et aujourd'hui, ils s'embêteraient à attaquer un fourgon blindé pour le ramener au bercail ? Comment expliquer ce revirement ?

— Il sait tout sur eux, dit John. Il fallait le déloger avant qu'il essaie de monnayer ses infos contre un allégement de sa peine dans les affaires Jones et Wallace. Il aurait pu anéantir les Hommes de Paille. Alors ils se sont débarrassés de lui.

— Tu parles ! Il ne les aurait jamais trahis, et ils le savaient. Toi aussi, tu le sais. Tu ne serais pas là devant moi si tu le croyais mort. S'ils avaient voulu le tuer, il leur suffisait d'un coup de fil pour le faire buter à Pelican Bay. Non, ils ont besoin de lui. C'est la seule explication valable.

John se tut quelques instants, avant de tressauter comme s'il avait reçu un coup.

— Quoi ? fit Unger.

— Comment a-t-on pu passer à côté de ça ? Ce « Jour des Anges », c'est Los Angeles ! Le Jour des Anges, dans la Cité des Anges.

Unger le dévisageait.

— Ils vont attaquer LA ?

— Paul connaît la ville, précisai-je. Il y a des chances pour qu'il ait commis à L.A. ses tout premiers meurtres. Il y a collecté des victimes pour les Hommes de Paille, en tout cas, et tué Jessica Jones.

— Dravecky, Hudek et au moins quatre de leurs potes sont ou étaient basés dans cette ville, ajouta John. Leurs taupes au FBI ont déjà obtenu la suspension de Nina il y a quelques mois.

Je me levai, le regard rivé au parking, le sang glacé par la panique.

— Et voilà quatre jours, Nina, moi et le seul agent du FBI à qui nous ayons parlé de ces histoires – Charles

Monroe, qui bosse lui aussi à LA –, nous sommes envoyés à l'autre bout du pays pour enquêter sur un meurtre qui semble être le fait d'une tueuse en série. Le surlendemain, Nina disparaît. J'appelle John, qui débarque à son tour. Tous réunis, et tous au mauvais endroit !

John et Carl étaient déjà debout.

— C'est jouable, dit Carl. Je vais trouver un aérodrome et réserver un avion pour dans une heure. Vous avez l'adresse de Ryan Hudek, John ?

— Ouais. Mais la police de Los Angeles y sera passée avant nous.

— Eh, les gars…

— Évidemment, répondit Unger à John, mais ils auront juste interrogé les parents pour savoir où se trouve leur fils, puis ils auront mis les voiles. Qui va imaginer qu'ils puissent être de mèche avec leur môme ?

— Vous pouvez les faire retenir chez eux ?

— Je peux essayer.

— Je n'irai pas à LA, déclarai-je enfin.

Zandt s'agaça :

— Mais enfin, Ward, tu viens toi-même de dire…

— Je sais ce que j'ai dit.

L'oreille collée à son portable, Carl m'observait du regard fixe et froid du zélote. Une porte s'était ouverte dans sa tête comme dans celle de John, et ils avaient franchi le pas.

— Y a pas à hésiter, Ward. Trop de vies sont en jeu.

— Je préfère en sauver une autre. LA devra se passer de moi.

John eut l'air navré.

Je l'abandonnai pour remonter les rangées de tables où de pauvres hères venaient cacher leur premier verre derrière un sandwich. Ressortant d'un pas rageur, je manquai de culbuter un type dans un costard à cinquante dollars. Il n'osa pas soutenir mon regard.

Comme je repartais vers ma voiture, j'entendis appeler mon nom. Je scrutai le parking ; Hazel venait de se garer de l'autre côté. Je savais si peu où j'allais que la moindre hésitation pouvait me bloquer à jamais. Alors je lui répondis d'un simple signe. Qu'elle imita. Puis je sautai derrière le volant.

Au bout d'un kilomètre, mon portable sonna. Je le sortis de ma poche, pensant tomber sur John ou Carl – dans l'espoir qu'ils avaient choisi de laisser LA se démerder. Mais c'était Monroe.

— Où êtes-vous ? dit-il d'une voix pleine de vigueur.

— Je roule dans Thornton. Du nouveau ?

— Venez me prendre au commissariat. Je crois qu'on a quelque chose.

CHAPITRE XXXII

J'ai laissé la caisse devant le comico pour courir à l'intérieur. Monroe était au fond du bâtiment, en train de causer à un policier que je n'avais jamais vu. Dès qu'il m'aperçut, l'agent spécial s'interrompit pour me rejoindre. L'autre flic me toisa de sa supériorité de flic. Même à dix mètres, sa tête ne me revenait pas.

Monroe me prit le bras et me ramena dans la rue.

— C'est votre voiture ?

— Ouais. Vous discutiez avec qui, à l'instant ?

— Avec le shérif d'un bled situé après Owensville.

— Qu'est-ce qu'il fait ici ?

— Honnêtement, j'en sais rien. Mais il a l'air beaucoup plus au parfum que les locaux.

— C'est pas dur…

— N'empêche qu'on vient enfin d'obtenir du bon boulot. Lors de son interrogatoire face à Reidel, Julia Gulicks a déclaré qu'elle s'était installée à Thornton voilà six ans. Ce qui cadre avec la date de signature de son bail et son arrivée dans l'entreprise d'Owensville. Mais elle disait également avoir grandi à Boulder.

— Et… ?

— Elle mentait. On a passé un jour et demi là-dessus, sans trouver aucune trace d'elle là-bas. Naissance, lycée, boulots, que dalle. Et puis, il y a une demi-heure, le seul flic de Thornton qui planche encore sur le dossier tombe sur une certaine Jane Gillan, née et scolarisée à Dryford.

Monroe y voyait manifestement une belle prise. Mais ça ne me parlait pas.

— Dryford, hein ? Toujours dans le Colorado ?

— Non. Ça se trouve à dix bornes d'ici, de l'autre côté de la forêt où on a découvert les deuxième et troisième corps.

J'ouvris la mâchoire, la refermai d'un clac.

— C'est bien ce que je me suis dit, fit Monroe. Alors en avant.

J'attendis qu'on soit en route pour demander :

— Et on a quoi sur cette Gillan ?

— Pas grand-chose, mais ça colle. Les derniers éléments remontent à sa treizième année. Son père est mort en 1992 dans des circonstances assez louches, et c'est ce qui a fait tilter notre flic. Papa est tombé dans l'escalier, un après-midi qu'il était soûl. Nuque brisée. Sa jeune fille était le seul témoin présent au moment du drame. À son retour, la mère dit avoir trouvé un corps inanimé dans le couloir, et Jane qui faisait ses devoirs dans la cuisine. Walter Gillan était un alcoolique violent et raciste, un fumier qui battait régulièrement sa femme, et c'est pourquoi personne n'a vraiment cherché à approfondir la thèse du crime. La veuve et l'enfant ont aussitôt quitté Dryford, et on n'en a plus jamais entendu parler. Mais en 1998, une certaine Julia Gulicks emménage à Thornton.

— Elle n'est quand même pas douée…

— Comment ça ?

— Cette fille a la chevelure la plus rousse du monde, mais elle ne pense pas à la couvrir pour rencontrer sa deuxième victime au Mayflower. Elle croit malin d'être celle qui découvre le cadavre de Widmar, alors que ça ne fait qu'attirer les regards sur elle. Et quand elle change de nom, c'est pour garder les mêmes initiales ! Sans déconner…

— Ça arrive souvent avec les fugitifs, ou les gens normaux qui veulent prendre un nouveau départ. C'est plus facile pour signer des chèques, ou pour réagir à son nouveau nom.

— Personnellement, je risquerais un changement radical.

— Mais les meurtriers ne sont pas tous des pros ; il y a même une majorité d'imbéciles. Très peu réfléchissent à long terme.

— C'est à se demander combien de tueurs en série se font pincer au tout début, avant d'avoir trouvé leur rythme de croisière…

— Je n'ai pas envie de penser à ça pour l'instant. Pas plus que je n'ai envie de mourir avant d'arriver là-bas, alors pourriez-vous s'il vous plaît *ralentir* ?

Je levai le pied, mais seulement pour traverser le grand carrefour en face de chez Renée. Sitôt arrivé à la route forestière menant à Dryford, je remis les gaz sans me soucier des sueurs froides de Monroe.

— J'ai l'adresse de la maison d'enfance de Gillan, ajouta-t-il en évitant de regarder le paysage. Vous me direz : ça n'explique pas ce qui s'est passé après l'arrestation de Gulicks.

— Elle a toujours agi dans l'ombre de quelqu'un. Vous vous souvenez quand John lui a demandé pourquoi elle coupait les mains ? C'est là qu'elle a pété un câble.

Monroe me sembla un peu largué.

— Elle n'en sait rien, expliquai-je. Elle ne sait pas à quoi rime cette histoire de mains. Il y a longtemps, elle a dû voir un truc affreux. Elle aura voulu en parler, mais n'aura récolté que des coups ou des cris, et depuis ça l'obsède. Aujourd'hui elle exprime la psychose d'un autre, mais elle est déboussolée car ce n'est pas vraiment la sienne.

— Elle a quand même tué deux personnes.

— Ah oui ? Comme cette femme que Nina croisait à Janesville, celle qui a tué ses violeurs ? Le meurtre est-il toujours le pire acte qui soit ? Quel que soit le contexte ?

— Jusqu'à preuve du contraire, ni Widmar ni le tartempion n'ont fait de mal à Gulicks.

— Eux, non. Mais quelqu'un d'autre, si.

Dryford était une petite ville décatie qui n'en revenait pas d'être encore debout. La route forestière coupait sa grand-rue à angle droit. Encore deux virages et nous atteignîmes Jefferson Avenue, une longue voie étroite bordée de petites maisons. Environ cent mètres avant la fin, Monroe me fit stopper en face du numéro 23.

Nous examinâmes par la vitre la façade jaune du pavillon. Ce n'était pas grand, mais bien entretenu.

— Qu'est-ce qu'on cherche, au juste ?

— N'importe quoi, Ward. Tout ce qu'on pourra trouver.

Nous prîmes l'allée ; Monroe sonna. La porte s'ouvrit sur une femme entre deux âges, le genre à mitonner des brownies d'enfer. Monroe lui demanda depuis combien de temps elle vivait ici, et elle répondit huit ans. Nous apprîmes que ni elle ni son mari n'étaient apparentés aux Gillan, dont ils n'avaient du reste jamais entendu parler. Monroe eut le tact de ne pas préciser qu'un gus de ce nom s'était tué dans l'escalier que l'on apercevait derrière elle. Cette femme n'avait pas reçu de visite inhabituelle ces derniers jours – en dehors de la nôtre – ni rien remarqué d'étrange dans le quartier. Bref, elle ne voyait pas de quoi nous voulions parler, et dès lors rien n'eût justifié que l'on inspecte les lieux – qu'aurions-nous pu dénicher ?

Nous l'avons donc remerciée, avant de redescendre l'allée. Songeur, j'observai la rue par où nous étions arrivés.

— Je me demande combien de temps il faudrait pour rejoindre la forêt à pied. Si j'étais une fillette libre de flâner à sa guise.

— Pas beaucoup, supposa Monroe. Mais dans ce sens-là, on part vers l'est.

— On pourrait faire un crochet. Mais oui, vous avez raison. (Je me retournai pour considérer la dernière portion de route.) Allons jeter un œil là-bas.

Nous remontâmes la rue jusqu'au bout. Derrière une haute grille, une friche s'étirait en pente vers les bois, traversée d'un vague sentier.

— On peut aussi passer par là.

— Ça fait une sacrée trotte, jugea Monroe.

— Vous seriez étonné de voir jusqu'où peut s'éloigner un gosse qui ne se sent pas en sécurité chez lui. Or, en suivant ce chemin, on arrive tout près du cadavre et du tee-shirt.

— Bon, il se peut qu'on en sache un peu plus sur Mlle Gulicks, conclut Monroe en se frottant le visage. Et maintenant ?

— Et maintenant rien. Un mur de brique. Encore une fois.

Repartant vers la voiture, je m'arrêtai au bout de dix mètres, face au dernier pavillon de la rue.

Monroe stoppa quelques pas derrière moi.

— À quoi pensez-vous, Ward ?

Souvent, dans les petites villes, plus on s'éloigne du centre et moins les maisons sont soignées. Dans Dryford, qui tenait presque du village, le phénomène était accentué : en deux minutes de marche, on passait d'un numéro 23 impeccable à un 25 apocalyptique. Les arbres se pressaient contre le flanc. Le jardin de devant était submergé de hautes herbes et de broussailles. À première vue, c'était inhabité depuis un bail.

Cependant une camionnette blanche stationnait devant. Un mini-camping-car, sans vitres sur les côtés.

— J'ai vu le même van quelque part.

— On en voit partout, répondit Monroe. Mon beau-frère en possède un. Un Combi, ça s'appelle.

— C'est celui-là que j'ai vu. Dans un endroit précis. Avant-hier, je crois.

Monroe me rejoignit en deux foulées.

— Où ça ?

— Quelque part à Thornton. Attendez… Dans la rue du commissariat, la nuit où Nina a disparu. J'ai cru qu'il s'agissait des premiers journalistes ameutés par l'arrestation de Gulicks.

— Vous êtes sûr de vous ?

— Quasi.

— Il appartient peut-être à un riverain. On peut vérifier la plaque.

— Faites ce que vous voulez, dis-je en m'approchant de la maison. Moi, je vais jeter un œil.

J'ouvris le portail, guettant une réaction dans la baraque. Elle semblait morte, avec ses fenêtres sombres et opaques. L'herbe était aplatie sur deux lignes parallèles.

Brossés par la végétation, nous traversâmes la moitié du jardin avant de nous retourner. Un oiseau pépiait dans les arbres, au-dessus du trottoir.

— Le van est sorti plus d'une fois au cours des derniers jours, nota Monroe.

— Mais si son propriétaire habite ici et se déplace quotidiennement, comment expliquez-vous que l'herbe soit si haute ?

Monroe soupesa la question et plongea la main dans sa poche. Il sortit son flingue, vérifia le chargeur. Je fis comme lui.

— Soyons prudents, dit-il.

— Vous ne voulez pas de renforts ?

— Pour quel motif ? Herbe écrasée ?

Il sourit, et je compris qu'il aurait volontiers demandé de l'aide mais craignait de passer pour un froussard ; qu'il voulait prouver, aux autres comme à lui-même, que ses blessures de début d'année ne l'avaient pas achevé ; et que lui aussi tenait beaucoup à Nina.

— Après vous, chef. Moi, j'ai appris ça dans les séries télé.

Il fondit sur la porte. J'approchai en décrivant un arc, afin d'examiner le côté de la maison. Rien à signaler, sinon les mêmes planches décollées et les mêmes buissons sauvages. Ou bien le proprio abhorrait le jardinage, ou bien il revenait d'un très long congé.

Je rejoignis Monroe sur le perron. À travers leur voile de poussière, les fenêtres sur la droite révélaient des toiles d'araignées. Je me couchai contre le mur, prêt à bondir en cas de besoin. Monroe frappa.

Pas de réponse. Il recommença. Rien.

Alors il posa doucement la main sur la poignée. La tourna. Un clic et la porte céda. La retenant du bout des doigts, il me regarda.

Je savais ce qu'il pensait. Soit les occupants refusaient de répondre, soit la baraque était vide.

Je lui adressai un signe de tête : *on entre*.

Comme s'il avait besoin de mes conseils.

Je m'écartai du mur pendant qu'il poussait la porte. Ce geste n'étant suivi d'aucun effet fâcheux, nous pénétrâmes à l'intérieur. Je refermai délicatement.

J'écoutai la poussière.

Devant nous courait un couloir sombre ; des portes ouvertes se succédaient de part et d'autre. Monroe m'indiqua une pièce d'un mouvement de tête avant de prendre celle d'en face, son flingue pointé vers le bas. J'ignore ce qu'il découvrit ; pour ma part je vis des meubles et des cadres ensevelis sous la poussière. Une bibliothèque agonisait contre le mur du fond, garnie de romans et de vieux manuels de maths.

De retour dans le couloir, nous poursuivîmes l'exploration, en évitant de faire craquer le plancher. La salle à manger et le petit bureau étaient dans un état comparable. Puis le couloir débouchait sur une cuisine. Elle aussi semblait avoir connu des années d'ordre et de propreté, avant d'être laissée en plan. Aucune trace de vandalisme. Soit les gosses du coin étaient des anges, soit ils n'aimaient pas cette adresse.

Je suivis Monroe au pied de l'escalier. Je fis le guet pendant qu'il montait à pas de loup, le dos près du mur, regard et flingue pointés en l'air. J'attendis qu'il fût en haut pour le rejoindre.

Il y avait trois chambres, que nous nous répartîmes. Chacune possédait un lit, dont l'un privé de matelas. Au milieu de cette pièce-là trônait une chaise en bois, et un abat-jour gisait par terre. Le sol était parsemé de feuilles d'arbres et d'éclats de verre.

Ayant fini le premier, je vérifiai la salle de bains, tout aussi muette et défraîchie. Je ressortis, et à peine commençais-je à me détendre que je crus entendre un bruit.

Il provenait de l'une de mes chambres. Celle de la chaise.

Comme un reniflement, ou une déchirure.

Je raidis mes bras, relevai le flingue de quelques degrés. Retournai sans un bruit vers la pièce, restai un instant sur le seuil.

Monroe émergea de la chambre principale. Je levai l'index. Il se figea, et me donna son feu vert d'un coup de menton.

Je m'avançai d'un pas, le canon braqué vers le fond de la pièce. Virevoltai pour couvrir le mur de la porte. Pivotai de plus belle, refis un pas. Posai un genou à terre pour regarder sous le lit simple, celui qui avait perdu son matelas. Il n'y avait personne dans cette chambre.

— Vous n'avez rien entendu ? demandai-je à Monroe, posté à la porte.

— Non. C'était quoi ?

— Rien, sans doute.

Je soufflai un grand coup. Toute la maison parut expirer avec moi.

Nous redescendîmes. Jetâmes un dernier coup d'œil avant d'échouer dans la cuisine.

— Je crois qu'on a fait chou blanc, Ward.

— J'ai quand même reconnu la camionnette. Le fait qu'il n'y ait personne ne change rien.

— Mais ça nous avance à quoi ? Nous...

Il s'interrompit, fixant un point par-dessus mon épaule. Je me retournai pour aviser une porte discrète dans le mur du fond.

— Placard ?

— M'étonnerait, dit-il en se remettant à chuchoter. Elle donne sous l'escalier.

Je l'ouvris sans attendre. L'obscurité, une bouffée d'air frais... Je palpai le mur à la recherche d'un interrupteur. En trouvai un et l'actionnai.

Un escalier de bois menait à une cave.

Nous nous y engouffrâmes. Le sous-sol était un grand espace rectangulaire. Et vide. J'allais rebrousser chemin lorsque Monroe me retint :

— Attendez. Visez un peu le sol.

La lumière crue de l'unique ampoule ne laissait aucune place au doute, dès lors qu'on savait ce qu'on cherchait : la terre n'était pas égale, mais griffée de volutes larges et irrégulières. Un peu comme si un corps y avait récemment roulé, un corps entravé. Je m'agenouillai pour effleurer la terre avec ma paume. La scruter, l'écouter.

Monroe m'imita un peu plus loin.

— Très bien, déclara-t-il. On tient peut-être quelque chose.

Je levai les yeux, à contrecœur.

— Quoi donc ?

— Une trace de sang, très légère. On a pris soin de la nettoyer. Mais il y a aussi des taches d'acides gras volatils. Comme si un corps avait stagné ici.

— Mort ou vivant ?

— Juste après sa mort. On vient peut-être de trouver l'endroit où Julia Gulicks a conservé sa première victime avant de la décharner.

— C'est donc le corps de Widmar qui aurait produit ces traces ?

Je ne voulais pas qu'il réponde oui, et il le savait.

— Je l'ignore, Ward. Mais c'est probable. Rien ne permet de penser que Nina ait séjourné ici.

— Sauf que le Combi est revenu *après* l'arrestation de Gulicks.

Il réfléchit.

— Exact. Allons l'examiner.

Il remonta les marches en trottant. Je restai en arrière pour observer une dernière fois les marques dans la terre. Étaient-elles l'œuvre de Nina ? N'est-on pas censé déceler la présence de l'être aimé, même après qu'il s'en est allé ? Nos cinq sens ne servent-ils pas à cela ? J'essayai, mais en vain. Je captais des ondes, sans savoir s'il s'agissait de son écho. Repartant vers l'escalier, j'eus soudain l'idée de frapper l'ampoule du plafond, afin de modifier l'éclairage. Elle oscilla d'avant en arrière, projetant son feu dans différents recoins. Les taches relevées par Monroe prirent un nouveau relief, et je dus admettre que l'hypothèse d'un corps d'homme était aussi valable que la mienne.

Je vis aussi scintiller quelque chose près du mur du fond. En quelques enjambées, je traversai les ombres épaisses et mouvantes, et m'accroupis pour tâter le sol. Mes doigts effleurèrent un objet anguleux.

Un bracelet. Du toc, avec des anneaux en plaqué argent et de fausses turquoises. La chaîne était brisée, comme après s'être accrochée quelque part.

Mais le bijou conservait un certain éclat, ce qui signifiait qu'il n'était pas là depuis des lustres. Il ressemblait pas mal à celui que Nina avait acheté pour six dollars lors d'une de nos virées à l'est de Sheffer.

Je n'étais pas formel. Loin de là. Mais tout à coup les formes tracées dans la terre me semblaient familières.

Je courus au rez-de-chaussée. Monroe jugerait cela insuffisant, mais pour la première fois en deux jours, j'avais l'impression de m'être rapproché de Nina.

Sitôt sur le perron, je me figeai. Il y avait quelque chose dans le jardin. Une longue forme, à demi cachée dans les broussailles.

Mon flingue avait retrouvé mon poing. Je me décalai sur le côté du porche, essayant d'identifier la chose sous un meilleur angle, tout en gardant un œil sur la camionnette.

— Charles ? Où êtes-vous ?

Pas de réponse, juste le bruissement des feuillages. Je traversai le porche de bord en bord. Rien non plus de ce côté-ci.

Je posai le pied dans l'herbe pour atteindre la forme avachie, la tenant en joue jusqu'à ce que je reconnaisse la couleur du costard.

Monroe était couché sur le ventre. Inerte. Les brindilles alentour étaient mouchetées de rouge, comme de minuscules fleurs sauvages.

Je le retournai. Il y avait du sang partout. Des entailles profondes et droites au front, au visage et au cou. De la chair à vif et des bouts d'os. Une dent brillait, nette et polie, à travers la joue trouée.

Sa mâchoire s'affaissa lentement sur le côté, relâchant un gros caillot de substance interne, et son dernier soupir forma un mot.

Pardon.

Je prononçai son nom, mais son regard était déjà vide, et divergent.

Je restai agenouillé, sans savoir quoi faire, ni qui l'avait tué. Je cherchai un pouls dans son cou, mais il était parti battre ailleurs. Le dénommé Charles Monroe n'était plus de ce monde. Seule restait une carcasse qui lui ressemblait fort, une carcasse morte et déchue, à deux mille bornes de chez elle.

Les herbes s'agitèrent. Bruyamment.

Je levai les yeux.

Un homme accourait depuis la gauche du pavillon. Massif, armé d'un immense couteau.

Je lançai mes bras en l'air, puis à droite, et tirai avant même de comprendre ce qui fonçait sur moi.

La balle l'atteignit à l'épaule. Je me projetai en arrière, parvins de justesse à me relever.

L'homme continuait d'avancer, et sa lame menaçait de m'atteindre. Reculant toujours, je lui tirai dans la cuisse. Il pivota, tomba, glissa.

Avant qu'il ne puisse se relever, je lui écrasai la main pour lui faire lâcher son arme, que je balançai loin dans les broussailles.

Reculant d'un pas, je pointai mon canon sur sa tête. Il avait les cheveux gris. Les mains et la figure aspergées de sang, celui de Monroe et le sien.

— Dis-moi qui tu es. Et où elle se trouve.

Il me dévisagea, l'air perdu.

— C'est toi, fit-il. C'est toujours toi.

— On ne se connaît pas.

— Ça a toujours été toi.

— Je ne comprends pas ce que tu me racontes, et je ne suis pas…

— Finissons-en, d'accord ? Par pitié, finissons-en.

— T'inquiète pas, je vais te buter. (Posant un pied sur son torse, j'appuyai lourdement le flingue sur son front.) Mais tu vas d'abord parler.

Il s'appelait Jim Westlake. Il s'appelait James Kyle. Il avait habité cette maison, et tué dix-huit femmes en vingt ans, la dernière étant son épouse. Il l'avait inhumée dans les bois, à quinze minutes à pied d'ici – c'était elle que John et moi avions découverte. On avait atteint un certain point. Pouvais-je comprendre ça ? On avait atteint le point critique. Il n'avait pas conscience, à l'époque, que des gens suivaient ses agissements depuis longtemps, des gens qui n'étaient pas de la police et qui comprenaient pourquoi des femmes d'Owensville, de Rackham et des environs disparaissaient de loin en loin. Ils savaient même où il les enterrait, et ils l'approuvaient. Un type qu'il surnommait le Garçon précoce s'était présenté une nuit, la pire de toutes, la dernière de cette ancienne vie, la nuit où il se trouvait seul dans sa maison, sans épouse mais avec une enfant qui courait se cacher après avoir compris que son père ne tournait pas rond, qui se réfugiait dans sa chambre et plongeait sous son lit, comme devant une tempête venue l'enlever. Sa femme était morte depuis seulement deux jours, et il se savait perdu ; la situation avait dégénéré jusqu'au point critique. Alors qu'il enterrait Laurie, il avait relevé les yeux et cru déceler dans le clair de lune une flaque de sang noir, suspendue à un mètre du sol, de l'autre côté de l'îlot. Du sang, comme celui qu'il leur avait pris à toutes, le sang de ces anges dont il s'était nourri. On ne peut pas manger une main, c'est plein de petits os, mais on peut manger du sang et se délecter du goût. Il pourchassa l'apparition, mais elle s'enfuit dans les bois, alors il termina sa besogne.

Que faire ensuite ? C'est insoluble. La première fois amène la deuxième, qui amène la multitude. Dans une autre ville, il s'en serait peut-être sorti, et Karla serait restée l'unique, la Karla du passé, de l'époque bénie des premières fois. Mais lorsque la terre vous demande d'alimenter sa force, vous n'avez d'autre choix que d'obtempérer, et le soir où vos proches découvrent le pot-aux-roses, il n'y a qu'un dénouement possible, et c'est ainsi que vous vous retrouvez piégé dans la gangue brûlante d'une vie où votre propre fille panique à votre vue…

— Je ne comprends pas, frissonna-t-il, le visage blême et perlé de sueur glacée, tordu par je ne sais quelle indicible réalité. Je lui ai parlé des orages. Je l'ai rassurée. Je l'ai couverte d'amour. Mais j'ai quand même fait ce que j'ai fait. Je n'arrive pas à comprendre.

— Que s'est-il passé ?

— Quand ça ?

— Après avoir tué la personne dont tu parles.

— Tu t'es pointé.

— Je ne suis pas... Bon, d'accord, qu'est-ce que j'ai fait ?

— On l'a enterrée près d'ici et tu m'as aidé à tout nettoyer, à déménager, et tu t'es servi de tes relations pour étouffer l'affaire. Tu m'as fait supprimer des gens, puis tu ne m'as plus rien demandé et je n'ai pas eu de nouvelles pendant des années et des années. Je n'ai plus tué personne. Je suis devenu photographe. J'étais comme tout le monde. Je pensais que tu avais disparu pour toujours. Chaque année qui passait, je retranchais mentalement un ange à mon bilan. En espérant un jour revenir à zéro. Mais tu ne t'en vas jamais. Tu es toujours là. Toujours.

— C'est pas moi. C'est quelqu'un d'autre.

— Si, c'est toi. T'as l'air différent, mais c'est toi. C'est toujours toi.

— Pourquoi t'es revenu ?

— Parce que tu m'as fait revenir. J'étais censé m'occuper de la fille qui m'a vu à l'époque et qui s'est mise à reproduire mes meurtres. Mais elle venait d'être arrêtée. Et puis tu m'avais chargé d'une autre mission.

— C'est toi qui as tué le flic à l'Holiday Inn.

— Oui.

— Et t'as enlevé l'agent du FBI. Tu l'as amenée ici.

— Pour quelques heures, puis on a pris la route. On aurait pu rouler jusqu'à la fin des temps. Personne ne nous aurait jamais retrouvés. Je n'allais pas… T'es arrivé, et il a fallu que je revienne ici. Tu m'as forcé.

— Qui ?

— Toi.

— Mais c'est pas moi, d'accord ? (Un détail me fit tiquer.) Attends un peu. Tu dis qu'il est arrivé ici ? À Dryford ? Mais quand ça ?

— Ce matin.

— Paul est venu ici ce matin ? Par ses propres moyens ?

L'homme me considéra, et parut enfin comprendre que je n'étais pas celui dont il parlait.

— En bagnole, avec un jeune. Ils ne connaissent pas son vrai visage. Ils ne comprennent pas qu'il n'est même pas réel.

— Il est où, maintenant ?

— Je sais pas. Il est parti.

— Quand ?

— Il y a deux heures.

— Il a Nina ?

Soudain il tenta de se relever, en me prenant par surprise. Je le repoussai avec ma semelle.

— Réponds ou je te jure que…

— Oui.

— Elle est vivante ?

— Elle l'était quand ils sont partis.

J'augmentai la pression du flingue, sur le crâne d'un type à peine plus jeune que mon père au moment de sa mort.

— Où sont-ils ? Où sont-ils allés ?

— Je sais pas.

— Ils ont quoi, comme bagnole ?

— Grosse. Noire.

Je resserrai mon doigt sur la détente, mais je vis dans ces yeux qu'il n'y avait plus rien à tuer.

Alors je l'ai laissé ramper dans les herbes et je suis retourné auprès de Monroe. Je m'apprêtais à lui fermer les paupières quand je me suis dit qu'il y avait pire, comme spectacle éternel, que le mouvement paisible des branches dans un beau ciel bleu.

Puis j'ai couru jusqu'à la voiture.

CHAPITRE XXXIII

Lee en avait sa claque. Lee se sentait paumé. Lee commençait à se dire que c'était vraiment n'importe quoi.

On avait installé la femme à l'arrière de la bagnole, et Paul s'était assis avec elle, dans le secret des vitres teintées, reléguant Lee auprès du conducteur. C'était un type courtaud, avec de gros sourcils et un nez crochu, le genre que Hudek faisait tout pour éviter. Le sourire pincé du gars montra que c'était réciproque.

Ils reprirent la route forestière jusqu'à la ville principale et sillonnèrent les rues. Lorsque son téléphone sonnait, Paul fixait l'écran sans répondre, et quand il voulait quelque chose, la voiture s'arrêtait pour que Lee fasse les commissions. Le chauffeur se plantait alors devant le capot, sûrement pour s'assurer que le jeune n'allait pas fuir, ce qui mettait Lee hors de lui. Il ne comptait aller nulle part. Il voulait juste qu'on lui dise de quoi il retournait, et quel était son rôle dans l'histoire. Ils se rangèrent devant le Starbucks, où Lee fit la queue pour commander les cafés. Ils se rendirent à l'épicerie pour qu'il achète des clopes. On lui remit un appareil numérique afin de photographier l'intérieur de l'église et la façade du commissariat, ce qu'il fit sans rechigner. Il acheta des piles chez Radio Shack, dans une galerie marchande à l'orée de la ville, puis un peu plus tard des beignets d'oignon chez Renée, pour le conducteur. Chaque fois les commerçants l'accueillaient avec chaleur. Ils souriaient, hochaient la tête, lui souhaitaient une bonne journée – un vrai spot de pub pour la vie en province. Mais son jugement ne varia pas : c'était un bled pourri.

Ils finirent par regagner le centre-ville, et la voiture s'arrêta le long d'une grille à barreaux munie d'un grand portail en fer forgé. Elle entourait la grande pelouse d'un lycée. Des gosses de différents âges s'y attardaient, prolongeant de quelques minutes la pause déjeuner. De l'autre côté de la rue se dressait un bâtiment du même style, mais plus petit. Un panneau super chaleureux indiquait un jardin d'enfants.

Paul pria Lee de revenir s'asseoir à l'arrière. La femme occupait toujours la même place, toujours ligotée. Lee fut surpris de voir si peu d'angoisse dans ses yeux.

— Tu vas me demander de la tuer ?

Paul leva les sourcils.

— Qu'est-ce qui te fait croire ça ?

— Je sais pas. Une sorte de baptême du feu.

— Ce n'est pas ce que je prévoyais. Dans un combat au corps à corps, je ne te donnerais qu'une chance sur deux. Au mieux.

— Je t'écoute, alors.

Paul attrapa sous son siège un petit sac. Le genre d'accessoire pour balader un iPod ou un lecteur CD. Il le remit à Lee. S'y trouvaient quatre flacons de pilules.

— C'est quoi, ça ? (Lee se tourna vers le lycée.) Tu veux que j'aille vendre de la drogue ?

— Non. Je veux que tu l'offres.

Lee allait dispenser Paul de ses sarcasmes, quand il comprit que c'était sérieux.

— Pourquoi ?

— Pour amorcer la pompe.

— C'est ça, le gros boulot que tu me réservais ?

— Une simple mise en jambes. Je reviens dans une heure, et là, nous aborderons la grande leçon du jour.

Lee descendit et regarda la voiture s'éloigner.

Il allait faire ce qu'on lui demandait – ce qu'on lui *ordonnait*, plutôt – mais sa patience était à bout. Comment se contenter de si peu après avoir traversé toutes ces épreuves, après avoir été arraché à son existence ? Lee voulait réussir. Jusqu'à cette dernière semaine, il avait pris la bonne direction, s'était lancé sur une voie sûre et rectiligne, tracée par lui seul. Il avait une équipe. Des amis. Il avait une vie. Il avait un plan.

C'était lui qui conduisait.

Abandonné sur le trottoir avec ses doutes, Lee mesura combien Brad lui manquait. Pete le Dormeur également, ainsi que deux ou trois autres potes, mais surtout Brad – même s'il pouvait encore sentir ses poings contre ses côtes. Ils étaient restés amis pendant des lustres, alors que Lee n'avait jamais eu beaucoup de copains. Brad et sa façon de dire les choses, à la fois lucide et directe. Lee aurait tant aimé que Brad soit là pour lui glisser : « Laisse béton, mec, ça craint » ou bien : « D'accord, c'est zarb, mais on y va. » Ou entendre Pete jacter sur les tableaux cachés dans tel jeu vidéo, ou même apercevoir Karen au bout de la rue. Il regrettait d'avoir fait si peu d'efforts après l'unique fois où ils avaient couché ensemble. Mais il s'était senti tout chose, exposé à des émotions qu'il ne maîtrisait guère. Réaction naturelle : ne pas la rappeler. Il fallut qu'elle se tourne vers Brad pour que Lee se dise qu'il aurait aimé la revoir. Mais comme disait Hudek senior, on ne rejoue pas les matches perdus.

L'espace d'un instant, il eut envie d'appeler ses vieux. De leur dire : *Je comprends rien à tout ce cirque. Je suis censé faire quoi ?*

Mais ils se seraient sans doute contentés de reposer le combiné. Lee n'était plus leur gosse, mais celui de Paul. Il appartenait désormais – sinon depuis toujours – à cette mystérieuse famille élargie. Non, la vraie question était : *Vous discutiez de quoi sur la photo que j'ai vue ce matin ? Quel était l'enjeu ? Quel a été le marché ? Qu'est-ce que vous avez gagné ?*

J'étais quoi, pour vous ?

Mais à quoi bon ? Saisit-on jamais ce qui se passe dans la vie HBO de ses vieux ? Eux-mêmes peuvent-ils jamais comprendre nos grands moments MTV ? Ou bien suit-on des chemins parallèles mais séparés dans le temps, pour se faire signe de manière épisodique, d'une distance longue comme un stade de foot embrumé ?

Peu importe, conclut-il. Au final, on marche toujours seul.

Lee ouvrit le sac et sortit un flacon. Ôta le capuchon et le glissa dans sa poche. Il marcha jusqu'à la grille et promena son regard sur les quelques gamins qui traînaient dans l'enceinte. Ils étaient sapés comme tous les gosses du pays, et Lee ne risquait guère de détonner – ce que Paul avait nécessairement calculé. Dans le pire des cas, un prof lui demanderait ce qu'il fabriquait là, et il se ferait passer pour le grand frère d'un élève, venu transmettre un message parental. Il l'avait déjà fait, à ses débuts, quand il avait dix-huit ans. Paul le savait-il, d'ailleurs ? Paul était-il au courant de tout ?

Reconnaissant dans son dos le bruit râpeux de petites roues dures, Lee pivota pour voir s'approcher un jeune à skateboard. Il comptait l'aborder quand il s'aperçut que le skateur était plus vieux qu'il n'y paraissait, et qu'il portait un sac à dos rouge déjà vu quelque part. Le keum lui fit un clin d'œil, avant de disparaître dans la pente.

Alors Lee se retourna et franchit la grille.

Paul la débâillonna peu après.

— Je vais te demander un petit service, dit-il. Tu ne seras pas d'accord, ce que je respecte, mais si tu n'obéis pas je te tuerai sur-le-champ. Pas de deuxième chance.

Lee parti, Paul s'était métamorphosé. Nina comprit qu'il changeait de rôle avec chaque interlocuteur. Même là, il devait jouer la comédie, sans forcément s'en rendre compte. La fameuse machine, en plein travail d'imitation.

— Qu'est-ce qui vous amène ici ? demanda-t-elle. Dans une ville pleine de gens innocents ? Vous êtes venus faire quoi ?

— La récupérer. Tu ne sens rien ? Tu ne vois rien ?

— Non, juste une ville ordinaire. Vous avez dû rêver. Un effet secondaire de la folie, sans doute.

Il sourit froidement.

— Si, je sais bien que tu l'as senti. Il y a beaucoup de villes semblables. Des lieux où nous vivions il y a deux mille ans et plus. Avant que nous ne bougions. Nous aimons bien vagabonder. Il nous arrive de revenir, mais on ne s'établit jamais nulle part. Il y avait plein de place avant que tous les autres ne débarquent. Mais ils ont afflué en masse, et ils ont trouvé des amas de pierres fort utiles, ainsi que des pistes, et bon sang, se sont-ils dit, comme c'est gentil de la part des Indiens d'avoir laissé ces choses pour qu'on puisse y bâtir nos petites fermes, et nos petites villes à la con. Sans se douter qu'ils pillaient les biens d'un *autre* groupe. Que *nous* les avions mis là dans un but précis. Que tout cela était *à nous*.

— Il faut vraiment que je vous fasse rencontrer John Zandt. Lui aussi a des théories de maboule sur votre bande. Évidemment, il y a des chances pour qu'il préfère d'abord vous tuer.

— T'inquiète pas, je compte bien le revoir. Je me suis donné du mal pour organiser la rencontre. Même si je crains qu'elle ne soit fort brève.

Son téléphone sonna ; il se tut quelques instants pour lire le message affiché.

— Il n'y en a plus pour longtemps, promit-il.

Il sortit un flingue de sa veste, le chargea lourdement, défit le cran de sûreté et le garda en main.

— Quel que soit votre plan, déclara Nina, je ne ferai rien.

— Oh que si, répondit-il sans s'énerver. Sans quoi je m'arrangerai pour expédier ton cœur à Ward, avec un mot disant que tu ne l'aimais pas assez pour rester en vie. Que tu préférais avant tout jouer les héroïnes. Que tu as couché avec lui dans le seul but de te rapprocher de moi. Sur une idée de Charles Monroe.

Nina regarda par la fenêtre, se concentrant sur la ville qui défilait doucement.

— Tout cela est faux.

— Possible. Mais il ne le saura jamais.

CHAPITRE XXXIV

Ils ont d'abord refusé de me croire. Unger, l'homme à la tête remplie de chronologies millénaires, m'accusa sans détour d'essayer de les retenir en ville quand leur présence était requise ailleurs. Je fus obligé de hurler pour l'empêcher de me raccrocher au nez. Finalement, ils consentirent à m'attendre vingt minutes, pas une de plus. J'ai regagné Thornton aussi vite que je pouvais.

Poussant la porte du café, je les repérai, tendus à souhait, deux carcasses improbables sur un sofa bordeaux près de la fenêtre, cernés de gens normaux. Unger s'excitait au téléphone. Il s'était tourné vers la fenêtre par souci de discrétion, mais ses mains bougeaient dans tous les sens et ses joues étaient en feu. L'image même d'un homme que personne ne prend au sérieux. Rien de très surprenant.

— Alors ? lança John. Qu'est-ce qui s'est passé, bordel ?

Je m'assis tout près et débitai :

— On a trouvé l'endroit où Julia Gulicks a grandi. Ainsi que la baraque d'un type qui, si j'ai bien compris, aurait tué sa femme sous les yeux de Gulicks quand elle avait onze ans. On s'est introduits dans la maison et on a découvert un cellier, où Nina était enfermée ce matin. Le reste du temps, elle voyageait à bord d'une camionnette. Le FBI n'avait aucune chance de la localiser par le porte-à-porte : le kidnappeur la déplaçait sans cesse.

— Pas si vite, dit John en levant la main.

Je repris mon souffle, conscient qu'il fallait à tout prix le persuader de rester.

— J'ai tiré sur le ravisseur de Nina. Il jure que Paul est ici, à Thornton, en ce moment même. Il se promène avec un jeune, et il détient Nina. Elle était encore vivante il y a deux heures.

— Et pourquoi croirais-tu ce type ?

— Parce qu'il voulait que je le tue, et j'ai promis de le faire s'il me racontait la vérité.

— Tu l'as buté ?

— Non. Qu'il crève tout seul.

Unger raccrocha.

— Ramona n'est pas venue bosser aujourd'hui. Vous savez, la fille avec qui j'ai remué cette histoire de mails. Et ça ne répond pas chez elle. Je n'arrive à joindre personne à Langley. Ils sont tous absents, et j'ai été coupé deux fois.

— Et pour L.A. ? lui demanda John. Ils s'organisent en vue de notre arrivée ?

— Nous allons devoir gérer ça sur place. Ils ne veulent rien entendre au téléphone.

— Ce qui veut dire non, explicitai-je. Ils ne vous croient pas et ils ont raison. Il ne va rien se passer à LA. Nous devons…

— On va pas remettre ça sur le tapis, interrompit Carl. J'ai des ordres venus d'ailleurs. Je vais aux chiottes et après je me casse.

Sur ces mots, il s'éclipsa au fond du bâtiment.

Je me retournai vers John.

— Pour l'amour du ciel…

— Désolé, Ward, mais on ne me fera pas croire que Paul est ici.

— Mais puisque je te dis que je viens de parler à un type…

— Qui est un cinglé de meurtrier. Ces tarés ont toujours du mal avec la réalité. Sans compter qu'ils mentent. Au fait, j'ai reçu un coup de fil d'Oz Turner. Il a vérifié une nouvelle fois son serveur, qui est à présent infesté d'images pédophiles. Il a tout effacé, débranché la machine, et s'est dépêché de quitter l'État. Ces types passent à l'offensive. Ils préparent un gros coup. Je me demande bien pourquoi Paul se baladerait ici aujourd'hui.

— Parce que nous y sommes, nous ! Il ne cherchait pas à nous éloigner, mais à nous réunir ! Tu veux connaître la dernière parole de Monroe ?

— Attends, là. Sa *dernière parole* ?

— Oui, le tueur l'a eu, expliquai-je d'un air détaché. Il lui a massacré la tronche avec un énorme couteau. Je pensais que tu l'aurais compris, vu qu'il n'est pas à mes côtés. Essaie de suivre, John. Charles Monroe *est mort*.

— Nom de Dieu ! Écoute, ralentis un peu, Ward. Il faut que…

— On n'a pas le temps. (Autour de nous je voyais les gens commander une rincette, lire la page des sports, mener une vie rationnelle.) Le dernier mot de Monroe fut : « Pardon ». Tu ne saurais pas pourquoi il a dit ça ?

— C'est que…

Je levai les mains au ciel.

— Alors tu le sais ! Bien sûr que tu le sais, mais tu n'as pas jugé bon de m'en informer. Le soir où tu voulais parler à Julia Gulicks, et que j'ai reçu le coup de fil de Carl, tu m'as dit de prendre l'appel hors de la voiture. Parce que tu soupçonnais Monroe d'avoir reçu un ordre d'on ne sait où, l'ordre de ramener Nina ici.

— C'est vrai.

— Alors tu l'as questionné, et il n'a rien avoué, mais soudain il voulait bien te laisser interroger la première suspecte d'un meurtre !

— Je lui ai juste fait comprendre que si jamais tu étais amené à croire qu'il avait fait venir Nina sur ordre, quelle que soit l'origine de cet ordre, tu serais tenté de le buter dans la seconde. Mais je n'étais sûr de rien. Ce n'était qu'une simple intuition. Je ne t'ai rien dit parce que...

— Parce que tu ne fais confiance à personne, que tu me prends pour un crétin, et tu n'as peut-être pas tort. Mais ce coup-ci c'est *moi* qui ai raison. Dis donc, il en met, du temps, le Carl. On a des recherches à mener, nous.

— Quelles recherches ? Même si t'avais raison, comment veux-tu qu'on les débusque ?

— Une grosse voiture noire. Dans un bled plein de pick-up et de petites citadines, ça doit se voir. On ne peut pas rester inertes.

Zandt fronça les sourcils.

— C'est vrai qu'il est long, notre ami.

Nous attendîmes trente secondes de plus, avant de remonter les cinq mètres de couloir menant aux toilettes. Nous entrâmes chez les hommes. Trois lavabos, trois urinoirs, trois cabines. Aucune trace de Carl.

— Bizarre, fit John.

— Il nous a lâchés. Il savait que tu canerais en apprenant que Paul pouvait être en ville, alors il s'est barré à LA tout seul.

— Impossible. Ce mec a besoin de nous. On le croit.

— Non, *tu* le crois. De toute façon, n'a-t-il pas l'appui de toutes les élites occultes du monde ? Des francs-macs jusqu'aux membres fondateurs du G8 ? Pourquoi il n'appelle pas SOS-Gentils ?

— Mais non, Ward. Ils n'ont aucune idée de... T'as rien écouté ou quoi ? (Il poussa la porte de la première cabine, vide.) Il a besoin de nous. (Idem pour la deuxième.) On a combattu ces gens en face, toi et moi. Mais les autres n'y voient qu'un mythe. De toute façon, je ne sais pas comment Carl serait ressorti. Il était obligé de repasser devant nous.

Il ouvrit la troisième cabine. Carl Unger y était assis.

Les jambes tendues, les bras ballants. Adossé au réservoir de la chasse d'eau, la tête renversée en arrière. Un beau trou au milieu du front, laissé par un petit calibre, de quoi bousiller la cervelle sans rejaillir par l'arrière.

Nous eûmes un geste de recul, avant de nous rapprocher d'un pas. Le bonhomme était mort, ça ne faisait pas un pli.

— Mais... comment ? bredouillai-je dans un accès de terreur.

La mort me suivait partout depuis ce matin.

Nous avons vite refermé la cabine et regagné le couloir, sur nos gardes. John inspecta les toilettes des femmes pendant que je faisais le guet. Il ne vit personne.

Nous vérifiâmes qu'il n'y avait aucune sortie possible : le couloir finissait sur un mur. La seule et unique issue était l'entrée du café.

Dans la salle, deux types grisonnants se prenaient le bec. Les jeunes mamans bavardaient par deux ou par trois, admirant leurs emplettes respectives de chez Baby Gap. Quelques ménagères isolées bullaient devant un magazine et des scones à la canneberge, carrées dans leur cocon pour regarder passer les heures. Un quinquagénaire griffonnait sur son bloc-notes. Un couple de touristes stressés étudiait une carte routière. Une vieille femme lisait la gazette locale. Personne ne faisait attention à nous. Tous semblaient vaquer joyeusement dans un rêve.

— On se tire d'ici, murmurai-je.

— Avec plaisir.

Nous avons traversé l'espace, collés l'un à l'autre, prêts à bondir. Soudain une femme en pull duveteux éclata de rire, et je fus à deux doigts de dégainer. Mais elle ne faisait que jouer avec le bambin d'une autre. En arrière-plan, les percolateurs sifflaient et crachaient, et les employés criaient à propos de doubles express, de lait au soja, ou du café du commerce équitable.

En regagnant le trottoir, nous nous sommes retournés pour voir si quelqu'un nous épiait.

Mais personne ne regardait dans notre direction. À croire que nous n'étions pas ressortis, ni même entrés. Alors nous avons remonté la côte d'un pas rapide, les mains dans les poches, agrippés à nos flingues.

John ne pouvait s'empêcher de regarder derrière lui.

— Qu'est-ce qui s'est passé, là-dedans ?

— Tu n'avais remarqué aucun comportement bizarre ?

— Non, mais je ne cherchais rien de *bizarre*. On était chez Starbucks, bon sang !

— C'est forcément Paul.

— Et il serait passé devant nous, en tirant Nina par les cheveux ? Je l'aurais vu, ça.

— Il est accompagné d'un jeune.

— Hudek, sûrement. J'imagine que...

— Mais personne n'est entré ni sorti, John. J'étais assis face à la porte. J'aurais remarqué.

J'ouvris la portière de Zandt avant de m'installer de l'autre côté. Nous restâmes transis sur nos sièges, sonnés.

— Unger est mort.

— Et merde pour la cavalerie.

— On ferait mieux de quitter ce quartier, dis-je en démarrant. D'un instant à l'autre, quelqu'un va aller aux gogues et trouver un macchabée avec qui t'es resté assis pendant une demi-heure. On devrait alerter les fédés.

— Laisse tomber. Monroe est mort, et sans lui on ne nous connaît plus.

— Pas faux. Et je doute que les flics soient d'une grande aide. Au fait, quand je suis passé prendre Monroe au comico ce matin, il y avait un petit nouveau, un flic d'une autre ville. J'ai tout de suite senti qu'il m'avait dans le pif.

— Faut dire que t'es le roi des paranos.

Je l'ai fusillé du regard.

Après un rapide demi-tour, j'ai ralenti l'allure en repassant devant le Starbucks. On aurait dit un joyeux aquarium. Pour tous ces clients, rien n'était arrivé. Ils évoluaient dans une carte postale, le regard tourné vers l'extérieur.

Zandt s'était vite remis ; le flingue sur les genoux, il semblait brûler de s'en servir.

— On devrait y retourner, Ward.

— Pour quoi faire ? Celui qui a buté Carl nous zigouillera avant qu'on ait le moindre indice sur son identité. La moitié de la salle sera prise dans la fusillade, et ça ne sauvera pas Nina.

— Tu proposes quoi ?

— On reste en mouvement.

Je repris de la vitesse à l'approche de la grande pente. Des deux côtés de la route allaient et venaient les piétons. Les arbres cédaient quelques feuilles à la douce brise d'automne. Un employé d'UPS avait arrêté son fourgon pour livrer un long colis plat dans une boutique de cadeaux. La ville entière était un panneau animé, une image infranchissable, un monde qui nous tenait à l'écart.

— Où tu vas comme ça ? questionna Zandt.

— Aucune idée. Il faut découvrir où Paul a emmené Nina. Et d'ici là, éviter de se faire buter. On arrive à court de gentils.

— C'est ça qu'on est devenus ? On est les gentils ?

— On est ce qui s'en rapproche le plus.

Dix minutes plus tard, nous avions traversé la ville, et je montais un côté avant de bifurquer sur une voie unique. Au bout se trouvait le parking dominant la forêt de Raynor. Par chance, il était désert.

Je me garai tout au fond. Quittai la bagnole et fis les cent pas. Il me restait du sang de Monroe sur les doigts. Je les frottai nerveusement.

John me rejoignit au bout de deux minutes.

— On devrait quand même appeler les flics, considéra-t-il. Leur signaler le cadavre, et le décès de Monroe. Les prévenir qu'il se passe un truc.

— Et depuis quand tu fais confiance aux flics, toi ? En une seule semaine, cette ville totalise un policier mort et un agent du FBI enlevé, plus deux citoyens refroidis dans les bois. Si avec ça ils ne sont pas en état d'alerte, ils ne le seront jamais !

— Y a un truc pas net, dans ce bled. Comment dire...

Il s'engagea sur le sentier, comme attiré par quelque chose.

— Qu'est-ce que tu regardes ?

— J'aperçois une sorte de monticule, là-bas. Au milieu des arbres.

— C'est là qu'on a trouvé Lawrence Widmar. Dans ce secteur, en tout cas. Pourquoi ?

— Ça ressemble aux trucs que j'ai cherchés dans toute la Nouvelle-Angleterre.

— Pitié, John, c'est pas le moment de...

Il leva brusquement sa paume.

— C'est quoi, ce bruit ?

Je plongeai la main dans ma poche. Sortis mon téléphone.

« NINA », indiquait l'écran.

Mes doigts étaient du caoutchouc, et je dus m'y reprendre à trois fois pour enfoncer la touche. Je portai lentement l'appareil à mon oreille. Le sang affluait dans ma tête, sans savoir où jaillir.

— Nina ? fis-je d'une petite voix. C'est toi ?

— Salut, Ward.

C'était un homme.

— Qui est à l'appareil ?

— À ton avis ?

Ce ne pouvait être que lui.

— Paul ?

John me dévisagea. Je lui fis signe de rester tranquille.

— Gagné, répondit mon interlocuteur. J'avais envie de prendre des nouvelles. Tu n'écris pas, tu n'appelles jamais...

— Où est Nina ? Où es-tu ?

— À ton avis ?

— Il y a une théorie qui circule selon laquelle il se trame un incident majeur à LA.

— Waouh, vous êtes malins, les gars.

— Mais ce n'est pas la mienne. Je pense que vous êtes bien plus près.

— Alors t'es encore plus futé que je ne pensais. Quelqu'un aimerait te dire bonjour.

Je me cramponnai au téléphone.

— Salut, chéri, dit Nina.

— Salut. (Un poing invisible m'étranglait.) Tu vas bien ?

— Ça va, répondit-elle faiblement.

— T'es où ?

— J'ai un flingue sur la tempe, Ward.

— Alors ne dis rien. Qu'est-ce qu'il veut ? Qu'est-ce que je dois faire ?

— Il veut John.

— Reste en vie. Reste en vie pour moi.

— Je ferai de mon mieux. Je t'assure. On apprend à tout âge. On apprend à tout âge. Je t'...

Elle n'était plus là.

— Voilà pour la carotte, dit Paul en reprenant l'appareil. L'ex-inspecteur Zandt est-il avec toi ?

— Non. Il est parti pour LA.

— Vraiment ? Quel dommage ! Il s'est planté de direction. Il va se sentir tout bête. J'avais tellement envie de lui parler.

— C'est le risque avec les jeux idiots. Et si tu n'avais pas mis la main sur le portable de Nina ? Tu m'aurais contacté comment ?

— J'avais déjà ton numéro, Ward. Attends, écoute.

Une pause de deux secondes, puis une nouvelle série de notes, non loin de moi. C'était le téléphone de John.

J'entendis Paul s'esclaffer.

— Ben ça alors ! Figure-toi que je viens d'entendre sonner de ton côté. Ce qui, à mon avis, prouve que vous êtes bel et bien ensemble, Zandt et toi. Il va de soi que je possède aussi son numéro. Vous n'avez pas l'air de comprendre à qui vous avez affaire.

— Personne ne comprend. Pas même les francs-maçons, visiblement.

— Ah, M. Unger. Un drôle de type, bercé d'illusions. Mais bon, il est mort, alors peu importe. Tu ne m'as pas vu ? Je suis toujours là, en toile de fond. Et je le serai toujours. Nous sommes légion, frangin. Passe-moi John.

Je tendis le portable à Zandt, qui sans un mot, sans un cri, sans même une menace, trouva la force d'écouter l'assassin de sa fille.

Puis il me rendit le téléphone.

— Si tu préviens la police, m'avisa Paul, je le saurai immédiatement. Essaie de me baiser, et je tue Nina – et ce ne sera même pas rapide. Tu sais que je tiendrai parole.

— Oui, je sais. Mais toi aussi, il faut que tu saches un truc. J'ai tué ton maboule de pote, il y a une heure de ça.

— C'est-à-dire ? demanda-t-il, effleuré d'une hésitation.

— Du côté de Dryford. Jim, James, que sais-je. Le type pissait le sang dans son jardin quand je suis reparti. Plutôt bavard, du reste. Ça risque de faire des vagues, même jusqu'ici.

— Ça ne fera pas trois lignes dans le journal, rétorqua Paul avant de couper.

Tourné vers la forêt, John alluma une cigarette, avec le visage posé d'un homme dont la décision est prise. Le mien rayonnait d'avoir entendu Nina. Tout restait à faire, mais au moins elle était en vie. Pour le moment.

— Qu'est-ce qu'il t'a dit ?

John répondit sans bouger :

— Que si je me livrais à lui, il annulerait l'autre chose. Et relâcherait Nina. Toi, de toute façon, il te veut vivant.

— C'est quoi, cette « autre chose » ?

— Il n'a pas précisé. Peut-être qu'il bluffe.

— J'en doute. Ce n'est pas toi, la cible de l'opération. Ça ne justifierait pas tout ce remue-ménage.

— Il veut que je me rende à l'Holiday Inn. Il passera me prendre.

— Et tu comptes y aller, n'est-ce pas ?

— A-t-on vraiment le choix ?

— Tu te dis surtout que tu vas enfin le chopper.

— L'hôtel est à moitié rempli de fédés. Quand aurai-je une meilleure occasion ?

— Et tu crois qu'il ne le sait pas ?

— Si on part tout de suite, on pourra leur dire ce qui est arrivé à Charles. Et ils auront le temps de se préparer.

— Mais ils ne nous croiront jamais. Ils vont sûrement t'arrêter, et... (Je me tus pour laisser germer un songe.) Mais oui, c'est ce qu'il cherche ! Il veut que tu te pointes là-bas, en sachant très bien que je viendrai te couvrir. Ce qui signifie qu'il sera ailleurs. Il nous veut, c'est sûr, mais ce n'est pas sa motivation première. (Je plongeai mon visage dans mes mains.) Nina a dit un truc...

— Quoi ?

— Elle a dit... un truc étrange. Tout à la fin. Elle a dit : « On apprend à tout âge. » Deux fois de suite.

— Et ?

— Tu trouves que ça ressemble à Nina, toi ? Elle parle par énigmes, d'habitude ?

— Non, mais...

— Et puis c'était hors contexte. Apprendre à tout âge, rester en vie. Je ne vois pas le rapport. Pourquoi a-t-elle...

— Elle n'a rien ajouté ?

Je me répétai mentalement notre échange. Elle allait bien... Tenue en joue... Rester en vie...

— Non, rien de plus. Elle disposait d'environ trente ou quarante mots. Elle en a gaspillé dix là-dessus.

Zandt restait suspendu à mes lèvres. La réponse finit par venir :

— Le message dont Carl nous a parlé ce matin, John. T'en as retenu quoi ?

— Ils expliquaient qu'ils n'étaient pas américains. Ni européens, ni quoi que ce soit. Et puis il y avait un couplet sur...

— *Il est temps d'éduquer les foules*, quelque chose dans ce goût-là.

— Ils ont un jeune dans leur équipe. Un gamin qui pourrait se fondre dans le décor pour poser une bombe, comme il l'a fait hier à LA. Et une grosse, ce coup-ci. Un engin qui va vraiment faire du bruit. Voilà pourquoi Paul nous veut à l'autre bout de la ville ! (John s'élança vers la voiture.) Ils vont s'en prendre au lycée.

CHAPITRE XXXV

Je me suis garé cinquante mètres avant le lycée, en face de la grande église. Nous sommes restés plantés près de la bagnole, battus par le vent froid remontant la colline. D'ici, le panorama embrassait la moitié de la ville, mais je ne vis personne – je ne parle même pas d'individus suspects : il n'y avait vraiment pas un chat, comme s'ils se cachaient tous au détour d'une rue ou derrière les murs. Je consultai ma montre : 3 heures moins le quart, un horaire de boulot par excellence, une heure qui vient toujours avant ou après l'événement. Une parenthèse où chacun bosse, fait des courses, étudie ou se morfond. Si vous deviez poser votre vaisseau, 3 heures pétantes serait le créneau idéal pour envahir la planète Terre.

Nous vérifiâmes nos flingues. Quinze minutes plus tôt, j'avais conduit John à l'Holiday Inn. Nous avions bougé son véhicule pour le rendre visible de la grand-route – au cas où Paul aurait posté des observateurs. Puis nous sommes discrètement revenus vers ma voiture, avec un sac noir contenant les munitions et les armes de poing de John. Le déplacement de sa bagnole ne servirait sans doute à rien, mais sur le moment l'idée nous parut bonne.

J'éjectai mon chargeur entamé pour refaire le plein de cartouches, et nous remplîmes nos manteaux noirs d'accessoires dont il ne sort jamais rien de bon.

John me regarda.

— Prêt ?

J'acquiesçai.

— Mais au premier indice laissant penser que Nina se trouve ailleurs, je me tire illico.

Nous prîmes à droite, dans une allée qui longeait l'église et débouchait sur un axe parallèle à la grand-rue. Nous remontâmes celui-ci pour nous arrêter cinquante mètres derrière l'école. Toujours rien, ni action ni gens.

Nous avons traversé la rue, et poursuivi la marche tout en examinant l'arrière du lycée, un groupe de bâtiments de la taille d'un pâté de maisons. La structure principale était séparée de la route par un grand rectangle d'asphalte. Contrairement aux pelouses à l'avant, celui-ci ne semblait pas destiné aux récréations. La grille s'ouvrait de chaque côté pour laisser entrer les camions de livraison, comme celui que déchargeait présentement un homme en bleu de travail. Mais sa cargaison semblait des plus normales : des pizzas surgelées, descendues en chariot vers une aire souterraine. Quand le type réapparut, il engagea la discussion avec le récipiendaire de la livraison, et ils s'accotèrent au mur pour s'en griller une. Ils se connaissaient depuis longtemps.

Nous avons atteint l'extrémité du périmètre, puis tourné à gauche et pris l'allée latérale jusqu'à retrouver la grand-rue. Les vieux bâtiments pointaient en haut de la colline, protégés par leur esplanade jonchée de feuilles mortes.

Nous vîmes également un gars posté devant la grille. Un jeune, qui n'était pas là quelques instants plus tôt. Il avait un skateboard sous le bras, et son âge se situait entre dix-sept et vingt ans, voire un peu plus. Hélas, ni John ni moi ne connaissions la bobine de Lee John Hudek.

— Et qu'est-ce qui nous étonne ? murmurai-je.

— La cloche n'a pas sonné. Qu'est-ce qu'il fait là ?

— Un rendez-vous chez le dentiste. Il attend que sa mère vienne le chercher. Il a insulté un prof qui l'a envoyé au piquet.

— Il est quand même bronzé, non ?

— T'as raison, John. Allons le plaquer sur le trottoir. Désolé, fils, mais t'es pas assez blême. On va devoir t'abattre.

Malgré mes réserves, je remontai le côté pour me planter deux mètres devant lui. Je pris tout mon temps, et il évita de lever les yeux à mon approche, mais n'importe quel ado aurait fait de même.

— T'as du feu ?

— Fumer tue, répondit-il.

— T'as besoin qu'on te dépose quelque part ?

Il me regarda enfin. Sa peau était nette, son regard bleu glacé. Il m'examina d'un air mauvais.

— J'imagine que vous plaisantez.

— L'école est pas finie, lançai-je.

— Et qu'est-ce que ça peut vous foutre ?

— Ce que ça peut nous foutre, dit John en surgissant à mon côté, c'est qu'on se demande ce que tu fabriques.

— Vous êtes genre la police du trottoir ?

— Ouais. Genre.

— Branleurs.

Puis il remarqua la façon dont John le fixait et tourna les talons, nonchalamment, pour se retrancher derrière la grille.

— Ça s'est bien passé, marmonnai-je.

John s'abstint de répondre. Resta immobile, à regarder le môme arpenter la pelouse. À aucun moment le gamin ne se retourna pour nous défier du regard ou nous montrer son majeur. Je me demandais s'il fallait s'en étonner, quand il fit une chose surprenante.

Il s'était dirigé vers une annexe à droite du bâtiment central. Mais lorsque deux élèves en sortirent, il dévia de sa trajectoire pour ne pas les croiser.

Zandt me regarda.

— Ouais, John, j'ai vu.

Nous franchîmes la grille. Notre bonhomme avait accéléré le pas et filait vers une arcade menant à la cour centrale.

— Eh ! Lee ! cria John.

Le gosse ne se retourna pas. Mais un autre réagit.

L'un des mômes qui venaient de sortir dressa la tête, interrompant ses activités avec son camarade. Mon cœur s'emballa.

— John...

— J'ai vu.

Il s'élança en direction de l'autre jeune. Celui-ci rangea quelque chose dans son blouson et replongea dans le bâtiment, avec souplesse et assurance. Ce petit gars avait du métier. Il n'était pas lycéen. Jusqu'à récemment, peut-être, mais plus aujourd'hui. Ce ne pouvait être que Lee Hudek.

John le suivit à l'intérieur. Le troisième larron s'éloignait sur le côté en forçant son air innocent. Je m'empressai de l'intercepter :

— Ce gosse à qui tu viens de parler, tu le connais ?

Le garçon secoua la tête. À l'évidence il se piquait d'être cool, mais il n'avait pas plus de quatorze ans et paraissait inquiet.

— Pas vraiment.

— Alors vous parliez de quoi ?

— De rien.

— Mon œil. Je l'ai vu glisser un truc dans sa poche. C'était quoi ?

— Je vois pas de quoi vous voulez parler.

— Bien. Je suis donc certain que ce n'était pas de la drogue.

Son visage m'avoua tout ce que je devais savoir.

— Ne touche pas à cette merde, l'avisai-je avant de me ruer dans le bâtiment.

L'entrée débouchait sur un grand hall austère, au départ de deux longs couloirs. Au fond s'élevait un escalier de pierre, d'où filtrait une lumière grisâtre. Je crus effectuer un bond dans le passé. Quels que soient les matériaux utilisés, une école sentira toujours l'école. On ne s'en rend pas compte lorsqu'on y passe ses journées, mais quand on y retourne en adulte, on a l'impression de visiter une écurie pour extraterrestres crados. De chaque côté se succédaient des portes en verre dépoli ; tout au fond s'étirait un mur de casiers cabossés, et le fond sonore résonnait de laïus peu ouverts à la discussion.

Je m'arrêtai, tendis l'oreille. Un bruit de pas à l'étage. Je m'y ruai. John errait au bout du couloir, près d'une rangée de fenêtres.

— Il est passé où ?

— J'en sais rien, répondit-il en revenant vers moi. Je croyais qu'il était monté ici.

— Il n'avait pas de sac, notai-je. Soit on s'est plantés et c'est juste un mioche qui deale de l'herbe, soit il a planqué je ne sais quel engin avant de ressortir. On s'y prend mal. Il est temps d'avertir un responsable, puis on décampe pour chercher Nina.

— D'accord. Allons trouver le bureau du prov…

Il s'interrompit. Je vis alors par la fenêtre une voiture de police devant l'école. Un flic baraqué traversait la pelouse à grands pas.

— On n'avait pas besoin de ça, maugréai-je.

Je dévalai les escaliers, talonné par John. Nous voyant ressortir du bâtiment, le policier obliqua vers nous.

— Intéressant, murmurai-je. (Nous avancions toujours.) Je suis presque sûr que c'est le flic qui discutait avec Monroe ce matin.

— Il m'a tout l'air d'un flic normal.

— Moi aussi, avec un uniforme.

— Non, toi tu serais plutôt du genre à intéresser les Affaires internes.

L'agent stoppa à quelques mètres de nous. C'était bien celui que j'avais aperçu au comico. Distingué, large d'épaules, le regard froid.

— Qui êtes-vous et que faites-vous là ? demanda-t-il.

— C'est quoi, votre problème ? répliqua John sans se rendre compte qu'il parlait comme le skateur.

— Il ne vous aura pas échappé que je suis officier de police ?

— Qu'y a-t-il, monsieur l'agent ? tempérai-je.

— Un enseignant vient de m'appeler. Un élève dit que deux types louches l'ont accosté devant la grille. C'était vous ?

— Nous pensons qu'un grave danger menace cette école.

— En effet, grogna le flic. C'est vous, ce danger. Et il ne s'agit pas d'une question, mais d'une affirmation. Allez, suivez-moi.

Nous n'avons pas bougé un cil.

— Où étiez-vous lorsque vous avez reçu l'appel ? demanda John d'un air anodin. Au poste ?

Le flic le dévisagea.

— Vous êtes drôlement rapide, ajoutai-je. Ça fait quoi, cinq, six minutes qu'on a parlé à ce gosse ? Il a fallu qu'il entre dans le lycée, qu'il trouve un prof, le persuade que c'était bien la peine de déranger les flics. Puis le prof contacte le comico, le message est transmis à qui de droit, et vous voilà.

— Service express, commenta John.

— Ou alors le gamin n'a rien rapporté du tout, suggérai-je. Peut-être qu'on nous observe. Mais dans ce cas, pourquoi monsieur l'agent nous mentirait-il ?

— Vous allez appeler des renforts ? demanda John. C'est ce que je ferais, à votre place. Deux types louches sur la voie publique ? J'exigerais des hommes sur-le-champ. À supposer que vous soyez ici pour les raisons que vous dites.

Le regard du type se refroidit un peu plus.

— Le prénom « Paul » ne vous évoque rien ? lançai-je. On s'est laissé dire qu'un certain Paul traînait dans le secteur. C'est peut-être lui que vous recherchez.

— Jamais entendu parler, répondit le flic en portant la main à son flingue. Et je vous ai assez écoutés.

— Vous avez raison, dis-je en levant les mains. (C'était la seule méthode possible, et nous perdions un temps dont Nina ne disposait pas.) Ce serait dommage de partir sur un malentendu. C'est une affaire sérieuse. Nous devrions aller au commissariat. Nous expliquer tranquillement.

— À la bonne heure.

Nous le suivîmes à travers la pelouse, au-delà des grilles et jusqu'à sa voiture.

Comme il commençait à ouvrir la portière arrière, John me fit un petit signe de main. Je scrutai la rue en vitesse. C'était le bon moment.

J'attrapai la portière et l'envoyai de toutes mes forces dans le ventre du flic. Anticipant le coup, il s'écarta partiellement, mais pour mieux s'écraser le visage contre le poing de John. Ses yeux tournoyèrent, mais il se ressaisit à temps pour que je lui en colle une deuxième. John l'enfourna sur la banquette.

J'ouvris la portière conducteur et m'installai derrière le volant.

— Pas de clés.

Je détournai les yeux, le temps qu'une série de coups mats fassent taire des cris étouffés. Puis le silence revint.

— Attrape, dit John en me tendant les clés.

Nous roulâmes doucement jusqu'au coin de la cité scolaire, puis je virai à gauche.

— Son badge a l'air vrai, dit John. Si c'est un faux, c'est très bien imité.

— Faux ou pas, c'est un connard.

Je me rangeai à mi-hauteur de la rue pour aider John à extraire l'homme inconscient de l'habitacle. J'ouvris le coffre et nous y rangeâmes sa carcasse. C'était un balèze, et il rentrait de justesse.

— Tu veux le bâillonner ?

— Laissons-lui le bénéfice du doute.

Je claquai le coffre.

— C'est un pourri, tu le sais comme moi.

— Dans ce cas, il se trame bien quelque chose, ici.

— Allons faire boucler ce bahut.

CHAPITRE XXXVI

Nous négligeâmes le premier bâtiment pour nous engager dans la cour intérieure, où un escalier nous conduisit en territoire plus prometteur. C'était l'immeuble le plus grand et le plus ancien, ce qui laissait supposer qu'il abritait l'administration. Au rez-de-chaussée, des salles de cours bordaient deux longs couloirs adjacents et vides. Dans mon souvenir, on trouvait toujours quelqu'un pour errer dans ces halls, qui séchant un cours, qui prétextant un bobo, qui zonant purement et simplement. Mais le lycée de Thornton savait tenir ses élèves. Je devinai enfin une silhouette tout au bout du couloir ; elle ignora mes cris et disparut vite fait. Le premier étage était augmenté d'une grande salle déserte aux allures de laboratoire. Au dernier nous découvrîmes des murs lambrissés, et une porte dont la taille ne laissait aucune place au doute. Légèrement entrouverte, elle indiquait : « A. L. SINGER, PROVISEUR ».

Nous pénétrâmes dans un vestibule où une espèce de matrone s'affairait derrière une machine à traitement de texte préhistorique. Elle nous darda un œil réprobateur qui me donna l'impression d'avoir douze ans.

— Qui êtes-vous ?

— Nous devons parler au proviseur, déclarai-je. Tout de suite.

— Elle est au téléphone.

Je suivis John jusqu'à la porte suivante, qu'il ouvrit. Une pièce plus grande, au centre de laquelle trônait un immense bureau. Derrière se trouvait une autre femme, qui bien entendu n'était pas au téléphone. Les cloisons étaient recouvertes d'ouvrages sérieux, et de photos en noir et blanc de valeureux prédécesseurs ou de poignées de main officielles. Dans son dos, la fenêtre offrait une vue sur la grande pelouse.

— Il faut évacuer le lycée, lança John.

La femme nous observa. Elle était grande, la coiffure bouffante, et je l'aurais bien vue botter des culs dans une multinationale.

— De quoi parlez-vous ? Qui êtes-vous ?

— Des gens s'apprêtent à attaquer le lycée.

La femme se leva lentement.

— Des gens ? Comment ça ? D'où sortez-vous une idée pareille ?

— On n'a pas le temps d'entrer dans les détails, répondis-je. On vous demande juste de croire que c'est très probable.

La femme tendit la main vers le téléphone au coin de son bureau. Mais celle de John l'y précéda. Pinçant les lèvres, le proviseur lança par-dessus mon épaule :

— Jane ! Veuillez appeler la police, et faites monter Ben sur-le-champ. Dites-lui que nous avons des intrus.

Me retournant, j'avisai la matrone dans le cadre de la porte.

— S'il vous plaît, ne faites pas ça.

Distraite par autre chose, la vieille disparut de ma vue. Je revins au proviseur.

— Écoutez, madame Singer, je sais que c'est bizarre, mais il faut nous croire.

— Ben voyons. Si l'établissement était menacé, la police m'aurait contactée.

— On vient d'en parler à un agent. Mais il n'est pas sûr qu'on puisse leur faire confiance.

— Leur faire conf… Dieu du ciel ! Faites monter Ben, Jane ! Tout de suite !

Pas de réponse dans le bureau voisin. Puis on entendit la matrone élever la voix contre quelqu'un, et la porte s'ouvrit en grand.

Entra un gosse. Le skateur que nous avions abordé devant la grille – qui n'avait rien d'un gosse et n'était pas plus lycéen que moi. Il prit la parole d'un ton offensé, sûr de son bon droit :

— Madame, j'étais devant la grille quand deux types sont venus me harceler. Ces deux types-là.

La femme l'observa. Je sentais bien que son quotidien ne ressemblait guère à ça.

— Qui es-tu ? Je ne me souviens pas de toi.

— Jason Scott, madame. Ces deux hommes voulaient m'embarquer dans leur voiture.

La femme ramena son regard sur John.

— Lâchez ce téléphone. C'est du ressort de la police.

John maintenait sa main sur le combiné. Alors elle ouvrit un tiroir et sortit un cellulaire.

— Eh bien, allez-y, pestai-je. Appelez les flics si ça vous chante, mais faites évacuer les lieux, bordel ! C'est quoi, votre problème ? On vous dit que le lycée est en danger. Vous voulez vraiment tenter le diable ?

— À votre place, je ne les écouterais pas, dit le gamin avant de pouffer. L'un d'eux m'a montré sa bite…

Je tentai de la raisonner :

— Vous n'avez jamais vu ce jeune auparavant. Réfléchissez. Il n'est pas scolarisé ici. Vous le reconnaissez, oui ou non ?

— Je ne peux pas mémoriser chaque…

— Eh bien, vérifiez son nom ! Voyez s'il existe un Jason Scott dans vos fichiers. Mais faites vite.

Elle se tourna vers l'ordinateur perché sur le bord du bureau, sans conviction. Je rassemblai toute ma patience pour ne pas lui sauter à la gorge.

— Évacuez les lieux, ou on s'en chargera nous-mêmes.

— Madame le proviseur ? intervint la vieille d'à côté. Il y a un problème avec le téléphone. (On l'entendait s'acharner sur son poste.) Pas moyen d'obtenir une ligne.

Le proviseur me fixa. Soudain je n'étais plus la pire curiosité de sa vie.

— Je vous jure, lui dis-je droit dans les yeux. Faites-le, et au plus vite.

— Très bien, Jane, ordonna-t-elle. Déclenchez l'alarme anti-incendie.

Le skateur esquissa un sourire.

— Ce que vous pouvez être lourdingues, les mecs.

Lâchant sa planche, il sortit de sa poche de sweat un flingue muni d'un silencieux. Il tira dans la tête du proviseur et s'enfuit par la porte.

Le temps que John et moi sortions nos armes, une deuxième balle claqua. Nous déboulâmes dans le vestibule, pour trouver la matrone avachie contre le mur, les jambes remuantes mais le visage dans la moquette. Il lui manquait l'arrière du crâne.

— Trouve l'alarme, dit John avant de détaler.

Je retournai le bureau sans débusquer la moindre commande, avant de songer qu'il devait y avoir des boîtiers d'alerte dans les couloirs. Je remontai le hall au pas de charge, en frappant à chaque porte. Lorsque j'atteignis l'escalier, des têtes médusées émergeaient de la plupart des salles.

— Il y a un incendie, expliquai-je de la façon la plus sereine et convaincante possible. Faites sortir tout le monde.

— Où ça ? demanda quelqu'un. Quel incendie ?

Je pointai mon flingue sur lui.

— Ferme ta gueule et obéis.

Je me précipitai au premier, où je vis John disparaître à l'intersection suivante. M'élançant à sa suite, j'avisai vite un boîtier rouge. Je brisai la vitre avec le coude et cognai le gros bouton.

Sans résultat.

Je recommençai, avec la paume. Puis le pressai plus doucement, mais toujours à fond.

— Seigneur, soupirai-je en reprenant ma course.

Un nouveau boîtier. Je brisai la vitre, pressai le bouton, encore et encore.

Rien. Reparut Zandt, pistolet au poing.

— Ils ont désactivé le système d'alarme, John. Oublie le gosse. On va devoir avertir les gens nous-mêmes.

S'éloignant au galop, il poussa la première porte venue et aboya ses ordres. Je partis l'imiter dans l'autre allée.

J'ouvris une salle remplie de regards hypnotiques.

— Évacuation, annonçai-je avec calme. On pense qu'il y a le feu. Quittez le bâtiment sans attendre.

L'école avait soigné ses entraînements : la classe se leva de manière prompte et disciplinée.

— Prévenez tous ceux que vous croiserez, pensai-je à ajouter. Ne courez pas. Sortez et restez vigilants.

Ça va bien se passer, me dis-je en les voyant partir en file. *D'ici dix minutes, les lieux seront déserts et je m'occuperai du plus important.*

Je constatai bientôt que les autres pièces se vidaient. Puis, par la vitre, je vis John traverser la pelouse en direction du premier bâtiment. Peut-être voulait-il simplement poursuivre l'évacuation, mais, à en juger par son regard, il valait mieux que je le suive.

Fendant le brouhaha des gamins excités, je dévalai les marches aussi vite que possible. Au rez-de-chaussée, la foule grouillait et se déplaçait bien plus vite, dans une certaine confusion.

J'entendis crier et compris qu'on avait découvert les corps du proviseur et de sa secrétaire. Un quinquagénaire en veste de tweed descendait l'escalier tout en jappant sur un collègue. Le genre de type qui, même face à un risque d'embrasement, exigeait l'aval de la hiérarchie.

Je remontai le flot, l'empoignai par les revers et plaçai mon visage à quelques centimètres du sien.

— Ferme-la, sifflai-je. Boucle-la, maintenant.

Il ouvrit de grands yeux.

— Quoi ? Qu'est-il arrivé à…

D'une voix basse et rapide :

— Mme Singer est morte. Mais personne n'a besoin de le savoir pour l'instant. Ne va pas semer la panique. Contente-toi d'aider à l'évacuation.

L'homme m'examinait toujours.

— Vous ne travaillez pas ici. Qui êtes-vous ?

— Un type quelconque, répondis-je en le poussant vers la foule. Et maintenant, bouge !

CHAPITRE XXXVII

Lee se sentait désœuvré. Il avait rempli sa mission : démarcher quelques jeunes, jouer les mecs sympas et leur filer quelques friandises à l'essai. Il se demandait à quoi cela rimait, puisqu'il doutait d'être encore là pour prendre les commandes, mais bon, il avait fait ce qu'on lui disait – pour mieux refuser la prochaine fois. Il se dirigeait vers la sortie, prêt à retrouver Paul devant la grille et à réclamer un rôle plus gratifiant, lorsqu'il entendit son prénom. Levant les yeux, il avisa deux types ultra-louches, tout en noir, qui traversaient la pelouse d'un air pressé.

Ils poursuivaient d'abord un autre môme – impossible de dire, à cette distance, si c'était l'un de ceux qu'il venait de fournir –, et Lee se serait mis des baffes pour avoir réagi comme un amateur. Même Pete le Dormeur aurait mieux assuré. Mais le mal était fait, et il fallait rattraper le coup. Lee regagna les locaux avec le plus grand naturel, puis s'éclipsa dans le dédale de couloirs. Il entendit l'un des types le prendre en chasse, mais ses quelques notions des lieux lui permirent de consolider son avance.

Accroupi dans un recoin du rez-de-chaussée, le temps de choisir la direction suivante, il crut avoir une hallucination en voyant voir Paul s'engouffrer dans le hall. Il eut beau cligner des yeux, le type ressemblait toujours à Paul, bien qu'il s'agît à coup sûr d'un des deux types en noir. Le sosie se statufia quelques secondes, comme un animal aux aguets, puis sprinta jusqu'à l'étage rejoindre son complice.

Les deux gus repartis, Lee se glissa là-haut, résolu à rester planqué jusqu'à ce qu'ils aient mis les voiles. Visiblement, ni l'un ni l'autre ne gagnaient à être connus.

Lee allait ressortir lorsqu'il prit conscience que le monde ne sonnait plus pareil. L'instant d'avant, tout était silencieux – comme son ancien bahut ne l'avait jamais été –, mais voilà que bourdonnaient des voix. Au loin. Dehors ?

S'approchant d'une fenêtre, il vit un groupe de mômes émerger de l'arrière d'un bâtiment pour se rassembler dans la cour. D'après sa montre, ce n'était pas la fin des cours. Et pourquoi sortir par-derrière ? Ce devait être une sorte d'exercice, même s'il n'avait perçu aucun signal sonore.

Ça devenait carrément zarb. Il valait mieux changer d'air.

Il approchait de la cage d'escalier lorsqu'il vit monter quelqu'un. Trop tard pour rejoindre sa cachette. Cela dit, les deux hommes ne le reconnaîtraient pas forcément. Il expliquerait qu'il revenait des toilettes, qu'il avait aperçu ses camarades dans la cour et qu'il s'en allait à son tour, comme l'exigeait la procédure.

Il faillit bousculer l'arrivant. C'était le skateur de tout à l'heure, mais sans sa planche. Il semblait très à cran.

— Qu'est-ce qui se passe ? demanda Lee.

— On a un blème, répondit le keum en faisant son possible pour rester cool. Le plan traverse une zone de turbulences. Faut que je consulte Paul.

Il sortit de sa poche un mini talkie-walkie, tourna le dos à son complice, et se mit à parler vite et bas. Il s'éloigna dans le couloir pour écouter la réponse, puis regarda Lee.

Et c'est là que Lee pigea.

Qu'il pigea pourquoi ce visage lui semblait familier. Oui, c'était bien l'un des types de la cantine de Belle Isle, et sans doute l'un de ceux qui étaient sortis de l'ombre lors de la première rencontre avec Paul. Mais il l'avait aussi vu ailleurs.

Sur un parking isolé, la nuit, dans la lueur des phares d'une voiture. L'un des trois gus qui ne s'étaient pas avancés comme prévu, mais étaient restés en retrait avant de se déchaîner.

Lee continua de le dévisager. Tâcha d'imaginer cette face sous un autre jour. En vain. L'image s'était fixée.

Le jeune homme rangea sa radio et sourit. Il était parfait dans le rôle du skateur glandeur, à sautiller d'un pied sur l'autre. Il déclara :

— Il semble que ce soit ça, le plan. Alors on va dire que ça roule.

— Et ce plan a débuté quand, au juste ?

— Comment ça, frangin ?

— Tu vois, jusque-là je pensais qu'il avait commencé quand un de mes potes s'est fait buter et qu'on a déconné en cachant son corps comme on nous le demandait. Hernandez nous avait poussés à la faute, et tout est parti de là.

— Ouais, c'est ça. Écoute, on n'a pas le temps de...

Lee s'avança vers lui.

— Mais ça a commencé bien plus tôt, pas vrai ? D'accord, mes parents y sont pour quelque chose. Ça, je l'ai compris. J'ai du mal à piger, mais c'est enregistré. Non, ce dont je te parle, c'est de cette fameuse nuit, quand je me suis rendu avec des amis sur un parking de Santa Ynez et qu'un mec que je connais depuis l'enfance a eu la tête explosée. C'était pas je ne sais quel gang à la con du nord de l'État. C'était toi.

Le skateur se tenait immobile, le dos droit. Il n'avait plus rien d'un môme.

— Où tu veux en venir ?

— Je veux en venir que c'est toi ou un de tes connards qui a buté mon pote !

— Bien joué, petit futé. Ouais. C'était moi. Ma balle.

— Et depuis ce soir-là, vous m'avez fait danser. À me pousser dans une direction, puis dans une autre. À bousiller ma vie.

— Quelle vie ? ricana l'autre, et Lee comprit que ce type l'avait toujours méprisé. T'as été acheté dès le premier jour. Depuis le jour de ta...

Lee se jeta sur lui.

Lee Hudek savait se battre. Il possédait les qualités requises : de la force, de l'assurance, l'envie de faire mal. Mais son ennemi avait bien davantage – il y prenait du plaisir. Il réagit instantanément, comme au déclenchement d'un interrupteur.

Ils s'affrontèrent en silence, concentrés, émettant tout au plus quelques grognements. Les deux premiers coups de Lee furent cadrés, mais ensuite l'autre enchaîna des mouvements que seule une pratique intensive pouvait rendre si naturels. Lee s'y connaissait assez pour ne pas tenter le style hollywoodien. La baston, ce n'est pas se donner de grands airs. La baston, c'est niquer l'autre. On lui accroche les cheveux, les fringues, les yeux, et on essaie de l'envoyer au tapis le plus vite possible, puis on le salit avec les pieds, les poings, ou le premier objet contondant qui vous tombe sous la main. Mais Lee n'avait aucune prise sur ce type. Il vous glissait entre les doigts, et à ce rythme c'était lui qui allait mater Lee, à lui marteler la tronche et le bide avec les poings, les coudes et le tranchant des mains.

L'une d'elles l'atteignit en pleine gorge, lui coupant le souffle. Lee tomba sur un genou, et eut à peine le temps d'aspirer une bouffée rauque qu'un pied lui fauchait le visage.

Il tomba sur le dos, à demi groggy. Vit le jeune se planter au-dessus de lui, un flingue à la main.

— Je suis pas censé t'abattre, dit-il sans même haleter. Mais j'exclus rien. Je pourrai toujours extraire la balle.

— Je t'emmerde.

— C'est ça, répondit-il avant de lui piétiner le visage.

Puis il remit ça, deux fois de suite.

Lee inconscient, le type rangea son flingue dans son sweat, se pencha et glissa les mains sous les aisselles de Hudek. Il le traîna rapidement jusqu'au fond du couloir. Il connaissait la disposition des lieux sur le bout des doigts, pour avoir potassé le plan pendant des heures la semaine précédente. Il savait donc où se rendre : au cagibi qui faisait l'angle. Ce n'était pas prévu au programme, mais il n'avait pas le choix. On ne lui en tiendrait pas rigueur. On tolérait certaines pertes.

Il ouvrit le placard et y jeta le corps de Hudek. Referma la porte et baissa le loquet extérieur. Personne ne viendrait le chercher ici.

Il termina juste à temps, une dizaine de secondes avant que l'un des emmerdeurs du bureau de la dirlo ne déboule en criant au feu. Mauvais signe. L'Homme Debout n'avait pas prévu ce genre d'aléas, et ces deux gars refusaient de décamper. Ils semblaient décidés à en découdre, notamment celui qui ressemblait à Paul, et que la consigne interdisait de tuer.

Il s'isola pour recharger son flingue. Les instructions étaient toujours sujettes à interprétation. Quelle que fût la suite, il n'était pas question d'accepter une mort minable.

Ce n'était pas pour les gens comme lui.

CHAPITRE XXXVIII

Quelques mètres me séparaient de John lorsqu'il surgit dans le premier bâtiment. Il prit à droite et moi à gauche, pour ouvrir les classes et déloger les gens. On nous obéissait. C'était chouette. John boucla sa partie très vite, et je persistais à me demander s'il n'était pas venu courser quelqu'un. Je me contentai de frapper à la dernière porte, sans l'ouvrir, persuadé que le message passerait grâce au bruit des gosses en partance, puis je me faufilai dans la foule pour rejoindre Zandt à l'étage. Comme j'arrivais dans l'escalier, un flot d'élèves se déversa sur les marches, et je dus baisser la tête pour charger à contre-courant.

— John ?

— Il est ici ! cria-t-il en filant comme une fusée.

Il parlait sans doute du type croisé dans le bureau du proviseur. Je courus derrière John, pour achopper sur une lourde porte.

Je découvris de l'autre côté un réseau de couloirs et de pièces symétrique au précédent. De chaque côté de l'allée se succédaient trois longues vitres opaques. De nouveaux labos.

John était plaqué contre le mur, le pistolet devant la poitrine. Il agita sa main libre devant sa cuisse, m'assignant le mur opposé.

— Il est dans le labo de gauche, chuchota-t-il.

— Eh bien, qu'il y reste !

John me regarda froidement.

— Je m'en fous, de ce mec, expliquai-je. L'important, c'est d'évacuer le lycée. La police ou le FBI peuvent prendre la relève. J'ai fait ma part, et maintenant je vais…

— Nulle part, Ward. Tu ne sais pas où aller. Mais ce type peut nous conduire à Paul.

J'hésitai, avant d'entendre un son métallique à l'intérieur du labo. Nous retînmes notre souffle, les canons braqués sur la dernière porte. Il me parut plus judicieux de prendre deux cibles différentes, et je visai, sans tirer, la deuxième des trois vitres opaques.

— D'accord, soufflai-je. On le choppe. Mais fais gaffe à toi.

Zandt faillit sourire.

— J'ai toujours apprécié tes conseils.

— Très bien, je retire. Fais-toi buter si ça te chante.

Si je pulvérisais le carreau, nous pourrions voir le type, ou du moins aurait-il plus de mal à se cacher. Mais cela nous rendrait aussi plus vulnérables. L'autre solution était de remonter le couloir, baissés à ras des vitres, pour l'arroser par la porte.

Nous avons choisi les deux. John s'élança pendant que j'abattais l'un après l'autre les carreaux du labo, en commençant par le plus éloigné, espérant ainsi repousser le mec vers moi. Comme le deuxième carreau s'effondrait, je vis l'ennemi filer dans la bonne direction. Sitôt brisée la dernière fenêtre, j'accourus auprès de John.

J'étais à mi-chemin quand John lança la fusillade, planté dans l'encadrement de la porte. Puis il fut projeté contre le mur, et je pris son relais en vidant mon flingue dans la pièce. Mes deux premières balles partirent au hasard, après quoi je vis le jeune chercher refuge derrière un banc. J'ajustai ma position et tirai sans relâche.

Quand je me suis arrêté, l'autre ne répondait plus.

John leva le bras ; il avait une simple éraflure au poignet. J'ai rechargé mon arme, puis nous nous sommes avancés dans la salle.

Nous avons lentement remonté les travées extérieures, pour atteindre en même temps le dernier banc. Le flingue insonorisé gisait sur le carrelage ; je l'écartai d'un coup de pied.

Le skateur était assis par terre, adossé au mur du fond, les bras raides le long des flancs. Dans une flaque de sang qui continuait de s'étendre.

— Où est-il ? demandai-je.

Le type secoua la tête, intransigeant.

— Vous arrivez trop tard. C'est déjà commencé. Le Jour des Anges.

— Pas pour toi, répondit John. Ta fin est proche. Tu vas nous dire où est Paul. Peu importe ce qu'on devra faire pour te soutirer l'info. Tu vas parler, même si je dois t'exploser les membres un à un.

Il secoua la tête de plus belle. John lui pointa le flingue sur la jambe.

— Je plaisante pas, dit-il.

Le jeune ferma les yeux, comme pour rassembler ses forces. Je le tenais en joue.

Il leva péniblement le bras.

— Ne fais pas ça, conseillai-je. Laisse tes mains où elles sont.

Mais il accéléra le mouvement, plongea la main droite dans son sweat-shirt et produisit un couteau.

— Tu n'arriveras à rien avec ce truc, dit John.

— Profitez de votre monde pendant qu'il est temps, déclara-t-il avant de se planter la lame dans le cou.

John voulut arracher l'arme, mais le type y avait mis ses dernières forces. Le poignard enfoncé à fond, il le décala d'un coup sec.

Ce fut un beau désastre, et il mourut très vite.

John fouilla le cadavre. Il trouva un portefeuille contenant un peu d'argent mais pas de papiers, un demi-paquet de cigarettes – il s'en alluma une –, ainsi qu'un talkie-walkie compact. L'objet avait dû recevoir une de mes balles car il était fendu, tordu, et je n'en tirai aucun son. Il avait sans doute servi à contacter le faux flic, qui croupissait actuellement dans le coffre de sa voiture.

Rien qui pût nous mener à Nina.

En rage, je m'éloignai de la boucherie pour regarder dehors. La fenêtre donnait sur l'arrière de la cité scolaire, qui, Dieu merci, continuait à se remplir d'élèves.

On mettait les lycéens en rang, derrière une ligne tracée au sol, dans l'ombre de l'établissement. Ils étaient quelques centaines. La partie avant de l'aire était dégagée.

Et une voiture venait d'entrer par le portail.

Je commençai par louer le ciel : les flics arrivaient enfin et nous pouvions ficher le camp ! Mais cette pensée stupide ne dura qu'une nanoseconde. Les flics du coin ne roulaient pas en berline noire aux vitres teintées. Contrairement à d'autres.

— Eh, John, viens voir. Dépêche.

La voiture traversa l'aire au pas. Personne n'y prêtait attention ; on était occupé à peaufiner les rangs et à savourer la poilade que constituaient toujours ces exercices.

— Nom de Dieu, fit John.

La voiture s'engagea sur la rampe par laquelle on avait acheminé les pizzas. Et disparut en quelques secondes, comme si elle n'avait jamais existé.

— Le sous-sol, dis-je. Ou la zone de chargement. Pourquoi emmène-t-il Nina dans...

— Ils n'avaient pas encore posé leur bombe, lâcha piteusement John. Elle vient d'arriver sous nos yeux.

Une voiture bourrée d'explosifs ferait des ravages considérables. Au mieux, elle projetterait sur les mômes les débris incandescents du lycée. Au pire, selon la disposition et la superficie du sous-sol, elle exploserait sous leurs pieds.

Nous n'avions rien réussi du tout. Paul conservait au moins une longueur d'avance.

J'agrippai la poignée de la fenêtre, mais la peinture l'avait scellée de longue date. Je martelai la vitre avec mes poings, mais personne ne regardait.

— Laisse, dit John. On sait où aller, maintenant.

Nous nous sommes rués dans le couloir pour regagner l'autre aile. Pendant que nous courions, je crus entendre des cris, mais je ne savais d'où ils venaient, et n'avais plus le temps de m'en soucier.

Nous avons dévalé les marches jusqu'au rez-de-chaussée, puis cherché un accès vers le sous-sol. Il n'y en avait pas. Alors nous avons coupé par la pelouse jusqu'au bâtiment principal, et enfilé le couloir de gauche qui menait vers un grand espace, visiblement la cafétéria.

Ce qui signifiait cuisines. Nous avons cavalé jusqu'aux comptoirs. Derrière se trouvaient des fours cabossés et d'énormes réfrigérateurs. Tout au fond, la porte des escaliers. Nous avons sorti nos flingues, et pris le chemin du sous-sol.

CHAPITRE XXXIX

Lorsque Paul dit au chauffeur d'entrer par l'arrière du lycée, Nina devina que toute parole serait vaine. Le choix de ce sous-sol ne pouvait signifier qu'une chose. Elle savait que rien ne lui ferait entendre raison, non parce que Paul était trop fou pour saisir ses arguments, loin de là, mais parce qu'il ne serait pas d'accord. Comme l'avait dit Wittgenstein, si le lion pouvait parler, nous ne le comprendrions pas. C'était la rationalité personnelle de Paul qui l'avait conduit dans ce lieu, une suite d'étapes simples et logiques à l'intérieur d'un esprit aux connexions différentes, centré sur d'autres valeurs. L'événement allait bien se produire. Il émanait de la détermination de Paul une énergie quasi sexuelle, et Nina prit conscience qu'elle entamait sans doute les dernières minutes de sa vie. C'était bien d'avoir pu parler à Ward, même brièvement. Dommage qu'il n'ait pas capté son allusion au lycée, mais elle n'avait eu d'autre choix que de faire dans l'évasif : elle avait bel et bien improvisé avec un pistolet sur la tempe.

Elle ne pouvait plus changer grand-chose maintenant, ni dans un sens ni dans l'autre. Elle ne pesait plus sur rien. Il fallait se contenter d'être, pour le peu de temps qu'il restait.

Parfois, renoncer aux causes perdues est la plus courageuse des décisions.

La voiture s'enfonça dans un espace large comme quatre véhicules, bordé d'escaliers de service et de box de six mètres de profondeur. Les murs étaient partiellement recouverts de petits carreaux brillants, sous une lumière glauque et tremblante. Le conducteur se gara dans l'un des derniers box, près d'un mur qui s'ouvrait sur une autre portion de sous-sol. Le moteur se tut.

Paul se tourna vers Nina.

— L'avantage, dit-il, c'est que ce sera très rapide. Boum, pulvérisée. L'inconvénient, c'est que tu vas devoir attendre. Je pourrais te tuer maintenant, bien sûr. C'est vrai que je n'ai pas particulièrement envie de te faciliter la tâche, et en même temps je me dis que tu aimerais profiter de ces instants, aussi imparfaits soient-ils. J'ai raison ?

Nina le regarda sans ciller.

— Merci, Paul. Oui, j'aimerais bien.

— Marché conclu. Je ne peux pas t'indiquer de délai précis, car je déclencherai l'explosion moi-même. Mais ça devrait te maintenir en alerte. Fais de chaque songe une pensée agréable, parce que bon, ce pourrait être la dernière.

Le chauffeur sortit. Le claquement de sa portière avait quelque chose de définitif. On entrait dans la phase des dernières fois.

Nina continuait de fixer Paul.

— Vous vous rendez compte que, malgré tous vos discours, le fait de me laisser en vie est fondamentalement un geste de compassion ?

— Et après ?

— Vous en êtes donc capable. Vous savez compatir. Faites-le de manière régulière, et vous pourrez devenir un vrai garçon. Comme Pinocchio.

— Je suis plus vrai que tu ne le comprendras jamais.

— Non, c'est faux. Vous êtes comme moi, et comme n'importe qui. Il n'y a aucune différence génétique entre vous et Ward. Ce qui vous pousse à agir ainsi, ce n'est pas votre supposée appartenance à une race supérieure, mais ce que vous avez vécu. Vous pourriez être comme tout le monde.

— Tiens donc, répondit-il avec intérêt. Et qui seraient ces gens normaux ? Tu aurais dû passer plus de temps devant le journal télévisé, au lieu de traquer mes semblables. Votre espèce pille et tue depuis qu'elle est bipède. Elle ment depuis qu'elle sait parler. Nous ne sommes pas les seuls à faire la guerre, à violer et à tuer. La seule différence, c'est que vous prétendez que c'est mal.

— Mais, Paul, sincèrement, vous ne formez pas une espèce différente. Vous le savez, non ? En votre for intérieur, vous devez bien comprendre que vous êtes humain.

— Non. Nous sommes les fils de Dieu. Nous sommes liés à vous depuis beaucoup trop longtemps, et aujourd'hui nous coupons le cordon. Tu ne seras plus là pour le voir, mais crois-moi, ça va être terrible.

Là-dessus, il sortit. Il échangea quelques mots avec le chauffeur, puis passa derrière la voiture pour traficoter dans le coffre. Nina entendit un bip – l'amorçage d'un dispositif. Le conducteur s'éloigna sans attendre.

Paul reparut, glissa la tête à l'intérieur pour regarder Nina.

— Tu penses peut-être parvenir à ouvrir une de ces portières, bien que tu sois ligotée et que je m'apprête à les verrouiller. Ça me paraît illusoire, mais l'espoir fait vivre. Aussi dois-je t'expliquer que chaque portière est branchée au bazar du coffre. Ouvres-en une, et tout pète. Alors sois gentille, laisse-moi le temps de quitter le bâtiment avant d'essayer.

Nina le dévisagea, dans l'espoir de trouver, enfin, quelle âme habitait ce regard.

— Paul ? dit-elle. Te rappelles-tu seulement qui tu es ?

Il claqua la portière. Suivit le clic du verrouillage centralisé.

Puis un bruit de pas, déclinant.

CHAPITRE XL

Le sous-sol était un entrepôt labyrinthique conçu à une époque où l'on ne pouvait se faire livrer sept jours sur sept. L'escalier des cuisines menait à un bloc rempli d'étagères métalliques. Il y avait une pile d'emballages de pizzas, ainsi qu'une pièce pleine de vieilles chaises en bois. Aucun employé en vue.

Nous traversâmes la zone comme des flèches, cherchant le chemin de l'aire de chargement. Nous finîmes par trouver un couloir qui s'enfonçait vers la lumière. Deux mètres avant la fin, John me fit signe de me plaquer au mur.

Il passa le seuil et se rabattit sur la droite. Aucun tir. Je le suivis.

L'espace semblait aussi étendu que la cité scolaire. Des néons grésillaient au plafond bas ; les petits carreaux et les plaques de moisissures donnaient à l'ensemble une couleur verdâtre, qui s'estompait sur la gauche, là où la rampe remontait vers la cour. On entendait pépier au loin quelque deux cents gamins. Mais pas la moindre sirène. Que fabriquaient les flics ?

— Tu devrais les prévenir, dit Zandt.

— Quand j'aurai trouvé Nina. Mais tu peux t'en charger, toi.

— Si Paul est ici, la bombe ne va pas sauter dans la seconde.

— On ne sait pas ce qu'il est prêt à risquer. Et s'il se planque ailleurs, on risque d'exploser d'un instant à l'autre, et on aura la réponse trop tard.

Il haussa les épaules avant de se tailler vers la droite. Et lui, qu'était-il prêt à risquer ? J'aurais préféré la compagnie de Bobby, qui fut un homme plus intègre que John et plus gentil que moi. Bobby prenait toujours les bonnes décisions, faisait toujours passer les autres avant lui, quoi qu'il lui en coûte, et maîtrisait les situations violentes de manière prodigieuse. Moi, je n'étais qu'un amateur qui n'avait plus le droit à l'erreur.

Il fallait alerter les gens.

Et j'allais devoir m'y coller.

Maugréant, je m'élançai vers la rampe. J'avais accompli le quart du trajet lorsque je distinguai dans le fond une silhouette râblée.

Elle me tira dessus. Trois coups détachés, avec silencieux.

Pris par la vitesse, je ne pus que plonger dans le renfoncement le plus proche. Je me heurtai contre le mur et glissai à terre. Je tâchai de rouler, de façon à pouvoir riposter, mais le tireur se contentait de canarder les abords du box.

— Ward ?

La voix de John se répercutait sur toutes les parois, m'empêchant d'évaluer sa distance.

— Ça va ! répondis-je. Tu peux l'avoir ?

La réponse prit la forme d'une volée de plomb qui dura bien dix secondes. Les coups sonores de John le disputaient aux clics sourds du type, dans le sifflement des ricochets.

La dernière balle de John résonnait encore qu'il cria :

— Maintenant, Ward !

Sans même réfléchir, je jaillis du renfoncement pour me replier sur la gauche, le flingue tendu à l'opposé, shootant sans relâche. John me couvrait de son feu. Parvenu au centre, je le repérai enfin, accroupi à l'entrée d'un box, à une trentaine de mètres. Mes dernières foulées furent rythmées par une nouvelle salve ennemie.

Puis je me trouvai dans la niche, scié d'être encore de ce monde. J'étais entouré de vieux bureaux. Mes oreilles bourdonnaient.

— Seigneur…

— C'est qui, ce con ? demanda John.

— Aucune idée, ahanai-je. Mais on n'atteindra jamais cette issue tant qu'il ne sera pas mort.

— Ça va pas être de la tarte, garantit John. Il t'a manqué de peu.

— Ravi de l'apprendre.

Il avança son flingue pour rouvrir le feu. On lui répondit dans la seconde.

Au fond de notre box se dressait une porte. J'allai l'ouvrir. Un corridor partait vers la droite.

— Ça ne nous rapprochera pas de lui, mais ça peut nous conduire dans la direction opposée. Ce qui me convient parfaitement.

Je m'y engouffrai le premier. John suivit, quittant le box à reculons, au cas où le gars aurait décidé de nous courser.

Je refermai dernière nous. Nous remontâmes le couloir tout en rechargeant fébrilement. Tous les dix mètres se succédaient de nouvelles portes, qui donnaient sur des box identiques à celui que nous venions de quitter, à moitié remplis de matériel inutilisé. Je les essayai toutes, sans leur trouver le moindre intérêt. Si ce n'est que le couloir finissait en cul-de-sac.

— Merde, pesta John.

— J'imagine qu'on n'a pas le choix, tout compte fait.

— Il faudrait déjà savoir où le type est passé. On est coincés. S'il déboule par la première porte, on est faits comme des rats.

J'ouvris la dernière porte. Une fois dans le box, j'aperçus celui d'en face. Il ne contenait ni cartons ni chaises, sans être vide pour autant.

Il abritait une grosse voiture noire.

— On a trouvé, déclarai-je.

Les phares étaient coupés. Entre les vitres fumées et les néons rasants, impossible de voir à l'intérieur. Je posai un pied en dehors du box, mais dus aussitôt le retirer afin d'éviter une balle. Le type au flingue avait gardé son poste. Il était sans doute là pour protéger le véhicule, d'où le fait qu'il ne nous eût pas suivis dans le corridor. Impossible d'atteindre la voiture sans qu'il nous voie. Cela dit, il se trouvait assez loin ; en courant vite et en croisant les doigts, nous pouvions y arriver. Peut-être.

John était déjà prêt à bondir.

Puis je compris que ce n'était pas si simple. Sur la droite du box convoité se trouvait un passage en voûte, débouchant sur une nouvelle section de sous-sol. Il faisait trop sombre pour distinguer quoi que ce soit, et…

— Attends un peu, murmurai-je. Paul est forcément là, lui aussi.

— Qu'est-ce que t'en sais ?

— S'il était ressorti, l'autre gus l'aurait suivi. Donc, si on admet que Paul était dans la voiture lorsqu'elle s'est garée ici, ou bien il y est toujours, ou bien il se trouve là-bas, quelque part sur la droite.

John comprit le raisonnement. Si Paul était resté au sous-sol, la voiture pouvait couper deux lignes de feu distinctes. Soit le complice nous épinglait dans notre course, soit nous nous jetions dans la gueule de Paul, planqué après la voûte.

— Ça passe ou ça casse.

Que faire ? Nous nous trouvions à six mètres d'une bombe, à laquelle Nina était peut-être ligotée, et nous ne pouvions quitter le bâtiment pour prévenir qui que ce soit. Il n'y avait qu'un trajet possible : tout droit. La seule inconnue était de savoir où nous mèneraient nos pas, et combien il nous en restait. Alors j'émis une pensée, une requête, dans l'espoir qu'un être plus malin nous trouverait une solution.

Là, ce serait super, Bobby. Ce serait le moment idéal.

Les secondes défilaient. John avança une jambe. Une nouvelle balle nous frôla.

— Il va falloir risquer le tout pour le tout, Ward...

Et pour finir mon vieux pote me répondit.

— Son téléphone ! murmurai-je. Paul t'a contacté. Tu as donc son numéro en mémoire. Tu peux le rappeler.

— Il aura coupé la sonnerie.

— Peut-être que non.

— Pour capter quelque chose ici...

— On n'a plus que ça, John.

Il sortit son portable et consulta le journal d'appels. Le dernier numéro en date était inconnu du répertoire, et l'heure indiquée correspondait aux faits.

— Je l'ai, annonça John.

— Alors attends. (Je pris une grande inspiration, resserrai mes doigts sur le flingue.) C'est du tac au tac. T'appelles. Si ça sonne, et que le bruit semble indiquer que Paul n'est pas posté dans l'encoignure, on décolle aussitôt. Je cours jusqu'à la caisse. Tu fonces là-bas et tu trouves Paul.

Il jaugea le plan, convint que c'était le bon.

— OK.

— Reste en vie, chuchotai-je.

Ses yeux m'envoyèrent le reflet d'êtres disparus de longue date. Son sourire était triste, mais réel.

— De quelle vie tu parles ?

— C'est mieux que rien, non ?

— Sors Nina de ce traquenard, si tu y arrives. Et t'avise pas de me rejoindre.

— Je savais que tu dirais ça.

Il souffla un grand coup.

— Donne-moi le signal.

J'attendis un instant, puis :

— Top.

John pressa la touche de rappel. Une série de bips imperceptibles, le temps que l'appareil compose le numéro choisi. Deux ou trois secondes de silence. Puis on entendit sonner. Dans l'espace de droite, mais assez loin. Au moins dix mètres après l'entrée, à vue de nez.

— On fonce.

Je traversai l'allée à toute blinde. John fit de même, en se déportant vers la droite pour se jeter sous l'arche. Trois ou quatre balles fendirent l'air autour de nous. Aucune ne nous happa.

Sitôt dans le renfoncement, je m'arrêtai dans une glissade, et virevoltai au cas où le sniper aurait eu l'ordre de venir en découdre sur place.

— John ? lançai-je.

Mais il était parti. Parti dans l'autre section, sur une route qu'il s'était juré de suivre jusqu'au bout.

Je me laissai trente secondes, puis osai quitter le recoin pour la voiture. Je fondis sur la portière arrière droite, et j'avais la main sur la poignée lorsque j'entendis un bruit mat, étouffé.

J'eus un geste de recul. Le bruit se répéta, et je compris qu'on frappait au carreau depuis l'intérieur.

Je lâchai la poignée, collai mon nez à la vitre, les mains en œillères pour contrer la lumière.

Je reconnus les traits de Nina.

Je ne voyais pas ses mains, et elle semblait en porte-à-faux, le corps tendu vers moi. Elle avait cogné son front contre la fenêtre pour m'alerter.

Rapprochant son visage au mieux, elle articula une phrase d'un air catastrophé. Je compris à la troisième tentative.

Elle me disait que les portières étaient piégées.

CHAPITRE XLI

De la poussière, d'abord, puis une odeur d'humidité. Le noir, et une méchante douleur au crâne.

Lee se redressa lentement, douloureusement, sans savoir où il se trouvait. Il voulut se relever, mais l'espace était réduit et ses jambes flageolaient. Il tomba à la renverse, déséquilibrant un tas d'objets bruyants sur les étagères de bois.

Il réessaya, en s'aidant des deux mains. Se hissa sur ses jambes en luttant contre le tournis. Des lumières blanches jaillissaient sous ses yeux. Une sensation étrange, claustrophobe. L'endroit paraissait minuscule.

Il tendit la main sur la droite. Risqua deux pas dans cette direction, avant d'atteindre de nouvelles étagères. Elles soutenaient des masses molles, comme du linge ou des serviettes. Son pied percuta un corps métallique. Puis un autre objet, qui ne pouvait être qu'une serpillière.

Il était dans un placard.

Voulant repartir dans l'autre sens, il se cogna de plein fouet dans la porte. Il avait une vague impression de déjà-vu, comme s'il s'était réveillé un peu plus tôt pour crier et tenter de sortir. Sa tête menaçait de se décrocher, et putain ce qu'il avait mal.

Il palpa la porte, cherchant un moyen de l'ouvrir. Localisa la poignée, mais elle était inopérante. Ce devait être verrouillé de l'extérieur.

Il tambourina un moment, mais les coups se propageaient dans ses bras et jusque dans sa tête, pour former une mer d'encre où les lames se brisaient sans bruit.

Aucune réponse de l'extérieur.

Alors il se détacha de la porte, résolu à marquer une pause, à respirer profondément pour reprendre ses esprits. Il ne parvint qu'à perdre l'équilibre et à heurter le sol, aux trois quarts sur le cul, un quart sur le flanc.

On était mieux par terre, en vérité. Lee n'irait nulle part tant qu'on ne l'aurait pas délivré. Alors autant rester assis. Quelqu'un finirait bien par partir à sa recherche. Paul, par exemple. N'apercevant pas Lee devant le lycée, il viendrait jeter un œil. Ou bien son père. Mais pas sa mère. Aucune chance. Elle avait toujours paru inaccessible, comme si elle avait toujours eu l'esprit ailleurs. Mais son père, pourquoi pas ? Son père l'avait toujours aimé. Ou alors Brad. Ouais, Brad. On pouvait compter sur lui. C'était l'ami de toute une vie. En dernier ressort, Brad trouverait ce placard, débloquerait la porte, sortirait Lee de ce traquenard et l'emmènerait ailleurs. Prendre un hamburger, ou voir la mer.

Il suffisait d'attendre sagement. Il ne faisait pas froid ; les murs vous enveloppaient. C'était douillet.

On faisait pire.

Je m'écartai de la portière. J'avais demandé à Nina de répéter une dernière fois, pour être sûr d'avoir compris. Paul avait piégé la voiture, et toute tentative d'ouverture déclencherait la bombe.

Et Nina était aux premières loges.

Je plaquai ma paume contre la vitre. Nina n'imita pas le geste, et j'en déduisis qu'elle était ligotée. Mais elle y appuya son front, le plus près possible de mes doigts, et sans cette foutue vitre je lui aurais touché les cheveux.

Je ne connaissais rien aux bombes. Connexion, déconnexion... N'importe quel môme là-haut était aussi calé que moi pour désarmer cette bagnole – sinon plus, pour peu qu'il ait suivi ses cours de physique. Ça pouvait péter à tout moment. À chaque seconde qui passait, le monde pouvait virer au néant.

Mais Nina était à l'intérieur.

Le seul moyen d'ouvrir le coffre était de désagréger la serrure. En m'éloignant suffisamment pour éviter le rebond de la balle, mais cela m'aurait ramené dans la mire du sniper. Sans compter que tirer dans une malle remplie d'explosifs était hautement risqué.

Je me reculai pour considérer le véhicule, dans l'espoir qu'il me soufflerait une idée fiable, et vite.

Quatre portes à éviter. Un coffre inaccessible, bourré d'engins que je ne savais pas neutraliser. Et il nous restait très peu de temps. Si Paul avait quitté la voiture, c'est qu'elle était prête à sauter.

En fait, les données du problème se résumaient à ceci :

Les déclencheurs des portières fonctionnaient-ils par contact électrique ou par détection de mouvement ? Ne reconnaissaient-ils que les ruptures de courant, ou réagissaient-ils aux chocs dans toute partie du véhicule ?

Il n'y avait aucun moyen de le savoir. Les coups de tête de Nina n'avaient rien provoqué. Mais elle n'y avait pas mis beaucoup de force. L'action qui m'était demandée serait autrement violente.

Je n'avais plus qu'à prier pour que ce ne soit pas électrique. L'hypothèse était juste, ou fausse. Notre avenir serait long, ou infiniment court. Je n'avais d'autre choix que de jouer à pile ou face.

Je revins à la vitre. Y plaquai mon visage, distinguai l'œil de Nina dans le noir de l'habitacle. Je lui dis que je l'aimais, puis lui fis signe de se coucher sur la banquette, le plus loin possible du pare-brise, et le plus près du sol, mais sans s'éloigner de la portière. Elle ne posa pas de question, mais soutint mon regard avant de s'enfoncer dans le noir.

Je reculai. Déglutis. Me plantai devant le capot. Levai mon arme à deux mains et visai la droite du pare-brise.

Pressai la détente.

John Zandt arpenta l'obscurité d'un pas prudent, dans un sous-sol semblable à tous les lieux qu'il fréquentait depuis trois ans. Cette aile-ci était également subdivisée en box, mais plus petits, destinés aux objets de rebut. C'était une caverne silencieuse, moite, froide et négligée, plus proche d'une forêt que d'une construction humaine.

Il s'arrêta au centre. Un peu plus loin filtrait une lueur laiteuse à travers un carreau crasseux. Il y avait sûrement une issue, un escalier de secours vers le monde extérieur. Auquel cas Paul avait déjà pu se sauver. Mais John en doutait. Il flairait sa présence. Il avait toujours su que ce moment arriverait, du jour où l'Homme Debout lui avait pris sa fille. Toujours su, à moins que d'autres n'éliminent Paul avant lui, que ça se terminerait ainsi. Qu'ils se retrouveraient face à face, et qu'il n'en resterait qu'un. Au mieux.

Voilà pourquoi il n'éprouvait ni peur ni frustration : il n'avait plus rien à perdre. Il arrive qu'une mort soit la seule réponse valable à une question jamais formulée. Il faut juste espérer que c'est l'autre qui tombera.

Il devait procéder par tâtonnements, et l'heure était venue. Il entendit Ward tirer dans l'autre section, produisant de curieux bruits d'impacts. Le temps filait.

Alors il s'avança jusqu'au premier box et ouvrit le feu.

Le pare-brise était coriace : il fallut plusieurs balles pour perforer ses strates blindées. Mais aucune ne déclencha la bombe.

Des coups fusaient dans le tréfonds du sous-sol, comme si John progressait méthodiquement, pied à pied.

Je grimpai sur le toit, ôtai mon blouson, enveloppai mes mains dans l'étoffe pour arracher les bris de verre. Lorsque le trou fut assez grand, je me glissai à l'intérieur, préférant m'érafler de tous les côtés que de retomber lourdement. Nina était là, dans le fond, et sitôt auprès d'elle je l'embrassai avec fougue, au cas où ce serait là notre dernier instant, puis je déliai ses membres avant de l'amener vers l'ouverture. Elle était faible et livide, les muscles gourds d'être restés si longtemps entravés. Chaque seconde menaçait de rendre caduques nos interrogations sur le dispositif des portières, dès lors que quelqu'un, quelque part, appuierait sur un bouton. Mais peu importait. Je hissai Nina jusqu'au toit, m'entaillant de plus belle. J'essayai de la protéger, mais les éclats l'écorchèrent elle aussi. Puis nous glissâmes à terre, et la voiture n'explosa toujours pas.

J'aidai Nina à se relever.

— Et John ?

— Je sais pas, répondis-je. La bombe a un minuteur ?

— Paul la déclenche à distance.

— Alors il faut partir, Nina.

— D'accord.

J'extirpai des restes de mon blouson un deuxième flingue, que je chargeai et lui remis.

— Tu peux courir ?

— Je peux essayer.

— Alors on y va.

Je lui entourai les épaules, de façon à m'intercaler entre elle et le tireur, le temps de traverser l'allée centrale. Il nous canarda, mais je ripostai, et nous atteignîmes l'autre côté sains et saufs.

Je guidai Nina vers le fond du box, ouvris la porte et l'emmenai au fond du corridor – en espérant que le tireur n'aurait pas le temps de nous y accueillir. J'envoyai ma semelle dans la porte du premier box exploré avec Zandt, puis j'appuyai Nina contre le mur, dans l'angle mort du tireur, le temps qu'elle reprenne son souffle.

— Bon, chuchotai-je. Maintenant il faut se jeter à l'eau.

Elle sourit.

— Comme toujours.

Et de nous élancer en pilonnant l'ennemi.

Zandt avait fait une bonne moitié du chemin lorsqu'il perçut un bruit dans le dernier box de gauche. Comme le frottement d'un bureau ou d'une chaise sur le béton, heurtés par une personne se repositionnant dans le noir. Paul n'ignorait pas ce que John avait en tête : il savait qu'il approchait, qu'il vérifiait chaque case en y vidant un demi-chargeur, qu'il ne ferait pas machine arrière. Et donc il se préparait à le recevoir.

John se demandait si Paul avait la trouille. Si oui, il risquait à tout moment de sprinter vers l'échelle de secours. Auquel cas John était sûr de l'avoir. Mais s'il n'avait pas peur et décidait de l'attendre, alors le dernier mot reviendrait aux esprits désinvoltes qui tenaient d'une main distraite le gouvernail du monde. Ces esprits qui avaient laissé mourir Karen, mais également permis à John de retrouver l'Homme Debout. Des esprits qui soit s'en foutaient, soit mettaient un point d'honneur à ne pas jouer les favoris.

Zandt rechargea son arme. Ferma les yeux une seconde, pour se remémorer certains visages, certains lieux, certaines époques. Il entendait Ward actionner son propre flingue, une longue salve qui semblait plus lointaine que les précédentes. John voulut y voir un signe encourageant.

Il marcha jusqu'au dernier box.

— Salut, John, fit une voix dans le noir. J'ai ta fille à côté de moi.

Puis seules les armes parlèrent.

Nina eut le tireur, je crois. L'un de nous le toucha, en tout cas : je le vis tournoyer et tomber avant même de m'apercevoir qu'aucune balle n'arrivait plus.

Les genoux de Nina tendaient à la trahir, aussi resserrai-je mon étreinte pour accélérer l'allure jusqu'à la rampe d'accès. Malgré la pente, nous nous sentions aspirés par la lumière, comme par les rapides d'un torrent.

Sitôt dans la cour, je me mis à hurler en agitant mon bras libre. Au début, personne ne comprit ce que je disais, puis le message passa et les gens rompirent les rangs pour se ruer vers les portails. On aurait dit un mur de verre explosant à l'horizontale. Lentement, puis très, très vite.

Dès que je les vis détaler, j'évacuai Nina par la sortie la plus proche. Ses muscles étaient déjà plus agiles, et elle scrutait la foule en se demandant ce qu'elle devait faire, comme s'il en allait de sa responsabilité. Je dus la pousser pour l'empêcher de ralentir. Nous franchîmes la grille en courant, pour nous arrêter deux rues plus loin.

Nous nous retournâmes vers le lycée. Les élèves et les profs continuaient de se déverser sur la chaussée, mais il n'y avait plus personne dans l'enceinte. Les bâtiments me faisaient l'effet de ballons de baudruche gonflés à leur extrême limite.

— Qui sait ? fit Nina. John a peut-être…

Puis tout a sauté.

On aurait dit que la planète entière tremblait, comme une balle frappée contre un mur.

Je crus percevoir deux déflagrations, espacées d'une fraction de seconde. La cour arrière de l'école fut pulvérisée vers le ciel, en même temps qu'étaient soufflées toutes les vitres. À peine le verre commençait-il à voler que le toit et les étages explosèrent et s'effondrèrent en même temps, la destruction empruntant toutes les directions à la fois.

Ceux qui couraient derrière nous s'arrêtèrent pour regarder, avant de fuir la pluie de brique, de bois, de verre, de terre et de feu. M'abritant contre un mur avec Nina, je m'aperçus qu'elle criait :

— Téléphone ! Passe-moi ton téléphone !

Je lui filai mon portable, cependant que la terre semblait prise d'une nouvelle secousse. La tour du lycée se renversa telle une masse, dans un mouvement lent et inexorable, alimentant le panache de fumée noire qui s'élevait des ruines, densifié par quelque sombre dessein, comme pour former un visage maléfique. Les gens continuaient de nous dépasser, livides quand ils ne saignaient pas encore, dans un tonnerre constellé de hurlements.

— Je ne capte rien, pesta Nina avant de s'exciter sur le clavier.

— T'appelles qui ?

Pour toute réponse, elle m'empoigna le bras et me ramena vers le lycée. Nous nous élançâmes contre les flots d'élèves paniqués. Tout autour avaient jailli des flammes de six mètres de haut, et d'autres surgissaient de manière spontanée, comme soulevées par une main invisible. À trente mètres de distance, elles nous brûlaient déjà.

— Où est ta voiture ?

J'indiquai la gauche, et nous longeâmes l'arrière de l'établissement, en zigzaguant entre les débris en feu. La poussière et les cendres chaudes retombaient en neige. Nous tournâmes à l'angle de la cité scolaire, pour remonter vers l'entrée principale. Les arbres s'étaient embrasés. Une autre portion de bâtiment s'effondra. Je me demandais pourquoi le sol continuait de trembler, à moins que ce ne fût dans ma tête.

Nous dépassâmes la vieille église en bout de rue, pour gagner le sommet de la colline et la route du lycée avant de replonger dans Thornton. Nos pas faiblirent, et nous finîmes par nous arrêter.

Nous pivotâmes, lentement, pour regarder la ville, et là je compris pourquoi l'explosion semblait se prolonger. C'était bien le cas.

Toute la ville était en feu.

Des colonnes de fumée se dressaient de toutes parts, de tous côtés. Je courus jusqu'au virage suivant : le commissariat était désintégré. Le centre historique était la proie des flammes. À l'opposé, je vis gonfler un nuage noir dans le secteur de l'Holiday Inn.

Nina essayait toujours de joindre quelqu'un, quelque part, d'alerter des autorités qui n'existaient même plus. Je tournais sur moi-même, incapable de m'arrêter, quand je vis un immense brasier s'élever de la forêt de Raynor.

Deux secondes plus tard, nous fûmes projetés au milieu de la route : l'église venait d'exploser en une joyeuse tempête de pierres.

Sheffer

À présent, il fait froid. Nous avons repris possession du bungalow de Patricia, au cœur de la forêt. Cela fera bientôt trois semaines. L'hiver a eu le temps de descendre des montagnes, qui chaque nuit profite de notre sommeil pour se rapprocher un peu plus. Les dîners sous le porche ne sont plus de mise, mais il nous arrive encore de passer la soirée près du lac, pour regarder les nuages sombres se réfléchir sur l'eau glacée. Nous restons assis l'un contre l'autre, mais dans l'ensemble nous parlons peu.

Nina se trouve au bord de l'eau. Je l'observe depuis la cuisine, mais je ne prépare pas le repas.

Ce soir, nous dînons en ville.

Je suis de près les reportages sur les événements de Thornton. On ne peut y échapper, et c'est souvent l'unique sujet traité par les médias. Les estimations sur le nombre de morts varient dans de telles proportions qu'elles en deviennent absurdes. On a largement dépassé le millier, mais tout porte à croire que le bilan final sera bien plus élevé. On sait que des engins explosifs ont été placés au commissariat, à l'église, au lycée, chez Starbucks, chez Renée, au jardin d'enfants, à la caserne de pompiers, dans deux restaurants du centre historique, à la grande épicerie, à Radio Shack dans la galerie marchande de la route d'Owensville, à la bibliothèque municipale et au temple maçonnique. Entre autres. Le Mayflower fut également visé, où périrent Hazel, Lloyd et Gretchen, ainsi que tous les clients présents dans le bar. Diane Lawton fut de ceux-là, venue prendre un café après le travail pour se prouver qu'elle pouvait y mettre les pieds sans passer la soirée à boire. Elle aurait peut-être gagné son pari. La réceptionniste que j'avais effrayée à l'Holiday Inn est morte, en même temps que les sept agents du FBI qui s'y étaient établis, et qu'un jeune gars venu vérifier le minibar de Nina le lendemain de mon arrivée. Il avait paru tétanisé devant cette tâche somme toute rudimentaire, mais je l'avais trouvé affable et cordial. Deux qualités qu'il ne possède plus que dans ma mémoire. Le nombre et la nature des autres morts dépassent l'entendement. Je soupçonne Thornton d'avoir des antécédents, et certaines théories de Nina, qu'elle-même tient de Paul, me confortent dans cette idée. Une longue tradition de meurtres. Qui remonterait à la nuit des temps.

Nous avons fait ce que nous pouvions, cet après-midi-là, et jusque dans la soirée. Nous avons couru au centre-ville pour aider les gens à quitter les immeubles, les éloigner des feux qui se déclaraient de partout. Rien n'était épargné. Aucun système, aucune manière d'être. Ce fut un enfer sans fin. La ville se délita, masse éclatée d'individus brûlés et ensanglantés, cherchant à fuir dans toutes les directions. Même ceux tentés par l'héroïsme perdaient leur sang-froid, lâchaient les blessés pour prendre leurs jambes à leur cou. Il ne restait plus de policiers. Ni de pompiers. Les flammes se propageaient rapidement, sans personne pour les éteindre. Il fut vite impossible de dire d'où elles étaient parties, où avaient eu lieu les explosions initiales. Tout brûlait sans distinction.

Je me raccroche au fait que nous avons évacué le lycée. Les chutes de gravats firent une vingtaine de blessés, et l'on déplora une crise cardiaque, mais sans notre intervention c'eût été pire, bien pire. De l'ordre de plusieurs centaines. Cette pensée me réconforte, certains jours. Nous y sommes retournés à deux reprises pour chercher John. En vain. Le feu nous tenait à distance.

Les premiers secours organisés furent le fait d'habitants des villes voisines, avant l'arrivée de l'armée. Celle-ci débarqua en nombre, avec force mitraille. Nul ne savait à qui se fier, l'ennemi pouvait être n'importe qui. Pendant ce temps, nous avons tenté de mettre des gens à l'abri. D'aucuns s'en sortirent. Beaucoup n'eurent pas cette chance.

Nous avons remué ciel et terre, jusqu'à tomber de fatigue, puis les renforts ont pris le relais. Alors nous sommes revenus ici, après un voyage long de plusieurs jours à travers un pays dont de nombreuses routes étaient coupées, les avions cloués au sol, où les téléviseurs diffusaient tous la même image, où chaque citoyen de chaque ville se demandait qui seraient les suivants.

À ce jour, l'événement reste sans suite. Mais pour combien de temps ? Nul ne le sait.

Personne ne s'explique comment un groupe terroriste a pu infiltrer une communauté et semer autant de bombes sans soulever le moindre soupçon. Les théories conspirationnistes vont bon train. Les médias parlent régulièrement de deux hommes, parfois d'un homme et d'une femme, qu'on aurait aperçus au lycée juste avant et juste après la déflagration. Certains disent qu'ils ont lancé l'alerte, mais la plupart les ont vus brandir des armes à feu en criant des slogans de type islamiste. On a retrouvé les restes d'un inconnu dans le coffre d'une voiture de patrouille carbonisée, garée près de l'église d'où partit l'incendie. On suppose, à son uniforme, qu'il s'agissait d'un policier, mais vu l'ampleur des pertes parmi les autorités locales, cela reste à confirmer. Il y a beaucoup, beaucoup de cadavres, et il faudra du temps pour identifier tout ce monde.

Mais l'un d'eux, bien sûr, est déjà connu.

Dans un bâtiment du lycée, parmi les vestiges d'un placard du premier étage, les pompiers mirent au jour les maigres restes d'un jeune homme. Sa denture prouva qu'il s'agissait de l'auteur de ce que l'on considère désormais comme une attaque de diversion, à savoir l'attentat du centre commercial de Los Angeles, commis la veille du carnage.

Il s'appelait Lee John Hudek.

Un nom qui restera gravé dans les mémoires. Son visage était connu avant même qu'on ne trouve sa dépouille : des rescapés jurent l'avoir vu rôder en ville le jour du drame. Des dizaines de témoignages dignes de foi attestent de sa présence à l'épicerie, dans la galerie marchande, chez Starbucks, aux abords de l'église, et dans une série d'endroits ravagés par les premières explosions – toujours accompagné, semble-t-il, d'un homme de petite taille et de type arabe. Il fut également aperçu par de nombreux lycéens, dont certains se virent offrir de la drogue. L'opinion s'accorde à penser que ce trafic servait de couverture pour poser des bombes. On le soupçonne également du meurtre d'un de ses amis, un certain Bradley Metzger, dont le corps fut retrouvé dans la Valley. Il y aurait un lien avec la mort d'un autre garçon, ainsi que d'une adolescente, mais rien n'est établi. L'entrepreneur local Emilio Hernandez aurait surpris des conversations laissant croire qu'il s'agissait de complices, éliminés par Hudek juste avant l'assaut final.

Une chose est sûre ; l'opinion peut désormais mettre un visage sur l'horreur de Thornton. Cela évitera de voir au-delà, de se demander comment cette chose fut possible. Alors qu'il se trame peut-être autre chose. Comme toujours, sans doute.

Ryan et Lisa Hudek ont fait plusieurs apparitions télévisées, lors de conférences de presse soigneusement encadrées par leurs avocats. S'ils inspirent beaucoup de haine, de nombreux Américains les considèrent comme des victimes, de bons citoyens ayant perdu leur fils unique au profit de forces obscures que personne ne comprend. Les Hudek sont les premiers à se demander ce qui a poussé leur fils dans les bras d'une organisation terroriste. Mme Hudek a confié, en larmes, que Lee John avait un comportement bizarre depuis quelques mois, et a avoué dernièrement l'avoir entendu fustiger des « actes de guerre » commis au nom de la politique étrangère américaine.

Julia Gulicks est toujours en vie, quoique à peine. Elle ne se réveillera jamais, mais on ne peut la débrancher puisqu'elle a reconnu deux meurtres : il faut bien quelqu'un ou quelque chose à juger. Lui arrive-t-il, dans son sommeil, de revoir cet après-midi où son père dégringola l'escalier du pavillon de Dryford ? Et dans ces rêves interminables, reçoit-elle la visite d'une autre fillette, un peu plus jeune, celle qui n'aura vraisemblablement jamais quitté leur rue ?

Car on a aussi arrêté un dénommé James Kyle, dans le jardin d'une maison où il vécut un temps avant de quitter Dryford du jour au lendemain, voilà douze ans. On pensait, à l'époque, qu'il avait déménagé avec son épouse et leur jeune fille, mais à présent rien n'est moins sûr. Le jour des attentats de Thornton, un voisin signala un homme au comportement étrange dans l'ancien jardin des Kyle. Il l'avait aperçu depuis la route, trop loin pour repérer dans les hautes herbes le corps d'un agent du FBI. Dommage, car la police aurait peut-être atteint le lieu du crime plus tôt – à supposer qu'elle n'ait pas été appelée à Thornton pour une urgence autrement importante. Il pleuvait des flics morts cet après-midi-là. Lorsqu'une patrouille arriva enfin, on découvrit un sexagénaire ensanglanté, assis au bord d'un trou superficiel qu'il venait de creuser à la main dans un coin du terrain. Il était bouleversé, et brandissait des ossements semblables à ceux d'une enfant de huit ans.

L'affaire Gulicks s'est compliquée du fait que Kyle revendique désormais le meurtre des deux hommes découverts dans les bois la semaine précédente. S'il s'avère incapable d'étayer ces aveux, il clame que tout est sa faute. Et il affirme que d'autres corps croupissent dans le secteur. En grand nombre.

Pour l'heure, les gens s'intéressent peu à cet aspect de l'enquête. Thornton ressemble assez aux enfers sans qu'on aille déterrer de pauvres diables morts il y a dix ans. Jusqu'à nouvel ordre, Julia restera donc à hôpital, en attendant son heure, ni coupable ni innocente, ni morte ni vivante. J'évite de prononcer son nom devant Nina.

Charles Monroe fut inhumé, parmi tant d'autres. Nous avons envoyé des fleurs.

J'ignore si Paul est toujours vivant. Je sais seulement qu'en quittant le sous-sol du lycée avec Nina, j'entendais John à ses trousses. Je ne vois pas comment Paul aurait eu le temps de fuir avant de déclencher la mise à feu – non seulement celle de la voiture piégée, mais de tous les engins disséminés dans la ville.

S'il est mort, gageons qu'il sera mort heureux. Les Hommes de Paille ont eu leur grand jour et versé le sang de nombreux anges. Le massacre de Thornton monopolise les conversations. Le fait qu'on ait visé exprès une petite ville, refuge des gens ordinaires, n'est pas l'élément le moins traumatisant. Ce n'est pas un symbole qui fut attaqué, ni l'un de ces endroits qu'on voit seulement à la télé. Les ténèbres sont venues faucher le petit peuple chez lui. En outre, la présence massive du FBI au moment des attentats discrédite encore la force publique, qui paraît incapable de nous protéger malgré des déclarations chaque jour plus tonitruantes. Là aussi, c'était peut-être voulu, tout comme le nombre élevé de journalistes déjà sur place, qui a permis de montrer l'horreur dès les premières secondes, dans toute sa vérité. Faut-il y voir un simple coup de chance, ou bien les pièces d'un puzzle savamment agencé ? Avec Paul, on ne sait jamais. Comme James Kyle l'a dit à Nina, c'était un garçon précoce.

Tous les jours, j'ai tenté de joindre John sur son portable, et je sais que Nina en fait autant. Mais ça sonne dans le vide. John n'était pas du genre à rappeler, mais on pouvait au moins lui laisser un message.

J'imagine qu'on finira par abandonner. Il faudra bien s'arrêter.

L'agent Nina Baynam figure sur la liste des morts de Thornton, étant donné qu'elle était portée disparue depuis plusieurs jours au moment du drame. Elle ne sait pas encore si elle va démentir.

En attendant, nous aidons Patricia et les autres voisins dans leurs travaux manuels. J'empêche Nina de porter de lourdes charges. Sauf quand elle insiste. Nous dînons au calme dans le centre de Sheffer, et parfois nous finissons un peu éméchés autour du billard de chez Bill. On s'assied tous les deux sur le banc près du lac, ou dans les fauteuils de notre bungalow.

Et nous passons du temps ensemble.

Je n'ai pas entendu les médias évoquer le meurtre d'un agent de la CIA dans les toilettes d'un café. Le Starbucks a été réduit en cendres : on ne parvient même plus à le situer sur les photos. Les restes de Carl Unger sont sûrement mêlés à ceux des autres clients, retournés à la poussière dans le courant souterrain de l'histoire.

J'ai passé du temps à méditer son récit, à envisager s'il était plausible. Le problème, c'est que je ne crois pas plus au paradis qu'à l'enfer. Ceux-ci visent à expliquer ce que nous sommes, or l'identité humaine n'est pas une question, mais un fait. Dans le noyau sombre de notre être gravite un rêve de mort, que vénèrent isolément des tueurs solitaires.

De loin en loin, un fou furieux essaiera de commettre un génocide au nom de notre espèce et fera trembler le monde pour cinquante ans ; pendant ce temps, les flingueurs solitaires poursuivront leur besogne avec succès. Régulièrement, nous en attrapons un ou une, avant de l'exécuter ou de l'enfermer. Mais il y en aura d'autres. La mort ne s'effacera pas car elle est dans nos cœurs. Ce n'est pas par stupidité ni par manque de clairvoyance que nous déclarons la guerre, que nous exterminons nos voisins ou détruisons d'autres espèces – du moins ce ne sont pas là les seules raisons. Nous fûmes les premiers animaux à comprendre la mort, et nous avons besoin de montrer que nous ne sommes pas impuissants face à elle. Nos trente mille ans de meurtres ne constituent peut-être qu'un acte de défi, un cri de vengeance : nous savons que la mort approche, alors parfois nous croisons le fer. Ou alors peut-être Paul et ses amis sont-ils dans le vrai, peut-être n'y a-t-il rien de mal à cela. Tuer serait notre nature.

Mais notre nature ne se résume pas à si peu, et la mort n'est jamais simple. Qu'aurais-je fait si j'avais dû choisir entre Nina et le lycée ?

Ne me posez pas cette question.

Pour l'heure, je suis perplexe. Contrairement à ce que Carl semblait penser, je ne crois pas que l'histoire se répète. L'histoire n'obéit à aucune sorte de cycle, mais elle produit indéfiniment les mêmes choses. Ce qui se passe échappe parfois à notre vigilance, voilà tout. Et parfois nous sommes bien obligés de voir. Chaque attentat frappe des innocents. Chaque riposte aussi. Nous nous replions au centre d'un cercle de rancune, sans trop savoir où donner de la tête. Des tueurs de toutes les religions, de toutes les obédiences et de toutes les époques se plantent sur les lisières de notre monde et le mitraillent. Ils ne voient que ceux qui leur sont opposés, les ennemis choisis, les adversaires diabolisés. Nous autres, pris entre deux feux, restons invisibles.

Comme ils doivent nous trouver irréels, nous, les gens normaux, comme ils doivent railler chez nous l'absence d'ardeur purificatrice. Comme ils doivent nous trouver pleutres avec nos rêves étriqués : aller au bout des courtes vies allouées par nos divers dieux, faire notre temps sans être fusillés, affamés ou pulvérisés au nom d'intérêts ou d'idéaux qui nous dépassent.

Il n'empêche qu'ils nous tuent. C'est leur manière de vivre, leur manière d'être. Il nous incombe de leur résister, en permanence et pour toujours. À charge pour nous de trouver le moyen de faire retentir un « non » plus vibrant.

Voici trois jours, une de nos questions trouva sa réponse. Dans les deux semaines suivant notre retour à Sheffer, Nina souffrit régulièrement de crises de nausées, qui la laissèrent faible et migraineuse. Nous avons voulu y voir le contrecoup temporaire de sa séquestration dans un vieux véhicule imprégné de gaz d'échappement, mais devant la persistance des symptômes, j'ai persuadé Nina d'aller chez le médecin.

Où nous apprîmes qu'elle était enceinte.

Je vais sortir, maintenant, pour rejoindre Nina et l'emmener dîner. Pas une salade. Quelque chose de consistant, de nourrissant. Elle peut toujours faire la difficile, mais moi, je suis capable de me montrer impitoyable. Irrésistible. Nous évoquerons peut-être la suite, ce futur que nous allons devoir inventer.

Nous y allons pas à pas, sans précipitation. Suis-je prêt à être père ? Je verrai bien quand j'y serai. Drôle de monde pour élever un enfant.

Mais je suppose que c'est ainsi depuis la nuit des temps.

Dans la même collection

Russell Andrews	L'affaire Gideon	7408
Brigitte Aubert	Rapports brefs et étranges avec l'ombre d'un ange	6842
Stéphanie Benson	Le diable en vert	6952
	La mort en rouge	7776
	Requiem en bleu	7854
Sallie Bissell	La forêt offensée	7822
Laurent Botti	Pleine brume	5579
Philippe Bouin	Les croix de paille	6177
	La peste blonde	6360
Denis Bretin, Andrea H. Japp, Xavier Mauméjean, Jean-Bernard-Pouy, François Rivière, Maud Tabachnik	Sable Noir	7952
Serge Brussolo	Le livre du grand secret	5704
	La fille aux cheveux rouges - 1 Le chemin de cendre	8196
	La fille aux cheveux rouges - 2 Les rivages incertains	8197
Philippe Carrese	Graine de courge	5494
Thomas H. Cook	Les instruments de la nuit	5553
Alec Covin	Les loups de Fenryder	7985
William Diehl	Eurêka	7787
James Elliott	Une femme en danger	4904
	Adieu Eddie !	6682
Linda Fairstein	L'épreuve finale	5785
	Un cas désespéré	6013
	La noyée de l'Hudson	6377
Giorgio Faletti	Je tue	7828
	Droit dans les yeux	8276
Robert Ferrigno	Frères de sang	7497
Karin Fossum	Celui qui a peur du loup	8130
G.M. Ford	Déclarée disparue	8163
Lisa Gardner	Jusqu'à ce que la mort nous sépare	5742
	La fille cachée	6238
	Tu ne m'échapperas pas	7811
	La vengeance aux yeux noirs	8059
Caroline Graham	Ange de la mort	6511
	Un corbeau au presbytère	7536

	Sang bleu	7798
April Henry	Une mort pour une vie	8199
Andrea H. Japp	La voyageuse	5705
	Petits meurtres entre femmes	5986
	Le ventre des lucioles	6361
	Le denier de chair	7406
	La saison barbare	7800
Iris Johansen	Course à mort	7411
	Dernière cible	7642
	Cadavres menteurs	8164
Brigitte Kernel	Un animal à vif	6608
	Autobiographie d'une tueuse	6871
Yasmina Khadra	Le dingue au bistouri	5985
David L. Lindsey	Mercy	3123
Robert Littell	L'amateur	7770
	La défection de A.J. Lewinter	8131
Henri Loevenbruck	Le testament des siècles	8251
John Lutz	JF partagerait appartement	3335
Michael Marshall	Les Hommes de Paille	7407
	Les morts solitaires	7799
	Le sang des anges	8228
Val McDermid	Le tueur des ombres	6778
	Au lieu d'exécution	6779
	La dernière tentation	7409
	Quatre garçons dans la nuit	8025
Denise Mina	Garnethill	6574
	Exil	6176
	Résolution	7405
	Sanctum	8249
Estelle Monbrun	Meurtre chez tante Léonie	5484
	Meurtre à Petite Plaisance	5812
(avec Anaïs Coste)	Meurtre chez Colette	6978
Viviane Moore	Tokyo des ténèbres	6437
Joyce Carol Oates	Le ravin	7853
Gemma O'Connor	Adieu à la chair	7777
Robert B. Parker	La femme perdue	7653
T. Jefferson Parker	Pacific Tempo	3261
	L'été de la peur	3712
David Pascoe	Fugitive	7984
Michael Prescott	L'arracheur de visages	6237
	Le tueur des bois	6661
Douglas Preston &	La chambre des curiosités	7619
Lincoln Child	Les croassements de la nuit	8227
Philip Rosenberg	La lutte des seigneurs	7608
Greg Rucka	Protection rapprochée	7315
	La pire des trahisons	7537
	Écran de fumée	7823
Jacques Sadoul	Carré de dames	5925
Boris Starling	Vendredi saint	6722

	Vipère noire	7652
Whitley Strieber	Billy	3820
Dominique Sylvain	Travestis	5692
	Techno bobo	6114
	Sœurs de sang	6573
	Vox	6755
	Passage du Désir	8026
Maud Tabachnik	Un été pourri	5483
	La mort quelque part	5691
	L'étoile du Temple	5874
	Le festin de l'araignée	5997
	Gémeaux	6148
	La vie à fleur de terre	6440
	La honte leur appartient	6913
Boston Teran	Méfiez-vous des morts	7410
Carlene Thompson	Tu es si jolie ce soir	5552
	Noir comme le souvenir	3404
	Rhapsodie en noir	5853
	Six de cœur	6732
Charles Todd	Héritage mortel	7340
	Les fantômes d'Osterley	8198
Fred Vargas	Debout les morts	5482
	Un peu plus loin sur la droite	5690
	Ceux qui vont mourir te saluent	5811
	Sans feu ni lieu	5996
	L'homme à l'envers	6277
	L'homme aux cercles bleus	6201
	Coule la Seine	6994
	Pars vite et reviens tard	7461
Michael White	Rêves de loups	7810

8228

Composition Nord Compo
Achevé d'imprimer en France (La Flèche)
par Brodard et Taupin
le 2 février 2007. 39565
Dépôt légal février 2007.
ISBN 978-2-290-35280-9
EAN 9782290352809

Éditions J'ai lu
87, quai Panhard-et-Levassor, 75013 Paris
Diffusion France et étranger : Flammarion